엽란을 날려라

옮긴이 이영아

서강대학교 영어영문학과를 졸업하고 성균관대학교 사회교육원 전문 번역가 양성 과정을 이수했다. 현재 전문 번역가로 활동하고 있다. 옮긴 책으로 캐런 M. 맥매너스의 『누군가는 거짓말을 하고 있다』와 『우리 중 하나가 다음이다』, 『두 사람의 비밀』, 폴라 호킨스의 『걸 온 더 트레인』, 『스티븐 프라이의 그리스 신화』 시리즈, 리처드 H. 스미스의 『쌤통의 심리학』, 앤서니 애브니의 『별 이야기』, 드루드 달레룹의 『민주주의는 여성에게 실패했는가』 등 다수가 있다.

조지 오웰 · 소설 전집

엽란을 날려라

초판 1쇄 발행 2023년 2월 10일

지은이 · 조지 오웰
옮긴이 · 이영아

펴낸이 · 조미현
책임편집 · 김호주
교정교열 · 김정현
디자인 · 나윤영

펴낸곳 · (주)현암사
등록 · 1951년 12월 24일 · 제10-126호
주소 · 04029 서울시 마포구 동교로12안길 35
전화 · 02-365-5051
팩스 · 02-313-2729
전자우편 · editor@hyeonamsa.com
홈페이지 · www.hyeonamsa.com

ISBN 978-89-323-2273-5 04840
ISBN 978-89-323-2270-4 (세트)

GEORGE ORWELL

조지 오웰 소설 전집

엽란을 날려라

이영아 옮김

KEEP THE ASPIDISTRA FLYING

(1936)

Ꮹ현암사

일러두기

-이 책의 번역 대본으로는 *Keep the Aspidistra Flying*(Penguin Books, 2014)을 사용했다.

-본문에 나오는 각주는 모두 옮긴이주다.

내가 인간의 여러 언어를 말하고 천사의 말까지 한다 하더라도, 돈이 없으면 나는 울리는 징과 요란한 꽹과리와 다를 것이 없습니다. 내가 하느님의 말씀을 받아 전할 수 있다 하더라도, 온갖 신비를 환히 꿰뚫어 보고 모든 지식을 가졌다 하더라도, 산을 옮길 만한 완전한 믿음을 가졌다 하더라도, 돈이 없으면 나는 아무것도 아닙니다. 내가 비록 모든 재산을 남에게 나누어 준다 하더라도, 또 내가 남을 위하여 불속에 뛰어든다 하더라도, 돈이 없으면 모두 아무 소용이 없습니다. 돈은 오래 참습니다. 돈은 친절합니다. 돈은 시기하지 않습니다. 돈은 자랑하지 않습니다. 돈은 교만하지 않습니다. 돈은 무례하지 않습니다. 돈은 사욕을 품지 않습니다. 돈은 성을 내지 않습니다. 돈은 앙심을 품지 않습니다. 돈은 불의를 보고 기뻐하지 아니하고 진리를 보고 기뻐합니다. 돈은 모든 것을 덮어주고, 모든 것을 믿고, 모든 것을 바라고, 모든 것을 견디어냅니다. (……) 그러므로 믿음과 희망과 돈, 이 세 가지는 언제까지나 남아 있을 것입니다. 이 중에서 가장 위대한 것은 돈입니다.

—⟨고린토인들에게 보낸 첫째 편지⟩ 13장(개작함)

차례 ———

엽란을 날려라

해설

역설로 가득한 삶을 산 작가의 뒤틀린
자화상 —금정연

조지 오웰 연보

1

시계가 2시 반을 알렸다. 매케크니 씨의 서점 안쪽에 있는 작은 사무실에서 고든―스물아홉 살이지만 벌써 좀먹은 듯 겉늙은, 콤스톡가의 마지막 자손 고든 콤스톡―은 테이블에 느긋하게 앉아, 4펜스짜리 플레이어스 웨이츠 담뱃갑을 엄지손가락으로 열었다 닫았다 하고 있었다.

더 멀리서 또 다른 시계―거리 건너편의 퍼브인 프린스 오브 웨일스의 시계―가 땡땡 울리며 정체된 공기에 잔물결을 일으켰다. 고든은 억지로 몸을 일으켜 담뱃갑을 안주머니에 집어넣었다. 담배가 피우고 싶어 죽을 지경이었다. 하지만 겨우 네 개비밖에 남지 않았다. 오늘은 수요일이고, 금요일까지는 들어올 돈이 없었다. 오늘 밤

9

뿐만 아니라 내일도 하루 종일 담배 없이 버텨야 한다면 너무 잔인한 일이었다.

담배 없는 내일 찾아들 따분함을 벌써부터 느끼며 그는 일어나서 문 쪽으로 움직였다. 연약한 뼈로 조바심치며 움직이는 작고 가냘픈 몸. 코트는 오른쪽 소매의 팔꿈치 부분이 툭 튀어나와 있고, 가운데 단추가 떨어져 있었다. 기성복인 플란넬 바지는 제 모양을 잃어 흉물스럽고 더러웠다. 구두는 대충 봐도 창을 갈아야 했다.

그가 일어설 때 바지 주머니에서 동전이 짤랑거렸다. 얼마가 들어 있는지 고든은 정확한 액수를 알고 있었다. 5.5펜스—2.5펜스에 3펜스짜리 동전 하나. 고든은 멈춰서서 처량한 3펜스 동전을 꺼내어 바라보았다. 고약하고 쓸모없는 것! 멍청하게 이걸 받다니! 어제 담배를 살 때 일어난 일이었다. "3펜스짜리 동전도 괜찮을까요, 손님?" 개 같은 여자 점원이 새된 목소리로 물었다. 물론 그는 잠자코 받았다. "그럼요, 괜찮아요!" 바보 같으니라고, 이 지독한 머저리!

수중에 5.5펜스밖에 없고, 그나마 3펜스는 쓰지도 못한다고 생각하니 고든은 욕지기가 났다. 3펜스 동전으로 뭘 살 수 있을까? 이건 돈이 아니다, 이게 바로 답이다. 한 움큼의 다른 동전 속에 끼어 있으면 모를까, 주머니에서 3펜스 동전만 달랑 꺼내면 정말 한심해 보인다. "얼마예요?"라고 물었다가 "3펜스요"라고 여자 점원이 답하면, 주머니 속을 더듬다 고 작고 우스꽝스러운 것을 티들 리윙크* 원반처럼 손가락 끝에 붙여 꺼낸다. 여자 점원 은 콧방귀를 뀐다. 손님에게 마지막 남은 3펜스라는 사 실을 곧장 알아챈다. 점원이 3펜스 동전을 힐끔거린다. 크리스마스 푸딩이 아직 묻어 있나 궁금한 것이다. 점 원을 뒤로하고 도도하게 나가고 나면 다시는 그 가게에 가지 못한다. 절대! 3펜스 동전을 쓸 순 없다. 그렇다면 2.5펜스가 남는다. 금요일까지 2.5펜스로 버텨야 한다.

  손님이 거의 없는, 점심이 지난 한적한 시간이었다. 고 든은 7천 권의 책과 함께 홀로 남아 있었다. 사무실과 이 어져 있는 작고 어두침침한 방은 벌레 먹은 종이와 먼지 냄새를 풍겼고, 책으로 가득 채워져 있었다. 대부분은 낡 고 팔리지 않는 책이었다. 천장에 닿을 듯한 맨 위 선반 에는 이제 출판되지 않는 4절판짜리 백과사전들이 공동 묘지에 층층이 쌓인 관처럼 가로누운 채 무더기로 잠들 어 있었다. 고든은 옆방으로 들어가는 문 역할을 하는 먼 지투성이 파란 커튼을 옆으로 밀쳤다. 다른 방보다 조명 이 더 밝은 이곳은 대여실이었다. 책에 돈 쓰기 싫어하는 사람들이 애용하는 '2펜스 도서관'.** 물론 이 도서관에 는 소설밖에 없었다. **퍽이나** 대단한 소설들이었다! 하지

---

  * 동전만 한 원반의 한쪽 끝을 눌러 튕겨서 멀리 있는 컵에 넣는 놀이.
  ** 현대 대중소설을 대개 한 권당 일주일에 2펜스를 받고 보증금 없이 빌 려주는, 서점 내의 서고.

만 이 또한 어쩔 수 없는 일이었다.

800여 권의 소설이 방의 세 벽을 천장까지 빼곡히 채웠다. 현란하고 길쭉한 책등이 줄줄이 이어져, 색색의 벽돌을 똑바로 세워서 쌓은 벽처럼 보였다. 책들은 알파벳순으로 정리되어 있었다. 알런(Arlen), 버로스(Burroughs), 디핑(Deeping), 델(Dell), 프랭카우(Frankau), 골즈워디(Glasworthy), 깁스(Gibbs), 프리스틀리(Priestley), 자퍼(Sapper), 월폴(Walpole). 고든은 무기력한 혐오감에 휩싸여 책들을 바라보았다. 이 순간 모든 책, 특히 소설이 싫었다. 그 눅눅하고 어설픈 쓰레기들이 한곳에 모여 있다고 생각하면 소름이 끼쳤다. 푸딩, 슈에트 푸딩* 같았다. 그를 에워싸고 있는 800여 개의 푸딩 조각. 푸딩 돌로 만들어진 납골당. 이런 생각을 하니 속이 답답해졌다. 고든은 열린 문간을 지나 서점의 앞쪽으로 들어갔다. 그러면서 머리를 매만져 반드럽게 폈다. 습관이었다. 어쨌거나 유리문 밖에 여자들이 있을지도 모르니까. 고든은 외모가 변변찮았다. 키는 겨우 170센티미터 정도였고, 늘 머리칼이 긴 상태여서 체격에 비해 머리가 커 보였다. 그는 자신의 작은 키를 항상 의식했다. 남의 시선이 느껴지면 "신경 꺼"라고 말하듯 허리를 곧추세우고 가슴을 쭉 내밀었고, 그러면 단순한 사람들은 그의 키를 조금 더 크게

---

* 다진 쇠고기 지방과 밀가루에 건포도 등을 섞어 쪄서 만드는 푸딩.

보기도 했다.

하지만 밖에는 아무도 없었다. 서점의 나머지 부분과 달리 앞쪽 공간은 깔끔하고 호화로워 보였으며, 진열창의 책들을 제외하고 2천여 권이 서가에 꽂혀 있었다. 오른편의 유리 진열장에는 아동 도서가 들어 있었다. 고든은 래컴*풍의 끔찍한 책 커버에서 눈을 돌렸다. 블루벨 들판을 웬디처럼 경쾌하게 걷고 있는 요정 같은 꼬마들. 그는 유리문 밖을 내다보았다. 바람이 점점 더 거세어지는 궂은 날이었다. 하늘은 납빛이고, 거리의 자갈길은 미끄러웠다. 오늘은 11월 30일, 성 앤드루의 날이었다. 매케크니의 서점은 네거리가 모이는 엉성한 모양의 광장에서 구석 자리를 차지하고 있었다. 문에서 왼편으로 눈을 돌리면 거대한 느릅나무가 한 그루 보였다. 지금은 이파리가 다 떨어지고, 무수히 많은 잔가지가 하늘을 배경으로 암갈색 레이스 무늬를 만들어냈다. 맞은편의 프린스 오브 웨일스 옆에는 이런저런 합성 쓰레기로 내장을 썩히라고 권하는 광고들로 도배가 된 높다란 광고판이 서 있었다. 인형 같은 괴이한 얼굴들, 멍청한 낙관주의로 가득 찬 얼빠진 분홍빛 얼굴들의 전시관. QT 소스, 트루위트 브렉퍼스트 크리스프스('아이들이 브렉퍼스트 크리스

  ※ 아서 래컴(1867-1939). 영국의 동화책 삽화가로 『피터 팬』을 비롯한 수많은 작품의 삽화를 그렸다.

프스를 달라고 아우성쳐요'), 캥거루 부르고뉴, 비타몰트 초콜릿, 보벡스. 그중에서도 보벡스 광고가 가장 우울했다. 쥐 같은 얼굴에 안경을 끼고 머리칼이 에나멜가죽처럼 반짝이는 한 사무원이 카페 테이블에 앉아 흰 컵에 담긴 보벡스를 내려다보며 씩 웃고 있었다. 그 밑에는 '롤런드 버타는 보벡스와 함께 식사를 즐깁니다'라는 문장이 쓰여 있었다.

고든은 눈의 초점을 가까이로 당겼다. 먼지가 끼어 흐릿한 유리에 비친 얼굴이 그를 쳐다보고 있었다. 좋은 얼굴은 아니었다. 아직 서른도 되지 않았건만 벌써 노티가 났다. 아주 파리한 안색에, 절대 펴지지 않을 듯 깊이 파인 주름. 넓은 이마는 그런대로 봐줄 만했지만, 작고 뾰족한 턱 때문에 전체적인 얼굴형이 타원보다는 배 모양에 가까웠다. 헝클어진 쥐색 머리칼, 퉁명스러워 보이는 입, 초록색에 가까운 적갈색 눈동자. 그는 다시 눈의 초점을 먼 곳에 맞추었다. 요즘은 거울 보기가 싫었다. 바깥세상은 을씨년스럽고 겨울 분위기가 물씬 풍겼다. 전차가 쉰 목소리로 울어대는 강철 백조처럼 자갈길 위를 삐걱삐걱 지나가고, 그 여파로 일어난 바람에 낙엽 부스러기들이 휘날렸다. 느릅나무의 잔가지들은 세차게 휘돌며 동쪽으로 끌려가고 있었다. QT 소스를 광고하는 포스터의 가장자리가 뜯겨, 가늘고 기다란 종잇조각이 작은 깃발처럼 간헐적으로 펄럭거렸다. 오른편의 골목길에서도, 인도에 줄지어 선 헐벗은 포플러들이 바람을 맞아 휙 구부러졌다. 심술궂은 날파람. 휘몰아치는 그 바람에는 위협적인 구석이 있었다. 겨울의 첫 노호. 고든의 머릿속에 시구 두 행이 떠오를락 말락 했다.

어떤 바람이 날카롭게 ─ 이를테면, 험악한 바람? 아니, 위협적인 바람이 낫겠다. 위협적인 바람이 불어온다 ─ 아니, '휘몰아친다'라고 하자.

어떤 포플러들 ─ 휘청거리는 포플러들? 아니, 휘어지는 포플러들이 낫겠다. '휘몰아친다'와 '휘어진다' 사이의 유사성? 상관없다. 이제 갓 헐벗은 포플러들이 휘어진다. 좋았어.

위협적인 바람이 날카롭게 휘몰아쳐
이제 갓 헐벗은 포플러들이 휘어진다.

좋아. '이제 갓 헐벗은'은 글자 수를 맞추려 억지로 집어넣은 것이었다. 초서 이후 모든 시인이 시의 형식을 중시하지 않았던가. 하지만 고든은 의욕이 서서히 사그라졌다. 그는 주머니에 든 돈을 뒤집어보았다. 2.5펜스, 그리고 3펜스짜리 동전 ─ 그러니까 전 재산은 2.5펜스인 셈이었다. 권태로워서 머리가 제대로 돌아가지 않았다. 운을 맞추고 적절한 형용사를 찾기가 어려웠다. 주머니에 2.5펜스밖에 없는데, 할 수 있을 리가 없다.

고든의 두 눈은 다시 맞은편의 포스터들에 초점을 맞추었다. 역겹고 더러운 것들. 그가 광고 포스터를 증오하는 데는 개인적인 이유가 있었다. 그는 자기도 모르게 광고 문구들을 다시 읽고 있었다. '캥거루 부르고뉴―영국인을 위한 와인.' '남편을 늘 미소 짓게 만드는 QT 소스.' '비타몰트 한 조각으로 하루 종일 하이킹을!' '이마가 넓어지고 있다고요? 비듬이 그 원흉입니다.' '아이들이 브렉퍼스트 크리스프스를 달라고 아우성쳐요.' '농루? 남의 이야기!' '롤런드 버타는 보벡스와 함께 식사를 즐깁니다.'

하! 손님이다―어쨌든 손님이 될 가능성이 있다. 고든은 몸을 뻣뻣하게 굳혔다. 문 옆에 서서 앞창을 비스듬히 바라보면, 남의 눈에 띄지 않게 밖을 내다볼 수 있다. 그는 잠재적 고객을 유심히 살폈다.

검은 정장에 중산모를 쓰고, 우산과 공문서 속달 상자를 들고 있는―지방 변호사 아니면 관공서의 서기관이리라―인상이 점잖은 중년 남자가 엷은 색의 큼직한 눈으로 창을 들여다보고 있었다. 무슨 죄라도 지은 듯한 표정으로. 고든은 남자의 시선을 따라가 보았다. 아! 저거였군! 이 남자는 저쪽 구석에 있는 D. H. 로런스의 소설 초판을 발견한 것이다. 외설물을 기대하고 있겠지, 물론. 채털리 부인에 대해 막연히 들었을 테지. 얼굴은 별로군, 고든은 생각했다. 안색이 창백하고 생기라곤 없는 데다 솜털로 뒤덮여 있고, 윤곽이 흉했다. 외모로 보면 웨일스 사람 같았다. 어쨌든 비국교도는 확실했다. 비국교도들이 흔히 그렇듯 입가의 살이 밑으로 처져 있었다. 고향에서는 순경 연맹이나 해안 자경단(고무창 슬리퍼를 신고 손전등을 들고 다니며, 해변 거리에서 키스하는 연인들을 적발한다)의 회장이었다가 지금은 시내에서 난장판으로 놀고 있으리라. 고든은 남자가 들어왔으면 싶었다. 그 남자에게 『사랑하는 여인들』을 팔고 싶었다. 읽으면서 얼마나 실망할까!

하지만 이런! 웨일스인 변호사는 꽁무니를 빼고 말았다. 우산을 옆구리에 끼고서 고결하게 엉덩이를 돌려 떠났다. 하지만 틀림없이 오늘 밤 어둠이 내려 붉어진 얼굴을 감출 수 있게 되면, 포르노물을 파는 가게에 가서 세이디 블랙아이스*의 『파리 수녀원에서의 유흥』을 살 것이다.

고든은 문에서 몸을 돌려 서가로 돌아갔다. 대여실 밖의 왼쪽 서가에는 신간들과 비교적 최근에 나온 책들이 꽂혀 있었다. 유리문으로 힐끔 안을 들여다보는 사람의 눈길을 사로잡기 위해 선명한 색깔의 책을 모아놓은 구역이었다. 얼룩 하나 없이 매끈한 책등들이 사람들의 손길을 갈망하는 듯했다. "나를 사줘요, 나를 사줘요!" 하고 말하면서. 이제 막 출간된 소설들 — 아직 범해지지 않은

＊ 포르노 소설을 쓴 프랑스 작가 피에르 뒤마르시(1882-1970)의 필명.

신부들처럼, 종이칼에게 순결을 빼앗길 순간을 기다리고 있었다―과 더 이상 처녀가 아니지만 여전히 꽃다운 젊은 과부들 같은 서평용 증정본, 그리고 오랫동안 잃지 않은 순결을 여전히 희망차게 지키고 있는 '떨이들'. 이 측은한 노처녀 같은 것들이 여기저기 여섯 권씩 무리 지어 있었다. 고든은 '떨이들'에게서 눈을 돌렸다. 저것들은 나쁜 기억을 불러일으켰다. 2년 전 그가 발표했던 단 한 권의 한심한 책은 정확히 153권 팔린 다음 '떨이'가 되었다. '떨이'로도 그 책은 팔리지 않았다. 고든은 신간 코너를 지나 그곳과 직각을 이루고 있는 서가 앞에 멈추어 섰다. 거기에는 헌책들이 꽂혀 있었다.

오른편은 시집들의 서가였다. 고든의 앞에 이것저것 다양한 산문시집이 보였다. 눈높이에는 깨끗하고 비싼 책이, 그 위쪽과 아래쪽으로 갈수록 점점 더 지저분하고 저렴한 책이 꽂혀 있었다. 모든 서점에서는 진화론적 투쟁이 진행 중이다. 살아 있는 작가의 작품은 눈높이에 안착하고, 죽은 자의 작품은 위나 아래로 끌려간다―지옥으로 떨어지거나 왕좌로 올라가거나. 하지만 눈에 띄는 자리에서 늘 멀리 떨어져 있다. 아래 칸들에서는 빅토리아 여왕 시대의 멸종한 괴물, '고전들'이 묵묵히 썩어가고 있었다. 스콧, 칼라일, 메러디스, 러스킨, 페이터, 스티븐슨. 널따랗고 촌스러운 책등에 적힌 이 이름들은 읽기조차 힘들었다. 잘 보이지 않는 꼭대기 칸에는 공작들의 땅딸막한 전기가 잠들어 있었다. 그 밑에는 아직 팔릴 만해서 손이 닿는 곳에 배치된 '종교' 문학 서적이 있었다. 종파와 교리의 구분 없이 다 함께 뭉뚱그려졌다. 『영혼의 손길이 내게 닿았다』의 저자가 쓴 『저 너머의 세계』. 주임 사제 패러의 『그리스도의 생애』. 『최초의 로터리 클럽 회원 예수』. 힐레어 체스트넛 신부가 로마가톨릭 선전용으로 발표한 최신작. 종교 서적은 눈물을 짜내기만 하면 잘 팔린다. 그 밑으로 정확하게 눈높이에는 현대 소설이 꽂혀 있었다. 프리스틀리의 최신작. 신문의 가벼운 문학 에세이를 옮겨 실은 앙증맞은 책들. 허버트와 녹스와 밀른의 유쾌한 '해학소설'. 수준 높은 책도 몇 권 있었다. 헤밍웨이와 버지니아 울프의 소설 한두 권. 스트레이치*를 모방하여 이해하기 쉽게 쓴 세련된 전기들. 이튼에서 케임브리지로, 케임브리지에서 문학 비평으로 탄탄대로를 우아하게 달려온 돈 많은 젊은것들이 무난한 화가들과 무난한 시인들에 관해 쓴 건방지고 고상한 책들.

고든은 벽처럼 쌓여 있는 책들을 흐리멍덩한 눈으로 바라보았다. 옛것이든 새것이든, 고급이든 저질이든, 건방지든 재미있든 하나같이 꼴도 보기 싫었다. 책들이 눈에 띄기만 해도, 글을 못 쓰고 있는 자신의 현실이 뼈저리게 느껴졌다. 명색이 '작가'라는 사람이 제대로 '쓰지

※ 자일스 스트레이치(1880~1932). 영국의 전기 작가.

도' 못하고 있으니! 책이 출판되느냐 마느냐의 문제가 아니었다. 그는 아무것도, 거의 한 글자도 쓰지 못하고 있었다. 그런데 서가를 꽉 채우고 있는 저 졸작들. 뭐, 적어도 저 책들은 존재했다. 그것도 성과라면 성과였다. 델과 디핑 같은 작자들도 1년에 한 권은 책을 내고 있건만. 하지만 고든이 가장 증오하는 대상은 오만한 '교양' 서적이었다. 비평서와 순문학. 케임브리지 출신의 돈 많은 젊은 것들이 잠결에 쓰는 책들. 고든 자신도 돈만 조금 더 있었다면 그런 책을 썼을지 모른다. 돈과 교양! 영국 같은 나라에서는 돈이 없으면 캐벌리 클럽*의 회원도 교양인도 되지 못한다. 흔들리는 이를 자꾸 건드리는 아이와 같은 본능으로, 고든은 건방져 보이는 책 ―『이탈리아 바로크 양식의 몇 가지 측면』― 을 꺼내어 펼쳐서 한 단락 읽고는, 혐오와 질투가 뒤섞인 감정으로 서가에 도로 밀어 넣었다. 저 지독한 박식함이라니! 뿔테 안경을 쓴 작자에게나 어울릴 법한 저 불쾌한 고상함이라니! 그리고 그 고상함이 의미하는 건 돈! 결국, 그 뒤에 돈 말고 무엇이 있단 말인가? 제대로 된 교육을 위한 돈, 영향력 있는 친구를 사귀기 위한 돈, 여가와 마음의 평화를 위한 돈, 이탈리아 여행을 위한 돈. 돈이 책을 쓰고, 돈이 책을 판다. 제게 고결함을 주지 마소서, 오 주여, 제게 돈을 주소서, 오

---

* Cavalry Club. 1890년 런던에서 설립된 상류층 신사 모임.

로지 돈을.

그는 주머니에 든 동전들을 짤랑거렸다. 서른이 다 된 나이에 이룬 거라곤 하나도 없었다. 쫄딱 망해버린 처량한 시집 한 권뿐. 그리고 그 후 꼬박 2년 동안 도무지 진전이 없는 무시무시한 작품의 미궁에 갇혀 버둥거리고 있었다. '글을 쓸' 힘을 잃은 건 돈이 없어서였다, 그저 돈이 없어서. 고든은 신조라도 되는 양 그 논리에 매달렸다. 돈, 돈, 모든 것이 돈이다! 용기를 북돋아 줄 돈 한 푼 없이 싸구려 연애소설이라도 쓸 수 있을까? 창작, 에너지, 기지, 스타일, 매력. 어느 것 하나 공짜로 얻을 수 없다.

그렇지만 서가를 쭉 훑어보던 그는 마음이 조금 편해졌다. 수많은 책이 퇴색하고 사람들에게 읽히지 않았다. 결국엔 우리 모두 같은 처지야. Memento mori(죽음을 기억하라). 당신들이나 나나 케임브리지 출신의 건방진 젊은이들이나 똑같이 잊힐 운명인 것을. 물론 케임브리지 출신의 저 건방진 젊은이들이 좀 더 오래 버티겠지만. 고든은 발치에 있는 낡아빠진 '고전'을 내려다보았다. 죽은 책들, 하나같이 죽은 책들. 칼라일과 러스킨과 메러디스와 스티븐슨. 모두 죽었다. 신의 저주가 깃들길. 그는 색바랜 제목들을 휙 훑어보았다.『로버트 루이스 스티븐슨 서한집』. 하, 하! 웃기시네.『로버트 루이스 스티븐슨 서한집』이라니! 책의 위쪽 가장자리가 먼지에 뒤덮여 새까맸다. 그대는 먼지이니 먼지로 돌아가라. 고든은 스티븐슨의 딱딱한 버크럼* 엉덩이를 발로 찼다. 이봐, 사기꾼 영감. 스코틀랜드인 아니랄까 봐 꼬장꼬장해서는.

땡! 서점 문에 달린 종이 울렸다. 고든은 몸을 빙 돌렸다. 책을 빌리러 온 손님 둘.

등이 구부정하니 매가리라고는 없는 모습이 쓰레기 더미 속에 코를 박고 있는 더러운 오리처럼 보이는 하층계급 여자가 골풀 바구니를 만지작거리며 슬그머니 들어왔다. 그 뒤로 뺨이 붉고 통통한, 작은 참새 같은 중위 중산층 여자가 『포사이트가(家) 이야기』**를 옆구리에 끼고서 들어왔다. 자기가 교양인임을 행인들에게 보여주기 위해 책 제목을 바깥쪽으로 향한 채.

고든은 찌푸리고 있던 얼굴을 폈다. 대여실 정기 회원을 대할 때 늘 그러듯 가족 주치의 같은 허물없고 상냥한 태도로 그들을 맞았다.

"어서 오세요, 위버 부인. 어서 오세요, 펜 부인. 날씨가 너무 안 좋네요!"

"지독하네요!" 펜 부인이 말했다.

고든은 그들이 지나갈 수 있도록 옆으로 비켜섰다. 위버 부인이 골풀 바구니를 뒤엎어, 손때가 많이 탄 에설 M. 델의 『은혼식』을 바닥으로 쏟았다. 펜 부인의 새처럼

---

 * 과거 책 표지 등에 쓰이던, 면이나 마를 뻣뻣하게 만든 천.
** 노벨 문학상을 수상한 영국 작가 존 골즈워디(1867-1933)의 소설.

밝은 두 눈이 그 책을 내려다보았다. 위버 부인의 등 뒤에서 그녀는 고든에게 능글맞은 미소를 보냈다. 교양인이 교양인에게 보내는 미소. 델이라니! 천박하게! 하층계급 인간들 책 읽는 수준하고는! 다 안다는 듯 고든은 미소로 답했다. 그들은 교양인들끼리 주고받는 미소를 띤 채 대여실로 들어갔다.

펜 부인이 『포사이트가 이야기』를 테이블에 내려놓고는 참새 같은 가슴을 고든에게로 돌렸다. 그녀는 늘 고든에게 아주 사근사근했다. 가게를 보는 점원인 그를 콤스톡 씨라 부르고, 그와 문학에 관한 대화를 나누었다. 그들 사이에는 교양인끼리의 암묵적인 동지애가 있었다.

"『포사이트가 이야기』 재미있게 읽으셨나요, 펜 부인?"

"감탄이 절로 나오는 **경이로운** 작품이죠, 콤스톡 씨! 난 이번이 벌써 네 번째잖아요. 대작이라니까요, 진정한 대작!"

위버 부인은 책들 사이를 천천히 돌아다녔다. 책이 알파벳순으로 정리되어 있다는 걸 알아채기에는 우둔한 사람이었다.

"이번 주에는 뭘 봐야 할지 모르겠네." 위버 부인이 지저분한 입술로 웅얼거렸다. "딸애는 나더러 계속 디핑을 읽어보라는데. 걔는 디핑을 열심히 읽거든요. 그런데 사위는 버로스가 더 낫다고 하고. 어떡한담."

버로스라는 이름이 언급되자 펜 부인의 얼굴에 경련이

일었다. 그녀는 위버 부인에게서 등을 휙 돌렸다.

"내 생각에는요, 콤스톡 씨, 골즈워디는 뭔가 **거장다운** 면이 있어요. 아주 대담하고, 아주 보편적이면서도, 동시에 영국의 정신을 완벽하게 담아내잖아요. 아주 **인간적**이에요. 골즈워디의 작품들은 진정한 **인간** 기록이에요."

"프리스틀리도 마찬가지죠. 프리스틀리도 굉장히 훌륭한 작가라고 생각하는데, 안 그래요?" 고든이 말했다.

"오, 그럼요! 그릇이 크고 대담한 데다 아주 인간적이죠! 그리고 영국적인 정서를 바탕으로 하고 있고!"

위버 부인은 입술을 오므렸다. 그 뒤로 누런 치아 세 개가 듬성듬성 나 있었다.

"난 아무래도 또 델이나 읽어야겠어. 델 거 더 있죠? 난 델이 **정말** 재밌더라. 딸애한테도 말하잖아요. '너희는 디핑이랑 버로스나 계속 읽어. 난 델이 좋아'라고요." 위버 부인이 말했다.

딩 동 델!* 공작들과 개 채찍! 펜 부인이 교양인의 조소가 담긴 눈빛을 고든에게 보냈다. 고든은 그녀의 신호에 답했다. 펜 부인의 비위를 잘 맞춰주어야 한다! 놓치기 아까운 단골손님이니까.

"오, 그럼요, 위버 부인. 한 칸 통째로 에설 M. 델 작품들만 있어요. 『그의 삶의 욕망』은 어떠세요? 읽으셨으려

※ 영국 동요의 제목. 〈딩 동 벨〉이라고도 한다.

나. 그럼 『명예의 제단』은요?"

"휴 월폴의 최신작은 없나요?" 펜 부인이 물었다. "이 번 주에는 **웅장한** 대작을 읽고 싶거든요. 요즘 월폴이 그 야말로 **대작가** 반열에 든 것 같아요. 내 기준으로는 골즈 워디 바로 다음이에요. 뭔가 **거장다운** 구석이 있어요. 그 러면서도 아주 인간적이고."

"그리고 그 본질은 아주 영국적이죠." 고든이 말했다.

"오, 그럼요! 아주 영국적이죠."

"난 그냥 『독수리의 길』이나 다시 읽을까 봐." 마침내 위버 부인이 말했다. "『독수리의 길』은 아무리 읽어도 안 질리지 않아요?"

"놀랄 정도로 인기가 많긴 하죠." 고든은 펜 부인을 바라보며 요령껏 말했다.

"오, **놀랄 정도로!**" 펜 부인은 고든을 바라보며 비꼬듯 그의 말을 따라 했다.

고든은 손님들이 주는 2펜스를 받았고, 펜 부인은 월폴 의 『헤리 가의 연대기』를, 위버 부인은 『독수리의 길』을 들고서 행복하게 서점을 떠났다.

이제 고든은 다른 방으로 돌아가 시집들의 서가로 향 했다. 이 서가에는 그를 사로잡는 우울한 마력이 있었다. 그 자신의 처량한 책이 그곳에 꽂혀 있었다. 물론, 팔리 지 않는 책들이 모여 있는 저 높은 칸에. 『생쥐들』, 고든 콤스톡 지음. 좀스러운 풀스캡 8절판*에 3실링 6펜스, 하지만 지금은 1실링으로 내려감. 서평을 쓴 열세 명의 멍청한 놈들(《타임스 리터러리 서플리먼트》는 고든을 '장래가 촉망되는' 시인이라 평했다) 가운데 제목에 숨어 있는 미묘한 농담을 알아챈 놈은 단 한 명도 없었다. 그리고 그가 매케크니의 서점에서 일한 2년 동안, 서가에서 『생쥐들』을 꺼낸 손님은 한 명도, 단 한 명도 없었다.

시집은 서가의 열다섯이나 스무 칸을 차지하고 있었다. 고든은 뚱하니 시집들을 바라보았다. 대부분은 졸작이었다. 눈높이보다 조금 높은 칸에는, 이미 하늘나라와 망각을 향해 가고 있는 왕년의 시인들, 고든이 더 젊었을 적에 스타였던 시인들이 있었다. 예이츠, 데이비스, 하우스먼, 토머스, 데라메어, 하디. 죽은 별들. 그 아래의 눈높이에는 폭죽처럼 확 터졌다가 금세 꺼져버린 시인들이 있었다. 엘리엇, 파운드, 오든, 캠벨, 데이루이스, 스펜더. 변변찮은 작자들. 위에는 죽은 스타들, 밑에는 변변찮은 작자들. 읽을 만한 글을 쓰는 작가가 또 나오기나 할까? 그래도 로런스는 괜찮았고, 정신이 나가기 전의 조이스는 훨씬 더 나았다. 하긴 괜찮은 작가가 나온다 한들, 쓰레기에 질식해 있는 우리가 알아볼 수나 있을까?

땡! 종이 울렸다. 고든은 몸을 돌렸다. 또 다른 손님이다.

선홍색 입술에 머리칼이 금빛인 스무 살 정도 된 청년

※ 가로세로 108×171밀리미터 정도의 판형.

이 여자처럼 경쾌한 걸음으로 들어왔다. 누가 봐도 돈깨나 있는 남자였다. 온몸으로 돈의 금빛 기운을 발산하고 있었다. 처음 보는 손님이었다. 새 손님에게 항상 그러듯 고든은 예의 바르고 굽실굽실한 태도를 취했다. 공식처럼 정해진 대사를 그대로 반복했다.

"어서 오세요. 뭘 도와드릴까요? 특별히 찾는 책이라도 있으신가요?"

"아, 아니요, 그게 아니라요." 여자 같은 목소리. "그냥 잠깐 **둘러봐도** 될까요? 진열창 때문에 못 참고 들어왔어요. 제가 서점만 보면 그냥 못 지나치거든요! 그래서 그냥 쪼르르 들어왔죠!"

그럼 다시 쪼르르 나가, 계집 같은 자식아. 고든은 애서가가 애서가에게 지을 법한 교양 있는 미소를 얼굴에 머금었다.

"아, 그러세요. 마음껏 둘러보셔도 됩니다. 혹시 시 좋아하세요?"

"아, 그럼요! 시 **정말 좋아하죠!**"

그럼 그렇지! 고상한 척하기 좋아하는 속물 자식. 예술가를 흉내 낸 옷차림하고는. 고든은 시집 칸에서 붉은색의 '얇은' 책을 슬쩍 꺼냈다.

"여기 이 시집들은 이제 막 나온 신간입니다. 아마 손님 취향에 맞으실 거예요. 보기 드문 번역서들이거든요. 불가리아 시집을 번역한 겁니다."

아주 교묘한 수법이다. 이제 혼자 내버려 둘 것. 손님을 대하는 요령. 재촉하지 말 것. 20분 정도 둘러보게 내버려 둘 것. 그러면 민망해서 뭐라도 살 테니까. 고든은 여자 같은 사내를 혼자 두고 조심스레 문 쪽으로 움직였다. 무심한 듯 한 손을 주머니에 집어넣어, 신사다운 태평한 분위기를 풍기며.

바깥의 질척질척한 거리는 우중충하고 음산해 보였다. 모퉁이 근처 어디에선가 말발굽 소리가 달각달각 차갑게 울렸다. 굴뚝에서 빠져나온 검은 연기 기둥이 바람을 타고 방향을 바꾸어, 경사진 지붕을 따라 평평하게 흘러내렸다. 아!

위협적인 바람이 날카롭게 휘몰아쳐
이제 갓 헐벗은 포플러들이 휘어진다.
굴뚝에서 나온 검은 띠들이
무슨무슨('탁한'과 비슷한) 바람을 타고 아래로 방향을
  튼다.

좋았어. 하지만 의욕이 사그라들었다. 고든의 시선은 또다시 거리 맞은편의 광고 포스터들로 향했다.

헛웃음이 나올 정도였다. 저토록 무력하고 단조롭고 매력 없는 광고라니. **저런 것**들에 현혹될 사람이 누가 있을까! 엉덩이에 여드름이 도톨도톨 난 서큐버스*와 다를

28

바가 없지 않은가. 저 광고들은 그를 우울하게 만들기도 했다. 돈의 악취, 온 사방에 풍기는 돈의 악취. 고든은 여자 같은 남자 손님을 슬쩍 훔쳐보았다. 손님은 시집 서가를 떠나 러시아 발레에 관한 큼직하고 비싼 책을 보고 있었다. 마치 도토리를 쥔 다람쥐처럼, 매가리 없어 보이는 분홍빛 손으로 우아하게 책을 들고서 사진들을 유심히 들여다보고 있었다. 고든은 이런 유형의 인간들을 잘 알았다. '예술을 애호하는' 부유한 청년. 정확히 말하자면, 예술가가 아니라 예술에 기생하는 식객이었다. 예술가들의 작업실을 들락거리며 추문이나 퍼뜨리는 인간. 행동거지는 여자 같지만, 번듯하게 생긴 청년이었다. 뒷덜미의 피부가 조개껍질의 안쪽처럼 야들야들해 보였다. 1년에 500파운드 이상 벌지 않으면 저런 피부를 가질 수 없다. 모든 부자가 그러듯 이 청년도 귀티라는 매력을 풍겼다. 돈과 매력. 누가 이 둘을 갈라놓을 수 있을까?

고든은 매력적이고 부유한 친구이자 《적그리스도(*Antichrist*)》의 편집자인 래블스턴을 떠올렸다. 고든은 래블스턴을 지나칠 정도로 좋아했지만, 2주에 한 번씩만 만났다. 그리고 그를 사랑하는 여자 로즈메리. 로즈메리는 고든을 정말 좋아한다고 말하면서도 절대 그와 동침하지 않았다. 또 돈이 문제다. 모든 것이 돈이다. 어떤 인간관

※ 잠자는 남자를 덮쳐 정을 통한다는 여자 악령.

계든 돈으로 사야 한다. 돈이 없으면 남자들에게 관심받지 못하고, 여자들에게 사랑받지 못한다. 다시 말해, 사람들은 변변찮은 인간에게 관심이나 사랑을 주지 않는다. 이 얼마나 올바른 처사인가! 가난뱅이는 사랑스러운 구석이 없으니 말이다. 설령 인간의 언어를 말하고 천사의 말까지 한다 하더라도.* 하긴, 어차피 돈이 없으면 인간과 천사의 언어로 말하지 **못한다**.

고든은 광고 포스터들을 다시 바라보았다. 정말이지 역겨웠다. 이를테면 비타몰트! '비타몰트 한 조각으로 하루 종일 하이킹을!' 깔끔한 하이킹 복장을 차려입은 젊은 연인이 머리칼을 그림처럼 아름답게 바람에 휘날리며 서식스의 들판에서 목책에 달린 계단을 오르고 있다. 저 여자의 얼굴! 장난꾸러기 사내아이 같은 지독히도 밝고 씩씩한 얼굴! 건전한 오락거리를 즐길 것 같은 여자. 여자는 바람 때문에 옷매무새가 흐트러졌다. 짧은 카키색 반바지를 입고 있지만, 그렇다고 해서 여자의 엉덩이를 꼬집어도 되는 건 아니다. 그리고 그들 옆의 롤런드 버타. '롤런드 버타는 보벡스와 함께 식사를 즐긴다.' 고든은 혐오감에 휩싸여 그 포스터를 낱낱이 뜯어보았다. 회심의 미소를 짓는 쥐새끼처럼 히죽거리는 멍청한 얼굴, 반들반들한 검은 머리칼, 우스꽝스러운 안경. 롤런드 버타,

---

* 「고린토인들에게 보낸 첫째 편지」 13장 1절.

시대의 상속자. 워털루의 승리자, 롤런드 버타, 그의 주인들이 원하는 현대인. 지저분한 돈 우리에 앉아 보벡스를 마시는 고분고분한 뚱보.

바람을 맞아 누렇게 뜬 얼굴들이 지나갔다. 전차 한 대가 굉음을 내며 광장을 가로지르고, 프린스 오브 웨일스의 시계가 3시를 쳤다. 부랑자인지 거지인지 알 수 없는 늙은이와 그의 아내가 땅에 닿을 만큼 길고 기름때에 찌든 외투를 입고서 발을 질질 끌며 서점으로 걸어오고 있었다. 행색을 보아하니 책에 돈을 쓸 인간들이 아니었다. 바깥에 둔 상자에서 눈을 떼지 않는 것이 좋겠다. 남자는 몇 미터 떨어진 갓돌에 멈춰 서고, 아내가 문으로 왔다. 여자가 문을 열더니 기대와 악의가 뒤섞인 표정을 지으며 희끗희끗한 머리 가닥 사이로 고든을 올려다보았다.

"책을 사기도 하나?" 여자가 쉰 목소리로 다그치듯 물었다.

"가끔은요. 어떤 책인가에 달렸죠."

"내가 **괜찮은** 책들을 좀 가져왔는데."

노파가 땡 하는 소리와 함께 문을 닫으며 서점 안으로 들어왔다. 여자 같은 남자 손님은 못마땅한 기색으로 어깨 너머를 힐끔거리더니 한두 걸음 구석으로 움직였다. 노파가 외투 속에서 기름때 묻은 자그마한 자루를 하나 꺼냈다. 그러고는 은근한 걸음으로 고든에게 더 가까이 다가왔다. 노파에게서 아주, 아주 오래 묵은 빵 껍질 냄새가 풍겼다.

"사려오?" 노파는 자루를 묶은 부분을 꽉 쥐며 물었다. "반 크라운*만 받을게."

"무슨 책인데요? 보여주세요."

"괜찮은 책들이라니까." 노파가 자루를 풀기 위해 몸을 구부리며 속삭이듯 말하자, 아주 강렬한 빵 껍질 냄새가 확 끼쳤다.

"여기!" 노파는 이렇게 말하며, 더러워 보이는 책 한 아름을 고든의 얼굴에 닿을 듯 힘껏 들이밀었다.

샬럿 M. 영이 쓴 소설들의 1884년판이었고, 수년 동안 계속 잠들어 있었던 듯한 꼴을 하고 있었다. 고든은 갑자기 구역질이 나 뒤로 물러섰다.

"이 책들은 못 삽니다." 그가 퉁명스레 말했다.

"못 사? 왜 못 산다는 거야?"

"필요가 없으니까요. 이런 책은 못 팔아요."

"그런데 뭐 하러 꺼내라고 했어?" 노파가 사납게 다그쳤다.

고든은 냄새를 피하려 노파를 멀찍이 빙 돌아가 문을 연 뒤 말없이 붙잡았다. 말씨름을 해봐야 좋을 것이 없었다. 하루 내내 이런 인간들이 수없이 서점을 들락거렸다.

※ 2실링 6펜스의 가치를 지닌 영국의 옛 주화. 당시 영국의 화폐는 1파운드가 20실링이었으며, 1실링은 12펜스였다.

노파는 뒷덜미의 심술궂은 군살을 드러내고 뭐라 웅얼거리며 밖으로 나가 남편과 합류했다. 남편은 갓돌에서 콜록거렸다. 그 소리가 어찌나 낭랑한지 문을 뚫고 들어올 정도였다. 가래 한 덩어리가 작고 흰 혀처럼 입술 사이로 느릿느릿 흘러나와 도랑 속으로 빠졌다. 그러고 나서 두 노인은 기다란 기름투성이 외투로 온몸을 감싸고 두 발만 밖으로 드러낸 채 딱정벌레처럼 발을 질질 끌며 떠났다.

고든은 떠나는 노인들을 지켜보았다. 저들은 부산물에 불과했다. 돈의 신에게 버림받은 존재들. 온 런던에서 저런 구질구질한 늙은이 수만 명이 더러운 딱정벌레처럼 무덤을 향해 기어가고 있었다.

고든은 우아한 구석이라곤 없는 거리를 내다보았다. 이 순간 그에게는 이런 거리에서, 이런 마을에서 사는 인생이란 죄다 의미 없고 끔찍하게 느껴졌다. 이 시대에 풍토병처럼 퍼져 있는, 모든 것이 무너져 내리고 썩어가는 듯한 느낌이 그를 강타했다. 웬일인지 그 느낌은 맞은편의 광고 포스터들과 한데 뒤섞였다. 고든은 히죽거리고 있는 넙데데한 얼굴들을 노려보았다. 거기에는 우둔함과 탐욕과 저속함 이상의 것이 있었다. 롤런드 버타는 가짜 치아를 번득이며 낙천적인 표정으로 활짝 웃고 있다. 하지만 웃음 뒤에 있는 건? 쓸쓸함, 공허함, 파멸의 예언. 눈이 달린 사람이라면, 저 반들반들한 자기만족 뒤에, 저 킬킬거리는 배불뚝이의 하찮음 뒤에 숨어 있는 무시무시한 공허, 은밀한 절망이 보이지 않을까? 죽음을 동경해 마지않는 현대 세계. 동반 자살. 쓸쓸한 임대 아파트에서 가스 오븐에 처박힌 머리들. 콘돔과 피임약. 그리고 미래에 일어날 전쟁의 잔향. 런던 하늘을 가로지르는 적군의 전투기들. 프로펠러가 위협적으로 윙윙거리는 굵직한 소리, 천둥소리 같은 굉음을 내며 팡팡 터지는 폭탄. 이 모든 것이 롤런드 버타의 얼굴에 쓰여 있다.

손님들이 더 오고 있었다. 고든은 예의를 차려 고분고분하게 뒤로 물러섰다.

종이 울렸다. 상위 중산층 여성 두 명이 요란스레 들어왔다. 한 명은 분홍빛 얼굴에 상큼한 서른다섯 살 정도된 여자로, 다람쥐 가죽 코트에 풍만한 가슴이 솟아 있고, 아주 여성스러운 파르마 제비꽃 향을 풍겼다. 다른한 명인 중년 여성은 억척스러워 보이고 피부가 카레색이었다. 아마도 인도인이리라. 그들 바로 뒤로 가무잡잡하고 꾀죄죄하고 수줍음 많은 청년이 고양이처럼 살금살금 문간을 넘어왔다. 청년은 최고의 손님 중 한 명이었다. 수줍음을 많이 타서 말이 거의 없고, 무슨 이상한 수를 쓰는지 이틀에 한 번씩만 면도를 하는, 그저 스쳐 지나가는 외톨이 인간.

고든은 공식으로 정해진 말을 읊었다.

"어서 오세요. 뭘 도와드릴까요? 특별히 찾는 책이라도 있으신가요?"

상큼한 얼굴의 여자는 고든이 당황할 정도로 환한 미소를 지었지만, 카레색 얼굴의 여자는 그의 질문을 무례함으로 받아들였다. 카레색 얼굴의 여자는 고든을 무시한 채 상큼한 얼굴의 여자를 신간 옆 서가로 끌어당겼다. 개와 고양이에 관한 책이 꽂혀 있는 코너였다. 두 여인은 곧장 이런저런 책들을 빼내며 시끄럽게 떠들기 시작했다. 카레색 얼굴의 여자는 목소리가 교관 같았다. 분명 대령의 아내나 과부일 것이다. 여전히 러시아 발레에 관한 큼직한 책에 푹 빠져 있던 여자 같은 남자는 눈에 안 띄게 조금씩 조금씩 물러났다. 얼굴을 보아하니, 조용히 독서를 즐길 수 있는 시간을 한 번만 더 방해받으면 서점에서 나가버릴 기세였다. 수줍음 많은 청년은 이미 시집 서가로 가 있었다. 두 여성은 꽤 자주 찾아오는 손님이었다. 늘 고양이와 개에 관한 책을 찾았지만, 한 권이라도 산 적은 없었다. 개와 고양이 관련 서적은 서가의 두 칸을 통째로 차지하고 있었다. 매케크니 영감은 그곳을 '여성 코너'라 불렀다.

　또 다른 손님이 대여실을 찾아왔다. 모자는 쓰지 않고 흰색 작업복을 입은 스무 살 정도의 못생긴 여자로, 누렇게 뜨고 우둔하고 순수해 보이는 얼굴에 눈이 일그러져 보일 정도로 도수 높은 안경을 쓰고 있었다. 그 여자는 약국 점원이었다. 고든은 대여 손님에 맞추어 사근사근하게 굴었다. 여자는 고든에게 미소를 지어 보이고는, 곰처럼 어설픈 걸음걸이로 그를 따라 대여실로 들어갔다.

"이번엔 어떤 책으로 드릴까요, 위크스 양?"

"흠." 여자는 작업복 앞면을 그러쥐었다. 당밀처럼 새까맣고 일그러진 두 눈에 신뢰를 가득 담아 고든을 바라보았다. "음, 야하고 재미있는 연애소설을 **정말** 읽고 싶어요. 저기, **현대적인** 걸로요."

"현대적인 거요? 바버라 베드워디는 어떨까요? 『거의 처녀』는 읽어봤어요?"

"아, 아니요, 그 여자 말고요. 너무 무겁거든요. 난 무거운 얘기는 못 참겠어요. 내가 원하는 건요, 저기, **그런 거** 있잖아요, **현대적인** 거. 섹스 문제나 이혼 같은. **그런 거**요."

"현대적이지만 무겁지 않은 소설이라." 고든은 교양 없는 사람들끼리 주고받을 법한 말투를 썼다.

그는 선정적인 현대 연애소설들 사이를 돌아다녔다. 대여실에 그런 책은 300권 넘게 있었다. 앞쪽 방에서 상큼한 얼굴과 카레색 얼굴의 상위 중산층 여자가 개에 관해 언쟁하는 소리가 들려왔다. 그들은 개 관련 서적을 한 권 빼내 사진들을 보고 있었다. 감정이 풍부한 큼직한 눈과 앙증맞은 검은 코 때문에 천사처럼 귀여운 페키니즈*의 사진을 두고 상큼한 얼굴의 여자가 열변을 토했다.

---

* 몸집이 아주 작고 털이 길며, 다리는 짧고 코가 납작한 개 품종의 하나.

아, 정말 귀여워죽겠어! 하지만 카레색 얼굴의 여자—역시 대령과 사별한 여자가 분명하다—는 페키니즈가 너무 감상적이라며, 배짱 두둑한 개, 싸울 줄 아는 개가 좋다고 말했다. 주인을 졸졸 따라다니는 감상적인 개는 질색이라고 했다. "넌 너무 매정해, 베델리아, 너무 매정하다고!" 상큼한 얼굴의 여자가 슬픈 목소리로 말했다. 종이 또 울렸다. 고든은 약국 여자에게 『진홍빛의 일곱 밤』을 건네고 여자의 대여 카드에 기록을 남겼다. 여자는 작업복 주머니에서 낡은 가죽 지갑을 꺼내어 그에게 2펜스를 지불했다.

고든은 앞쪽 방으로 돌아갔다. 여자 같은 남자 손님은 책을 엉뚱한 칸에 꽂아놓고는 사라지고 없었다. 마른 몸에 코가 쭉 뻗은, 씩씩해 보이는 여자가 들어왔다. 실용적인 옷차림과 금테 코안경을 보아하니 교사인 듯도 했고, 페미니스트는 확실했다. 여자는 워턴 베벌리 부인이 참정권 운동의 역사에 관해 쓴 책을 달라고 했다. 고든은 속으로 희희낙락하며, 그 책은 없다고 답했다. 여자는 송곳처럼 날카로운 눈으로 그의 남자다운 무능함을 비난한 후 밖으로 나갔다. 비쩍 마른 청년은 무슨 죄라도 지은 듯 구석에 어정쩡히 서서 D. H. 로런스의 『시집』에 얼굴을 파묻고 있었다. 다리 긴 새가 날개 밑에 머리를 묻고 있는 듯한 모양새였다.

고든은 문가에 섰다. 서점 밖에서는, 딸기코를 하고 카키색 목도리를 두른 영락한 중산층 노인이 6펜스짜리 책을 모아놓은 상자에서 책을 한 권씩 꺼내어 살피고 있었다. 상위 중산층 여자 두 명은 테이블에 책을 여러 권 어지럽게 펼쳐놓은 채 갑자기 떠났다. 상큼한 얼굴의 여자는 아쉬운 듯 개에 관한 책들을 힐끔힐끔 뒤돌아봤지만, 카레색 얼굴의 여자는 한 권도 사지 않겠다는 단호한 의지로 상큼한 얼굴의 여자를 끌고 나갔다. 고든이 문을 열어주었다. 두 여자는 그를 본체만체하며 요란스럽게 나갔다.

고든은 모피 코트를 입고 길을 따라 사라져가는 상위 중산층 여자들의 등을 바라보았다. 딸기코 노인은 책들을 거칠게 뒤지며 혼잣말을 하고 있었다. 정신머리가 살짝 나간 양반인 듯싶었다. 감시하고 있지 않으면 뭐라도 슬쩍해 가리라. 바람이 더욱 차가워져 거리의 진창이 말라가고 있었다. 이제 곧 담배를 피울 시간이었다. QT 소스 광고 포스터에서 찢긴 기다란 종잇조각이 소용돌이 바람에 휘말려, 빨랫줄에 널린 세탁물처럼 세차게 펄럭였다. 아!

위협적인 바람이 날카롭게 휘몰아쳐
이제 갓 헐벗은 포플러들이 휘어진다.
굴뚝에서 나온 검은 띠들은
아래로 방향을 틀고, 찢긴 포스터들은

바람의 채찍에 맞아 펄럭이네.

괜찮잖아, 썩 괜찮아. 하지만 계속 이어갈 마음은 없었다. 실은 그럴 수가 없었다. 그는 주머니에 든 돈을 만지작거렸다. 수줍음 많은 청년에게 들릴까 봐 짤랑거리지는 않았다. 2.5펜스. 내일은 하루 종일 담배를 빨지 못한다. 뼈가 쑤셨다.

프린스 오브 웨일스에 갑자기 불이 켜졌다. 청소를 시작한 모양이었다. 딸기코 노인은 2펜스짜리 책들의 상자에서 꺼낸 에드거 월리스의 작품을 읽고 있었다. 멀리서 전차 한 대가 우렁찬 소리를 내며 지나갔다. 웬만해서는 가게로 내려오지 않는 매케크니 씨는 윗방에 있었다. 흰 머리칼에 흰 턱수염을 기른 그 늙은이는 코담배 한 갑을 바로 옆에 두고서, 송아지 가죽 장정의 2절판으로 만든 미들턴의 『레반트를 여행하다』를 읽으며 꾸벅꾸벅 졸고 있었다.

비쩍 마른 청년은 손님이 자기 혼자라는 사실을 문득 깨닫고는 죄책감 어린 표정으로 고개를 들었다. 그 청년은 서점을 자주 다녔지만, 한곳에 10분 이상 머물지 않았다. 책을 향한 뜨거운 갈망, 그리고 폐를 끼칠지도 모른다는 두려움이 청년의 안에서 끊임없이 전쟁을 벌였다. 어느 서점에서든 10분이 지나면 불편해지고 불청객처럼 느껴져, 소심하게 아무 책이나 사서 달아나곤 했다. 청년은 말없이 로런스의 시집을 내민 뒤 주머니에서 플로린* 세 닢을 어색하게 꺼내어 고든에게 건네다 한 닢을 떨어뜨리고 말았다. 두 사람이 동시에 몸을 구부리다 서로 머리를 부딪쳤다. 청년은 약간 얼굴을 붉히며 뒤로 물러섰다.

"내가 주울게요." 고든이 말했다.

하지만 수줍음 많은 청년은 고개를 저었다. 말을 심하게 더듬는 탓에, 꼭 필요할 때가 아니면 절대 입을 열지 않았다. 청년은 책을 꼭 쥐고서 무슨 수치스러운 짓이라도 저지른 사람처럼 슬그머니 서점을 빠져나갔다.

이제 고든 혼자였다. 그는 어슬렁어슬렁 문가로 돌아갔다. 딸기코 노인은 어깨 너머를 힐끔거리다 고든과 눈이 마주치자 뜨끔한 듯 자리를 떴다. 에드거 월리스의 책을 주머니에 슬쩍 집어넣으려던 참이었다. 프린스 오브 웨일스 위의 시계가 3시 15분을 쳤다.

딩동! 3시 15분. 30분은 담배를 피우는 시간이다. 서점 문을 닫으려면 4시간 45분이 남았다. 저녁 식사까지는 5시간 15분. 주머니 속에 든 돈은 2.5펜스. 내일 담배는 없다.

갑자기 미치도록 담배가 피우고 싶어 견딜 수가 없었다. 오늘 오후에는 담배를 피우지 말자 마음먹었었다. 네 개비밖에 남지 않았다. 글을 쓸 저녁을 위해 남겨두어야

---

* 1849-1971년에 쓰인 2실링짜리 백동화.

했다. 글을 쓰려면 공기만큼이나 담배가 필요했다. 그래도 어쩔 수 없었다. 고든은 플레이어스 웨이츠 갑을 꺼내어 작달막한 담배 한 개비를 뽑았다. 참으로 어리석은 사치였다. 이로써 오늘 밤 글을 쓰는 시간이 30분 줄었다. 하지만 도무지 참을 수가 없었다. 수치심 어린 쾌감을 느끼며 고든은 엷고 건조한 연기를 폐 속으로 빨아들였다.

희끄무레한 창유리에 비친 얼굴이 그를 바라보고 있었다. 고든 콤스톡, 『생쥐들』의 저자, en l'an trentiesme de son eage(그의 생애 서른 번째 해에)* 벌써 좀이 슬어버린 인간. 남아 있는 치아는 고작 스물여섯 개. 하지만 같은 나이의 프랑수아 비용은 본인 말에 따르면 매독에 걸렸었다. 작은 은혜에 고마워하자.

고든은 QT 소스 광고 포스터에서 찢겨 빙그르르 휘날리며 펄럭이는 기다란 종잇조각을 지켜보았다. 우리의 문명은 죽어가고 있다. **틀림없이 죽어가고 있다.** 하지만 병상에서 곱게 죽지는 않으리라. 지금 비행기들이 몰려오고 있다. 붕—쐥—콩! 고성능 폭약들의 굉음 속에 날아가는 서구 세계.

고든은 점점 어둑해지는 거리, 창유리에 희끄무레하게 비친 그의 얼굴, 발을 질질 끌며 지나가는 남루한 차림의

---

* 15세기의 프랑스 시인 프랑수아 비용이 쓴 「유언의 노래(Le Testament)」의 첫 행을 조금 수정한 것이다.

41

사람들을 지켜보았다. 그러다 자신도 모르게 읊조렸다.

"C'est l'Ennui —l'œil chargé d'un pleur involontaire(그놈은 권태―무심코 차오르는 눈물을 글썽이고)

Il rêve d'échafauds en fumant son houka(물 담배를 빨며 단두대를 꿈꾼다)!"*

돈, 돈! 롤런드 버타! 윙윙거리는 비행기들과 쾅쾅 터지는 폭탄들.

고든은 눈을 가늘게 뜨고 납빛 하늘을 올려다보았다. 비행기들이 몰려오고 있다. 상상 속에서 그는 몰려드는 비행기를 보았다. 끊임없이 밀려들어 각다귀 떼처럼 하늘을 시커멓게 뒤덮은 비행 중대들. 고든은 혀를 이에 거의 대지도 않은 채, 창유리에 붙어 윙윙거리는 청파리 소리를 흉내 내어 비행기 소리를 재현했다. 이 순간 무척이나 듣고 싶은 소리였다.

---

* 샤를 보들레르의 시 「독자에게(Au Lecteur)」 중에서.

2

고든은 바람을 거스르며 걸었다. 거센 바람에 머리칼이 뒤로 날려 '괜찮은' 이마가 평소보다 더 드러나 보였다. 그는 그저 기분이 내키지 않아 외투를 입지 않은 척 여유롭게 걸었다. 남들 눈에는 그렇게 보이길 바라며. 사실을 말하자면, 15실링을 받고 외투를 전당포에 맡겨둔 상태였다.

런던 북서부의 윌로베드로(路)는 정확히 빈민가는 아니었다. 지저분하고 침체되어 있을 뿐이었다. 5분만 더 걸어가면 진짜 빈민가가 나왔다. 다섯 가족이 한 침대에서 자고 그중 한 명이 죽으면 매장할 때까지 시체와 함께 매일 밤을 보내는 공동주택. 문둥병에 걸린 듯 썩어 문드러진 회반죽벽에서 열다섯 살 소녀들이 열여섯 살 소년들에게 순결을 잃는 골목길. 하지만 윌로베드로 자체는 하위 중산층의 소소한 품위를 용케도 유지하고 있었다. 치과 의사의 놋쇠 명패가 붙어 있는 집까지 있었다. 집들의 3분의 2는 거실 창의 레이스 커튼 사이로 엽란 잎이 살짝 보이고, 그 위에는 '아파트'라는 은색 글자가 새겨진 녹색 카드가 붙어 있었다.

고든의 하숙집 주인인 위스비치 부인은 '독신 신사'만 받았다. 침실 겸 거실로 쓰는 단칸방에 가스등이 설치되어 있고, 난방은 스스로 해결해야 했으며, 별도로 돈을 내면 순간 온수 장치를 써서 목욕을 할 수 있었다. 식사는 무덤처럼 어두컴컴한 다이닝 룸에서 했는데, 식탁의 한가운데에는 내용물이 굳어버린 소스 병들이 빽빽이 모여 있었다. 고든은 일주일에 27실링 6펜스를 지불하고 하숙집에서 점심을 해결했다.

31번지 문 위의 서리 낀 채광창으로 노란 가스등 불빛이 새어 나왔다. 고든은 열쇠를 꺼내고는 열쇠 구멍을 찾아 헤맸다. 이런 집은 열쇠가 자물쇠에 딱 들어맞는 법이 없다. 어둑한 작은 복도―실제로는 통로에 불과했다―에 개숫물, 양배추, 걸레 같은 매트, 침실의 옷가지와 침구 냄새가 풍겼다. 고든은 현관의 작은 탁자에 놓인 옻칠한 쟁반을 힐끔 보았다. 물론 편지는 한 통도 없었다. 기대하지 말자고 다짐했건만, 그래도 계속 편지를 기다리고 있었다. 마음이 아프지는 않았지만 맥이 빠졌다.

로즈메리가 편지를 썼을 텐데! 그녀의 편지를 받은 지 나흘이 지났다. 게다가 잡지사에 시 두 편을 보냈는데 여태 반송되지 않았다. 하숙집에 왔을 때 그를 기다리는 편지가 있으면 저녁을 버텨낼 힘이 생겼다. 하지만 그에게 편지가 오는 일은 극히 드물었다. 많아봐야 일주일에 너덧 통이었다.

복도 왼편에는 한 번도 사용된 적 없는 응접실이 있고, 그 옆으로 계단이 나 있었다. 계단 너머의 통로를 따라가면 부엌이 나오고, 위스비치 부인이 혼자 쓰는 방도 있었다. 그곳은 함부로 접근할 수 없었다. 고든이 들어가자 통로 끝의 문이 살짝 열렸다. 위스비치 부인이 얼굴을 내밀더니 미심쩍은 눈으로 그를 잠깐 훑어보고는 다시 사라졌다. 밤 11시 전에는 집을 드나들 때마다 이런 식의 검사를 반드시 거쳤다. 위스비치 부인이 무엇 때문에 그를 의심하는지는 정확히 알 수 없었다. 아무래도 여자를 몰래 데려올까 봐 걱정인 눈치였다. 부인은 심술궂고 꼬장꼬장한 하숙집 주인이었다. 마흔다섯 살 정도의 나이에, 덩치는 크지만 움직임이 재빠르고, 이목구비가 섬세한 분홍빛 얼굴은 무서우리만치 깐깐한 인상을 풍겼으며, 희끗희끗한 머리칼이 아름다웠고, 항상 불평불만이 많았다.

고든은 좁은 계단 밑에 멈춰 섰다. 위에서 누군가가 거친 목소리로 〈누가 크고 못된 늑대를 무서워하나?〉를 부르고 있었다. 서른여덟이나 아홉 정도로 보이는 아주 뚱뚱한 남자가 계단 모퉁이를 돌아 나오며 뚱뚱한 남자 특유의 가벼운 댄스 스텝을 밟았다. 말쑥한 회색 정장에 노란 신발을 신고, 멋진 중절모를 쓰고 있었다. 벨트 달린 파란색 외투는 천박하기 그지없었다. 2층의 하숙인이자 퀸 오브 시바 화장품 회사의 외판원인 플랙스먼이었다. 남자는 계단을 내려오면서 레몬색 장갑으로 경례를 했다.

"안녕하신가, 친구!" 남자가 유쾌하게 말했다. (플랙스먼은 누구나 '친구'라고 불렀다.) "그동안 잘 지냈나?"

"전혀요." 고든은 퉁명스레 답했다.

플랙스먼은 계단을 다 내려와서는 오동통한 팔을 고든의 어깨에 다정하게 둘렀다.

"어이, 기운을 내, 기운을! 죽상 하지 말고. 지금 크라이턴에 가는 길인데 같이 가서 한잔하지."

"안 돼요. 일해야 해서요."

"젠장! 술친구 좀 해달라니까. 여기서 멍하니 있어 봐야 뭐 하겠나? 크라이턴에 가서 웨이트리스 궁둥이나 꼬집어야지."

고든은 몸을 꼼지락거려 플랙스먼의 팔에서 벗어났다. 작고 허약한 사람이 모두 그렇듯 고든은 다른 사람이 몸에 손대는 걸 싫어했다. 플랙스먼은 전형적인 뚱보의 싹싹함으로 그저 히죽거리기만 했다. 그는 지독히도 뚱뚱했다. 마치 몸을 녹인 다음 바지 속으로 쏟아부은 것처럼 바지가 꽉 끼었다. 하지만 물론, 뚱뚱한 사람이 대개 그러듯 자신의 뚱뚱함을 절대 인정하지 않았다. 뚱뚱한 사람은 웬만하면 '뚱뚱'이라는 단어를 사용하지 않는다. '통통'이라는 표현을 사용한다. 아니면 더 좋게 '건장하다'고 말하거나. 뚱뚱한 사람은 '건장하다'고 자화자찬할 때 가장 행복해한다. 플랙스먼은 고든을 처음 만났을 때 자기가 '건장하다'고 말하려다가 고든의 초록빛 도는 눈동자에서 뭔가 낌새를 채고는 단념했다. 대신 '통통하다'로 타협을 보았다.

"나도 인정하오, 친구. 내 몸이 좀 통통한 편이긴 하지. 그래도 건강은 나쁘지 않다오." 플랙스먼은 배와 가슴 사이의 애매한 경계선을 톡톡 쳤다. "살이 튼튼하고 단단하거든. 발은 꽤 날렵하고. 그래도, 뭐, **통통하다**고 할 수도 있겠지."

"코르테스처럼요." 고든이 맞장구를 쳤다.

"코르테스? 코르테스? 항상 멕시코의 산들을 돌아다니던 친구 아닌가?"

"맞아요. 그 사람은 통통했지만, 독수리의 눈을 가졌죠."

"아? 그것 참 재미있군. 예전에 내 아내도 비슷한 말을 했거든. '조지, 당신은 세상에서 가장 멋진 눈을 가졌어. 꼭 독수리 같은 눈이라니까'라고 말이야. 물론 결혼하기 전이었지."

플랙스먼은 지금 아내와 떨어져 살고 있었다. 얼마 전

퀸 오브 시바 화장품 회사는 갑자기 모든 외판원에게 30 파운드의 상여금을 지급하면서, 플랙스먼과 다른 두 외판원을 파리로 보내 신제품인 섹스어필 네이처틴트 립스틱을 프랑스의 여러 회사에 강매하도록 지시했다. 플랙스먼은 그 30파운드를 굳이 아내에게 알릴 생각이 없었다. 물론 그는 파리 출장에서 생애 최고의 시간을 보냈다. 석 달이 지난 지금도 그때 이야기를 할 때마다 군침을 흘렸다. 고든은 그의 현란한 묘사가 재미있었다. 아내가 듣지도 못한 30파운드로 파리에서 보낸 열흘! 이 얼마나 기가 막힌가! 그런데 안타깝게도 어딘가에서 비밀이 새어 나가고 말았다. 플랙스먼이 집에 돌아갔더니 보복이 그를 기다리고 있었다. 아내는 위스키 디캔터*로 그의 머리를 때렸다. 그들 부부가 결혼 선물로 14년 동안 간직해온 디캔터였다. 그런 다음 아내는 아이들을 데리고 친정으로 가버렸다. 이런 사연으로 플랙스먼은 윌로베드로에서 유배 생활 중이었다. 하지만 그는 걱정하지 않았다. 이번에도 흐지부지 넘어갈 테니까. 전에도 여러 번 있던 일이었다.

고든은 다시 한번 플랙스먼에게서 벗어나 계단으로 탈출하려 시도했다. 끔찍한 사실은, 플랙스먼을 따라가고 싶은 마음이 굴뚝같다는 것이었다. 술 한잔이 절실했다.

---

* 위스키나 와인 등을 따르는 데 쓰는 유리 용기.

크라이턴 암스라는 이름만 들어도 갈증이 일었다. 하지만 물론 불가능한 일이었다. 고든에게는 돈이 없었다. 플랙스먼은 팔을 뻗어 고든이 계단을 올라가지 못하도록 막았다. 그는 진심으로 고든을 좋아했다. 고든을 '똑똑한' 사람으로 여겼다. 플랙스먼에게 '똑똑함'이란 일종의 사랑스러운 광기였다. 게다가 혼자 있는 걸 몹시 싫어하는 그는 퍼브까지 걸어가는 그 짧은 시간조차 동행을 필요로 했다.

"왜 이러시나, 친구!" 그는 고든을 몰아붙였다. "자네도 기네스 한 잔 마시고 기운 좀 내. 그래야 한다니까. 거기 라운지 바에 새로 들어온 여자를 아직 못 봤잖나. 이런! 예쁜이가 자네를 기다리고 있다네!"

"그래서 이렇게 한껏 멋을 부린 겁니까?" 고든은 플랙스먼의 노란 장갑을 차가운 눈으로 바라보며 물었다.

"당연한 소리! 하, 정말 끝내주는 여자거든! 아주 옅은 금발이라네. 그리고 뭘 좀 아는 여자야, 그렇다니까. 어젯밤에 내가 우리 회사의 섹스어필 네이처틴트 립스틱을 하나 줬어. 내 테이블을 지나가면서 고 작은 엉덩이를 살살 흔들어대는 걸 자네도 봤어야 하는데. 고 예쁜이 때문에 가슴이 다 두근거린다고. 그렇다니까? 하!"

플랙스먼은 음탕하게 몸을 비비 꼬았다. 그의 혀가 입술 사이로 나왔다. 그러더니, 그는 고든이 옅은 금발의 웨이트리스라도 되는 양 갑자기 고든의 허리를 잡아 부드럽게 껴안았다. 고든은 플랙스먼을 밀어냈다. 순간, 크라이턴 암스에 가고픈 욕망이 질식할 듯 거세게 밀려왔다. 오, 맥주 한 잔! 목구멍으로 넘어가는 맥주의 맛이 느껴지는 것만 같았다. 돈만 있다면! 맥주 한 잔 마실 수 있는 7펜스라도. 하지만 무슨 소용인가? 주머니에는 2.5펜스밖에 없는걸. 남에게 술을 얻어먹을 순 없다.

"아, 제발 나 좀 내버려 둬요!" 고든은 플랙스먼에게서 멀찍이 물러나며 짜증스럽게 말하고는 뒤도 돌아보지 않고 계단을 올라갔다.

플랙스먼은 모자를 바로 쓴 뒤 약간 기분이 상한 채 현관으로 향했다. 고든은 요즘은 늘 이런 식이라고 멍하니 생각했다. 친절하게 접근해오는 사람들을 계속 밀어내고 있었다. 물론 진짜 이유는 돈이었다, 항상 돈이 문제였다. 주머니에 한 푼도 없으면 상냥해질 수도, 심지어는 예의를 지킬 수도 없다. 돌연 자기 자신이 너무 가여워졌다. 마음은 크라이턴의 라운지 바, 황홀한 맥주 냄새, 온기와 밝은 불빛, 활기찬 목소리들, 맥주로 젖은 바에서 유리잔들이 쨍그랑거리는 소리를 갈망하고 있었다. 돈, 돈! 고든은 악취 풍기는 어둑한 계단을 계속 올라갔다. 집 꼭대기에 있는 냉랭하고 쓸쓸한 방을 생각하니 그의 앞에 파멸이 기다리고 있는 듯한 기분이 들었다.

3층에는 로런하임이 살고 있었다. 가무잡잡한 피부에 비쩍 마르고 도마뱀처럼 생긴 그 남자는 나이도 인종도

불분명했으며, 진공청소기를 강매하여 일주일에 35실링 정도 벌었다. 고든은 로런하임의 방 앞을 지날 때면 늘 발걸음을 빨리했다. 로런하임은 세상에 친구라곤 단 한 명도 없어, 함께 있을 사람을 어떻게든 구하려 안달 난 인간 중 한 명이었다. 외로움이 극에 달한 로런하임은 방 밖에서 누군가가 걸음을 늦추기만 하면 당장에 그를 덮쳐, 절반은 억지로, 절반은 살살 구슬려 자기 방으로 끌고 들어가서는 자기가 유혹한 여자들과 자기가 이겨 먹은 고용주들에 관한 지루하고도 편집증적인 이야기를 들려주었다. 아무리 하숙방이라지만 로런하임의 방은 너무 춥고 지저분했다. 먹다 만 빵 조각들과 마가린이 언제나 여기저기 흩어져 있었다. 나머지 한 명의 하숙인은 야간작업을 하는 엔지니어였다. 그 남자는 가끔씩만 고든의 눈에 띄었다. 험상궂고 우중충하게 변색한 얼굴에 집 안에서든 밖에서든 중산모를 쓰고 다니는 거구의 남자였다.

　방에 들어간 고든은 익숙한 어둠 속에서 더듬더듬 가스등을 찾아 불을 밝혔다. 방은 커튼을 달아 두 칸으로 나눌 만큼 넓지는 않고, 불량한 석유램프 하나로 충분히 따뜻해질 만큼 좁지는 않은, 중간 정도의 크기였다. 꼭대기 층의 뒷방에 있을 법한 가구들이 갖추어져 있었다. 흰 누비이불이 덮인 1인용 침대, 갈색 리놀륨 장판, 물병과 대야가 딸린 세면대. 싸구려 백색 도자기로 만든 세면대는 볼 때마다 요강이 떠올랐다. 창턱에는 녹색 유약을 바른 화분에 병든 엽란이 심겨 있었다.

화분 밑의 벽에는 잉크로 더럽혀진 녹색 식탁보가 깔린 식탁이 붙어 있었다. 고든의 '집필용' 테이블이었다. 위스비치 부인과 한바탕 다툰 후에야 이 식탁을 얻어낼 수 있었다. 부인은 꼭대기 층의 뒷방에는 대나무 '보조' 테이블—엽란을 얹어놓을 받침대—이 어울린다고 생각했다. 지금도 잔소리는 끊임없이 이어지고 있었다. 고든이 테이블을 전혀 '정리'하지 않기 때문이었다. 테이블은 언제나 난장판이었다. 가느다란 괘선이 쳐진 풀스캡 4절판* 종이들이 200장 정도 뒤죽박죽되어 테이블을 뒤덮다시피 했다. 때 묻고 모서리가 접힌 종이들에는 글을 썼다가 지우고 다시 쓴 자국들이 잔뜩 남아 있었다. 고든만이 열쇠로 따고 들어갈 수 있는 더러운 종이 미궁과도 같았다. 모든 것에 얇은 먼지가 앉아 있고, 여러 개의 더럽고 작은 쟁반에는 담뱃재와 뒤틀린 담배꽁초들이 담겨 있었다. 벽난로 선반에 놓인 책 몇 권을 빼고, 고든이 자신의 방에 남긴 개인적인 흔적이라곤 종이들이 어질러진 이 테이블뿐이었다.

방 안은 지독히 추웠다. 석유램프를 켤 생각으로 들어올렸더니 아주 가벼웠다. 예비 석유통 역시 텅 비어 있었다. 금요일까지는 석유 없이 버텨야 했다. 그는 성냥을

* 가로세로 140×216밀리미터 정도 크기의 판형.

그었다. 흐릿한 노란 불이 어기적어기적 기어가 램프 심지를 에워쌌다. 운이 좋으면 두어 시간은 불이 켜져 있을 것이다. 성냥을 버리던 고든의 시선이 풀빛 화분의 엽란에 멎었다. 참으로 볼품없었다. 잎은 고작 일곱 장뿐이고 새잎이 날 기미는 전혀 보이지 않았다. 고든은 엽란과 일종의 암투를 벌이는 중이었다. 그놈을 죽이려는 은밀한 시도를 여러 번 했었다. 물을 주지 않고, 줄기에 뜨거운 담배꽁초를 비비고, 심지어는 흙에 소금을 뿌리기까지 했다. 하지만 지독한 것들은 웬만해선 목숨 줄이 끊기지 않는다. 어떤 상황에서도 시들고 병든 몸을 지켜낸다. 고든은 몸을 일으켜, 등유가 묻은 손가락을 일부러 엽란 잎들에 문질러댔다.

바로 이때 위스비치 부인의 목소리가 카랑카랑 울리며 계단을 타고 올라왔다.

"콤-스톡 씨!"

고든은 문으로 가서 소리쳤다. "네?"

"저녁 식사 시간이 10분이나 지났어요. 이제 그만 내려와서 먹지 그래요? 나도 설거지를 해야 하는데 마냥 기다릴 수는 없잖아."

고든은 내려갔다. 2층 뒤쪽에 있는 다이닝 룸은 플랙스먼의 방과 마주 보고 있었다. 춥고 퀴퀴한 냄새가 났으며, 한낮에도 어슴푸레했다. 다이닝 룸에는 정확한 수를 알 수 없을 정도로 엽란이 많았다. 식기대 위에도, 바닥에도, '보조' 테이블에도, 온 사방이 엽란 천지였다. 창가의 선반에 쭉 늘어놓은 엽란 화분들은 햇빛을 가로막고 있었다. 어둑한 그곳에서 엽란들에 둘러싸여 있자면, 햇빛 들지 않는 수조 속에서 수초들의 칙칙한 이파리 가운데 있는 듯한 기분이 들었다. 금이 간 가스등이 식탁보에 동그랗게 드리운 흰 불빛 속에서 고든의 저녁 식사가 그를 기다리고 있었다. 그는 벽난로(그 안에는 불이 아니라 엽란이 있었다)를 등지고 앉아, 냉육과 푸석푸석한 흰 빵 두 조각에 캐나다산 버터, 싸구려 치즈, 팬앤 피클*을 곁들여 먹은 뒤, 차갑지만 곰팡내 나는 물을 마셨다.

고든이 방으로 돌아갔을 때 석유램프의 불은 어느 정도 살아남아 있었다. 이 정도 열기면 주전자 물을 끓일 수 있을 것 같았다. 이제 저녁의 중요한 행사를 치를 시간이었다. 금단의 차 한 잔. 그는 거의 매일 밤 아무도 모르게 차를 끓여 마셨다. 위스비치 부인은 하숙인들의 저녁 식사에 차를 함께 주지 않았다. '물을 더 데우기가 귀찮다'는 이유 때문이었다. 그러면서 하숙인들이 각자의 방에서 차를 끓여 마시는 건 엄격히 금했다. 고든은 테이블에 난잡하게 어질러져 있는 종이들을 보며 진저리를 쳤다. 오늘 밤엔 아무 일도 하지 않으리라 반항적으로 다

---

* Pan Yan pickle. 사과를 주재료로 카레향을 첨가한 달콤한 피클의 상품명. 2002년에 단종되었다.

짐했다. 차를 마시고, 남은 담배를 다 피워 없애고, 『리어 왕』이나 『셜록 홈스』를 읽으리라. 그의 책들은 벽난로 선반 위의 자명종 옆에 놓여 있었다. 에브리맨 총서*로 출간된 셰익스피어, 『셜록 홈스』, 비용의 시집, 『로더릭 랜덤의 모험』, 『악의 꽃』, 한 무더기의 프랑스 소설. 하지만 요즘 그가 읽는 건 셰익스피어의 작품과 『셜록 홈스』뿐이었다. 참, 차를 끓여야지.

고든은 문을 살짝 열고 귀를 기울였다. 위스비치 부인의 기척은 들리지 않았다. 아주 조심해야 했다. 살금살금 올라온 부인에게 현행범으로 붙잡힐지도 몰랐다. 이 집에서 차를 끓여 먹는 건 여자를 데려오는 것 다음으로 중대한 범죄행위였다. 고든은 살살 문을 잠근 다음, 침대 밑에 있는 싸구려 여행 가방을 끌어내 열었다. 울워스 슈퍼마켓에서 구한 6펜스짜리 주전자, 라이언스 차통, 연유 깡통, 찻주전자와 찻잔을 가방에서 꺼냈다. 쨍그랑거리는 소리가 나지 않도록 모두 신문지에 싸두었다.

고든은 정해진 절차에 따라 차를 끓이기 시작했다. 먼저, 세면대 물병에 받은 물로 주전자를 절반 정도 채워 석유난로 위에 얹었다. 그러고는 무릎을 꿇고 앉아 신문지 한 장을 펼쳤다. 물론, 어제 우려먹은 찻잎들이 아직

---

* 영국 런던의 덴트 출판사에서 출간하는 문고본 총서. 1906년 첫 출간 이래 여러 분야에 걸친 세계의 명저를 두루 출간하였다.

찻주전자 속에 있었다. 그는 찻잎을 신문지 위로 쏟고, 엄지손가락으로 주전자를 훑어 청소한 다음, 찻잎들을 한 덩어리로 뭉쳤다. 이제 찻잎 덩어리를 아래층으로 몰래 가져가야 했다. 이 부분이 가장 위험했다. 차 찌끼를 없애는 것. 살인범들이 시체를 없앨 때 느낄 만한 어려움이랄까. 찻잔은 매일 아침 세숫대야에서 씻었다. 비참한 일이었다. 가끔은 욕지기가 났다. 하숙집에 살면서 이렇게 은밀히 뭘 해야 한다는 건 이상한 일이었다. 항상 위스비치 부인에게 감시받는 기분이었다. 아닌 게 아니라, 부인은 하숙인들의 못된 짓을 잡아내겠다는 일념으로 툭하면 살금살금 계단을 오르내리는 버릇이 있었다. 이런 집에서는 누군가가 듣고 있을지 모른다는 생각에 화장실도 편하게 갈 수 없다.

고든은 다시 문을 열고 귀를 쫑긋 세웠다. 아무런 움직임도 없었다. 아! 저 밑에서 도자기 그릇들이 덜걱거렸다. 위스비치 부인이 저녁 설거지를 하고 있었다. 그렇다면 내려가도 안전하리라.

고든은 축축한 찻잎 꾸러미를 가슴에 꼭 대고서 발끝으로 살금살금 내려갔다. 화장실은 3층에 있었다. 계단 모퉁이에 멈춰 서서, 조금 더 귀를 기울였다. 아! 이번에도 덜거덕거리는 그릇 소리.

이상 무! (《타임스 리터러리 서플리먼트》로부터 '장래가 촉망된다'는 평을 들었던) 시인 고든 콤스톡은 허겁지겁 화장실로 들어가 찻잎을 변기에 붓고 물을 내렸다. 그런 다음 서둘러 방으로 돌아가 문을 다시 걸어 잠그고, 소리가 나지 않도록 조심하며 차를 새로 끓였다.

방은 이제 그런대로 따뜻했다. 차와 담배가 짧게나마 마법을 부린 덕분이다. 고든은 따분함과 분노가 조금씩 사그라들기 시작했다. 조금이라도 일을 하는 게 좋을까? 물론 해야 한다. 저녁을 통째로 허비하고 나면 항상 자기 혐오에 빠졌다. 그는 반쯤은 마지못해 의자를 테이블로 당겨 앉았다. 무시무시하게 어질러진 종이들을 헤집는 것도 힘겨웠다. 고든은 더러운 종이 몇 장을 끌어당겨 펼쳐놓고 바라보았다. 맙소사, 엉망진창이다! 썼다가 직직 긋고, 그 위에 썼다가 또 직직 긋고. 스무 번의 수술을 받고 지쳐버린 늙은 암 환자처럼 보였다. 하지만 지우지 않은 글씨는 섬세하고 '학구적이었다'. 고든은 학교에서 배운 카퍼플레이트*와 아주 다른 '학구적인' 서체를 공들여서 익혔다.

작업을 **하기는 할** 생각이었다. 잠깐이라도. 그래서 그는 어질러진 종이들을 이리저리 뒤적거렸다. 어제 쓰다만 시구는 어디 있지? 엄청나게 긴 시의 일부였다. 그러니까, 완성됐을 때 엄청나게 길 거라는 뜻이다. 런던에서의 하루를 묘사한 2천 행가량의 제왕 운시.** 제목은 「런

---

* 동판 인쇄처럼 가늘고 깨끗한 초서체.

던의 환락」이었다. 거대하고 야심 찬 프로젝트였다. 한가한 시간이 넘쳐나는 사람만 감당할 수 있을 기획. 시를 쓰기 시작했을 땐 미처 깨닫지 못했던 그 사실을 이제는 실감하고 있었다. 2년 전 얼마나 가벼운 마음으로 시작했던가! 모든 걸 내던지고 험난한 빈곤의 길을 선택했을 때, 그 동기 중 하나가 이 시의 구상이었다. 그땐 거뜬히 써낼 수 있으리라는 확신이 있었다. 하지만 웬일인지 거의 시작부터 「런던의 환락」은 삐걱거렸다. 사실을 말하자면, 고든에게 너무 벅찬 프로젝트였다. 흐지부지한 파편들만 연이어 만들어질 뿐 진전다운 진전이 없었다. 2년의 작업으로 남은 건 서로 이어 붙일 수도 없는 불완전한 파편들뿐이었다. 종이의 낱장마다 그가 수개월에 걸쳐 쓰고 고치고 또 고치며 난도질한 시구들의 부스러기가 남아 있었다. 확실히 끝냈다고 말할 수 있는 건 500행도 되지 않았다. 그리고 고든은 그 뒤를 이어나갈 힘을 잃었다. 그저 난잡하게 흩어져 있는 이런저런 구절에 손을 대고 이곳저곳을 다듬을 뿐이었다. 그것은 더 이상 그의 창조물이 아니라, 그가 맞붙어 싸우는 악몽이 되고 말았다.

그 외에, 꼬박 2년 동안 고든이 써낸 거라곤 짧은 시 몇

※※ ababbcc의 순으로 압운하여 각행 10음절을 포함하는 7행으로 이루어진 시형.

편뿐이었다. 스무 편 정도 되려나. 시든 산문이든 쓰려면 필요한 마음의 평화가 좀처럼 찾아오지 않았다. 글을 '쓸 수 없는' 때가 점점 더 잦아졌다. 온갖 부류의 인간 중에 일을 '할 수 없다'고 스스로 결정 내릴 수 있는 자는 예술가뿐이다. 하지만 사실이다. 정말 일을 할 수 없을 때가 있다. 이번에도 돈, 항상 돈이 문제다! 돈이 없으면 불편하고, 자질구레한 걱정거리가 생기고, 담배를 마음껏 피우지 못하고, 항상 실패를 의식하게 되고, 외톨이가 된다. 1파운드로 일주일을 버티면서 어떻게 외톨이가 되지 않을 수 있겠는가? 외로움 속에서는 버젓한 책을 쓸 수 없다. 「런던의 환락」이 그가 처음 구상했던 시가 되지 못하리라는 건 확실했다. 완성조차 되지 못하리라는 것도 확실했다. 고든은 현실을 직시할 때마다 이 사실을 깨달았다.

그렇다 해도, 아니 그러니까 더더욱 고든은 멈추지 않았다. 이 시에 매달렸다. 가난과 외로움에 대한 반격으로서. 그리고 어쨌든, 창작 의욕이 돌아올, 아니 돌아온 것처럼 보일 때가 있었다. 바로 오늘 밤이 잠시나마 그랬다. 담배 두 개비를 빠는 동안만. 담배 연기가 폐를 간질이자 고든은 초라한 현실로부터 벗어났다. 시가 쓰이는 심연으로 빠져들었다. 머리 위의 가스등이 타닥타닥 소리를 내며 마음을 어루만져 주었다. 낱말들이 생기를 띠고 깊은 뜻을 품기 시작했다. 1년 전 완성한 2행시가 그의 눈에 꺼림칙하게 걸렸다. 고든은 그 시를 연신 속으로 읊조려보았다. 어쩐지 마음에 들지 않았다. 1년 전에는 괜찮아 보였었다. 지금은 미묘하게 저속해 보였다. 그는 종이들을 샅샅이 뒤적이다 뒷면이 텅 빈 종이를 한 장 발견해서 그 시를 10여 편의 버전으로 고쳐 쓴 다음 각각을 속으로 여러 번 읊어보았다. 단 한 편도 성에 차지 않았다. 결국 폐기해야 하리라. 천박한 싸구려 시였다. 고든은 원문을 찾아 굵은 줄로 직직 지웠다. 그러자 시간을 알차게 썼다는 성취감이 뒤따랐다. 수고스러운 파괴가 어떤 면에서는 창조 행위라도 되는 양.

갑자기 저 밑에서 문을 똑똑 두 번 두드리는 소리가 온 집 안에 울려 퍼졌다. 고든은 움찔 놀랐다. 그의 정신이 심연에서 위로 올라왔다. 우편물이다!「런던의 환락」은 그의 머릿속에서 지워졌다.

고든은 심장이 두근거렸다. 로즈메리의 편지일지도 몰랐다. 아니면 잡지사들에 보냈던 시 두 편. 사실 그중 한 편은 잃어버린 셈 치고 있었다. 몇 달 전 미국 잡지인《캘리포니언 리뷰》에 보낸 시였다. 아마 되돌려받지도 못 하리라. 하지만 영국 잡지《프림로즈 쿼털리》에 보낸 또 다른 시가 있었다. 이렇다 할 근거는 없지만 고든은 거기에 기대를 걸고 있었다.《프림로즈 쿼털리》는 유행의 첨단을 걷는 여성적인 남자들과 로마가톨릭 성직자들이 팔짱을 끼고 함께 설쳐대는 유해한 문예지 중 하나였다. 영국에서 가장 영향력 있는 문예지이기도 했다. 거기에 시가 실리는 순간 성공이 보장된다. 고든은 《프림로즈 쿼털리》가 자신의 시를 실어주지 않으리라는 걸 내심 알고 있었다. 그는 그들의 기준에 미치지 못했다. 그래도 가끔은 기적이 일어나는 법이다. 기적이 아니라면 우연이라도. 어쨌든 그들은 그의 시를 6주나 갖고 있었다. 수락할 마음이 없는 시를 6주나 보관할까? 고든은 비상식적인 기대를 억누르려 애썼다. 하지만 적어도 로즈메리의 편지일 가능성이 아직 남아 있었다. 그녀의 편지를 마지막으로 받은 지 나흘이나 지났다. 그가 느낄 실망감을 안다면 그녀가 이렇게 오래 편지를 쓰지 않을 리 없었다. 황당한 농담과 사랑 고백으로 가득한 오자투성이의 기나긴 편지는 그녀가 이해하지 못할 정도로 고든에게 큰 의미를 지니고 있었다. 그를 아끼는 누군가가 아직 세상에 있다고 일깨워주는 편지들이었다. 어떤 못돼먹은 놈에게 시를 반송받을 때조차 위로가 되었다. 사실 개인적인 친구 래블스턴이 편집자로 있는 《적그리스도》를 제외하고 잡지사들은 늘 그의 시들을 돌려보냈다.

밑에서 발을 질질 끄는 소리가 들렸다. 위스비치 부인이 편지들을 위층으로 가져오는 데에는 언제나 몇 분 정도 걸렸다. 부인은 봉투를 만지작거려 두께를 가늠하고, 소인을 읽고, 불빛에 비추어 내용을 추측한 다음에야 진짜 주인들에게 전해주었다. 편지에 대해 일종의 '초야

권'*을 행사하는 셈이었다. 자신의 집으로 왔으니 적어도 일부는 자신의 것이라 여긴 까닭이다. 부인은 하숙인이 현관에서 직접 편지를 찾아가는 꼴을 두고 보지 못했다. 그러면서도, 편지들을 위층으로 나르는 수고를 싫어했다. 계단을 느릿느릿 올라오다가 층계참에서 큰 소리로 힘겹게 헐떡거리곤 했다. 저 많은 계단을 숨이 차도록 올라오느라 고생했다는 사실을 편지의 주인에게 알리기 위함이었다. 마지막엔 짜증 섞인 신음과 함께 편지를 문 밑으로 밀어 넣었다.

위스비치 부인이 계단을 올라오고 있었다. 고든은 귀를 기울였다. 발소리가 2층에서 멈추었다. 플랙스먼 앞으로 온 편지. 발소리가 올라오다가 3층에서 다시 멈추었다. 엔지니어에게 온 편지. 고든의 심장이 아플 정도로 뛰어댔다. 편지를, 하느님 제발, 편지를 주소서! 또 이어지는 발소리. 올라오는 건가, 내려가는 건가? 점점 더 가까워지고 있었다, 확실히! 아, 안 돼, 안 돼! 소리가 점점 약해졌다. 부인은 다시 내려가고 있었다. 발소리가 차츰 사라져갔다. 그에게 온 편지는 한 통도 없었다.

고든은 다시 펜을 집어 들었다. 잠자리에 들기에는 너무 이른 시간이었다. 그럴 기분도 아니었다. 적은 돈으로

※ 중세 유럽에서 농노의 결혼 첫날밤에 영주가 신랑보다 먼저 신부와 동침할 수 있었던 권리.

편하게 즐길 오락거리가 절실했다. 영화관, 담배, 맥주. 부질없다! 어느 것 하나 감당할 돈이 없었다. 『리어왕』이나 읽으며 이 고약한 시대를 잊어야지. 하지만 그가 결국 벽난로에서 집은 건 『셜록 홈스의 모험』이었다. 『셜록 홈스』는 고든이 줄줄 외울 정도로 좋아하는 책이었다. 램프의 등유가 거의 바닥나면서 방은 지독히 추워지고 있었다. 고든은 침대에서 끌어당긴 누비이불로 다리를 감싸고 앉아 책을 읽었다. 테이블에 오른쪽 팔꿈치를 얹고 두 손은 따뜻하게 외투 속에 집어넣은 채 「얼룩 끈의 비밀」을 끝까지 읽었다. 머리 위에서는 가스등의 그물 덮개가 한숨 같은 소리를 내고, 밑에서는 석유램프의 동그란 불꽃이 타고 있었다. 가느다란 팔찌 같은 그 불은 촛불만큼의 열기를 뿜어내고 있었다.

저 아래 위스비치 부인의 방에서 시계가 10시 반을 쳤다. 밤에는 늘 시계 소리가 들렸다. 땡-땡, 땡-땡. 죽음의 곡조! 벽난로 선반에서 자명종 소리가 또 똑딱똑딱 들려오며 고든에게 야속한 시간의 흐름을 일깨웠다. 그는 주변을 둘러보았다. 또 한 번의 저녁을 허비하고 말았다. 한 시간, 하루, 한 해, 허송하는 세월. 밤이면 밤마다 늘 이런 식이었다. 쓸쓸한 방, 여자 없는 침대, 먼지, 담뱃재, 엽란 잎들. 그리고 이제 곧 그의 나이도 서른이었다. 고든은 스스로를 벌하는 의미로 「런던의 환락」의 원고 뭉치를 앞으로 쭉 밀어 지저분한 종이들을 펼쳐놓고는, 죽음을 상기시키는 해골을 보듯 바라보았다. 『생쥐들』의 저자 고든 콤스톡 작「런던의 환락」. 그의 필생의 역작. 2년 작업의 결실(결실이고말고!)—미궁처럼 뒤엉킨 단어들! 그리고 오늘 밤의 성취—두 줄을 지움. 두 줄의 전진이 아닌 후퇴.

석유램프가 작게 딸꾹질하는 소리를 내더니 꺼져버렸다. 고든은 힘겹게 일어나 누비이불을 침대 위로 다시 던졌다. 더 추워지기 전에 잠자리에 드는 것이 상책이었다. 그는 어슬렁어슬렁 침대로 다가갔다. 하지만 잠깐. 내일은 꼭 써야 해. 시계태엽을 감고 자명종을 맞춰. 한 일은 아무것도 없이 그는 하룻밤의 휴식을 얻었다.

지금 당장은 옷을 벗을 기력도 없었다. 15분 정도, 옷을 입은 채로 두 손을 베개 삼아 침대에 드러누웠다. 천장에 오스트레일리아 지도를 닮은 금이 가 있었다. 고든은 일어나지 않고 용케도 신발과 양말을 벗었다. 그는 한 발을 들어 올려 바라보았다. 가냘프고 자그마한 발. 두 손만큼이나 무능하다. 아주 더럽기까지 하다. 목욕을 한 지 거의 열흘이 지났다. 더러운 발이 창피해진 그는 몸을 일으켜 구부정히 앉아서 옷을 벗어 바닥으로 휙 던졌다. 그런 다음 가스등을 끄고 알몸으로 오들오들 떨며 이불 속으로 슬며시 들어갔다. 고든은 항상 알몸으로 잤다. 마지막 잠옷은 1년도 더 전에 누더기가 되어버렸다.

아래층에서 시계가 11시를 쳤다. 이불의 첫 냉기가 가

시자 고든은 그날 오후 짓기 시작한 시를 다시 떠올렸다. 완성된 하나의 연을 속삭여보았다.

위협적인 바람이 날카롭게 휘몰아쳐
이제 갓 헐벗은 포플러들이 휘어진다.
굴뚝에서 나온 검은 띠들은
아래로 방향을 틀고, 찢긴 포스터들은
바람의 채찍에 맞아 펄럭이네.

시구들이 앞뒤로 휙휙 움직였다. 찰칵-찰칵, 찰칵-찰칵! 그 끔찍하고 기계적인 공허함이 소름 끼쳤다. 어떤 쓸모없는 작은 기계가 헛도는 것 같았다. 운을 맞춰, 찰칵-찰칵, 찰칵-찰칵. 태엽 인형이 고개를 끄덕이듯이. 시! 이처럼 무익한 것이 또 있을까. 그는 잠 못 이룬 채 누워서, 자신의 무가치함을, 자신의 30년을, 막다른 골목에 다다른 자신의 인생을 생각했다.

시계가 12시를 쳤다. 고든의 두 다리는 똑바로 쭉 펴져 있었다. 침대는 따뜻하고 안락해졌다. 윌로베드로와 나란히 뻗은 거리를 달리는 어느 자동차의 상향등 불빛이 블라인드를 뚫고 들어와 엽란 이파리를 비추자 아가멤논의 칼처럼 생긴 그림자가 드리워졌다.

3

'고든 콤스톡'은 끔찍한 이름이었다. 하긴, 고든은 끔찍한 가문 출신이었다. '고든'은 물론 스코틀랜드계 이름이었다. 요즘 이런 이름이 판을 치는 건 지난 50년 동안 영국의 스코틀랜드화가 진행되어온 탓이다. '고든', '콜린', '맬컴', '도널드'. 스코틀랜드가 골프, 위스키, 오트밀 죽, 그리고 배리*와 스티븐슨**의 작품들과 함께 세상에 선사한 이름이다.

콤스톡가는 가장 암울한 계층, 즉 땅 없는 신사들, 중위

---

* 제임스 매슈 배리(1860-1937). 스코틀랜드 태생의 영국 소설가이자 극작가로 『피터 팬』을 대표작으로 남겼다.
** 로버트 루이스 스티븐슨(1850-1894). 스코틀랜드 태생의 영국 소설가이자 시인으로 『보물섬』, 『지킬 박사와 하이드 씨』 등을 썼다.

중산층에 속했다. 비참하리만치 가난했던 그들은 불운으로 몰락한 '유서 깊은' 가문임을 앞세워 우월감에 젖을 수도 없었다. '유서 깊은' 가문이 아니라, 빅토리아 여왕 시대에 일어난 번영의 물결 속에 떠올랐다가 그 물결보다 더 빨리 가라앉아 버린 수많은 가문 중 하나에 불과했기 때문이다. 그런대로 부를 누린 건 기껏해야 50년 정도였다. 고든의 할아버지인 새뮤얼 콤스톡—고든이 태어나기 4년 전에 세상을 떠났지만, 고든은 어른들에게 배운 대로 콤스톡 할아버지라 불렀다—이 살아 있는 동안이었다.

콤스톡 할아버지는 무덤 속에서도 강력한 영향력을 발휘하는 사람이었다. 살아생전 그는 거칠고 악독한 노인이었다. 프롤레타리아와 외국인으로부터 탈취한 5만 파운드로 피라미드처럼 튼튼한 붉은 벽돌 저택을 지었으며, 열두 자녀를 두었는데 그중 열한 명이 살아남았다. 콤스톡 할아버지는 뇌출혈로 급작스럽게 죽었다. 할아버지의 자녀들은 켄잘 그린 공동묘지에 거대한 비석을 세우고 다음과 같은 비문을 새겼다.

1828년 7월 9일에 태어나
1901년 9월 5일에 생을 마감한,
충실한 남편이자 자상한 아버지,
고결하고 독실한 남자였던

새뮤얼 이지키얼 콤스톡을

영원히 기리며

슬픔에 젖은 자녀들이

이 비석을 세운다.

그는 예수의 품에 잠들어 있다.

콤스톡 할아버지를 알았던 모든 이가 마지막 문장에 얼마나 험한 욕을 쏟아부었을지는 굳이 말할 필요가 없을 것이다. 하지만 그 문장이 새겨진 화강암 덩어리가 5천 킬로그램에 달했으며, 콤스톡 할아버지가 그 밑에서 일어나지 못하게 하려는 의도—자식들이 이 의도를 자각했는지는 몰라도—로 세워졌다는 사실은 짚고 넘어갈 만하다. 고인에 대한 친척들의 진심 어린 평가를 알고 싶다면, 비석의 무게로 대강 짐작할 수 있다.

고든이 아는 콤스톡가는 무척 둔하고, 비루하고, 시시하며, 무능한 가문이었다. 놀라우리만치 활력이 없었다. 물론 콤스톡 할아버지 탓이었다. 그가 죽었을 때 자식들은 모두 장성했고 몇몇은 중년이었는데, 그들에게 있었을지도 모르는 기백이란 기백은 아버지에게 짓밟혀 사라진 지 오래였다. 그는 정원용 롤러가 데이지꽃을 뭉개듯 자식들을 뭉개버렸고, 이렇게 꺾인 그들의 개성은 다시 살아나지 못했다. 그들은 하나같이 매가리 없고 배짱 없고 실패한 인간들이 되어버렸다. 누구 하나 적절한 직업을 갖지 못했다. 콤스톡 할아버지가 전혀 어울리지 않는 직업으로 자식들을 내몰았기 때문이다. 오로지 한 명, 고든의 아버지 존만이 용감하게 콤스톡 할아버지에게 맞섰다. 영감이 살아 있는 동안 결혼을 감행할 정도로. 출세를 하거나, 무언가를 창조하거나, 파괴하거나, 행복하거나, 눈에 띄게 불행하거나, 완전한 삶을 누리거나, 심지어는 괜찮은 수입을 올리는 것조차 그들에게는 허용되지 않았다. 그저 추하지 않은 실패를 거듭하며 허송세월을 할 뿐이었다. 중위 중산층에서 너무도 흔하게 볼 수 있는 가족, **아무 일도 일어나지 않는** 우울한 가족이었다.

고든은 아주 어릴 적부터 친척들 때문에 지독한 우울감을 느꼈다. 그가 꼬마였을 땐 아주 많은 삼촌과 고모가 살아 있었다. 다들 비슷하니 우중충하고 꾀죄죄하고 재미없는 사람들이었다. 병약했으며, 길바닥에 나앉을 정도로 파산하지는 않았지만 끊임없이 돈 걱정에 시달렸다. 아무리 그래도 번식 욕구까지 완전히 잃은 건 기묘한 일이었다. 정력적인 사람은 돈이 있든 없든 동물처럼 거의 무의식적으로 번식한다. 예를 들어 콤스톡 할아버지는 열두 형제자매 중 하나였고, 그 자신도 열한 명의 자식을 두었다. 하지만 그 열한 명은 고작 두 명의 자식을 낳았으며, 그 둘—고든과 그의 누이 줄리아—은 1934년까지 한 명의 아이도 얻지 못했다. 콤스톡가의 마지막 자손인 고든은 1905년에 예기치 않은 임신으로 태어났다. 그 후

30년이라는 기나긴 세월 동안 그들 가문에는 아이가 한 명도 태어나지 않았고 오로지 죽음만 이어졌다. 비단 결혼과 번식뿐만 아니라, 콤스톡가에서는 **아무 일도 일어나지 않았다.** 모든 이가 저주라도 받은 듯 암울하고 비루하고 시원찮은 인생을 살 운명인 것처럼 보였다. 그들 중 누구 하나 뭐라도 한 사람이 없었다. 세상의 모든 활동, 하다못해 그저 버스에 올라탈 때도 자연히 중심에서 밀려나 버리는 부류의 사람들이었다. 물론 돈에 관해서는 하나같이 지독한 멍청이였다. 콤스톡 할아버지는 자식들에게 재산을 그런대로 동등하게 나누어 주었고, 그래서 붉은 벽돌 대저택을 판 후 한 명당 약 5천 파운드씩 받았다. 그리고 콤스톡 할아버지가 땅속에 묻히자마자 그들은 돈을 조금씩 날리기 시작했다. 여자나 경마에 재산을 탕진하는 파격적인 방식으로 돈을 잃을 배짱은 누구에게도 없었다. 그저 돈을 찔끔찔끔 흘려보냈다. 여자들은 어리석은 투자에, 남자들은 1-2년 후 손해만 남기고 끝나버리는 시시한 투기적 사업에. 그들 중 절반 이상이 미혼으로 죽었다. 몇몇 여자는 아버지가 죽은 후 중년의 나이에 달갑지 않은 결혼을 했지만, 남자들은 생계를 유지할 능력이 없었기에 결혼할 형편이 못 되었다. 고든의 고모 앤절라를 제외하고는 자기 집을 가진 사람이 한 명도 없었다. 변변찮은 셋방이나 무덤 같은 하숙집에서 살았다. 그리고 해마다 차례차례 죽어갔다. 구질구질하면서도 돈이 많이 드는 병에 걸려 남은 재산을 치료에 몽땅 털어 쓴 후. 고든의 고모 샬럿은 1916년에 클래펌의 정신병원에 입원했다. 영국에서 발에 채는 것이 정신병원 아니던가! 그런 정신병원들이 계속 돌아갈 수 있는 건 중위 중산층의 의지가지없는 노처녀들 덕이다. 그 세대에서 1934년까지 살아남은 이는 세 명뿐이었다. 앞서 언급한 샬럿 고모, 1912년에 운 좋게도 누군가의 설득에 넘어가 집 한 채와 연금 수령권을 산 앤절라 고모, 그리고 5천 파운드에서 수백 파운드로 졸아든 재산으로 이런저런 대리점에 손을 대며 초라한 생활을 이어가는 월터 삼촌.

고든은 작게 수선한 옷을 입고 양 목살 스튜를 먹으며 자랐다. 그의 아버지는 콤스톡가 사람답게 우울감에 찌들고 그래서 남까지 우울하게 만들었지만, 머리가 꽤 좋았고 약간의 문학적 재능도 있었다. 아버지가 문인의 기질을 타고났으며 숫자와 관련된 일은 무엇이든 질색한다는 사실을 꿰뚫어 본 콤스톡 할아버지는 아니나 다를까 아버지를 공인회계사로 만들려 했다. 그래서 아버지는 무능한 공인회계사가 되었고, 언제나 돈을 써서 동업을 했지만 한두 해 뒤에는 흐지부지되었다. 수입도 들쭉날쭉해서 연봉이 500파운드까지 올랐다가 200파운드까지 떨어지기도 했으며, 계속 떨어지는 추세였다. 아버지는 1922년에 죽었다. 고작 쉰여섯 살이었지만, 신장병을 오래 앓은 탓에 초췌해져 있었다.

콤스톡가는 영락하긴 했어도 상류층이었으므로, 고든의 '교육'에 반드시 거액을 쏟아부어야 한다고 생각했다. '교육'이라는 이 요물은 얼마나 무시무시한가! 중산층 부모가 아들을 적절한 학교(즉, 사립학교나 그 비슷한 학교)에 보내려면, 품팔이 배관공에게 무시당할 만큼 궁상맞은 생활을 수년은 버텨야 한다. 고든은 수업료가 1년에 120파운드 정도 되는 겉만 번지르르하고 형편없는 학교로 보내졌다. 이 수업료 때문에 가족은 엄청난 희생을 치러야 했다. 고든보다 다섯 살 많은 줄리아는 교육을 거의 받지 못했다. 변변찮고 부실한 기숙학교 한두 군데를 다니긴 했지만, 열여섯 살에는 완전히 학교를 그만두었다. 고든은 '아들'이고 줄리아는 '딸'이니, '아들'을 위해 '딸'이 희생하는 것이 자연스러워 보였다. 거기다 일찌감치 가족 사이에서 고든은 '영리한' 아이로 점찍혔다. 그 놀라운 '영리함'으로 장학금을 타고 눈부신 성공을 거두어 가족의 부를 되찾아줄 아이. 가족은 이런 전개를 예상했고, 그 누구보다 줄리아가 이를 철석같이 믿었다. 줄리아는 고든보다 훨씬 더 클 정도로 키가 훌쩍하고 볼품없는 여자였다. 비쩍 마른 얼굴과 길쭉한 목 때문에, 한창때에도 어쩔 수 없이 거위를 연상시켰다. 하지만 타고나기를 소박하고 다정한 사람이었다. 자기를 내세우지 않고, 집 밖에 나가기를 싫어하고, 다림질을 하고, 옷을 꿰매고, 고장 난 것을 고쳤다. 노처녀의 영혼을 타고난 여자였다.

심지어 열여섯 살에도 '노처녀'의 분위기가 물씬 풍겼다. 줄리아는 고든을 우상처럼 숭배했다. 줄리아는 어린 동생을 지켜주고 돌봐주고 응석을 받아주었으며, 동생이 버젓한 옷을 입고 학교에 갈 수 있도록 자신은 누더기를 걸치고, 쥐꼬리만 한 용돈을 모아서 동생에게 크리스마스 선물과 생일 선물을 사주었다. 그리고 물론 고든은 나이가 웬만큼 차자, 예쁘지 않고 '영리하지' 않은 누나를 경멸함으로써 은혜를 갚았다.

고든은 삼류 학교를 다녔음에도 거의 모든 학생이 그보다 더 부유했다. 그들은 곧 고든의 가난을 알아채고는 그 이유로 그를 못살게 괴롭혔다. 아이에게 저지를 수 있는 가장 잔인한 짓은 더 부유한 아이들이 다니는 학교에 보내는 것이리라. 가난을 의식하는 아이는 어른이 상상하기 어려운 속물적 고통을 겪는다. 그 시절, 특히 사립 초등학교를 다닐 때, 고든의 인생은 어떤 상황에서도 꺾이지 않고 버티며 부모가 부자인 척 연기하는 한 편의 기나긴 음모와도 같았다. 아, 얼마나 굴욕적인 나날이었던가! 이를테면, 새 학기가 시작하는 날, 학교로 가져온 돈을 교장에게 맡기는 시간은 정말이지 끔찍했다. 10실링밖에 맡기지 못하는 그를 깔보듯 잔인하게 낄낄거리던 아이들. 그리고 35실링짜리 기성복을 입고 있는 것을 다른 아이들에게 들켰을 때! 고든에게 가장 두려운 시간은 부모가 그를 보러 올 때였다. 그 당시에 아직 신앙을 가지고 있던 고든은 부모님이 학교에 오지 않게 해달라고 기도하곤 했다. 특히 아버지는 남들에게 보이기 부끄러 웠다. 구부정한 몸하며, 꾀죄죄하고 대책 없이 촌스러운 옷차림하며, 산송장처럼 매가리라고는 없는 남자였다. 근심 걱정 많고 권태로운 낙오자의 분위기를 풀풀 풍기고 다녔다. 그리고 작별 인사를 할 때 다른 아이들의 눈앞에서 고든에게 반 크라운을 주는 고약한 버릇이 있었다. 마땅히 10실링이어야 하는 용돈이 고작 반 크라운밖에 안 된다는 사실을 모두에게 자랑하는 꼴이지 않은가! 20년이 지난 지금도 고든은 그 학교를 떠올릴 때마다 몸서리를 쳤다.

이 모든 일의 첫 여파를 말하자면, 비굴할 정도로 돈을 동경하게 된 것이었다. 그 시절 고든은 가난에 찌든 일가족―아버지, 어머니, 누나, 모두―을 증오했다. 그들의 남루한 집, 촌스러움, 인생을 대하는 삭막한 태도, 그깟 푼돈에 끝없이 고민하며 끙끙대는 궁색함을 증오했다. 콤스톡 가족이 가장 자주 하는 말은 "우리 형편에 그건 안 돼"였다. 그 당시 돈에 대한 고든의 갈망은 딱 아이다운 욕심이었다. 왜 우리는 좋은 옷을 입고 과자를 실컷 먹고 영화관에 가면 **안 되는** 거지? 그는 부모가 일부러 가난을 꾀하기라도 한 것처럼 가난을 부모 탓으로 돌렸다. 왜 우리 부모님은 다른 아이들의 부모처럼 되지 못하지? 가난을 **좋아하나** 보다, 하고 그는 추측했다. 아이의 생각이라는 건 이런 식이다.

하지만 나이가 들면서 고든도 변했다. 덜 비뚤어졌다기보다는, 다른 면으로 비뚤어졌다. 이때 즈음 그는 학교에 적응하여 괴롭힘당하는 정도가 예전보다 덜해졌다. 성적은 별로 좋지 않았다. 공부를 전혀 하지 않아 장학금을 받지 못했다. 하지만 요령이 늘어 학교생활을 무리 없이 해나갔다. 교장이 강단에서 비난하는 책들을 읽고, 영국 국교회와 애국주의, 그리고 졸업생들의 모교 넥타이에 대해 비정통적인 견해를 갖게 되었다. 또 시를 쓰기 시작했다. 한두 해 지나서는《애서니엄》,《뉴 에이지》,《위클리 웨스트민스터》에 시를 보내기까지 했지만, 어김없이 거절당했다. 물론 그가 어울려 다닌 비슷한 부류의 학생들도 있었다. 어느 사립학교에나 자의식 강한 지식인들이 조금씩은 있었다. 그리고 종전 후 불과 몇 년이 흐른 당시 영국에 가득 차 있던 혁명적 기운은 사립학교들에까지 침범해 들어갔다. 젊은이라면, 너무 어려 참전하지 않았던 사람들까지 구세대를 못마땅하게 여겼다. 그리 놀라운 일도 아니었다. 그 당시엔 두뇌가 있는 사람이라면 거의 누구나 혁명적인 생각을 품고 있었다. 반면 예순이 넘은 늙은이들은 암탉처럼 괜히 야단법석을 떨며 '전복적 사상'에 대해 불평만 늘어놓았다. 고든과 그의 친구들은 그들의 '전복적 사상'으로 신나는 시간을 보냈다. 꼬박 1년 동안《볼셰비키》라는 비공식 월간지를 곤약

판으로 복사하여 찍어냈다. 사회주의, 자유연애, 대영 제국의 해체, 육해군 폐지 등을 주장하는 신문이었다. 정말 재미있었다. 열여섯 살의 총명한 아이라면 누구나 사회주의자다. 그 나이에는 다소 뻔한 미끼 밖으로 튀어나와 있는 낚싯바늘을 보지 못한다.

고든은 투박하고 소년다운 방식으로 돈벌이의 이치를 터득하기 시작했다. 대부분의 사람보다 이른 나이에, 현대의 **모든** 상업 활동이 사기라는 사실을 간파했다. 신기하게도, 처음으로 그 사실을 뼈저리게 느낀 계기는 지하철역에 붙은 광고 전단들이었다. 전기 작가들이 말하듯, 그는 자신이 훗날 광고 회사에 취직하게 될 줄은 몰랐다. 하지만 장사가 사기라는 사실 외에 무언가가 더 있었다. 시간이 흐르면서 고든이 더욱더 분명히 깨달은 점은 황금만능주의가 하나의 종교로 격상했다는 것이었다. 어쩌면 그것이 우리에게 남은 유일한 진짜 종교—**체감**할 수 있는 유일한 종교—일지도 모른다. 예전의 신은 이제 돈이 되었다. 실패와 성공만 있을 뿐, 선과 악은 더 이상 아무런 의미도 없다. 오죽하면 'make good'*이라는 의미심장한 표현이 생겼을까. 10계명은 2계명으로 줄어들었다. 고용주들—선민들, 말하자면 돈을 섬기는 성직자들—을

※ 문자 그대로는 '선을 만들다'라고 해석되지만, '성공하다'라는 의미의 관용구로 쓰인다.

위한 계명, '돈을 벌지어다'. 그리고 노동자들─노예들과 말단 직원들─을 위한 계명, '일자리를 잃지 말지어다.' 이때 즈음 고든은 『떨어진 바지를 입은 자선가』라는 책을 우연히 발견하여, 모든 물건을 전당포에 맡기면서도 엽란만은 고집스럽게 지키는 굶주린 목수의 이야기를 읽었다. 그 후로 엽란은 고든에게 일종의 상징이 되었다. 영국의 꽃, 엽란! 사자와 유니콘 대신 엽란이 우리의 문장 (紋章)이 되어야 한다. 창가에 엽란들이 놓여 있는 한 영국에 혁명은 없으리.

가족을 향한 고든의 증오와 경멸은 이제 사라졌다. 아니, 적어도 수그러들었다. 그들을 생각하면 여전히 암울하긴 했다. 쭈글쭈글하니 늙은 가난한 고모들과 삼촌들 (그중 두세 명은 이미 죽었다), 무기력증에 빠져 생기라고는 없는 아버지, 우중충하고 신경질적이며 '허약한'(폐가 약했다) 어머니, 스물한 살에 벌써 악착스럽고 고분고분한 노동자가 되어 하루에 열두 시간을 일하고도 괜찮은 원피스 하나 못 사 입는 줄리아. 하지만 이제 고든은 그들의 문제를 알았다. 그저 돈이 없는 것이 아니었다. 돈이 없으면서도 정신적으로는 여전히 돈의 세계에 살고 있는 것이 문제였다. 돈이 미덕이며 가난은 범죄인 세계 말이다. 그들은 가난이 아니라, **고상한** 가난에 발목 잡혀 있었다. 그들은 돈의 규범을 받아들였고, 그에 따르면 그들은 실패자였다. 하층계급처럼 돈이 있든 없든 그저 억척스럽게 **살아나갈** 힘이 그들에게는 없었다. 하층계급이야말로 옳다! 전 재산 4펜스를 가지고 여자를 임신시키는 공장 노동자에게 경의를! 적어도 그의 핏줄에 돈은 없을지언정 피는 흐르고 있지 않은가.

이 모두는 소년다운 순진하고 이기적인 생각이었다. 인생에는 두 가지 길이 있다고 고든은 결론 내렸다. 부자가 되거나, 아니면 부자가 되기를 고의로 거부하거나. 돈을 갖거나, 아니면 돈을 경멸하거나. 돈을 숭배하면서도 손에 넣지 못하는 건 치명적이다. 고든은 자신이 돈을 벌지 못하리라는 사실을 당연하게 받아들였다. 돈벌이로 이용해먹을 만한 재능이 있을지도 모른다는 생각조차 들지 않았다. 그를 이 지경으로 만든 건 교사들이었다. 교사들은 고든에게 너처럼 골치 아픈 선동꾼은 절대 '성공하지' 못할 거라고 귀가 닳도록 얘기했다. 그는 이를 받아들였다. 좋아, 그렇다면 '성공'과 관련된 모든 것을 거부하리라. '성공하지' 않는 것을 삶의 **목적**으로 삼으리라. 천국의 노예가 되느니 지옥의 왕이 되겠다. 열여섯 살에 이미 고든은 자신이 어느 편인지 알았다. 그는 돈의 신과 그 야비한 사제들의 **적**이 되었다. 돈에 선전포고를 했다. 물론 아무도 모르게 혼자서.

그가 열일곱 살이었을 때 아버지는 약 200파운드를 남긴 채 세상을 떠났다. 줄리아는 이제 몇 년째 일을 하고 있었다. 1918년과 1919년에는 관청에서 일했고, 그 후에는 요리를 배워 얼스코트 지하철역 근처의 여성 취향의 변변찮은 찻집에 취직했다. 일주일에 72시간 일하고 점심 식사와 차, 25실링을 받았다. 그중 12실링이나 그 이상은 일주일 치 가계비로 썼다. 콤스톡 씨가 죽었으니, 이제 고든이 학교를 그만두고 일자리를 구해 줄리아가 200파운드로 찻집을 열도록 해주는 것이 최선이었다. 하지만 이번에도 콤스톡가는 여지없이 돈에 관한 무지를 드러냈다. 줄리아도 어머니도 고든의 자퇴에 찬성하지 않았다. 중산층의 기묘하고도 이상주의적인 속물근성 때문인지, 고든이 법정 연령인 열여덟 살 전에 학교를 그만두느니 그들이 노역장에라도 가겠다는 심산이었다. 200파운드, 혹은 그 절반 이상은 고든의 '교육'을 마치는 데 써야 한다. 고든은 두 사람이 그렇게 하도록 내버려 두었다. 돈에 선전포고를 하긴 했지만, 그렇다고 해서 지독한 이기심까지 사라지지는 않았다. 물론 그는 일하러 나가는 것이 두려웠다. 어떤 소년이 그렇지 않겠는가? 어느 지저분한 사무실의 서기라니. 맙소사! 삼촌들과 고모들은 벌써부터 '고든을 안정적인 생활에 정착시키는' 문제에 대해 암울하게 얘기하고 있었다. 그들이 세상을 바라보는 잣대는 오로지 '좋은' 직업이었다. 스미스가 은행에 '좋은' 자리를 얻었고, 존스가 보험회사에 '좋은' 자리를 구했대. 이런 말을 들을 때마다 고든은 구역질이 났다. 영국의 모든 청년을 '좋은' 직업이라는 관에 못으로 박아 두려는 건가.

그래도 돈은 벌어야 했다. 고든의 어머니는 결혼 전에 음악 교사였고, 결혼 후에도 형편이 평소보다 어려워지면 드문드문 학생을 받았다. 이제 그녀는 다시 아이들을 가르쳐보기로 했다. 교외—그들은 액턴에 살고 있었다—에서 학생을 구하기는 수월했고, 음악 수업료에 줄리아의 급여까지 보태면 앞으로 1-2년은 그런대로 버틸수 있을 것 같았다. 하지만 콤스톡 부인의 폐는 '허약한' 정도를 넘어 더 심각한 상태에 이르렀다. 남편의 주치의였던 의사가 부인의 가슴에 청진기를 대보더니 심각한 표정을 지었다. 의사는 콤스톡 부인에게 몸을 따뜻하게 하고, 영양가 있는 음식을 먹고, 무엇보다 피로를 피하라고 조언했다. 물론, 계속 손가락을 움직여야 하는 피곤한 피아노 레슨은 어머니에게 최악의 일이었다. 고든은 이런 사정을 전혀 몰랐다. 하지만 줄리아는 알고 있었다. 고든에게는 조심스럽게 숨긴, 두 여인끼리의 비밀이었다.

한 해가 지났다. 고든에게는 비참한 시간이었다. 남루한 옷차림과 부족한 용돈이 점점 더 부끄러워졌고, 그래서 여자들에게 다가가기가 두려웠다. 하지만 그해에《뉴에이지》가 그의 시 한 편을 받아주었다. 그사이 그의 어머니는 냉랭한 응접실에서 불편한 피아노 의자에 앉아 시간당 2실링을 받고 피아노 레슨을 하고 있었다. 드디어 고든은 학교를 떠났고, 사업상 조촐한 연줄들이 좀 있던 뚱뚱한 참견쟁이 월터 삼촌이 나서서 자기 친구의 친구가 고든에게 연단(鉛丹) 회사의 회계 부서에 '좋은' 자리를 얻어줄 수 있을 거라고 말했다. 아주 멋진 일자리였다. 젊은 남자에게는 찬란한 시작이 될 만한 직업이었다. 정신을 똑바로 차리고 일에 몰두한다면 머잖아 거물이 될 수 있을지도 몰랐다. 하지만 고든은 우물쭈물했다. 나약한 사람들이 그러듯 갑자기 굳어버린 그는 그 일을 시도하는 것조차 거절하여 온 가족을 경악시켰다.

당연히 무시무시한 다툼이 일었다. 가족은 그를 이해하지 못했다. 기회가 왔을 때 그런 '좋은' 일자리를 거절하는 건 그들에게 신성모독이나 마찬가지였다. 고든은 **그런 종류**의 일은 원하지 않는다는 말만 되풀이했다. 그럼 **어떤** 일을 원하느냐고, 가족 모두가 다그쳐 물었다. 그는 글을 쓰고 싶다고 무뚝뚝하게 말했다. 하지만 글을 써서 무슨 수로 먹고살 거냐고, 가족들은 또 다그쳤다. 그리고 물론 그는 아무런 답도 하지 못했다. 시를 써서 어떻게든 먹고살 수 있으리라는 생각이 마음 한편에 있었지만, 그 터무니없는 얘기를 입 밖에 내지는 못했다. 하지만 무슨 일이 있어도 돈의 세계에 들어가 일할 생각은 없었다. 직업을 갖긴 하겠지만, '좋은' 직업은 아니었다. 가족은 고든의 말을 조금도 이해하지 못했다. 어머니는 눈물을 흘렸고, 줄리아마저 그를 공격했으며, 삼촌들과 고모들(그때만 해도 아직 예닐곱 명이 살아 있었다)은 먹히지도 않을 무기력한 비난을 퍼부었다. 그리고 사흘 뒤 끔찍한 일이 벌어졌다. 저녁 식사를 하던 중 어머니가 갑자기 심하게 콜록거리더니 가슴을 부여잡고 앞으로 쓰러져 피를 토하기 시작한 것이다.

고든은 겁에 질렸다. 어머니는 죽지 않았지만, 위층으로 옮겨질 때 꼭 죽은 사람처럼 보였다. 고든은 부랴부랴 의사에게 달려갔다. 며칠 동안 어머니는 죽음의 문턱에 있었다. 외풍이 심한 응접실에서 피아노 레슨을 하고, 비가 오나 눈이 오나 이리저리 힘들게 걸어 다닌 탓이었다. 고든은 집 안에 처박힌 채, 비참함과 죄책감이 뒤섞인 끔찍한 감정에 시달렸다. 어머니가 그의 학비를 마련하기 위해 스스로를 희생했음을 정확히 알지는 못했지만, 어느 정도 짐작하고 있었다. 그 후로는 더 이상 어머니에게 반항할 수 없었다. 월터 삼촌에게 찾아가, 가능하다면 연단 회사에 취직하겠다고 말했다. 그래서 월터 삼촌은 친구에게, 그 친구는 또 자신의 친구에게 말을 전했고, 고든은 전혀 맞지 않는 틀니를 낀 노신사에게 면접을 본 후 마침내 수습 직원이 되었다. 주급 25실링으로 그의 직장 생활이 시작되었다. 그리고 그는 이 회사에 6년을 다녔다.

고든의 가족은 액턴을 떠나 패딩턴 구역에 어느 적막한 붉은 벽돌 아파트를 얻었다. 피아노를 가져온 콤스톡 부인은 기운이 어느 정도 돌아오자 가끔씩 레슨을 했다. 고든의 임금은 차츰 올랐고, 세 가족은 그럭저럭 살

만했다. 그런 생활이 가능했던 건 대부분 줄리아와 콤스톡 부인의 덕이었다. 고든은 돈에 관해서는 여전히 아이처럼 이기적이었다. 그렇다고 직장 생활을 아주 엉망으로 하지는 않았다. 제 몫은 하지만 출세할 인간은 못 된다는 것이 그에 대한 평가였다. 고든은 자신의 일을 지독히 경멸했기 때문에 오히려 일하기가 수월했다. 회사에 뼈를 묻을 생각이 없었기에 무의미한 직장 생활을 견딜 수 있었다. 때가 되면 어떤 식으로든 회사에서 해방되리라 믿었다. 어쨌든 그는 글을 쓸 줄 알았다. 언젠가는 작가로서 그냥저냥 먹고살 수 있지 않을까 싶었다. 작가가 되면 돈의 악취로부터 해방된 느낌이 들지 않을까? 주변 사람들, 특히 노인들을 보면 소름이 끼쳤다. 돈을 신으로 떠받드는 꼴이라니! 안정적인 생활에 안주하고, 출세하고, 교외 주택과 엽란에 영혼을 파는 인간들! 중산모를 쓴 전형적인 살살이들―스트룹*의 '보통 사람'. 6시 15분에 조용히 집으로 돌아와 배 통조림으로 만든 스튜와 코티지 파이를 저녁으로 먹고, 30분 동안 BBC 교향악단의 연주를 들은 다음, 아내의 기분이 괜찮으면 합법적인 섹스를 잠깐 하는 고분고분한 시민! 이 얼마나 구질구질한 인생인가 말이다! 아니, 인간은 그렇게 살아서는 안

---

* 시드니 스트룹(1891-1956). 《데일리 익스프레스》의 풍자만화가로, 『보통 사람(*Little Man*)』이라는 대표작을 남겼다. 중산모를 쓰고 우산을 들고 다니는 평범한 등장인물은 교외 중산층을 상징한다.

된다. 그런 운명으로부터, 돈의 악취로부터 당장 빠져나와야 한다. 고든은 이런 유의 음모를 가슴속에 품고 있었다. 마치 돈과의 전쟁에 매달린 사람처럼. 하지만 아직은 비밀이었다. 회사 사람들은 그의 비정통적 사상을 전혀 눈치채지 못했다. 그가 시를 쓴다는 사실조차 몰랐다. 하긴, 알고 말고 할 것도 없었다. 6년 동안 잡지에 실린 시가 스무 편도 되지 않으니. 겉으로 보기에 고든은 런던의 여느 회사원과 똑같았다. 지하철을 타고 손잡이에 매달린 채 아침에는 동쪽으로, 밤에는 서쪽으로 옮겨 다니는 군대 속의 한 병사.

그가 스물네 살이었을 때 어머니가 세상을 떠났다. 가족이 무너지고 있었다. 콤스톡가의 윗세대는 이제 네 명만 남아 있었다. 앤절라 고모, 샬럿 고모, 월터 삼촌, 그리고 1년 후 죽은 또 다른 삼촌. 고든과 줄리아는 아파트를 포기했다. 고든은 다우티가(블룸즈버리*에 사는 것이 왠지 문학적으로 느껴졌다)의 가구 딸린 방을 하나 얻었고, 줄리아는 찻집과 가까운 얼스코트로 이사했다. 이제 서른이 다 된 줄리아는 제 나이보다 훨씬 더 늙어 보였다. 건강하긴 했지만 이전보다 더 말랐고, 흰머리가 보였다. 줄리아는 여전히 하루에 열두 시간씩 일했으며, 6년 동

---

* 런던의 한 지구로, 20세기 초엽에 작가·예술가·출판업자 등의 활동 중심지였다. 다우티가는 블룸즈버리 지역에 위치해 있다.

안 주급은 겨우 10실링 올랐다. 지독하리만치 숙녀다운 찻집 주인은 고용주이자 절반은 친구이기도 해서 줄리아를 '자기'라고 부르며 마음껏 부려먹었다. 어머니가 죽고 넉 달이 지났을 때 고든은 돌연 직장을 그만두었다. 회사에는 아무런 이유도 대지 않았다. 회사는 그가 더 나은 사람이 되리라 믿고 꽤 좋은 추천장을 써주었다―결과적으로는 다행한 일이었다. 고든은 다른 직장을 찾을 생각도 없었다. 예전으로 돌아갈 가능성을 완전히 차단해버리고 싶었다. 앞으로는 돈의 악취에서 해방되어 자유를 만끽할 작정이었다. 어머니가 죽으면 회사를 때려치워야지 하고 의식적으로 기다린 건 아니지만, 그래도 그에게 용기를 준 것은 어머니의 죽음이었다.

물론 남은 가족과 또 한 번, 더 가혹한 언쟁을 벌여야 했다. 그들은 고든이 미쳤다고 생각했다. 그는 '좋은' 직업에 노예처럼 매이고 싶지 않은 이유를 몇 번이고 설명했지만 헛수고였다. "그럼 어떻게 먹고살 건데? 어떻게?"라며 모두가 툴툴댔다. 고든은 그 문제를 진지하게 고민하지 않으려 했다. 물론, 글을 써서 어떻게든 생계를 유지할 수 있으리라는 생각은 여전했다. 이 무렵 고든은 《적그리스도》의 편집자인 래블스턴과 친분을 텄고, 래블스턴은 그의 시를 실어줄 뿐만 아니라 그에게 가끔 서평을 맡기기도 했다. 작가로서의 전망이 6년 전만큼 암울하지는 않았다. 하지만 고든의 진정한 동기는 글을 쓰고 싶은 욕망이 아니었다. 돈의 세계에서 벗어나는 것. 그것이야말로 고든의 바람이었다. 돈 한 푼 없는 은둔자의 인생을 그는 막연히 꿈꾸고 있었다. 진심으로 돈을 경멸하면, 하늘의 새들처럼 어떻게든 계속 살아갈 수 있으리라는 느낌이 들었다. 새들은 방세를 내지 않아도 된다는 사실을 그는 잊고 있었다. 다락방에서 굶주리는, 하지만 굶주리면서도 그리 불편함을 느끼지 않는 시인. 고든이 머릿속에 그린 자신의 모습이었다.

그 후 일곱 달은 참담했다. 거의 혼이 나갈 정도로 두려웠다. 몇 주를 내내 빵과 마가린으로만 버티면서 반쯤 허기진 상태로 글을 쓰고, 옷을 저당 잡히고, 3주 치 방세가 밀려서 집주인과 마주칠까 무서워 벌벌 떨며 살금살금 계단을 올라가는 것이 어떤 기분인지 실감했다. 게다가 그 일곱 달 동안 글이라곤 거의 한 자도 쓰지 못했다. 가난의 첫 여파는 생각이 죽어버린다는 것이다. 고든은 그저 돈이 없다고 해서 돈으로부터 벗어날 수 있는 건 아니라는 사실을 새로운 발견인 양 깨달았다. 오히려 생계를 유지할 수 있을 정도의 돈이 없으면 돈에 얽매인 비참한 노예가 되고 만다. 중산층이 자주 쓰는 '밥벌이'라는 끔찍한 말이 있지 않은가. 마침내 그는 꼴사나운 말다툼 후 방에서 쫓겨났다. 그리고 사흘 낮 나흘 밤을 길거리에서 지냈다. 끔찍했다. 임뱅크먼트에서 만난 남자의 조언에 따라, 사흘 동안 아침마다 빌링즈게이트 어시장에 가서 생선 수레를 끌고 구불구불한 언덕을 올라 이스트칩까지 운반하는 일을 도왔다. 언덕을 한 번 오르는 데 2펜스를 받았고, 허벅지가 떨어져나갈 것만 같았다. 같은 일을 노리는 사람이 워낙 많아서 차례를 기다려야 했다. 운이 좋으면 아침 4시부터 9시까지 18펜스를 벌 수 있었다. 사흘 뒤 고든은 그 일을 포기했다. 이게 다 무슨 소용이란 말인가. 그는 패배했다. 가족에게 돌아가 돈을 조금 빌리고 다른 일자리를 찾는 수밖에 별도리가 없었다.

하지만 물론 일자리는 없었다. 수개월 동안 그는 가족에게 빌붙어 살았다. 줄리아는 저축해놓은 얼마 안 되는 돈이 바닥날 때까지 고든을 먹여 살렸다. 처참했다. 고결한 고집을 부린 결과가 이 모양이라니! 야심을 버리고 돈과 전쟁을 벌였더니, 누나에게 구걸하는 신세로 전락하고 말았다. 그리고 지금껏 모아놓은 돈을 잃는 것보다 동생의 실패를 훨씬 더 안타까워하는 줄리아의 심정을 고든은 잘 알고 있었다. 그 정도로 줄리아는 고든에게 큰 기대를 걸었었다. 콤스톡가에서 성공할 싹수가 보이는 사람은 고든뿐이었다. 지금도 그녀는 언젠가 어떻게든 고든이 가족에게 부를 되찾아주리라 믿고 있었다. 아주 똑똑하니까 마음만 먹으면 돈을 벌 수 있으리라! 고든은 하이게이트에 있는 앤절라 고모의 작은 집에서 꼬박 두 달을 지냈다. 미라처럼 시들어버린 가난한 앤절라 고모는 자신도 간신히 먹고사는 형편이었다. 이 기간에 고든은 필사적으로 일자리를 찾아다녔다. 월터 삼촌은 그를 도울 수 없었다. 비즈니스 세계에서 삼촌이 작게나마 차지하고 있던 입지는 이제 거의 사라지다시피 했다. 그런데 전혀 예상치 못한 방식으로 좋은 기회가 찾아왔다. 줄리아가 일하는 찻집 주인의 형제의 친구의 친구가 뉴 앨비언 광고 회사의 회계 부서에 고든이 취직할 수 있도록 손을 써준 것이다.

뉴 앨비언은 전쟁 후 우후죽순처럼 생겨나고 있던 광고 회사 중 하나였다. 썩어가는 자본주의에 핀 곰팡이라고나 할까. 성장 중인 소규모 회사였던 뉴 앨비언은 들어오는 광고 의뢰는 무조건 다 받았다. 오트밀 흑맥주나 팽창제 혼합 밀가루 같은 식품을 대대적으로 홍보하는 포스터를 몇 개 디자인하기도 했지만, 대개는 삽화나 그림이 많이 들어가는 여성지에 모자와 화장품 광고를 실었다. 그 밖에 화이트로즈 부인병 약, 라라통고 교수의 별점, 비너스의 일곱 가지 비밀, 아픈 다리에 관한 진실, 사흘 만에 정복하는 술버릇, 불쾌한 침범자들을 박멸하는 시프롤랙스 헤어로션 등 싸구려 잡지에 들어가는 작은 광고도 작업했다. 물론 직원 중에는 상업 예술가가 많았다. 바로 이 회사에서 고든은 로즈메리를 처음 만났다. 그녀는 '스튜디오'에서 패션 플레이트*의 도안 작업을

---

* 패션 디자인의 유행을 전달하는 용도로 쓰인 복식 도판.

도왔다. 고든이 그녀에게 말을 건 것은 한참이 지나서였다. 처음에 그녀는 함부로 접근할 수 없는 머나먼 존재로 느껴졌다. 작은 몸집에 가무잡잡한 피부, 경쾌한 몸짓은 분명 매력적이었지만, 왠지 위협적이기도 했다. 복도에서 마주칠 때면 그녀는 마치 고든을 속속들이 알고 우습게 여기는 양 비아냥거리는 표정으로 쳐다보았다. 그렇지만 필요 이상으로 자주 쳐다보는 것 같았다. 고든은 그녀가 하는 일과는 아무런 관계도 없었다. 그는 회계 부서에서 주급 3파운드를 받고 일하는 사무직원에 불과했다.

뉴 앨비언의 흥미로운 점은 더할 나위 없이 현대적인 사내 분위기였다. 광고가 자본주의의 가장 추잡한 사기임을 모든 직원이 완벽하게 이해했다. 연단 회사에는 상업의 명예로움과 유용함에 관한 인식이 여전히 남아 있었다. 하지만 뉴 앨비언에서 그런 생각은 웃음거리밖에 되지 않았다. 대부분의 직원이 미국화되어 감정을 잘 드러내지 않았고, 성공에 목을 맸다. 그들에게 성스러운 건 오로지 돈뿐이었다. 그들이 만들어낸 냉소적 규범에 따르면 대중은 돼지이며, 광고는 돼지 여물통 안에 막대기를 집어넣어 달그락거리는 소리를 내는 것이다. 하지만 이 냉소주의 밑에는 궁극적인 순진함, 돈을 맹목적으로 떠받드는 신앙이 있었다. 고든은 직원들을 남몰래 관찰했다. 예전처럼 그는 맡은 일을 무난하게 해냈고, 동료들은 그를 업신여겼다. 고든의 내면은 전혀 바뀌지 않았다.

여전히 배금주의를 경멸하고 거부했다. 조만간 어떻게든 그로부터 달아날 작정이었다. 지난번의 대실패를 겪은 후 지금도 탈출을 계획 중이었다. 고든은 돈이 지배하는 세계 **속**에 있었지만, 거기에 **굴하지는** 않았다. 그의 주변에 있는 인간들, 그러니까 중산모를 쓴 고집스러운 벌레들, 성공에 집착하는 야심가들, 미국의 경영 대학을 나온 비열한 사기꾼들을 보고 있자면 우스웠다. 일자리를 잃지 않으려 노예근성으로 일하는 인간들을 지켜보는 재미가 쏠쏠했다. 고든은 그 속에서 그들을 관찰하는 외부자였다.

어느 날 신기한 일이 일어났다. 누군가가 잡지에 실린 고든의 시를 우연히 보고는 "우리 회사에 시인이 있네"라며 떠들어댔다. 당연히 직원들은 고든을 장난스럽게 놀렸다. 그날부터 그에게는 '음유시인'이라는 별명이 생겼다. 하지만 그 농담 속에는 약간의 경멸도 섞여 있었다. 고든에 대한 그들의 생각이 옳았던 것이다. 시를 쓰는 인간은 성공과 그리 가깝지 않다. 그런데 상황은 예상치 못한 방향으로 흘러갔다. 직원들이 고든을 놀려먹는데 싫증을 낼 즈음, 그전까지는 고든을 거의 투명 인간 취급했던 전무이사 어스킨 씨가 갑자기 그를 불러 면담했다.

어스킨 씨는 얼굴이 넙데데하고 건강하며 무표정한 거구의 남자로 움직임이 굼떴다. 외모와 느린 말투 때문에 농부나 목축업자로 오해받기 딱 좋았다. 몸뿐만 아니라 머리도 둔한 그는 다른 사람들이 다 끝낸 얘기를 뒤늦게 알아차리곤 했다. 이런 사람이 어떻게 광고 회사의 중역이 되었을까. 자본주의의 별난 신들만이 그 답을 알리라. 하지만 그는 호감 가는 사람이었다. 돈을 잘 버는 인간 특유의 교만하고 쌀쌀맞은 구석이 없었다. 그리고 굼뜬 머리는 오히려 도움이 되었다. 일반적인 편견에 무감각하다 보니 사람들의 진가를 제대로 평가할 줄 알았다. 그래서 재능 있는 직원들을 잘 뽑았다. 고든이 시를 썼다는 소식을 들은 어스킨 씨는 충격을 받기는커녕 조금 탄복했다. 뉴 앨비언에는 문학적 재능을 지닌 직원들이 필요했다. 어스킨 씨는 고든을 불러놓고는, 졸린 듯한 눈으로 흘긋흘긋 쳐다보며 하나 마나 한 질문들을 던졌다. 고든의 답은 대충 흘려듣고, 질문 끝에는 "흠, 흠, 흠" 같은 소리를 냈다. 시를 쓴다고? 오, 그래? 흠. 그래서 발표됐나? 흠, 흠. 돈은 받았겠지? 많이 못 받았다고? 아무래도 그렇겠지. 흠, 흠. 시? 흠. 좀 어려울 텐데. 줄들도 같은 길이로 맞춰야 하고. 흠, 흠. 다른 건 안 쓰나? 소설 같은 거. 흠. 오, 쓴다고? 좋군. 흠!

그러고는 별다른 질문 없이 고든을 뉴 앨비언의 수석 카피라이터인 클루 씨의 비서—사실상 수습 직원—로 승진시켰다. 여느 광고 회사들처럼 뉴 앨비언은 창의적인 카피라이터를 끊임없이 찾고 있었다. 이상한 일이지만 '남편을 계속 미소 짓게 만드는 QT 소스', '이마가 넓어지고 있다고요? 비듬이 그 원흉입니다' 같은 광고 문구를 생각해낼 줄 아는 사람보다 유능한 제도공을 찾기가 훨씬 더 쉽다. 고든의 임금이 당장에 오르진 않았지만, 회사는 그를 눈여겨보고 있었다. 운이 좋으면 1년 후엔 어엿한 카피라이터가 되어 있을지도 몰랐다. 성공할 수 있는 절호의 기회였다.

고든은 여섯 달 동안 클루 씨와 함께 일했다. 클루 씨는 피곤에 찌든 마흔 살 정도 된 남자로, 철사처럼 뻣뻣한 머리칼 속으로 손가락을 자주 쑤셔 넣었다. 클루 씨의 갑갑한 작은 사무실에는 그의 과거 성공작들이 포스터의 형태로 벽마다 도배되어 있었다. 그는 고든을 친절하게 보살피면서 일하는 요령을 알려주었고, 고든의 제안을 귀담아 들어주기까지 했다. 당시에 그들은 퀸 오브 시바 화장품 회사(신기하게도 플랙스먼이 다니는 회사였다)에서 새로 나온 체취 제거제인 에이프릴 듀의 잡지 광고를 작업하고 있었다. 고든은 강한 혐오감을 감춘 채 그 일을 시작했다. 하지만 예기치 않은 상황이 벌어졌다. 거의 처음부터 고든이 카피라이터로서의 뛰어난 재능을 보인 것이다. 그는 타고난 카피라이터처럼 광고문을 수월하게 지어냈다. 귀에 착착 붙고 쉽사리 잊히지 않는 생생한 문구. 수많은 거짓말을 단 백 개의 단어로 포장한 깔끔하고 짧은 글귀. 애써 노력하지 않아도 그런 글귀가 머릿속에 저절로 떠올랐다. 원래 글재주는 있었지만, 그 재능을 성공적으로 사용하기는 이번이 처음이었다. 클루씨는 그의 장래가 유망하다고 믿었다. 고든은 자신의 발전이 처음엔 놀라웠다가 그다음엔 즐거웠으며, 마지막엔 조금 무서워졌다. 이러다가 **그런 인간**이 되어버리는 것이다! 멍청이들의 주머니에서 돈을 빼내기 위해 거짓말을 쓰는 인간! '작가'가 되고 싶은 그가 방취제 광고문을 써서 처음으로 성공을 거둔다는 건 지독한 아이러니이기도 했다. 하지만 고든이 생각하는 것만큼 그리 특이한 경우는 아니었다. 대부분의 카피라이터들은 반쪽짜리 소설가라고 하지 않는가. 아니면 그 반대인가?

퀸 오브 시바는 광고에 크게 만족했다. 어스킨 씨 역시 만족했다. 고든의 주급은 10실링 올랐다. 고든이 두려움을 느낀 건 이때였다. 결국 그는 돈에 지고 있었다. 돈의 우리 속으로 서서히 **빠지고** 있었다. 이대로라면 그 우리에 평생 갇히게 되리라. 인생이란 참 희한하다. 성공하고 싶어도 못 하리라는 솔직한 믿음으로 성공을 거부하고, 절대 성공하지 않으리라 다짐하면 무슨 일인가 벌어져서 기회가 찾아오고 자기도 모르는 사이 성공하게 된다. 그는 지금이 아니면 영영 탈출하지 못하리라는 걸 알았다. 너무 멀리 가기 전에 돈의 세계로부터 완전히 **빠져나와**야 했다.

하지만 굶주림 때문에 굴복하는 일을 또 겪고 싶지 않

았다. 그래서 고든은 래블스턴을 찾아가 도움을 구했다. 일자리를 얻어달라고 말이다. '좋은' 일자리가 아니라, 그의 영혼을 완전히 잡아먹지 않고 육신을 지켜줄 일자리를. 래블스턴은 고든의 말을 완벽하게 알아들었다. 일자리와 '좋은' 일자리의 차이를 설명해줄 필요도 없었다. 래블스턴은 고든이 얼마나 어리석은 짓을 하고 있는지 지적하지도 않았다. 그것이 래블스턴의 대단한 점이었다. 래블스턴은 항상 남의 관점을 이해해주었다. 물론, 돈을 가진 덕분이었다. 부자들은 지성을 갖출 여유가 있다. 더 나아가, 남들에게 일자리를 찾아줄 수도 있다. 겨우 2주 뒤 래블스턴은 고든에게 어울릴 만한 일을 제안했다. 래블스턴과 가끔 거래하는 노쇠한 헌책방 주인 매케크니 씨가 점원을 구하고 있다는 것이었다. 임금을 제대로 줘야 하는 숙련된 점원이 아니라, 신사처럼 생겼고 책에 관한 대화가 가능한 사람, 책을 좋아하는 손님들에게 좋은 인상을 줄 만한 사람을 원한다고 했다. 그야말로 '좋은' 일자리의 정반대였다. 근무 시간은 길고, 급료는 주당 2파운드로 형편없었으며, 승진의 기회 따윈 없었다. 장래성 없는 직업이었다. 그리고 장래성 없는 직업이야말로 고든이 찾고 있던 것이었다. 고든은 매케크니를 찾아갔다. 코가 불그스름하고 코담배에 물든 턱수염이 희끗한 나른하고 유순한 스코틀랜드 노인이었다. 매케크니는 망설임 없이 고든을 채용했다. 고든의 시집 『생쥐들』

도 곧 출판될 예정이었다. 일곱 번째로 문을 두드린 출판사에서 받아주었다. 래블스턴의 입김 때문이었음을 고든은 몰랐다. 래블스턴은 그 출판사의 사장과 개인적인 친분이 있었다. 그는 늘 무명 시인들을 위해 이런 일을 은밀히 주선했다. 고든은 자신 앞에 희망찬 미래가 열리고 있다고 생각했다. 그는 자수성가를 이루어냈다. 아니, 스마일스*와 중산층의 기준에 따르면 **그렇지도 않았다.**

고든은 광고 회사에 한 달 후 퇴사하겠다고 알렸다. 괴로운 일이 한두 가지가 아니었다. 고든이 '좋은' 일자리를 또 한 번 버리자 줄리아는 그 어느 때보다 힘들어했다. 이즈음 고든은 로즈메리와 알고 지내는 사이가 되어 있었다. 그녀는 고든의 퇴사를 막으려 하지 않았다. 남의 일에 간섭하는 건 로즈메리의 원칙에 어긋났다. '내 인생은 나의 것'이 그녀의 좌우명이었다. 하지만 그녀는 고든이 왜 이런 행동을 하는지 전혀 이해하지 못했다. 이상하게도 가장 심란했던 건 어스킨 씨와의 면담이었다. 어스킨 씨는 더할 나위 없이 친절했다. 어스킨 씨는 고든을 회사에 붙잡아 두고 싶다고 솔직히 말했다. 그리고 아주 정중하게도, 어리석은 짓 말라고 욕하는 대신 왜 회사를 그만두려 하느냐고 물었다. 어쩐지 고든은 대답을 회

---

* 새뮤얼 스마일스(1812-1904). 스스로의 노력으로 성장하고 성공을 거두어야 한다는 자조론을 주장했다.

피하거나, 어스킨 씨가 이해할 만한 유일한 답―'보수가 더 나은 직장을 찾고 싶다'―을 줄 수가 없었다. 그는 회사 일이 맞지 않는 것 같고 본격적으로 글을 써보고 싶다고, 겸연쩍게 불쑥 말해버렸다. 어스킨 씨는 어정쩡한 반응을 보였다. 글을 쓰겠다고? 흠. 요즘은 그런 일을 해도 벌이가 괜찮은가? 별로라고? 흠. 아무래도 그렇겠지. 흠. 바보가 된 기분이 든 고든은 바보 같은 표정으로, '곧 책이 나올' 거라고 웅얼거렸다. 그리고 시집이라고 덧붙였다. 왠지 그 단어를 발음하기가 어려웠다. 어스킨 씨는 곁눈으로 고든을 물끄러미 바라보다가 말했다.

"시라고? 흠. 시? 그런 걸로 벌어먹을 수 있을 것 같나?"

"뭐, 밥벌이가 되진 않겠죠. 그래도 굶어 죽진 않을 겁니다."

"흠. 좋아! 자네가 가장 잘 알겠지. 일자리가 필요하면 언제든 돌아오게. 자네 자리는 어떻게든 마련해줄 테니. 우리 회사는 자네 같은 사람들을 환영하니까. 잊지 말게."

면담이 끝났을 때 고든은 삐딱하고 배은망덕하게 행동한 자신이 미웠다. 하지만 어쩔 수 없었다. 돈의 세계에서 빠져나오려면. 참으로 별난 일이었다. 일자리를 구하지 못해 안달인 영국 청년들이 넘쳐나는데, '일자리'라는 말만 들어도 속이 울렁거리는 그는 억지로 일자리를 갖게 되었으니 말이다. 진정으로 원하지 않으면 이 세상의 그 무엇이든 가질 수 있음을 보여주는 한 사례였다. 거기다, 어스킨 씨의 말이 그의 가슴에 박혔다. 아마도 어스킨 씨는 진심으로 한 말이었을 것이다. 고든이 돌아가기로 마음만 먹는다면 쉽게 일자리를 구할 수 있으리라. 그래서 비빌 언덕을 완전히 불태워버리고 결사의 각오로 임하겠다는 고든의 계획은 절반만 이루어진 셈이었다. 그의 과거뿐만 아니라 미래에도 뉴 앨비언이라는 끔찍한 운명이 있었다.

하지만 매케크니 씨의 서점에서 처음 일하기 시작했을 땐 얼마나 행복했던가! 잠시나마—아주 잠깐—돈의 세계에서 정말 벗어나고 있는 듯한 착각이 들었다. 물론 책 장사도 다른 모든 장사처럼 사기였다. 하지만 여느 사기와는 달랐다! 부당이득, 출세, 비열한 속임수 따윈 없었다. 성공에 목을 매는 인간이라면 책 장사의 정체된 분위기를 10분도 견디지 못할 것이다. 일 자체는 아주 단순했다. 하루에 열 시간 동안 가게 안에 있기만 하면 그만이었다. 매케크니 씨는 꼬장꼬장한 늙은이가 아니었다. 물론 스코틀랜드인이었지만, 보통의 스코틀랜드인만큼 스코틀랜드인다웠다. 어쨌든 욕심이 별로 없었다. 가장 큰 특징이라면 게으름인 것 같았다. 술은 입에 대지도 않았고 어떤 비국교 교파에 소속되어 있었지만, 고든은 개의치 않았다. 고든이 서점에서 일한 지 한 달 정도 지났을 때 『생쥐들』이 출간되었다. 무려 열세 개의 신문에 서평이 실렸다!《타임스 리터러리 서플리먼트》는 고든을 '장래가 촉망되는' 시인으로 평했다. 몇 달이 지난 후에야 고든은 『생쥐들』이 참담한 실패작임을 깨달았다.

그리고 주급 2파운드를 받으면서 더 많이 벌 가능성을 스스로 잘라버린 지금에서야 그는 자신이 벌이고 있는 전쟁의 진정한 정체를 간파했다. 이 전쟁의 가장 잔인한 점은 성공을 포기했을 때의 그 열정이 지속되지 않는다는 것이다. 주급 2파운드의 생활은 더 이상 영웅적 행위가 아니라 비루한 습관이 되어버린다. 실패는 성공만큼이나 대단한 사기다. 고든은 '좋은' 일자리를 내팽개치고 '좋은' 일자리를 완전히 포기했다. 뭐, 어쩔 수 없는 일이었다. 번복하고 싶지는 않았다. 하지만 가난을 자처했으니 가난으로 인해 발생하는 문제에서 자유롭다는 말은 빤한 거짓말이었다. 고생의 문제가 아니었다. 일주일에 2파운드를 벌면서 몸이 고생할 일은 별로 없다. 설사 고생스럽더라도 문제가 되지 않는다. 가난이 정말 해치는 것은 인간의 뇌와 영혼이다. 정신적 무감각, 영적 불결함―수입이 일정 지점 아래로 떨어지면 이 두 가지는 피할 수 없는 것 같다. 신앙, 희망, 돈. 성자가 아닌 이상 돈이 없으면 앞의 두 가지도 가질 수 없다.

고든은 점점 더 성숙해지고 있었다. 스물일곱, 스물여덟, 스물아홉. 미래가 흐릿한 장밋빛에서 위협적인 현실로 변하는 나이가 되었다. 아직 살아 있는 친척들의 비참한 상황이 그를 더욱더 우울하게 만들었다. 나이가 들수록 그들과 점점 더 닮아가는 자신이 느껴졌다. 결국엔 그도 그런 꼴이 되리라! 몇 년만 더 지나면 그들과 똑같은 꼴이! 삼촌이나 고모보다 더 자주 보는 줄리아에게도 이런 감정을 느꼈다. 다시는 그러지 않겠다고 여러 번 다짐했건만, 여전히 고든은 주기적으로 줄리아에게 돈을 빌리고 있었다. 줄리아는 머리가 빠른 속도로 세어갔고, 비쩍 여윈 붉은 뺨에는 깊은 주름이 새겨졌다. 그녀는 그런대로 만족스러운 일상에 정착했다. 낮에는 찻집에서 일하고, 밤에는 얼스코트의 셋방(3층의 뒤쪽 방으로, 일주일에 9파운드였고, 가구는 비치되어 있지 않았다)에서 바느질을 하고, 가끔은 그녀처럼 외로운 노처녀 친구들과 만나기도 했다. 돈 없는 독신녀의 전형적인 잠수형 인생이었다. 줄리아는 자신의 운명이 다를 수도 있었음을 깨닫지 못한 채 그런 인생을 받아들였다. 하지만 그 과정에서 자신보다는 고든 때문에 고생을 겪었다. 가족이 한 명씩 차례로 한 푼도 남기지 않고 죽어가면서 집안이 점점 쇠락하자 줄리아는 참담한 심정이 되었다. 돈, 돈! "우린 영영 돈을 못 벌 팔자인가 봐!" 그녀는 끊임없이 탄식했다. 그들 중 유일하게 돈을 벌 가능성이 있었던 고든은 그 길을 선택하지 않았다. 나머지 가족과 똑같이 가난의 늪으로 푹푹 빠져들고 있었다. 첫 다툼이 끝난 후, 고든이 뉴 앨비언을 그만두었을 때 줄리아는 관대하게도 그를 비난하지 않았다. 하지만 그녀가 보기에 고든의 동기는 정말이지 무의미했다. 여성스럽게 입을 다물고 있었지만, 줄리아는 돈을 거스르는 죄가 궁극의 죄악임을 알고 있었다.

그리고 앤절라 고모와 월터 삼촌. 맙소사! 얼마나 대단한 사람들인가! 고든은 두 사람을 볼 때마다 10년은 더 늙는 기분이었다.

먼저, 월터 삼촌. 월터 삼촌은 참 우울한 사람이었다. 예순일곱 살이었는데, 이런저런 대리점에 손을 대느라 유산도 점점 줄어들어 이제는 수입이 일주일에 3파운드 정도였다. 커시터가 근처에 작은 오두막 같은 사무실을 얻어놓고, 홀랜드 공원의 아주 저렴한 하숙집에 살았다. 선례에 따른 행보였다. 콤스톡가의 모든 남자는 당연한 듯이 하숙집으로 흘러들어 갔다. 그 가엾고 늙은 삼촌, 그의 출렁이는 거대한 뱃살, 기관지염에 걸린 목소리, 마치 사전트*가 그린 헨리 제임스의 초상화처럼 넙데데하고 창백하며 소심한 오만함이 밴 얼굴, 머리카락 한 올 없는 머리, 힘없이 풀리고 흐릿한 두 눈, 비비 꼬아 올려보려 애써도 노력이 무색하게 축 늘어지는 콧수염을 보면, 이런 그에게도 젊은 시절이 있었다는 사실을 도무지 믿기가 어려웠다. 이런 사람이 한 번이라도 삶의 두근거림을 느껴봤을 거라고는 상상하기 어려웠다. 나무에 오르거나 다이빙대에서 뛰어내리거나 사랑에 빠져본 적이

---

* 존 싱어 사전트(1856-1925). 영국에 거주한 미국의 초상화가.

있기나 할까? 뇌가 정상적으로 작동했던 때가 있기나 할까? 젊은 나이였던 1890년대 초에도 도전다운 도전을 해봤을까? 은밀히 건성으로 몇몇 장난을 쳐봤을지도 모른다. 칙칙한 퍼브에서 위스키 몇 잔을 홀짝이고, 엠파이어 극장의 휴게용 복도*에 한두 번 찾아가고, 몰래 매춘부와 놀아나고, 밤에 박물관 문이 닫힌 뒤 이집트 미라들 사이에서나 벌어질 법한 음침하고 단조로운 간통을 저지르고. 그 후로 삼촌은 기나긴 세월 동안 사업 실패를 겪으며 누추한 하숙집에서 외롭고 침체된 생활을 했다.

하지만 노년의 삼촌은 아마 불행하지는 않을 터였다. 삼촌이 흥미를 잃지 않고 꾸준히 이어온 취미가 하나 있었으니, 바로 질병이었다. 삼촌은 의학 사전에 실린 모든 질병에 걸려봤다며, 질리지도 않고 그 얘기를 계속 떠들어댔다. 아닌 게 아니라, 삼촌이 사는 하숙집―고든은 가끔 그곳을 찾아갔다―에서는 모든 사람이 자신의 병에 관해서만 얘기하는 것 같았다. 어둑한 응접실 여기저기에 시들시들한 노인들이 둘씩 짝지어 앉아 증상을 논하고 있었다. 그들의 대화는 마치 종유석에서 석순으로 똑똑 떨어지는 것 같았다. 똑똑, 똑똑. "자네 요통은 좀 어떤가?" 종유석이 석순에게 묻는다. "크루센 솔츠**가 신

---

* 극장 안에서 공연을 보며 걸어 다닐 수 있는 트인 공간으로, 성매매가 많이 이루어졌다. 1894년에 런던 시의회는 이 공간을 없앴다.
** Kruschen Salts. 1920년대에 영국에서 판매된 특허 의약품으로, 해독제

통하게 잘 듣는 것 같아." 석순이 종유석에게 답한다. 똑 똑, 똑똑, 똑똑.

그리고 예순아홉 살의 앤절라 고모가 있었다. 고든은 웬만하면 앤절라 고모를 생각하지 않으려 애썼다.

가난하고, 소중하고, 선량하고, 친절하고, 우울한 앤절라 고모! 가난하고, 시들고, 누르께하고, 피골이 상접한 앤절라 고모! 하이게이트*의 낡아빠진 작은 2세대 주택 (그 이름은 브라이어브레이였다), 북부 산맥의 궁전에 사는 영원한 처녀 앤절라. 살아 있거나 죽은 남자 중에 그녀에게 연인의 입맞춤을 해주었다고 진정으로 말할 수 있는 이는 한 명도 없다. 그녀는 오롯이 혼자 살면서 하루 종일 바쁘게 움직인다. 고집 센 타조의 꼬리털로 만든 대걸레를 들고 다니며, 거뭇한 잎이 달린 엽란을 윤이 나도록 닦고, 한 번도 사용한 적 없는 화려한 크라운 더비 도자기 다구에 내려앉아 있는 밉살스러운 먼지를 휙휙 털어낸다. 그리고 작은 수염을 기른 코로만델 반도의 청년들이 거뭇한 와인 빛깔의 바다를 건너 실어다 준 진갈색 차들인 플라워리 오렌지와 페코 포인츠를 마시며 고된 마음을 달랜다. 가난하고, 소중하고, 선량하고, 친절하지만, 사랑스러운 구석이 별로 없는 앤절라 고모! 1년

와 강장제로 광고되었다.
 ※ 런던 북부의 부유한 주택 지구로, 브라이어브레이를 북부 산맥의 궁전이라 칭한 것은 이 때문이다.

에 98파운드의 연금(일주일에 38실링이었지만, 그녀는 수입을 주 단위가 아닌 연 단위로 생각하는 중산층의 습관을 버리지 못했다)을 받았는데, 그중 12실링 6펜스는 방세로 나갔다. 가끔 줄리아가 찻집에서 케이크와 빵과 버터를 몰래 빼돌려 가져다주지 않았다면 아마 고모는 굶어 죽었을 것이다. 물론 줄리아는 앤절라 고모에게 음식이 절실하지 않은 척 진지하게 연기하며, '버리기엔 아까워' 챙겨 왔다는 핑계를 댔다.

하지만 이 가난하고 늙은 고모에게도 나름의 낙이 있었다. 브라이어브레이에서 10분만 걸어가면 공공 도서관이 있어, 늙은 나이에 소설 애독자가 되었다. 콤스톡 할아버지는 살아생전에 무슨 심보인지 딸들에게 소설을 읽지 못하게 했다. 그 탓에 1902년에야 소설을 접한 앤절라 고모는 항상 20여 년 뒤처진 양식의 소설을 읽었다. 하지만 뒤에서 느릿느릿 꾸준히 따라가고 있었다. 1900년대에는 아직 로다 브로턴과 헨리 우드 부인의 소설을 읽고 있었다. 전쟁 기간에 홀 케인과 험프리 워드 부인을 알게 되었다. 1920년대에는 사일러스 호킹과 H. 시턴 메리먼의 작품을 읽었으며, 1930년대에는 W. B. 맥스웰과 윌리엄 J. 로크까지 거의 따라잡았다. 그 이상으로는 넘어갈 생각이 없었다. 전쟁 후 소설가들의 부도덕과 신성모독과 파괴적인 '영리함'에 대해 얼핏 들은 것이다. 하긴 그 소설들을 다 읽을 때까지 살지도 못하리라. 우리는 월폴을 알고, 히친스의 소설을 읽는다. 하지만 헤밍웨이, 당신은 누구인가?

1934년, 이제 콤스톡가에는 이런 사람들만 남았다. '대리점들'과 질병을 가진 월터 삼촌. 브라이어브레이에서 크라운 더비 도자기 다구의 먼지를 털고 있는 앤절라 고모. 여전히 정신병원에서 식물인간처럼 있는 듯 없는 듯 살고 있는 샬럿 고모. 일주일에 72시간 일하고 밤에는 셋방에서 작은 가스난로 옆에 앉아 바느질을 하는 줄리아. 서른이 다 된 나이에 한심한 직장에서 주급 2파운드를 벌면서, 유일하게 내세울 만한 삶의 목적인 책이 지지리도 써지지 않아 허우적거리고 있는 고든.

콤스톡 할아버지에게는 열한 명의 형제자매가 있었으니, 먼 친척이 더 있을지도 몰랐다. 그중 누군가 살아 있다 하더라도, 부자가 되어 가난한 친척들과 연을 끊은 모양이었다. 고든의 가족 다섯 명의 수입을 모두 합치면, 샬럿 고모가 정신병원에 들어갈 때 지불했던 돈을 계산에 넣어도 1년에 600파운드 정도였다. 그들의 나이를 모두 합치면 263세였다. 그들 중 누구도 영국을 벗어나거나, 참전하거나, 감옥에 갇히거나, 말을 타거나, 비행기 여행을 하거나, 결혼하거나, 아이를 낳은 적이 없었다. 죽을 때까지 계속 이렇게 살면 안 될 이유도 딱히 없었다. 한 해가 시작되고, 한 해가 끝나고, 콤스톡가에는 **아무 일도 일어나지 않았다.**

4

위협적인 바람이 날카롭게 휘몰아쳐
이제 갓 헐벗은 포플러들이 휘어진다.

하지만 그날 오후에는 바람 한 점 불지 않았다. 봄이라
도 온 것처럼 따뜻했다. 고든은 어제 짓기 시작한 시를
혼자 암송했다. 단지 그 소리를 즐기기 위해, 운율을 넣
어 나지막이 읊조려 보았다. 지금은 그 시가 마음에 들었
다. 괜찮은 시였다. 아니, 완성되면 그렇게 될 것이다. 지
난밤에는 그 시가 질색으로 싫었었다는 사실은 까맣게
잊어버렸다.

플라타너스들은 흐릿한 안개에 둘러싸인 채 미동 없이
생각에 잠겨 있었다. 저 아래 계곡에서는 전차 한 대가

핑음을 내며 지나갔다. 고든은 몰킨 언덕을 오르며, 발등까지 쌓인 마른 낙엽을 바스락바스락 밟았다. 미국인들이 아침으로 먹는 바삭바삭한 시리얼 조각 같은 쪼글쪼글한 황금빛 이파리들이 보도에 온통 흩뜨려져 있었다. 브로브딩내그*의 여왕이 트루위트 브렉퍼스트 크리스프스를 언덕 비탈에 쏟아놓기라도 한 것처럼.

바람 한 점 없는 유쾌한 겨울날들! 1년 중 최고의 시기. 아니, 지금 당장은 그런 생각이 들었다. 하루 종일 담배를 피우지 못했고 주머니에는 달랑 1.5펜스와 3펜스짜리 동전 하나뿐이었지만, 나름대로 행복했다. 서점이 일찍 문을 닫아 오후에 쉴 수 있는 목요일이었다. 고든은 콜리지 그로브에 살고 있는 비평가 폴 도링의 집에 가서 문인끼리의 티파티를 가질 예정이었다.

외출 준비를 하는 데 한 시간이 넘게 걸렸다. 수입이 주당 2파운드라면 사교 생활이 아주 복잡해진다. 고든은 점심 식사를 마치자마자 차가운 물로 고통스러운 면도를 했다. 그리고 가장 좋은 정장을 입었다. 3년이나 된 옷이지만, 잊지 않고 바지를 매트리스 밑에 깔아 주름을 펴둔 덕에 그런대로 봐줄 만했다. 칼라를 뒤집고, 해어진 부분이 보이지 않도록 넥타이를 맸다. 남은 구두약을 성냥 끝으로 싹싹 긁어 구두를 닦았다. 로런하임에게서 바늘을

＊ 조너선 스위프트의 『걸리버 여행기』에 등장하는 거인국.

빌려 양말을 꿰매기까지 했다. 지루한 작업이었지만, 겉으로 드러나는 발목에 잉크를 칠하는 것보다는 나았다. 그리고 속이 텅 빈 골드 플레이크 한 갑을 얻은 뒤, 1페니 자동판매기에서 뽑은 담배 한 개비를 집어넣었다. 그저 겉치레였다. 담배 **없이** 남의 집에 갈 수는 없는 노릇이다. 한 개비라도 괜찮다. 갑 안에 한 개비가 들어 있으면 사람들은 원래 꽉 차 있던 담배가 줄어들었으리라 짐작할 테니까. 우연한 일로 쉽게 넘어갈 수 있다.

"담배 한 대 피우시겠습니까?" 누군가에게 무심한 듯 묻는다.

"아, 고맙습니다."

그러면 담뱃갑을 열고 놀란 표정을 짓는다. "이런! 한 개비밖에 안 남았잖아. 꽉 차 있었는데 말이야."

"오, 마지막 한 개비를 내가 빼앗을 순 없죠. 제 거 하나 피우세요."

"아, 고맙습니다."

물론 그 후에는, 모임을 주최한 부부가 억지로 담배를 쥐여 준다. 그래도 체면치레로 **한 개비**는 갖고 있어야 한다.

위협적인 바람이 날카롭게 휘몰아쳐. 고든은 곧 시를 마무리할 생각이었다. 마음만 먹으면 언제든 끝낼 수 있다. 문인들의 티파티에 참석하리라는 기대만으로도 이상하게 힘이 솟았다. 일주일에 2파운드를 벌면 적어도 사람을 너무 많이 만나 피곤할 일은 없다. 남의 집 내부를 보는 것조차 일종의 특별한 선물이 된다. 푹신푹신한 안락의자, 차와 담배, 그리고 여자들의 냄새. 이런 것들을 누리지 못하면 그제야 그 고마움을 깨닫는다. 하지만 도링의 파티는 항상 고든의 기대와 전혀 달랐다. 그가 상상했던 멋지고 재치 넘치고 학구적인 대화는 오가지 않았으며, 운을 떼는 이조차 없었다. 사실 대화라 할 만한 것 자체가 없었다. 햄스테드든 홍콩이든 파티가 열리면 사람들은 한심한 수다만 떨어댄다. 만날 가치가 있는 사람은 도링의 파티에 한 명도 오지 않았다. 도링 자신이 힘없는 사자나 마찬가지였으므로, 도링의 추종자들은 자칼도 되지 못했다. 그들 중 절반이 독실한 기독교 집안에서 막 벗어나 문학계에 끼어들려 애쓰는 우둔한 중년 여성들이었다. 파티의 스타라 할 수 있는 전도유망한 젊은이들은 30분 정도 들러서 자기들끼리 둥글게 모여서는, 다른 전도유망한 젊은이들의 별명을 들먹이며 히죽히죽 웃고 떠들어댔다. 고든은 대화의 언저리에서 겉도는 경우가 많았다. 도링은 친절을 베푼답시고 무턱대고 고든을 모두에게 소개했다. "이쪽은 고든 콤스톡이라네. 다들 알겠지만, 시인이지. 『생쥐들』이라는 대단히 독창적인 시집을 썼어. 다들 알겠지만." 하지만 고든은 그를 **아는** 사람을 한 명도 만나본 적이 없었다. 전도유망한 젊은이들은 한눈에 그를 가늠하고는 무시해버렸다. 서른 살 즈음의 겉늙은 빈털터리. 이렇게 늘 실망하면서도 고든은 문인들의 티파티를 고대했다. 잠시나마 외로움에서 벗어날 수 있는 시간이었다. 가난의 극악무도한 점은 외로운 생활이 끊임없이 반복된다는 것이다. 낮에는 대화를 나눌 지적인 사람 한 명 만나지 못하고, 밤에는 언제나 혼자 누추한 방으로 돌아간다. 인기 많은 부자라면 이런 생활이 오히려 재미있어 보일지도 모른다. 하지만 어쩔 수 없어 그렇게 살아야 한다면, 상황은 완전히 달라진다.

위협적인 바람이 날카롭게 휘몰아쳐. 차들이 줄지어 붕붕거리며 언덕을 수월하게 올라갔다. 고든은 그 차들을 보면서도 부러운 마음이 들지 않았다. 대체 어떤 인간들이 차를 갖고 싶어 하는 거지? 상류층 여성들의 인형 같은 분홍빛 얼굴이 차창으로 그를 내다보았다. 멍청한 표정의 작은 애완견들. 쇠사슬에 묶인 채 졸고 있는 응석받이 암캐들. 비굴한 개보다는 외톨이 늑대가 낫다. 고든은 이른 아침의 지하철역이 떠올랐다. 구멍으로 줄지어 들어가는 개미들처럼 지하에서 종종걸음 치는 시꺼먼 사무직원 무리. 오른손에는 공문서 가방을, 왼손에는 신문을 들고, 해고에 대한 두려움을 구더기처럼 가슴속에 품은 채 우르르 몰려가는 개미 같은 인간들. 그 은밀한 두려움이 그들을 좀먹는다. 위협적인 바람 소리가 들리는 겨울에는 더더욱. 겨울, 해고, 구빈원, 임뱅크먼트의 벤치들! 아!

위협적인 바람이 날카롭게 휘몰아쳐

이제 갓 헐벗은 포플러들이 휘어진다.
굴뚝에서 나온 검은 띠들은
아래로 방향을 틀고, 찢긴 포스터들은

바람의 채찍에 맞아 펄럭이네. 전차들의 굉음과
딸각거리는 말발굽이 차갑게 울린다.
역으로 발걸음을 재촉하는 사무원들은
오들오들 떨며 동쪽의 지붕들을 바라보고
생각한다.

　무슨 생각을 할까? 겨울이 오고 있다. 내 일자리는 안
전한가? 해고는 곧 구빈원을 의미한다. 너희는 포경을 베
어 할례를 베풀어라,* 주께서 말씀하셨다. 상사의 구두
에서 구두약을 핥아라. 그래!

　'이제 겨울이 오고 있구나!
　신이시여, 제발 올해에도 제 일자리를 지켜주소서!'
　얼음 창 같은 한기가 그들의 내장을
　으스스하게 찌를 때

　그들은 생각한다.

* 「창세기」 17장 11절의 일부.

110

또 '생각'이다. 상관없다. 그들은 무슨 생각을 할까? 돈, 돈! 집세, 금리, 학비, 정기승차권, 자녀들의 장화. 그리고 생명보험과 하녀의 임금. 그리고 아차, 아내가 또 임신을 한다면! 그리고 어제 상사가 농담을 했을 때 내가 크게 웃었던가? 그리고 진공청소기 할부금.

퍼즐 조각을 하나하나 제자리에 끼워 맞추는 듯한 기분을 즐기며 고든은 또 하나의 연을 깔끔하게 지어냈다.

집세, 금리, 정기승차권,
보험, 석탄, 하녀의 임금,
장화, 학비, 그리고 드레이지*에서 산
트윈베드 두 개의
다음 할부금을.

나쁘지 않다, 썩 괜찮다. 얼른 마무리 짓자. 네다섯 연만 더 쓰고. 그러면 래블스턴이 발표해주리라.

플라타너스의 벌거벗은 가지에 앉은 찌르레기 한 마리가 낮은 소리로 처량하게 지저귀고 있었다. 찌르레기는 따스한 겨울날에 봄기운을 느끼면 늘 저런 식이다. 나무 밑에는 덩치 큰 연갈색 고양이 한 마리가 가만히 앉아 입을 벌린 채 탐욕스럽게 위를 올려다보고 있었다. 찌르레

* Drage's. 1908년에 설립된 영국의 가구 소매점 체인.

기가 자기 입속으로 떨어지기를 기대하는 것이 분명했다. 고든은 완성된 네 연을 속으로 읊조려 보았다. 괜찮았다. 어젯밤엔 왜 그리 기계적이고 밋밋하고 공허하게 느껴졌을까? 그는 시인이었다. 시인이라는 자부심으로 몸을 더 곧추세우고 거의 거드름을 피우듯 걸었다. 『생쥐들』의 저자, 고든 콤스톡. 《타임스 리터러리 서플리먼트》로부터 '장래가 촉망된다'는 평가를 들었던 시인. 「런던의 환락」의 저자이기도 하다. 그 시도 곧 완성될 테니까. 마음만 먹으면 완성할 수 있다는 걸 그는 이제 알았다. 그 시를 왜 단념했었을까? 석 달 정도 걸릴 것이다. 그러면 여름에는 발표할 수 있으리라. 「런던의 환락」의 '얇고' 흰 버크럼 제본이 머릿속에 그려졌다. 양질의 종이, 넓은 여백, 보기 좋은 캐슬런체,* 세련된 커버. 그리고 모든 일류 문예지의 서평. '걸출한 성취'—《타임스 리터러리 서플리먼트》. '시트웰파**로부터의 반가운 위안'—《스크루터니》.

콜리지 그로브는 습하고 어둑하고 외진 데다 막다른 길이라 사람이나 차가 많이 다니지 않았다. 괴상한 문인 협회들(콜리지가 1821년 여름에 6주 동안 이곳에서 살았다

* 영국의 인쇄 기술자 윌리엄 캐슬런(1692-1766)이 고안한 활자를 본으로 하여 만든 활자.
** 시트웰 남매들(이디스, 오스버트, 서셰버럴)과 그들의 동인 조직. 시인, 비평가, 예술 후원자로서 1920년대에 큰 영향력을 발휘했다.

는 소문이 돌았다)이 이 거리를 점령하다시피 하고 있었다. 길에서 멀찍이 떨어진 눅눅한 정원의 묵직한 나무들 밑에 선 채 썩어가고 있는 낡은 집들을 보고 있자면, 구식 문화의 분위기에 휩싸이는 기분이 들 수밖에 없다. 그중 몇 채에서는 분명 브라우닝회*가 여전히 활발히 활동 중이었고, 아트 서지**로 만든 옷을 입은 숙녀들이 더 이상 존재하지 않는 시인들의 발치에 앉아 스윈번과 월터 페이터에 대해 얘기했다. 봄에는 정원에 자줏빛과 노란빛의 크로커스가 듬성듬성 피고, 늦봄에는 무기력한 풀들 사이로 초롱꽃이 귀엽게 무리 지어 불쑥불쑥 피어났다. 고든이 보기에는 나무들조차 주변 환경에 맞장구를 치느라 래컴풍의 별난 모양으로 제 몸을 비비 꼬는 것 같았다. 폴 도링처럼 성공한 삼류 비평가가 이런 곳에 산다는 것이 이상했다. 도링은 기함할 정도의 저질 비평가였다. 그는 《선데이 포스트》에 소설 비평을 썼으며, 월폴***처럼 규칙적으로 2주에 한 번씩 위대한 영국 소설을 발견해냈다. 하이드파크 코너의 아파트에 살 법한 인물이었다. 어쩌면 속죄의 뜻으로 이런 고행을 택했을지

---

* 영국 시인 로버트 브라우닝(1812-1889)의 팬들이 그의 작품을 토론하는 모임으로 영국과 북미에 퍼져 있었다.

** 커튼이나 테이블보 등의 실내장식에 주로 사용되는, 아름다운 색채로 염색된 소모(梳毛) 모직물.

*** 휴 월폴(1884-1941). 대중소설을 다작한 작가.

도 모른다. 콜리지 그로브의 고상한 불편함 속에 사는 것으로써, 문학의 신들에게 입힌 상처를 달래기라도 하려는 것처럼.

고든은 「런던의 환락」의 한 줄을 고심하며 모퉁이를 돌았다. 그러다 우뚝 멈춰 섰다. 도링의 집 대문이 뭔가 이상해 보였다. 뭐지? 아, 그렇군! 밖에 세워진 차가 한 대도 없었다.

고든은 멈칫했다가 한두 걸음 후 다시 멈추었다. 위험을 감지한 개처럼. 완전히 잘못됐다. 차가 몇 대 있어야 한다. 도링의 파티에는 늘 많은 사람이 참석했고, 그들 중 절반은 차를 타고 왔다. 왜 아무도 도착을 안 한 걸까? 너무 빨리 온 건가? 그럴 리가! 3시 반부터 파티가 시작된다고 했었는데, 3시 40분이 지났다.

그는 부랴부랴 대문으로 향했다. 파티가 **연기됐다는** 확신이 벌써부터 들기 시작했다. 구름의 그림자 같은 한기가 엄습해왔다. 도링 가족이 집에 없다면 어쩌지! 파티가 연기됐다면! 낭패스럽지만, 전혀 불가능한 일도 아닐 듯 싶었다. 고든에게는 유치하면서도 특이한 두려움이 있었다. 초대받아서 간 집이 비어 있을지도 모른다는 두려움. 초대에 의심할 여지가 전혀 없을 때조차 뭔가 문제가 생길 것만 같은 예감이 드는 것이다. 그는 환대받으리라는 확신이 없었다. 사람들에게 무시당하고 잊히는 것을 당연하게 여겼다. 왜 그렇지 않겠는가? 그는 돈이 없었다.

돈이 없으면 사람들에게 무시당하는 것이 일상이 된다.

고든은 철문을 확 열었다. 문은 쓸쓸한 소리를 내며 삐거걱거렸다. 이끼 낀 축축한 길의 가장자리를 따라 래컴풍의 분홍빛 돌덩어리들이 놓여 있었다. 고든은 집의 정면을 유심히 뜯어보았다. 이런 일이라면 이력이 나 있었다. 집에 사람이 있는지 없는지 파악하는 기술이 거의 셜록 홈스 수준이었다. 아! 이번에는 고민할 구석이 별로 없었다. 집에서 인기척이 느껴지지 않았다. 굴뚝에서 나오는 연기도, 불 켜진 창도 없었다. 집 안이 어두워지고 있을 테니 사람이 있다면 등을 켰겠지? 그리고 계단에 발자국이라곤 하나도 없었다. 이것으로 결론이 났다. 그래도 희망을 버리지 못하고 그는 초인종을 잡아당겼다. 물론 철사로 연결된 구식 초인종이었다. 콜리지 그로브에서 전기초인종을 다는 건 저급하고 비문학적인 소행으로 여겨졌다.

쨍그랑, 쨍그랑, 쨍그랑! 종소리가 울렸다.

마지막 희망이 사라졌다. 공허한 종소리가 텅 빈 집에 울려 퍼지고 있었다. 고든은 초인종 줄을 다시 잡고서 철사를 끊어놓을 듯이 세게 잡아당겼다. 그에 대한 답으로 끔찍하고 소란스러운 울림이 돌아왔다. 하지만 정말 부질없는 짓이었다. 집 안에서 어떤 발기척도 들리지 않았다. 하인들마저 집에 없었다. 이때 고든은 레이스 모자와 검은 머리, 그리고 옆집에서 몰래 그를 지켜보고 있는 한

쌍의 젊은 눈동자를 알아차렸다. 왜 이리 시끄러운지 보려고 나온 하녀였다. 그와 눈이 마주친 하녀는 두 사람 사이의 어딘가를 물끄러미 바라보았다. 고든은 자신이 바보처럼 보이리라는 걸 알았다. 텅 빈 집의 초인종을 울리는 사람이 바보처럼 보이지 않을 리 없다. 그리고 갑자기 드는 생각은, 하녀가 그에 관해 모든 걸 알고 있다는 것이었다. 파티가 연기되었고, 고든을 제외한 모든 이가 그 소식을 전해 들었다는 걸 그녀는 알고 있으리라. 무일푼인 그의 귀에는 그 소식이 들어가지 않았다는 것도. 그녀는 알고 있었다. 하인들은 항상 모든 걸 알고 있다.

고든은 몸을 돌려 대문으로 향했다. 하인의 눈도 있으니, 태연히 어슬렁어슬렁 걸어야 했다. 약간 실망했을 뿐 아무 일도 아니라는 듯이. 하지만 분노로 온몸이 부르르 떨리는 통에 차분하게 움직이기가 힘들었다. 나쁜 인간들! 망할 인간들! 이렇게 사람을 속여먹다니! 초대해놓고서는 날짜를 바꾸고 알려주지도 않아? 다른 이유가 있을지도 모르지만, 생각하고 싶지 않았다. 나쁜 놈들, 망할 자식들! 고든의 시선이 래컴풍의 돌덩어리 중 하나에 멎었다. 저걸 집어서 창문에 던져버릴까 보다! 그는 녹슨 대문 빗장을 뜯어낼 듯이 세게 쥐었다. 손이 아팠다. 이 육체적 통증이 오히려 반가웠다. 몸이 아픈 만큼 마음의 고통이 누그러지는 듯했다. 사람들과 함께 보낼 수 있는 밤을 빼앗긴 것도 분하긴 했지만, 그것이 전부는 아니었다. 따돌림당하고 무시당하는 하찮은 인간, 신경 쓸 가치도 없는 존재가 된 듯한 무력감이 정말 힘들었다. 그 인간들은 날짜를 바꿔놓고는 귀찮아서 그에게 알려주지도 않았다. 다른 모든 사람에겐 알려주고 그에게만 입을 다물었다. 돈이 없으면 이런 취급을 당하는 것이다! 냉혹하고도 부당한 모욕을 당한다. 도링 부부가 악의 없이 정말로 잊어버렸을 가능성도 다분했다. 도링 자신이 날짜를 착각했을지도 모르는 일이었다. 아니! 고든은 그런 생각은 하지 않기로 했다. 도링 부부는 고의로 이런 짓을 저지른 것이다. **고의고말고!** 그저 귀찮아서 그에게 알려주지 않은 것이다. 빈털터리는 어찌 되든 상관없으니까. 나쁜 인간들!

고든은 걸음을 서둘렀다. 가슴에 날카로운 통증이 일었다. 사람들과의 교류, 사람들의 목소리! 지나친 욕심이었던가. 평소처럼 오늘도 저녁을 홀로 보내야 한다. 얼마 안 되는 친구들은 너무 멀리 살았다. 로즈메리는 아직 퇴근하지 않았을 테고, 거기다 저 외진 웨스트 켄싱턴에서 억센 여자들이 지키는 여성용 호스텔에 살고 있었다. 래블스턴은 더 가까운 리전트파크 구역에 살았다. 하지만 래블스턴은 부자라 약속이 많았다. 집에 있을 가능성이 희박했다. 래블스턴에게 전화조차 할 수 없었다. 2펜스가 있어야 하는데, 고든의 주머니에 든 건 1.5펜스와 3펜스짜리 동전 하나뿐이었다. 게다가, 돈 없이 어떻게 래블스턴을 만날 수 있겠는가? 보나 마나 "퍼브에 갑시다"라고 할 텐데! 래블스턴에게 술을 얻어먹을 순 없었다. 래블스턴과의 우정은 각자가 자신의 몫을 지불한다는 조건하에서만 가능했다.

고든은 한 개비 남은 담배를 꺼내어 불을 붙였다. 빨리 걸으며 피우는 담배는 전혀 즐겁지 않았다. 그저 무모한 짓일 뿐이었다. 목적지도 딱히 없었다. 육체적 피로로 멍해져서 도링 부부에게 당한 모욕이 잊힐 때까지 걷고 또 걸어 몸을 피곤하게 만들고 싶은 마음뿐이었다. 그는 대충 남쪽으로 향했다. 폐허 같은 캠던 타운을 지나, 토트넘 코트로를 따라 걸었다. 이제는 꽤 어둑해졌다. 옥스퍼드가를 건너고, 코번트 가든을 이리저리 누비고 다니다 어느새 스트랜드 대로에 다다른 그는 워털루 다리로 강을 건넜다. 밤이 되면서 공기가 차가워졌다. 걸을수록 격렬한 분노도 조금씩 사그라들었지만, 기분이 완전히 나아지지는 않았다. 머릿속에 계속 한 가지 생각이 맴돌았다. 그 생각을 피해 도망쳤지만, 결국엔 벗어나지 못했다. 그의 시에 관한 생각이었다. 알맹이는 없고, 어리석으며, 시시한 시들! 어떻게 그 시들이 괜찮다고 생각했을까? 방금 전만 해도 「런던의 환락」이 언젠가는 좋은 작품으로 완성되리라 믿었었는데! 지금은 그 시를 생각하기만 해도 욕지기가 일었다. 마치 지난밤의 난봉을 기억하는 것과 같았다. 고든은 자신이 무가치한 인간이며, 자신의 시가 무가치한 작품임을 직감적으로 알고 있었다. 1천 살까지 살아도 읽을 가치가 있는 글 한 줄 쓰지 못하리라. 자기혐오에 빠진 그는 작업 중이던 시의 네 연을 몇 번이고 읊조려보았다. 맙소사, 이런 졸작이 또 있을까! 뚱땅, 뚱땅, 뚱땅, 운만 겨우 맞춰놨잖아! 텅 빈 비스킷 통처럼 공허하기만 했다. **이런 쓰레기에 인생을 허비하고 있었다니.**

고든은 8킬로미터나 10킬로미터 정도 되는 먼 길을 걸었다. 보도 때문에 두 발이 얼얼하니 부어올랐다. 그는 램버스의 빈민가에 와 있었다. 여기저기 웅덩이가 파인 좁다란 거리들이 암흑에 잠긴 채 50미터가량 이어졌다. 엷은 안개에 감싸인 램프 몇 개가 고립된 별들처럼 매달려, 스스로만 비추고 있었다. 고든은 지독한 허기를 느끼기 시작했다. 커피숍들은 김이 잔뜩 서린 창문과 '맛있는 차 한 잔, 2펜스. 작은 찻주전자로 우려드립니다'라고 쓴 분필 글씨로 그를 유혹했다. 하지만 소용없었다. 3펜스 동전을 쓸 수는 없는 노릇이니. 고든은 소리가 울리는 아치형의 구름다리 밑을 지나서 골목길을 따라 헝거포드 다리까지 올라갔다. 지붕 광고들의 불빛에 비친 진흙투성이 물에서는 이스트 런던의 온갖 쓰레기들이 내륙 쪽으로 흘러가고 있었다. 코르크 마개, 레몬, 맥주 통의 통널, 죽은 개, 빵 덩어리. 고든은 임뱅크먼트를 따라 웨스트민스터까지 걸었다. 플라타너스들이 바람에 흔들렸다. **위협적인 바람이 날카롭게 휘몰아쳐.** 그는 얼굴을 찡그렸다. 또 그 졸작이 떠오르다니! 12월인 지금도 행색이 지저분한 늙은 거지 몇 명이 벤치에 자리를 잡고 앉아 신문지 같은 걸 덮고 있었다. 고든은 냉담하게 그들을 바라보았다. 저런 걸 비렁뱅이 생활이라고 했던가. 그도 머지않아 저들과 같은 신세가 되리라. 그러는 편이 더 나으려나? 진정한 빈민들은 불쌍하지 않다. 진짜 딱한 인간은 가난한 사무직 중산층이다.

그는 트래펄가 광장으로 걸어갔다. 앞으로 몇 시간은 더 이렇게 빈둥거려야 했다. 국립 미술관? 아, 물론 한참 전에 문을 닫았다. 그럴 만도 했다. 7시 15분이니. 세 시간, 네 시간, 다섯 시간이 지나야 잠자리에 들 수 있었다. 고든은 광장을 천천히 일곱 바퀴 돌았다. 네 바퀴는 시계 방향으로, 세 바퀴는 반대 방향으로. 발이 아팠고 대부분의 벤치가 비어 있었지만 그는 앉을 생각이 없었다. 잠시라도 걸음을 멈췄다가는 담배 생각이 간절할 것 같았다. 채링 크로스로의 찻집들이 세이렌처럼 그를 유혹했다. 한번은 라이언스 찻집의 유리문이 휙 열리더니 뜨거운 케이크 향이 파도처럼 밀려 나왔다. 고든은 거의 넘어갈 뻔했다. 그냥 들어가 버릴까? 그러면 한 시간 정도 앉아 있을 수 있었다. 2펜스짜리 차 한 잔, 1페니짜리 롤빵 두 개를 시켜놓고. 3펜스 동전까지 셈에 넣으면 4.5펜스가 있으니까. 하지만 안 된다! 빌어먹을 3펜스 동전!

계산대의 여자가 킥킥거릴 것이다. 계산대 여자가 그의 3펜스 동전을 받으면서 케이크 진열대 뒤의 여자를 곁눈질로 보는 모습이 생생하게 그려졌다. 그에게 남은 마지막 3펜스라는 걸 그들은 **알겠지**. 다 부질없다. 그냥 지나가자. 계속 걷기나 하자.

눈부시도록 밝은 네온 불빛 속에 인도는 발 디딜 틈 없이 북적거렸다. 창백한 얼굴과 헝클어진 머리에 남루한 행색을 한 몸집이 작은 고든은 사람들 사이를 누비듯 지나갔다. 사람들이 미끄러지듯 그를 지나갔다. 그와 사람들은 서로를 피했다. 런던의 밤은 어딘가 소름 끼치는 구석이 있었다. 그 냉기, 익명성, 무심함. 700만 명의 사람이 수족관 속의 물고기들처럼 서로의 존재를 거의 의식하지 않은 채 몸이 닿을세라 이리저리 피해 다녔다. 거리에는 예쁜 여자가 넘쳐났다. 여자들은 수십 명씩 줄줄이 지나가면서도 고개를 돌리거나 그를 쳐다보지 않았다. 남자의 시선을 두려워하는 차가운 님프 같은 존재들. 신기하게도 그들 대부분은 혼자거나 다른 여자와 함께 있었다. 남자와 함께 있는 여자보다 혼자인 여자가 훨씬 더 많았다. 이 역시 돈 때문이었다. 여자들은 돈 한 푼 없는 남자를 택하느니 남자 없이 사는 쪽을 택하지 않을까?

퍼브들은 알싸한 맥주 냄새를 풍기며 열려 있었다. 영화관으로 들어가는 사람들도 어쩌다 한둘씩 있었다. 고든은 어느 화려한 대형 영화관 밖에 서서, 지친 눈을 한 경비원의 감시를 받으며 사진들을 살펴보았다. 〈페인티드 베일〉 속의 그레타 가르보. 그는 영화관에 들어가고 싶었다. 그레타가 아니라 따뜻하고 보드라운 벨벳 의자 때문이었다. 그는 영화를 싫어해서 여유가 있을 때도 영화관에 잘 가지 않았다. 언젠가 문학의 자리를 꿰찰 예술에 뭐 하러 힘을 실어주겠는가? 그래도 영화 관람에는 나른한 매력이 있었다. 담배 냄새가 밴 따스한 어둠 속에서 푹신한 의자에 앉아, 스크린에서 지껄여대는 헛소리에 온몸을 내맡긴다. 그러면 그 어리석음의 물결이 철썩철썩 밀려들고, 급기야 우리는 약에 취한 듯 몽롱한 기분으로 끈적끈적한 바다에 빠지고 만다. 이것이 바로 우리에게 필요한 마약이다. 친구 하나 없는 사람들에게 꼭 맞는 마약. 고든이 팰리스 극장으로 다가가자 현관 지붕 밑에서 손님을 물색 중이던 매춘부가 그를 점찍고는 앞으로 나와 길을 막았다. 작고 다부진 체격의 아주 젊은 이탈리아 여자로, 눈이 검고 큼직했다. 인상이 상냥했고, 매춘부로서는 드물게도 쾌활해 보였다. 고든은 잠깐 걸음을 늦추며 그녀와 눈을 마주치기까지 했다. 그녀는 당장이라도 환하게 미소 지을 듯한 표정으로 그를 올려다보았다. 멈춰 서서 그녀에게 말을 걸어볼까? 이 여자는 그를 이해해줄 것 같았다. 하지만 안 된다! 돈이 없으니! 고든은 고개를 돌리고, 가난 때문에 고결해진 남자의 차가운 기운을 풀풀 풍기며 급하게 여자를 피해 갔다. 만약 그가 멈춰 선다면, 그에게 한 푼도 없다는 사실을 알게 된 여자가 얼마나 화가 날까! 고든은 계속 걸었다. 대화도 공짜로 할 수 없는 세상이다.

토트넘 코트로와 캠던로까지 가는 길은 따분하고 힘들었다. 고든은 발을 조금 끌며 천천히 걸었다. 포장된 인도를 15킬로미터 넘게 걸었다. 또 여자들이 줄지어 지나가며 그에게 눈길조차 주지 않았다. 혼자인 여자들, 청년들과 함께인 여자들, 다른 여자들과 함께인 여자들, 혼자인 여자들. 그가 투명인간이라도 되는 듯 그들의 젊고 잔인한 시선은 고든을 그대로 통과해버렸다. 너무 피곤한 나머지 불쾌하다는 생각도 들지 않았다. 지친 어깨가 축 처졌다. "너 따윈 상관없어"라고 외치듯 등을 꼿꼿이 세우는 것도 포기하고 고든은 몸을 수그렸다. 때로 날 찾던 그들이 내게서 달아나네.* 어떻게 그들을 탓할 수 있겠는가? 그는 서른이라는 나이에 벌써부터 좀먹은 듯 노티가 나고, 매력이라곤 찾기 어려웠다. 어떤 여자가 그에게 또 눈길을 주겠는가?

고든은 뭐라도 먹으려면 당장 집으로 가야 한다는 사실을 떠올렸다. 위스비치 부인은 9시 이후엔 식사를 차려주지 않았다. 하지만 여자 없이 냉랭한 방을 생각하자 넌더리가 났다. 계단을 올라가서, 가스등을 켜고, 테이

※ 토머스 와이엇(1503-1542)의 시 「그들이 내게서 달아나네」 중에서.

블에 털썩 앉아 빈둥거려야 한다. 할 일도, 읽을 것도, 피울 것도 없었다. 아니, 그건 견딜 수 없었다. 겨우 목요일인데도 캠던 타운의 퍼브는 사람들로 북적이며 시끄러웠다. 각자의 손에 쥔 맥주잔처럼 땅딸막하고 팔이 불그스름한 여자 셋이 퍼브 밖에 서서 얘기를 나누고 있었다. 퍼브 안에서 쉰 목소리, 담배 연기, 맥주 향이 흘러나왔다. 고든은 크라이턴 암스가 떠올랐다. 플랙스먼이 그곳에 있을 것이다. 한번 가볼까? 비터 맥주 반 잔, 3.5펜스. 고든의 주머니에는 3펜스 동전까지 더해서 4.5펜스가 있었다. 3펜스 동전도 엄연히 합법적인 화폐다.

그는 갈증이 나 환장할 지경이었다. 맥주를 떠올린 것이 실수였다. 크라이턴에 다가가자 노랫소리가 들렸다. 화려하고 거대한 퍼브는 평소보다 더 밝아 보였다. 스무 명의 남자가 농익은 목소리로 합창을 하고 있었다.

그는 정말 좋은 녀석이니까,
그는 정말 좋은 녀석이니까,
그는 정말 좋은 녀석이니까아아—
우리 모두 그렇게 말한다네!

고든의 귀에는 이렇게 들렸다. 그는 심한 갈증에 허덕이며 더 가까이 다가갔다. 노래를 부르는 목소리들은 맥주에 잔뜩 취한 듯 축축했다. 잘나가는 배관공들의 진홍빛 얼굴이 절로 떠오르는 목소리였다. 바 뒤에는 버펄로 단* 회원들이 비밀회의를 여는 밀실이 있었다. 의심할 바 없이, 노래를 부르는 자는 바로 그들이었다. 그들은 '거대한 초식동물'인가 뭔가 하는 그들의 회장 혹은 서기에게 축하주를 올리고 있었다. 고든은 라운지 바** 밖에서 머뭇거렸다. 일반 바로 가는 게 나으리라. 일반 바에는 생맥주가, 라운지 바에는 병맥주가 있었다. 그는 퍼브의 반대편으로 돌아갔다. 맥주에 질식한 듯한 목소리들이 그를 따라왔다.

우리 모두 그렇게 말한다네,
우리 모두 그렇게 말한다네!

그는 정말 좋은 녀석이니까.
그는 정말 좋은 녀석이니까—

고든은 순간 현기증이 일었다. 갈증에 피로와 허기가 겹친 탓이었다. 버펄로단 회원들이 노래를 부르고 있는 안락한 방이 머릿속에 그려졌다. 활활 타오르는 난롯불, 큼직하고 반들반들한 테이블, 벽에 걸린 물소 사진들. 노

---

* 영국 최대 규모의 사교 조직 중 하나로 1822년에 시작되었으며, 회원과 그 가족들, 다른 자선단체들을 돕는 활동을 한다.
** 술집이나 호텔 안에 있는, 편안하고 보통 술값이 더 비싼 고급 바.

래가 끝나면 맥주잔 속으로 사라지는 스무 개의 진홍빛 얼굴도. 고든은 주머니에 손을 집어넣어, 3펜스 동전이 아직 거기에 있는지 확인했다. 어쨌든 괜찮지 않을까? 일반 바에서 누가 걸고넘어지겠는가? 3펜스 동전을 탁 내려놓고 농담처럼 한마디 건네면 된다. "크리스마스 푸딩 속에 들어 있던 걸 지금까지 쭉 갖고 있었죠, 하하!" 그러면 모두 웃음을 터뜨리겠지. 벌써부터 생맥주의 금속성 맛이 혀에 느껴지는 것만 같았다.

그는 망설이며 작은 동전을 만지작거렸다. 버펄로단 사람들이 다시 노래를 시작했다.

우리 모두 그렇게 말한다네,
우리 모두 그렇게 말한다네!

그는 정말 좋은 녀석이니까—

고든은 라운지 바가 있는 쪽으로 돌아갔다. 창에는 서리가 낀 데다, 퍼브 안의 열기 때문에 김도 자욱하게 서려 있었다. 그래도 가느다란 틈들이 있었다. 고든은 그 틈으로 안을 들여다보았다. 역시나 플랙스먼이 그곳에 있었다.

라운지 바는 사람들로 꽉 차 있었다. 밖에서 보는 방이 모두 그렇듯, 형언할 수 없이 안락해 보였다. 벽난로 안에서는 춤을 추는 맹렬한 불길이 놋쇠 타구에 비쳤다. 유리창으로 맥주 냄새가 흘러나오는 것만 같았다. 플랙스먼은 더 나은 부류의 보험 외판원처럼 보이는 생선 낯짝의 친구들과 한잔하는 중이었다. 한쪽 팔꿈치는 바에, 한쪽 발은 난간에 얹고, 맥주가 줄줄 흘러내린 술잔을 다른 한 손에 든 채 금발의 귀여운 여자 바텐더와 얘기를 나누고 있었다. 여자는 바 뒤의 의자에 서서 병맥주를 가지런히 정리하며, 어깨 너머로 요염하게 말을 던지고 있었다. 그들이 무슨 말을 하고 있는지 들리지는 않았지만, 안 들어도 뻔했다. 대화 중에 플랙스먼이 어떤 인상적인 농담을 무심코 흘렸고, 생선 낯짝의 남자들은 음탕한 웃음을 터뜨렸다. 그리고 금발의 귀여운 여자는 경악과 즐거움이 뒤섞인 표정으로 플랙스먼에게 킥킥거리며 아담한 엉덩이를 흔들어댔다.

고든은 마음이 아렸다. 저기에, 저기에 있을 수만 있다면! 따뜻하고 밝은 곳에서 사람들과 얘기를 나누고, 맥주와 담배를 즐기며, 여자와 시시덕거릴 수 있다면! 그냥 들어가 버릴까? 플랙스먼에게 1실링을 빌릴 수도 있었다. 플랙스먼은 흔쾌히 빌려줄 것이다. 아무렇지도 않게 그의 부탁을 들어주는 플랙스먼의 모습이 머릿속에 그려졌다. "오, 왔군, 친구! 안녕하신가? 뭐? 1실링? 그쯤이야! 2실링 빌려주지. 자, 받게나, 친구!" 그리고 맥주로 젖은 바에 통통 튀는 플로린 동전. 플랙스먼은 나름대로

127

너그러운 사람이었다.

고든은 퍼브 문에 손을 얹었다. 그러고는 아주 살짝 밀기까지 했다. 그 틈으로 담배 연기와 맥주 향이 뒤섞인 따뜻한 공기가 흘러나왔다. 힘을 북돋아 주는 친숙한 냄새. 하지만 그 냄새를 맡자 용기가 사라져버렸다. 안 돼! 무리야. 그는 몸을 돌렸다. 단돈 4.5펜스만 가지고 뻔뻔하게 라운지 바에 들어갈 순 없었다. 절대 남에게 술을 얻어 마시지 말 것! 빈털터리의 제1계명. 고든은 어둑한 인도를 따라 급히 달아났다.

그는 정말 좋은 녀석이니까―
우리 모두 그렇게 말한다네!

우리 모두 그렇게 말한다네!
우리 모두―

노래 부르는 목소리들이 맥주 맛을 띤 채 그를 따라오며 서서히 잦아들었다. 고든은 주머니에서 3펜스 동전을 꺼내어 어둠 속으로 휙 던졌다.

그는 집으로 가고 있었다. '간다'라고 말할 수 있을지 몰라도, 어쨌든 그 방향으로 끌려가고 있었다. 집으로 가고 싶지 않았지만, 이젠 앉아야 했다. 다리는 쑤시고 발은 멍들었으며, 그 초라한 방은 런던에서 그가 앉을 권리를 산 유일한 장소였다. 고든은 조용히 하숙집으로 들어갔지만, 위스비치 부인에게 들키지 않을 만큼 조용하지는 못했다. 부인은 자기 방문 너머로 살짝 고개를 내밀어 고든을 흘겨보았다. 9시가 조금 넘었을 테니, 부탁하면 부인이 식사를 차려줄지도 몰랐다. 하지만 불평을 늘어놓으며 부탁을 들어주는 부인을 견디느니 차라리 허기진 채로 잠자리에 드는 편이 나았다.

고든은 계단을 오르기 시작했다. 2층까지 반쯤 올라갔을 때 뒤에서 문을 똑똑 두드리는 소리가 들리자 그는 움찔했다. 우편물이다! 어쩌면 로즈메리가 편지를 보냈을지도 모른다!

문에 뚫린 우편물 구멍의 덮개가 밀려 올라가더니, 왜가리가 넙치를 게우듯 편지 한 다발이 매트로 힘겹게 토해져 나왔다. 고든은 가슴이 두근거렸다. 편지는 예닐곱 통이었다. 분명 저 중에 한 통은 그의 것이리라! 평소처럼 위스비치 부인은 우편집배원의 노크 소리가 들리자마자 자기 방에서 쏜살같이 튀어나왔다. 사실 2년 동안 고든이 위스비치 부인보다 먼저 편지를 집는 데 성공한 적은 단 한 번도 없었다. 부인은 항상 빈틈없이 편지들을 그러모아 가슴에 꼭 안고서 한 번에 한 통씩 들어 올려 주소를 확인했다. 영장이나 부적절한 연애편지, 혹은 피임약 광고지가 들어 있을까 봐 경계하는 눈치였다.

"댁한테 한 통 왔네요, 콤스톡 씨." 부인은 고든에게 편지를 한 통 건네며 뚱하게 말했다.

고든의 심장이 오그라들고 박동을 멈추었다. 기다란 편지봉투. 따라서, 로즈메리의 편지가 아니었다. 아! 고든 자신의 글씨로 주소가 쓰여 있었다. 그렇다면 잡지사 편집자다. 현재 고든은 두 편의 시를 보내놓은 상태였다. 한 편은《캘리포니언 리뷰》에, 한 편은《프림로즈 쿼털리》에. 하지만 이 편지에 붙어 있는 건 미국 우표가 아니었다. 그리고《프림로즈 쿼털리》는 6주 넘게 그의 시를 갖고 있었다. 맙소사, 만약 그들이 수락한 거라면!

고든은 이미 로즈메리의 존재를 잊어버렸다. 그는 "고맙습니다!"라고 말하고는 편지를 주머니에 쑤셔 넣고 태연한 척 계단을 오르기 시작했지만, 위스비치 부인의 시선에서 벗어나자마자 한 번에 세 계단씩 뛰어 올라갔다. 혼자 있을 때 편지를 열어봐야 했다. 문에 닿기도 전에 고든은 성냥갑을 찾아 주머니 속을 더듬거렸다. 손가락이 너무 떨려서 가스등을 켜다가 점화구에 씌워진 그물을 조금 뜯고 말았다. 그는 앉아서 주머니에 든 편지를 꺼낸 다음 주춤했다. 지금 당장은 뜯어볼 용기가 나지 않았다. 고든은 편지를 불빛으로 들어 올려 만지면서 두께를 가늠해보았다. 그의 시는 두 장짜리였다. 고든은 멍청이라고 스스로를 욕하며 봉투를 뜯었다. 그의 시가 떨어져 나오고, 그와 함께 활자가 찍힌 깔끔하고 ─오, 정말 깔끔했다!─작은 모조 양피지 조각이 있었다.

동봉된 투고 작품을 실을 수 없어 유감입니다.

통보문은 장례식에나 어울릴 법한 월계수 이파리 무늬로 꾸며져 있었다.

고든은 혐오감에 휩싸여 말없이 통보문을 노려보았다. 세상에 이만큼 치명적인 모욕이 또 있을까. 반박을 전혀 할 수가 없잖은가. 갑자기 그는 자신의 시가 싫어지고 지독히도 부끄러워졌다. 역사상 가장 엉성하고 어리석은 시처럼 느껴졌다. 그는 시를 다시 보지 않고 잘게 찢어 휴지통으로 거칠게 던졌다. 저 시를 머릿속에서 영영 지워버릴 작정이었다. 하지만 거절 통보문은 아직 찢지 않았다. 고든은 종이를 만지작거리며 그 역겨운 매끈함을 느꼈다. 탄복할 만한 활자가 찍힌 이토록 우아하고 작은 통보문이라니. '좋은' 잡지—출판사의 돈을 등에 업고 있는 오만한 고급 잡지—에서 보낸 것임을 한눈에 알 수 있었다. 돈, 돈! 돈과 교양! 그가 어리석은 짓을 저질렀다.《프림로즈 쿼털리》같은 잡지에 시를 보내다니! 아무나 받아줄 리 없잖은가. 시를 타자기로 치지 않았다는 사실만으로도 그가 어떤 인간인지 알아봤을 것이다. 차라리 버킹엄궁전에 명함을 떨어뜨려놓는 것이 낫겠다. 고든은《프림로즈 쿼털리》에 기고하는 사람들을 생각해보았다. 돈 많은 지식인 패거리, 모유로 돈과 교양을 빨아먹은 번지르르하고 고상한 젊은것들. 그 나약한 인간들 사이에 끼어들 생각을 했다니! 그들이 저주스러웠다. 나쁜 자식들! 망할 자식들! "실을 수 없어 유감입니다"라니! 이렇게 에둘러 말할 건 뭐야. 왜 솔직하게 말하지 않지? '당신의 망할 시는 필요 없습니다. 우리와 같이 케임브리지에서 공부했던 친구들의 시만 받아요. 당신네 프롤레타리아들은 좀 떨어져 있어주시겠습니까?'라고. 위선적인 놈들!

마침내 그는 거절 통보문을 짓구겨 던져버리고는 일어났다. 옷을 벗을 기운이 남아 있을 때 잠자리에 드는 편이 좋았다. 따뜻한 곳은 침대뿐이었다. 그전에 잠깐. 시계태엽을 감고 자명종을 맞춰놔야지. 고든은 익숙한 행동을 죽은 듯 무감각하게 이어갔다. 그의 시선이 엽란에 멎었다. 이 역겨운 방에서 2년을 살았다. 그 지독한 2년 동안 아무것도 이루지 못했다. 늘 쓸쓸한 침대에서 끝나버린 700일의 헛된 나날들. 그동안 당해온 무시와 실패, 모욕. 어느 것 하나 앙갚음하지 못했다. 돈, 돈, 모든 것이 돈이다! 돈이 없어서 도링 부부에게 무시당하고, 돈이 없어서 《프림로즈 쿼털리》로부터 시를 거절당했으며, 돈이 없어서 로즈메리가 동침해주지 않는다. 사회적 실패, 예술적 실패, 성적 실패, 모두 매한가지다. 그리고 그 근본적 원인은 가난이다.

사람에게든 물건에든 복수를 해야 직성이 풀릴 것 같았다. 그 거절 통보문을 마지막으로 생각하며 잠자리에

들 순 없었다. 고든은 로즈메리를 떠올렸다. 그녀는 닷새째 편지를 보내지 않고 있었다. 오늘 저녁 그녀의 편지를 받았다면,《프림로즈 쿼털리》로부터의 호된 거절도 덜 아팠을 것이다. 로즈메리는 그를 사랑한다고 고백해놓고서는 동침하지 않으려 하더니 이제 편지조차 쓰지 않았다! 그녀도 다른 인간들과 똑같았다. 그가 빈털터리이고 그래서 변변찮다는 이유로 그를 멸시하고 잊었다. 고든은 로즈메리에게 기나긴 편지를 써서 무시당하고 모욕당하는 기분이 어떤지 알려주고, 그녀가 그에게 얼마나 잔인했는지 보여줄 작정이었다.

고든은 깨끗한 종이를 한 장 찾아서 우측 상단 모서리에 이렇게 썼다.

NW, 윌로베드로 31번지, 12월 1일, 오후 9시 30분

하지만 여기까지 쓰고 나서는 더 쓸 말이 떠오르지 않았다. 패배감에 젖어 있다 보니 편지 한 장 쓰기도 힘들었다. 게다가, 이게 다 무슨 소용일까? 어차피 그녀는 이해도 못 할 텐데. 어떤 여자도 이해하지 못하리라. 하지만 뭐라도 써야 한다. 그녀에게 상처를 줄 무언가를. 지금 이 순간 고든이 그 무엇보다 원하는 일이었다. 그는 한참이나 생각에 잠겼다가 마침내 종이의 한가운데에 다음과 같이 썼다.

당신은 내 심장을 찢어놨어.

주소도 서명도 더하지 않았다. 종이 한복판에 작은 '학구적' 글씨만 남기는 것이 깔끔해 보였다. 그 자체로 한 편의 시처럼 보일 정도였다. 이런 생각을 하니 기분이 조금 나아졌다.

그는 편지를 봉투에 넣은 다음 밖으로 나가 모퉁이에 있는 우체국에서 편지를 부쳤다. 자동판매기에서 1페니짜리 우표와 반 페니짜리 우표를 한 장씩 뽑느라, 마지막 남은 1.5펜스를 써버렸다.

5

"《적그리스도》차월호에 당신의 시를 실을 겁니다." 래블
스턴이 2층 창에서 내려다보며 말했다.

아래의 인도에 있던 고든은 래블스턴이 말하는 시가
뭔지 잊은 척했다. 물론 그 시를 상세히 기억하고 있었
다. 그는 자신이 쓴 모든 시를 기억했다.

"어떤 시 말입니까?" 고든이 물었다.

"죽어가는 매춘부에 관한 시. 꽤 괜찮은 것 같아서 말
이죠."

고든은 흡족하여 거만하게 웃고는 냉소인 양 은근슬쩍
넘겼다.

"아! 죽어가는 매춘부! 내 소재 중 하나죠. 다음번엔 엽
란에 관한 시를 한 편 써드리겠습니다."

근사한 진갈색 머리칼에 둘러싸인 래블스턴의 지나치게 섬세하고 소년 같은 얼굴이 창에서 약간 물러났다.

"무척 춥군요. 올라와서 뭐라도 좀 먹어요." 그가 말했다.

"아닙니다. 내려오세요. 난 저녁을 먹었어요. 가서 맥주나 마십시다."

"그래요, 그럼. 신발 신고 나갈 테니까 잠깐만 기다려요."

두 사람은 몇 분째 대화를 나누는 중이었다. 고든은 인도에 서 있고, 래블스턴은 위층 창에서 몸을 내민 채. 고든은 문을 두드리는 대신 조약돌을 창문에 던져 자신의 도착을 알렸었다. 고든은 웬만하면 래블스턴의 아파트에 들어가지 않았다. 그곳의 분위기가 왠지 불편했다. 자신이 초라하고 지저분하고 겉도는 인간처럼 느껴졌다. 알게 모르게 상류층의 냄새가 진하게 풍기는 아파트였다. 고든이 래블스턴과 거의 동등한 위치인 듯 마음이 편해지는 곳은 길거리 퍼브뿐이었다. 래블스턴은 방 네 칸짜리 좁아빠진 아파트가 고든에게 이런 영향을 미쳤다는 사실을 알면 깜짝 놀랄 것이다. 황량한 리전트파크는 래블스턴에게는 빈민가나 마찬가지였다. 그는 en bon socialiste(선량한 사회주의자)로서 리전트파크를 주거지로 선택했다. 상류층을 동경하는 속물이 편지에 'W1'*을

＊ 런던 서부에 있는 몇몇 부촌의 우편번호 영역이며, 메이페어도 그에 속하는 지역이다.

써넣기 위해 메이페어의 마구간을 개조한 아파트에 사는 것처럼. 이런 식으로 래블스턴은 자신의 계급에서 벗어나 명예 프롤레타리아가 되고자 평생 시도해왔다. 그런 시도들이 모두 그러하듯 실패로 돌아갈 것이 뻔했다. 부자는 결코 가난뱅이로 위장하는 데 성공하지 못한다. 살인과 마찬가지로 돈도 탄로 나기 마련이니까.

현관문에 붙은 놋쇠 문패에는 다음과 같이 새겨져 있었다.

P. W. H. 래블스턴
《적그리스도》

래블스턴은 2층에 살았고, 아래층에는《적그리스도》의 편집실이 있었다.《적그리스도》는 중상류 지식인들을 위한 월간지로, 맹렬하면서도 애매한 사회주의 성향을 띠고 있었다. 충성의 대상을 신에서 마르크스로 바꾸고, 그리하여 자유시를 쓰는 패거리와 어울리게 된 어느 열렬한 비국교도가 편집한 듯한 인상을 풍겼다. 사실 래블스턴은 그런 사람이 아니었다. 그는 여느 편집자들보다 마음이 여렸고, 그러다 보니 기고자들에게 잘 휘둘렸다. 굶주리고 있는 듯한 작가가 눈에 띄면 그의 작품을 뭐든 《적그리스도》에 실어주었다.

잠시 후 래블스턴이 모자를 쓰지 않은 채 긴 장갑을 끼며 나타났다. 한눈에도 부유한 청년처럼 보였다. 그의 옷차림은 돈 있는 지식인들의 제복이나 마찬가지였다. 오래된 트위드 코트―하지만 실력 좋은 재단사에게 맞춘 코트라 낡을수록 더 고상해 보였다―와 아주 헐렁한 회색 플란넬 바지, 회색 스웨터, 닳아빠진 갈색 구두. 그는 상류층의 관습에 대한 경멸을 드러내기 위해, 호화 주택이나 고급 식당에 갈 때도 이런 옷차림을 했다. 이렇게 할 수 있는 건 상류층뿐이라는 사실을 래블스턴은 완전히 깨닫지 못했다. 래블스턴은 고든보다 나이가 많았지만 한참 어려 보였다. 키가 무척 크고, 늘씬한 몸에 어깨가 떡 벌어졌으며, 상류층 청년다운 느긋한 우아함을 풍겼다. 하지만 몸짓과 표정에는 기묘하게 소심한 구석이 있었다. 항상 남에게 방해가 되지 않도록 조심하는 듯한 인상이었다. 의견을 표할 때는 왼손 검지의 바깥쪽으로 코를 문질렀다. 사실 래블스턴은 인생의 매 순간 자신의 막대한 수입에 대해 암묵적으로 사과하고 있었다. 그가 부자라는 사실을 상기시키면 래블스턴은 곧장 불편한 기색을 드러냈다. 고든이 그의 빈곤함을 상기시키는 말을 들으면 불편해하는 것처럼.

"저녁을 먹었다고요?" 래블스턴은 블룸즈버리에 어울릴 법한 목소리로 말했다.

"네, 한참 전에요. 당신은요?"

"아, 네, 먹었죠. 그럼요!"

8시 20분이었고, 고든은 정오 뒤로 아무것도 먹지 않았다. 래블스턴도 마찬가지였다. 고든은 래블스턴이 배고프다는 사실을 몰랐지만, 래블스턴은 고든이 허기진 상태라는 걸 알았고, 고든은 래블스턴의 그런 속내를 알고 있었다. 그렇지만 두 사람이 배고프지 않은 척 연기하는 데에는 그럴 만한 이유가 있었다. 그들은 함께 식사를 한 적이 거의 없었다. 고든은 래블스턴에게 얻어먹을 생각이 없었고, 혼자서는 라이언스 찻집이나 ABC*에도 갈 형편이 못 되었다. 오늘은 월요일이었고, 고든의 수중에는 5실링 9펜스가 남아 있었다. 퍼브에서 맥주 두어 잔은 마실 수 있을지 몰라도, 제대로 된 식사는 어려웠다. 고든과 래블스턴이 만날 때는, 한 사람이 퍼브에서 1실링 정도 쓰는 것 외에 돈이 드는 일은 하지 않는다는 암묵적인 합의가 있었다. 두 사람의 수입에 큰 차이가 없다는 허구를 계속 유지하려면 어쩔 수 없었다.

인도를 따라 걷기 시작하면서 고든은 조금씩 래블스턴에게 다가갔다. 그의 팔을 잡을까 생각도 해봤지만, 물론 그런 짓을 할 순 없었다. 래블스턴의 훤칠하고 아름다운 몸 옆에 있으면 고든은 유약하고 경망스럽고 비참하리만치 초라해 보였다. 고든은 래블스턴을 무척 좋아했으

* Aerated Bread Company. 1862년에 제과점으로 시작하여 1864년부터 대규모 찻집 체인을 운영하기 시작한 회사.

며, 그와 함께 있으면 편하게 행동하기가 어려웠다. 래블스턴은 거동이 매력적일 뿐만 아니라, 기품이 몸에 배어 있고, 삶을 대하는 태도가 우아했다. 고든이 이제껏 만나지 못한 부류의 사람이었다. 의심할 여지 없이 이는 래블스턴의 부유함 덕분이었다. 돈으로 모든 미덕을 살 수 있으니까. 돈은 오래 참고, 온유하며, 교만하지 아니하며, 무례히 행하지 아니하며, 자기의 유익을 구하지 않는다. 하지만 래블스턴은 전혀 부자 같지 않은 면모가 있었다. 부에 따르는 고약한 타락은 그를 비껴갔다. 아니, 그것은 래블스턴의 의식적인 노력이었다. 그의 인생 자체가 타락에서 달아나기 위한 투쟁이나 마찬가지였다. 이런 연유로 래블스턴은 사회주의 성향의 인기 없는 월간지를 편집하는 데 수입의 대부분과 많은 시간을 쏟아부었다. 《적그리스도》를 제외하고도 그의 돈은 사방팔방으로 흘러 나갔다. 시인에서부터 거리의 화가까지 온갖 거지들이 끊임없이 돈을 뜯어 갔다. 래블스턴 자신은 1년에 800파운드 정도로 생활했다. 이 수입마저도 그는 심히 부끄럽게 여겼다. 프롤레타리아의 수입이라 할 수 없는 금액이라는 걸 알았기 때문이다. 하지만 그보다 적은 돈으로 지내는 법은 습득하지 못했다. 1년에 800파운드는 래블스턴의 최저 생활 임금이었다. 일주일에 2파운드가 고든의 최저 생활 임금이듯이.

"일은 어떻습니까?" 래블스턴이 물었다.

"아, 똑같죠, 뭐. 워낙에 따분한 일입니다. 아줌마들이랑 휴 월폴에 대해 수다나 떨고. 그게 싫지는 않습니다만."

"아니요, 서점 일 말고 집필 말입니다. 「런던의 환락」은 잘 진행되고 있습니까?"

"아! 말도 마십시오. 그것 때문에 머리가 셀 지경입니다."

"진전이 전혀 없어요?"

"내 작품은 앞으로 나아가는 법이 없습니다. 후퇴만 하죠."

래블스턴은 한숨을 내쉬었다. 《적그리스도》의 편집자로서 침체에 빠진 시인들을 격려하는 일에 익숙해지다 보니, 그것이 제2의 천성이 되어버렸다. 왜 고든이 시를 쓰지 못하는지, 왜 요즘의 모든 시인이 시를 쓰지 못하는지, 그리고 왜 시를 쓰는 것이 큰북 속에서 콩알 하나가 달그락거리는 것처럼 무미건조한 일이 되어버리는지 래블스턴은 잘 알고 있었다. 그는 이해한다는 듯 침울하게 말했다.

"하긴, 시를 쓰기에 좋은 시대는 아니니까요."

"그렇죠."

고든은 발꿈치로 보도를 찼다. 「런던의 환락」을 입에 올린 것이 후회스러웠다. 자신의 초라하고 냉랭한 방, 엽란 밑에 어질러져 있는 더러운 종이들이 떠올랐다. 고든은 불쑥 이렇게 말했다.

"글을 쓴다는 게 참! 다 헛짓입니다! 구석에 앉아서 더이상 반응도 안 하는 신경이나 괴롭히고 있으니. 그리고 요즘 누가 시를 읽습니까? 차라리 벼룩한테 곡예를 가르치는 게 낫지요."

"그래도 낙담하지 마십시오. 어쨌든 당신은 요즘의 시인들을 대변해줄 만한 작품을 써내잖습니까.『생쥐들』도 그랬고요."

"오,『생쥐들』! 생각만 해도 토할 것 같습니다."

고든은 그 좀스러운 풀스캡 8절판 책을 떠올리며 진저리를 쳤다. 딱지 붙은 병 속에 들어 있는 작은 낙태아처럼, 생기라고는 없는 40-50편의 죽은 시들.《타임스 리터러리 서플리먼트》는 그를 '장래가 촉망되는' 시인이라고 평했었다. 그의 시집은 153부 팔렸고, 나머지는 떨이 신세가 되었다. 모든 예술가가 가끔 자신의 작품을 떠올릴 때 그러듯, 고든은 경멸과 공포에 휩싸였다.

"그건 죽었습니다. 병에 든 낙태아처럼 죽었단 말입니다." 고든이 말했다.

"그야, 시집들은 대부분 그렇지요. 요즘엔 시가 잘 안 팔리지 않습니까. 경쟁자가 너무 많으니까요."

"그런 뜻이 아니에요. 내 말은, 시 자체가 죽었다는 겁니다. 생기라고는 전혀 없어요. 내가 쓰는 건 죄다 그런 꼴이죠. 생기도 없고, 기개도 없고. 추악하거나 천박하다고는 할 수 없어도, 죽었어요. 완전히 죽었다고요." '죽었다'라는 단어가 그의 머릿속에서 메아리치더니, 또 다른 생각이 꼬리를 물고 이어졌다. "내가 죽었기 때문에 시도 죽은 겁니다. 당신도 죽었어요. 우리 모두 죽었어요. 죽은 세상의 죽은 사람들이죠."

래블스턴은 죄책감 어린 묘한 표정을 지으며, 맞는 말이라고 중얼거렸다. 이제 두 사람은 그들이 좋아하는 주제—적어도 고든이 좋아하는 주제—로 들어서 있었다. 현대 생활의 공허함, 고약함, 치명성. 그들은 만나기만 하면 이런 맥락의 대화를 30분 이상 나누었다. 하지만 이런 대화는 항상 래블스턴을 조금 불편하게 만들었다. 물론 그는 부패한 자본주의하의 삶이 치명적이고 무의미하다는 걸 어느 정도 알고 있었고, 《적그리스도》가 존재하는 이유도 바로 그런 현실을 폭로하기 위해서였다. 하지만 그의 지식은 이론에 불과했다. 1년에 800파운드를 버는 사람이 그런 현실을 **체감**할 수는 없다. 광부들, 중국인 막노동꾼들, 미들즈브러의 실업자들을 생각하지 않으면, 그에게 인생은 꽤 재미있게 느껴졌다. 더욱이 래블스턴은 조만간 사회주의가 세상을 바로잡아 줄 거라는 순진한 믿음을 갖고 있었다. 그가 보기에 고든은 항상 과장이 심한 것 같았다. 이렇듯 그들 사이에 미묘한 이견이 있었지만, 예의 바른 래블스턴은 자기 의견을 강하게 밀어붙이지 않았다.

고든의 경우에는 사정이 달랐다. 고든의 수입은 일주일에 2파운드였다. 따라서 현대의 삶에 대한 증오, 배금주의에 찌든 우리 문명이 폭탄에 맞아 지옥으로 떨어지는 꼴을 보고픈 그의 욕망은 진심이었다. 그들은 문 닫힌 가게가 몇몇 보이는 어둑하고 꽤 깔끔한 주택가를 따라 남쪽으로 걸어가고 있었다. 어느 집의 창문 없는 벽에 붙은 광고판에서 롤런드 버타가 등불을 받아 창백해진 넙데데한 얼굴로 바보처럼 웃고 있었다. 고든은 낮은 창 안에서 시들어가고 있는 엽란을 발견했다. 런던이란! 아파트와 단칸방의 초라하고 쓸쓸한 셋집들이 수 킬로미터씩 쭉 이어져 있다. 가정도 아니고 공동체도 아닌, 그저 나른한 혼돈 속에 방황하다 무덤으로 향하는 무의미한 삶들의 집합체! 고든의 눈에는 사람들이 걸어 다니는 송장처럼 보였다. 그는 자신의 심적 고통을 대상화하고 있을 뿐이라는 생각에도 별로 심란해지지 않았다. 적군의 전투기들이 런던의 하늘을 뒤덮는 상상을 했던 수요일 오후가 떠올랐다. 그는 래블스턴의 팔을 잡고 걸음을 멈추고는 롤런드 버타 포스터를 가리켰다.

"저 징그러운 것 좀 보십시오! 보라니까요! 구역질 나지 않습니까?"

"미학적으로 불쾌하긴 하지만, 글쎄, 그리 큰 문제는 없어 보이는데."

"문제가 없긴요. 도시 전체가 저런 것들로 도배가 되어 있지 않습니까."

"아, 그거야 일시적인 현상일 뿐입니다. 말기에 접어든 자본주의죠. 신경 쓸 거 없어요."

"그게 전부가 아닙니다. 입을 쩍 벌리고 우리를 내려다보고 있는 저 자식을 보라고요! 우리 문명 자체가 저기쓰여 있는 겁니다. 어리석음, 공허함, 황량함! 저 얼굴을보기만 해도 콘돔과 기관총이 바로 떠오르잖아요. 오죽하면 며칠 전에 내가 전쟁이 일어났으면 좋겠다는 생각까지 했겠습니까? 정말 간절하더라고요. 거의 빌기까지했다니까요."

"유럽의 청년 절반이 똑같은 걸 바라고 있다는 게 문제긴 하죠."

"그랬으면 좋겠군요. 그러면 정말 전쟁이 일어날지도모르니까요."

"그건 안 될 말이지, 친구! 한 번이면 충분해요."

고든은 짜증스러운 기색으로 걸음을 옮겼다. "요즘 우리가 사는 꼴을 보십시오! 이건 사는 게 아니라, 죽은 목숨으로 썩어가고 있는 겁니다. 이 빌어먹을 집들, 그리고그 안에 있는 무익한 인간들을 봐요! 가끔은 우리 모두송장 같다니까요. 똑바로 서서 부패하고 있는 거죠."

"하지만 지금 이 세상이 구제 불능이라는 시각은 곤란합니다. 프롤레타리아가 승리를 거두기 전에 거쳐야 하는 현상에 불과하니까요."

"오, 사회주의! 사회주의 얘기는 꺼내지도 마십시오."

"마르크스를 읽어요, 고든, 꼭 읽어야 합니다. 그러면이 모든 것이 지나가는 한 단계에 지나지 않는다는 사실을 깨닫게 될 겁니다. 영원히 지속될 순 없어요."

"과연 그럴까요? 영원히 이 모양 이 꼴일 것 같은 **느낌**이 드는데요."

"그저 때가 안 좋을 뿐입니다. 다시 태어나려면 죽어야 하는 법이죠."

"우리가 죽어가고 있는 건 틀림없지만, 다시 태어날 기미는 별로 안 보이는데요."

래블스턴은 코를 문질렀다. "아, 뭐, 믿음을 가져야죠. 희망도."

"돈이 있어야 한다는 뜻이군요." 고든이 침울하게 말했다.

"돈요?"

"그런 낙관적인 생각도 돈이 있어야 할 수 있죠. 일주일에 5파운드를 번다면 **나도** 사회주의자가 되겠습니다."

래블스턴은 당황스러운 표정으로 고개를 돌렸다. 망할 놈의 돈! 어디서나 방해가 되지! 고든은 돈 얘기를 괜히 꺼냈다는 생각이 들었다. 자기보다 더 잘사는 사람과 있을 때 절대 입에 올리지 말아야 할 것이 바로 돈이다. 설령 돈 얘기를 한다 해도, 주머니 속에 든 실제적이고 구체적인 돈이 아니라 추상명사로서의 돈이어야 한다. 하지만 그 가증스러운 주제는 자석처럼 고든을 끌어당겼다. 언제가 됐든, 특히 술 몇 잔이 들어가면, 일주일에 2파운드로 버텨야 하는 지긋지긋한 인생을 처량하리만치 낱낱이 까발리게 되고 말았다. 가끔은 삐딱한 말을 하고 싶은 충동에 사로잡혀 추잡한 고백을 하기도 했다. 이를테면 이틀 동안 담배를 피우지 않았다든가, 속옷에 구멍이 나고 외투를 전당포에 맡겼다든가. 하지만 오늘 밤엔 절대 그런 일이 일어나선 안 된다고, 고든은 다짐했다. 그들은 돈이라는 주제에서 얼른 벗어나 사회주의에 대해 좀 더 전반적인 얘기를 나누기 시작했다. 래블스턴은 수년 전부터 고든을 사회주의로 전향시키려 애써왔지만, 고든의 흥미를 불러일으키지도 못했다. 이제 그들은 어느 골목길의 모퉁이에 있는 허름한 퍼브를 지나가고 있었다. 마치 알싸한 맥주 구름이 그 주변에 끼어 있는 듯했다. 그 냄새에 래블스턴은 몸서리를 쳤다. 걸음을 재촉해 얼른 그곳을 벗어나고 싶었다. 하지만 고든은 콧구멍을 벌름거리며 멈춰 섰다.

"이런! 한잔해야겠는데요."

"그럽시다." 래블스턴은 호기롭게 말했다.

고든이 일반 바의 문을 밀어서 열자 래블스턴은 뒤따라 들어갔다. 래블스턴은 퍼브, 특히 저급한 퍼브가 좋다고 스스로를 설득했다. 퍼브는 진실로 프롤레타리아적이다. 퍼브에서는 노동계급과 동등하게 만날 수 있다. 어쨌든, 이론상으로는 그렇다. 하지만 실제로 래블스턴은 고든 같은 사람과 만나지 않는 이상 절대 퍼브에 가지 않았고, 가기만 하면 늘 겉도는 느낌이 들었다. 탁하면서도 차가운 공기가 그들을 감쌌다. 천장이 낮은, 지저분하고 연기 자욱한 공간이었다. 바닥에는 톱밥이 날리고, 수세대를 거친 맥주통들이 수수한 전나무 테이블들을 에워싸고 있었다. 가슴이 멜론만 한 거구의 여자 넷이 한쪽 구석에 앉아서 흑맥주를 마시며 크룹 씨라는 사람에 대해 격한 대화를 나누고 있었다. 키가 크고 검은 앞머리를 이마에 드리운 험상궂은 인상의 여자 주인은 매춘굴 주인처럼 보였다. 주인은 바 뒤에 서서 억센 팔뚝으로 팔짱을 낀 채 인부 네 명과 우편집배원 한 명 사이에 벌어지는 다트 게임을 구경하고 있었다. 안쪽으로 들어가려면 몸을 수그려 다트를 피해야 했다. 순간 정적이 흐르더니, 사람들이 호기심 어린 눈빛으로 래블스턴을 힐끔거렸다. 누가 봐도 그는 상류층 신사였다. 일반 바에서는 보기 드문 부류였다.

래블스턴은 사람들의 시선을 의식하지 않는 척했다. 그는 바 쪽으로 어슬렁어슬렁 걸어가며 장갑을 벗고 주머니에 손을 집어넣어 돈을 더듬었다. "뭐 마실래요?" 래블스턴이 무심히 물었다.

하지만 고든은 이미 래블스턴을 앞질러 가서, 1실링짜리 동전으로 바를 톡톡 치고 있었다. 첫 잔은 항상 계산한다! 이렇게라도 체면을 차려야 했다. 래블스턴은 유일하게 비어 있는 테이블로 향했다. 바에 기대어 있던 한 인부가 팔꿈치를 짚은 채 몸을 돌려 무례한 눈빛으로 한참이나 그를 노려보았다. '저 빌어먹을 상류층 인간이!'

라고 생각하면서. 고든은 흑맥주 두 잔을 안정적으로 들고 돌아왔다. 잼 병만큼이나 두툼한 싸구려 유리잔은 기름때가 끼어 흐릿했다. 얇고 누런 맥주 거품이 가라앉고 있었다. 화약이라도 터진 것처럼 자욱하게 긴 담배 연기 탓에 공기가 탁했다. 래블스턴은 바 근처에 있는 꽉 찬 타구를 발견하고는 눈을 돌렸다. 이 맥주는 딱정벌레가 우글거리는 지하실에서 끈적끈적한 통으로 뽑았을 테고, 유리잔은 맥주로 행구기만 할 뿐 한 번도 씻지 않았을 거라는 생각이 머리를 스치고 지나갔다. 고든은 무척 배가 고팠다. 치즈 얹은 빵을 먹을 수도 있었지만, 그걸 주문하면 저녁을 먹지 않았다는 사실을 들키고 만다. 고든은 맥주를 크게 한 모금 들이켜고 담배에 불을 붙였다. 그러자 허기가 조금 잊혔다. 래블스턴도 맥주를 한 모금 삼키고는 유리잔을 조심스럽게 내려놓았다. 메스꺼우면서도 화학약품 같은 뒷맛을 남기는, 전형적인 런던 맥주였다. 래블스턴은 부르고뉴 와인을 떠올렸다. 그들은 사회주의에 관한 논쟁을 이어갔다.

"고든, 이제부터라도 마르크스를 읽으라니까요." 형편없는 맥주 맛 때문에 짜증이 난 래블스턴은 평소보다 덜 소심한 투로 말했다.

"차라리 험프리 워드 부인을 읽겠습니다."

"당신 태도가 얼마나 비합리적인지 모르겠어요? 항상 자본주의를 신랄하게 비난하면서 그 유일한 대안을 받아

들이지 않다니. 애매한 생각으로는 세상을 바로잡을 수
없어요. 자본주의 아니면 사회주의, 둘 중 하나를 받아들
여야지. 빠져나갈 길은 없단 말입니다."

"사회주의는 귀찮다니까요. 생각만 해도 하품이 나와요."

"그나저나, 사회주의를 반대하는 이유가 대체 뭡니까?"

"사회주의를 반대하는 이유는 딱 한 가집니다. 아무도
그걸 원하지 않는다는 거죠."

"그건 좀 어처구니없는 소린데요!"

"다시 말하자면, 사회주의가 뭔지 제대로 아는 사람은
아무도 없을 거라는 얘기죠."

"그럼 당신이 생각하는 사회주의란 뭡니까?"

"오! 올더스 헉슬리의 『멋진 신세계』 같은 겁니다. 그
다지 즐겁진 않아요. 모형 공장에서 하루에 네 시간씩
6003번 볼트를 조여야 하죠. 식량은 공동 취사장에서 납
지로 포장해 배급하고요. 마르크스 호스텔에서 레닌 호
스텔까지 왔다 갔다 공동체 산책도 합니다. 무료 낙태 병
원이 온 사방에 널려 있고요. 나름대로 다 좋긴 합니다.
우리가 그걸 원하지 않아서 문제지."

래블스턴은 한숨을 내쉬었다. 그는 한 달에 한 번 《적
그리스도》에 이런 유의 사회주의를 규탄하는 글을 쓰고
있었다. "그럼 우리가 '원하는' 건 뭡니까?"

"그건 신만이 알겠죠. 우리는 자기가 무엇을 원하지 않
는지만 알거든요. 그래서 요즘 사람들이 문제란 겁니다.

뷔리당의 당나귀*처럼 이러지도 저러지도 못하고 있으니까요. 다만 두 가지가 아니라 세 가지 대안이 있는데, 셋 다 역겹습니다. 사회주의는 그중 하나일 뿐이죠."

"나머지 두 가지는 뭡니까?"

"오, 자살과 가톨릭교회 아니겠어요?"

교권 개입에 반대하는 래블스턴은 깜짝 놀라 미소 지으며 물었다. "가톨릭교회라니! 그걸 대안으로 생각해요?"

"뭐, 지식층은 항상 거기에 유혹당하지 않습니까?"

"내가 지식층이라고 생각하는 사람들은 그러지 않아요. 물론, 엘리엇이 있긴 했죠." 래블스턴은 인정했다.

"분명 더 많을 겁니다. 교회의 비호 속에 있으면 꽤 아늑하니까요. 조금 비위생적이어서 그렇지, 안전하게 느껴지긴 하잖아요."

래블스턴은 생각에 잠겨 코를 문질렀다. "내가 보기엔 또 다른 형태의 자살에 불과한 것 같은데."

"어느 정도는 그렇죠. 하지만 그건 사회주의도 마찬가집니다. 궁여지책밖에 못 되니까요. 하지만 난 자살, 진짜 자살은 못 할 것 같습니다. 너무 유약한 짓이에요. 내 몫의 삶을 남에게 양보할 생각은 없어요. 차라리 원수 몇 명을 죽이는 게 낫습니다."

---

* 프랑스의 철학자 장 뷔리당이 제시한 논리로 같은 거리에 같은 양의 건초를 놓아두면 당나귀는 어느 쪽을 먼저 먹을까 망설이다가 굶어 죽는다는 역설이다.

래블스턴은 또 미소 지었다. "원수들이 누굽니까?"

"오, 1년에 500파운드 이상 버는 인간들이죠."

순간 불편한 침묵이 흘렀다. 래블스턴의 수입은 소득세를 떼고도 1년에 2천 파운드 정도였다. 고든이 툭하면 들먹이는 얘기였다. 순간의 어색함을 덮기 위해 래블스턴은 맥주잔을 집어 들어, 구역질 나는 맛을 꾹 참고 잔을 3분의 2 정도 비웠다. 다 마셨다는 인상을 주기에 충분했다.

"얼른 잔 비워요!" 래블스턴은 애써 유쾌하게 말했다. "한 잔 더 해야죠."

고든은 잔을 비우고 고분고분 래블스턴에게 넘겼다. 이젠 래블스턴에게 얻어 마셔도 괜찮았다. 첫 잔을 샀으니 체면치레는 했다. 래블스턴은 겸연쩍은 표정으로 바까지 걸어갔다. 래블스턴이 일어나자마자 사람들은 또 그를 뚫어져라 쳐다보기 시작했다. 여전히 바에 기댄 채 맥주잔에는 손도 대지 않고 있던 인부는 아무 말 없이 무례하게 그를 빤히 쳐다보았다. 래블스턴은 이 역겨운 싸구려 맥주를 더 이상 마시지 않기로 결심했다.

"더블 위스키 두 잔요." 그가 소심하게 주문했다.

험상궂은 여주인이 래블스턴을 노려보며 물었다. "뭐요?"

"더블 위스키 두 잔 부탁합니다."

"위스키 없어요. 우린 증류주 안 팔아요. 맥줏집이라고요."

인부는 콧수염 아래를 실룩이며 씩 웃었다. '이 무식한 양반아! 맥줏집에서 위스키를 찾아!' 래블스턴의 창백한 얼굴이 살짝 붉어졌다. 가난한 퍼브는 증류주 판매 허가를 받을 형편이 못 된다는 사실을 그는 지금까지 모르고 있었다.

"그럼 배스 맥주는 될까요? 1파인트짜리 두 병요."

1파인트짜리는 없었다. 반 파인트짜리를 네 병 사야 했다. 아주 변변찮은 퍼브였다. 고든은 배스 맥주를 한 모금 시원하게 들이켰다. 생맥주보다 알코올 도수가 높아서 그런지 입속에서 쉬익 거품이 일고 목구멍이 따끔거렸다. 빈속이라 머리가 약간 어찔했다. 생각이 많아지면서 자신이 더 가엽게 느껴졌다. 가난에 대해 불평을 늘어놓지 않으리라 다짐했었건만, 결국엔 또 시작할 참이었다. 고든은 불쑥 말했다.

"지금까지 우리가 했던 얘기는 다 헛소립니다."

"뭐가요?"

"사회주의니, 자본주의니, 현대 세계니, 신만이 안다느니 하는 얘기들 말입니다. 난 현대 세계가 어떻게 되든 눈곱만큼도 관심 없어요. 나와 내가 아끼는 사람들 빼고 모든 영국인이 굶어 죽든 말든 아무 상관 없단 말입니다."

"좀 과장한 거 아닙니까?"

"아니요. 우리는 쓸데없는 말이나 떠들면서 그저 자기 감정을 객관화하고 있을 뿐입니다. 순전히 주머니 사정에 달려 있죠. 나는 런던이 죽은 자들의 도시다, 우리 문명은 죽어가고 있다, 전쟁이 일어났으면 좋겠다, 신만이 안다, 이런 소리나 떠들어대고 있어요. 한마디로, 일주일에 2파운드 벌고 있는데 5파운드 벌었으면 좋겠다는 뜻이죠."

또 한 번 간접적으로 자기 수입을 떠올리게 된 래블스턴은 왼손 검지 관절로 코를 천천히 쓰다듬었다.

"어느 정도는 동의합니다. 마르크스도 그렇게 말하긴 했죠. 모든 이념은 경제 사정의 반영이라고."

"아, 하지만 당신은 마르크스를 통해서 이해하는 거죠! 일주일에 2파운드로 아득바득 사는 게 어떤 건지 당신은 모릅니다. 이건 시련의 문제가 아닙니다. 그렇게 품위 있는 게 아니라고요. 그저 지독하고, 비루하고, 추잡할 뿐이죠. 돈도 없고 친구도 없어서 몇 주 내리 혼자 지내고. 자칭 작가라는 인간이 녹초가 돼서 글을 못 쓰니 아무것도 발표하지 못하고. 더러운 밑바닥 인생입니다. 내 영혼은 하수도에 살고 있어요."

또 시작이었다. 두 사람이 함께 있는 시간이 조금이라도 길어지면 고든은 꼭 이런 식으로 떠들어대기 시작했다. 그러면 래블스턴은 몹시 난처해했다. 그래도 어쩔 수 없었다. 고든은 자신의 어려움을 누군가에게 하소연해야 했고, 그것을 이해해줄 사람은 래블스턴밖에 없었다. 더러운 상처가 모두 그렇듯, 가난도 가끔은 밖으로 드러내줘야 한다. 고든은 윌로베드로에서의 생활을 지긋할 정도로 시시콜콜하게 묘사하기 시작했다. 구정물과 양배추의 악취, 다이닝 룸의 소스 병들 속에 굳어 있는 소스, 형편없는 음식, 엽란에 대해 장황하게 떠들어댔다. 몰래 차를 마시고 찻잎 찌꺼기를 화장실에 버리는 요령을 설명했다. 래블스턴은 죄책감과 괴로움이 뒤섞인 심정으로 술잔을 빤히 쳐다보며 두 손으로 천천히 돌렸다. 그를 비난하는 듯한 사각형 물건이 오른쪽 가슴에 닿았다. 지갑이었다. 그 안에는 두툼한 녹색 수표책과 함께 1파운드짜리 지폐 여덟 장과 10실링짜리 지폐 두 장이 들어 있었다. 낱낱이 파헤쳐진 가난은 얼마나 끔찍한가! 고든이 말하고 있는 건 진짜 가난이 아니었다. 기껏해야 가난의 언저리였다. 하지만 진짜 가난은 어떠한가? 일주일에 25실링으로 일곱 명이 한 방을 쓰는 미들즈브러의 실업자들은? 그렇게 사는 사람들도 있는데, 감히 1파운드짜리 지폐들과 수표책을 주머니에 넣고서 걸어 다녀도 될까?

"지긋지긋하군." 래블스턴은 몇 번이나 무력하게 중얼거렸다. 이럴 때마다 늘 궁금해지는 것이 있었다. 만약 그가 10파운드를 빌려주겠다고 하면 과연 고든은 받을까?

그들은 래블스턴이 또 계산한 술을 한 잔 더 마신 뒤 거리로 나갔다. 이제 헤어질 시간이 다가왔다. 고든은 래블스턴과 한두 시간 이상은 만나지 않았다. 고도가 높은 곳에서 오래 머물기 어렵듯이, 부자와의 접촉도 짧아야 한다. 축축한 바람이 불고, 달도 별도 보이지 않는 밤이었다. 밤공기, 맥주, 물기를 머금은 램프 불빛은 고든에게 암울한 사실을 명확히 상기시켰다. 부자에게는, 심지어 래블스턴처럼 괜찮은 사람에게도, 가난의 본질적인 잔혹함을 설명하기란 불가능에 가깝다는 사실을. 그러니까 더더욱 설명해야 했다. 고든은 불쑥 말을 뱉었다.

"초서가 쓴「법률가의 이야기」읽어봤어요?"

"「법률가의 이야기」? 기억 안 나는데. 무슨 내용이죠?"

"생각 안 납니다. 그냥 첫 여섯 연이 떠올라서요. 법률가가 가난에 대해 이야기하는 대목이죠. 가난하면 모두에게 당연한 듯이 짓밟힙니다! 모두가 가난뱅이를 짓밟고 **싶어 하죠**! 모두가 빈털터리를 **증오합니다**. 그냥 재미있어서, 그리고 보복받지 않으리라는 걸 알아서 가난뱅이를 모욕해요."

래블스턴이 언짢은 표정으로 말했다. "오, 그럴 리가 없잖습니까! 사람들은 그렇게까지 사악하지 않아요."

"당신은 모르겠지만, 그게 현실입니다!"

고든은 "사람들은 그렇게까지 사악하지 않다"는 말 따윈 듣고 싶지 않았다. 그가 가난하기 때문에 모두가 그를 모욕하고 **싶어 한다**는 생각에 매달리며 일종의 자학적인 쾌감을 느끼고 있었다. 이는 고든의 인생철학에도 들어맞았다. 내친김에 그는 지난 이틀 동안 마음에 맺혀 있던 응어리를 풀기 시작했다. 목요일에 도링 부부에게 당했던 굴욕. 고든은 부끄럼 없이 자초지종을 털어놓았다. 래블스턴은 어안이 벙벙해졌다. 뭣 때문에 고든이 이리도 난리인지 이해가 되지 않았다. 그깟 문인끼리의 티파티를 놓쳤다고 실망하다니, 황당했다. 래블스턴이라면 돈을 준다 해도 가고 싶지 않은 자리였다. 모든 부자가 그러듯, 그는 사교 모임을 찾기보다는 피해 다니는 데 훨씬 더 많은 시간을 보냈다. 그는 고든의 말을 끊었다.

"툭하면 발끈하는 습관은 좋지 않아요. 그런 별것도 아닌 일에."

"그 일 자체는 별것도 아니죠. 문제는 그 뒤에 숨겨진 의도입니다. 돈 없는 사람을 아무렇지도 않게 무시하는 태도 말입니다."

"단순한 실수였겠죠. 누가 왜 당신을 무시하겠습니까?"

"'그대가 가난하면, 형제에게 미움 받을 것이다.'" 고든은 빈정거리는 투로 「법률가의 이야기」를 인용했다.

래블스턴은 죽은 자의 의견에도 정중한 태도를 취하며 코를 문질렀다. "초서가 한 말입니까? 그렇다면 안타깝게도 나는 초서와 맞지 않는 것 같군요. 사람들은 당신을 미워하지 않아요."

"미워한다니까요. 그리고 미워하는 게 잘못은 아니죠. 대상이 혐오스러운 인간이라면. 리스테린 광고 같은 겁니다. '왜 그는 항상 혼자일까요? 구취가 그의 경력을 망치고 있습니다.' 가난은 영혼의 구취죠."

래블스턴은 한숨을 내쉬었다. 분명 고든의 생각은 비

뚫어져 있었다. 그들은 계속 걸으며 논쟁을 이어갔다. 고든은 열변을 토하고, 래블스턴은 어떻게든 이 시간을 잘 넘기려 애썼다. 이런 논쟁에서 래블스턴은 고든을 당해낼 도리가 없었다. 고든의 주장이 과장됐다고 생각하면서도 거기에 반박하고 싶지 않았다. 어떻게 그럴 수 있겠는가? 그는 부유했고 고든은 가난했다. 진짜 가난한 사람과 어떻게 가난에 대해 논쟁할 수 있을까?

"그리고 돈이 없으면 여자들한테 무슨 꼴을 당하는지 압니까!" 고든이 말을 이었다. "이 저주받은 배금주의 또 다른 문제죠. 여자!"

래블스턴은 약간 어두운 얼굴로 고개를 끄덕였다. 지금까지 고든이 떠들어댄 얘기보다 더 그럴듯하게 들렸다. 래블스턴은 자신의 애인인 허마이어니 슬레이터를 떠올렸다. 그들은 2년 동안 만났지만, 굳이 결혼하지는 않았다. 허마이어니의 말로는 '너무 고된 일'이라고 했다. 물론 허마이어니는 부자였다, 아니 그녀의 가족이 그랬다. 래블스턴은 바다에서 솟아오르는 인어처럼 그녀의 옷에서 솟아난 것처럼 보이는 넓고 매끈하며 젊은 어깨를 떠올렸다. 햇빛에 잠긴 밀밭처럼 왠지 따스하고 나른한 그녀의 살갗과 머리칼. 허마이어니는 사회주의라는 단어만 들으면 늘 하품을 하고, 심지어 《적그리스도》도 읽지 않으려 했다. "나한테 하층계급 얘기는 꺼내지도 마." 그녀는 이렇게 말하곤 했다. "난 그 족속이 싫어. 냄새가 심하거든." 그리고 래블스턴은 그녀를 무척 사랑했다.

"여자들이 골치 아프긴 하죠." 그는 인정했다.

"골치 아픈 정도가 아니라 재앙입니다. 돈 없는 남자한테는. 여자들은 가난뱅이를 꼴도 보기 싫어하니까요."

"그건 좀 심한 말 같군요. 세상이 그렇게까지 막돼먹진 않았어요."

고든은 그의 말을 귓등으로 흘렸다. "여자들이 그 모양인데 사회주의니 무슨 주의니 떠들어봐야 무슨 소용입니까! 여자들이 원하는 건 오로지 돈뿐입니다. 자기와 두 아기, 드레이지 가구, 엽란을 위한 집을 살 돈. 돈을 욕심내지 않는 건 그들이 생각할 수 있는 유일한 죄악이죠. 여자들은 남자를 수입으로만 판단합니다. 물론 자기 자신한테는 그런 기준을 세우지 않아요. 여자들이 말하는 **아주 좋은 남자**란 곧 돈이 많은 남자죠. 돈 없는 남자는 좋은 남자가 아닌 겁니다. 망신스러운 죄인이죠. 엽란에 죄를 지은 죄인 말입니다."

"엽란 얘기를 많이 하는군요."

"지독하게 중요한 주제니까요."

래블스턴은 코를 문지르며 불편한 기색으로 고개를 돌렸다.

"저기, 고든, 실례되는 질문일지 모르겠지만, 애인이 있습니까?"

"오, 말도 마십시오!"

하지만 고든은 로즈메리에 대해 얘기하기 시작했다. 래블스턴은 로즈메리를 만난 적이 없었다. 이 순간 고든은 로즈메리가 어떤 사람인지 기억나지 않았다. 그들이 서로를 얼마나 좋아하는지, 어쩌다 한번 만날 때 얼마나 행복한지, 그의 옹졸함을 그녀가 얼마나 잘 참아주는지 기억이 나질 않았다. 로즈메리가 그와 동침하지 않으려 하고 일주일째 편지를 쓰지 않고 있다는 사실만 기억에 남았다. 배 속에 맥주를 담은 채 축축한 밤공기 속에 있자니, 그 자신이 버림받고 방치된 인간처럼 느껴졌다. 로즈메리는 그에게 '잔인'했다. 고든의 생각은 그랬다. 자신을 고문하고 래블스턴을 불편하게 하려는 비뚤어진 욕망으로 고든은 로즈메리라는 가상의 인물을 만들어내기 시작했다. 그로부터 즐거움을 얻으면서도 얼마쯤은 그를 경멸하고, 그를 가지고 놀면서 거리를 두고, 그에게 돈이 없어 그의 품에 안기지 않는 무정한 인간으로 그녀를 그려나가기 시작했다. 로즈메리를 한 번도 만나지 못한 래블스턴은 고든의 말을 어느 정도 믿을 수밖에 없었다.

"고든, 잠깐만요." 래블스턴이 끼어들었다. "워털로 양이라는 그 여자, 이름이 뭐라고 했더라? 로즈메리. 그 여자가 정말 당신을 전혀 위해주지 않습니까?"

고든은 약간이긴 했지만 가슴이 뜨끔했다. 로즈메리가 그를 위해주지 않는다는 말은 차마 할 수 없었다.

"뭐, 네, 나를 위해주긴 하죠. 자기 딴에는 나를 잘 챙겨

줍니다. 하지만 온 정성을 쏟아붓지는 않아요. 내가 빈털터리니까요. 이게 다 돈 때문입니다."

"설마 돈이 그렇게까지 중요할까요? 다른 것들도 있잖습니까."

"다른 거요? 남자의 인격 자체가 수입과 불가분의 관계라는 걸 모르겠습니까? 돈 한 푼 없이 어떻게 여자의 관심을 끌겠어요? 버젓한 옷도 못 입고, 멋진 식당이나 극장, 주말여행에도 못 데려가는데요. 유쾌하고 흥미로운 분위기는 전혀 풍기지 못하는데요. 그런 건 중요치 않다는 말은 헛소립니다. 중요합니다. 돈이 없으면 만날 곳도 마땅히 없다니까요. 로즈메리와 나는 길거리나 미술관에서만 만납니다. 로즈메리는 더러운 여성 호스텔에 살고 있고, 내 하숙집의 못된 여주인은 여자를 못 데려오게 하니까요. 그래서 우리는 끔찍하게 축축한 길거리만 왔다 갔다 하죠. 로즈메리에게 나는 곧 길거리인 겁니다. 이래서야 무슨 흥이 나겠습니까?"

래블스턴은 답이 궁해졌다. 애인을 데려 나가 대접할 돈도 없다는 건 분명 잔인한 일이었다. 그는 용기를 내어 무슨 말이라도 해보려 했지만 실패했다. 죄책감과 욕망을 동시에 느끼며 그는 농익은 따스한 열매 같은 허마이어니의 나체를 떠올렸다. 운이 좋으면 그녀가 오늘 저녁 아파트에 들렀을지도 몰랐다. 아마도 지금 그를 기다리고 있으리라. 래블스턴은 미들즈브러의 실업자들을 생각했다. 실직자들의 성적 굶주림은 심각하다. 그의 아파트가 점점 가까워지고 있었다. 그는 창을 힐끔 올려다보았다. 역시 불이 켜져 있었다. 허마이어니가 온 것이다. 그녀에게도 현관 열쇠가 있었다.

아파트로 다가가면서 고든은 조금씩 조금씩 래블스턴에게 다가들었다. 이제 저녁이 끝나가고 있으니, 좋아하는 래블스턴과 헤어져 지저분하고 쓸쓸한 방으로 돌아가야 한다. 모든 저녁은 이런 식으로 끝났다. 어둑한 거리를 지나 쓸쓸한 방, 여자 없는 침대로의 귀환. 래블스턴은 으레 "잠깐 들어갔다 갈래요?"라고 청하곤 했고, 그러면 고든은 의무처럼 "아니요"라고 답했다. 좋아하는 사람과 너무 오랜 시간을 보내지 말 것. 빈털터리의 또 다른 계명이다.

그들은 계단 밑에 멈춰 섰다. 래블스턴은 장갑 낀 손을 철제 난간의 뾰족한 끝에 올려놓았다.

"잠깐 들어갔다 갈래요?" 그는 어정쩡하게 물었다.

"아니요, 괜찮습니다. 이만 가봐야죠."

래블스턴은 난간을 꼭 감싸 쥐었다. 그러고는 올라가려는 듯 몸을 앞으로 움직였지만 올라가지 않았다. 불편한 기색으로 고든의 머리 너머 먼 곳을 바라보며 그가 말했다.

"이봐요, 고든. 내가 한마디 해도 괜찮겠습니까?"

"뭔데요?"

"그러니까, 당신과 애인의 일은 유감입니다. 애인과 데이트를 못 한다거나 하는 것 말입니다. 정말 지독한 일이죠."

"아, 별거 아닙니다."

래블스턴의 입에서 '지독하다'라는 말이 나오는 순간 고든은 자신이 지나쳤다는 걸 깨달았다. 그렇게 한심한 자기 연민에 빠져 말하지 말았어야 했다. 도저히 참을 수 없을 것 같아서 그런 말을 뱉고 나면 꼭 후회하게 된다.

"내가 좀 과장한 것 같군요." 고든이 말했다.

"이봐요, 고든. 내가 10파운드 빌려줄게요. 애인을 식당에 데려가서 저녁 식사를 함께하든가 아니면 주말여행이라도 해요. 그럼 완전히 달라질 겁니다. 이런 생각 하기는 싫지만……."

고든은 씁쓸하게, 거의 사나워 보일 정도로 얼굴을 찌푸렸다. 마치 위협이나 모욕을 당하기라도 한 것처럼 한 발짝 물러났다. 끔찍하게도, "좋아요"라고 답하고픈 유혹에 넘어갈 뻔했다. 10파운드로 할 수 있는 일이 얼마나 많은가! 로즈메리와 함께 식당 테이블에 앉아 있는 모습이 얼핏 머리를 스치고 지나갔다. 그릇에 담긴 포도와 복숭아, 고개를 숙인 채 주변을 맴도는 웨이터, 고리버들 바구니에 담긴 시커멓고 먼지 낀 와인 병.

"됐습니다!" 고든이 말했다.

"받아줬으면 좋겠어요. 정말 빌려주고 **싶어서** 그럽니다."

"고마워요. 하지만 우리 우정에 금이 가는 건 싫습니다."

"그건 좀, 어, 부르주아적인 말 아닙니까?"

"내가 당신한테 10파운드를 받는다면, 그건 **빌리는** 게 아닙니다! 10년 안에 갚지도 못할 테니까요."

"그야! 문제 될 거 없습니다." 래블스턴은 고개를 돌렸다. 결국엔 또 그 말을 입 밖에 낼 수밖에 없었다. 이상하리만치 너무도 자주 억지로 인정하게 되는 수치스럽고 혐오스러운 사실. "당신도 알다시피 난 돈이 꽤 많으니까요."

"나도 알아요. 바로 그래서 당신한테 돈을 빌릴 수 없다는 겁니다."

"고든, 가끔 보면 당신은 좀, 뭐랄까, 고집이 세요."

"그럴지도 모르죠. 그건 나도 어쩔 수 없어요."

"좋습니다! 그럼 잘 가요."

"잘 자요."

10분 후 래블스턴은 허마이어니와 함께 택시를 타고 남쪽으로 달려가고 있었다. 허마이어니는 거실 난로 앞에서 거대한 안락의자에 앉아 반쯤 잠든 채 그를 기다리고 있었다. 딱히 할 일이 없으면 그녀는 짐승처럼 곧장 잠들었다. 잠을 많이 잘수록 더 건강해졌다. 그가 다가가자 허마이어니가 깨어나더니 반쯤은 미소 짓고 반쯤은 하품을 하며 나른하고 관능적으로 몸을 비틀어 기지개를 켰다. 그녀의 노출된 팔과 한쪽 뺨이 난로 불빛에 불그레하게 물들어 있었다. 이내 허마이어니는 하품을 참으며 래블스턴에게 인사를 건넸다.

"안녕, 필립! 어디 갔다 온 거야? 한참 기다렸잖아."

"아, 친구를 좀 만나느라. 고든 콤스톡이라고. 아마 당신은 모를 거야. 시인이거든."

"시인? 얼마나 빌려줬어?"

"한 푼도 안 빌려줬어. 그런 친구가 아니야. 돈에 대해서는 바보 같달까. 그래도 나름대로 재능은 있지."

"당신이랑 그 시인들은 하여간! 피곤해 보여, 필립. 저녁은 몇 시에 먹었어?"

"음, 사실은 안 먹었어."

"저녁을 안 먹다니! 왜?"

"오, 당신이 이해할지 모르겠군. 일종의 사고였어. 어떻게 된 거냐 하면……."

그의 설명에 허마이어니는 웃음을 터뜨리며 몸을 일으켜 좀 더 꼿꼿한 자세로 앉았다.

"필립! 이 한심한 양반! 변변찮은 인간의 비위나 맞춰주겠다고 저녁까지 굶다니! 당장 뭐라도 좀 먹어야지. 그런데 가정부는 집에 가고 없잖아. 왜 제대로 된 하인을 두지 않는 거야, 필립? 이렇게 구질구질하게 살 거 없잖아. 모딜리아니에 가서 저녁을 먹어야겠어."

"10시가 넘었잖아. 문 닫았을걸."

"무슨 소리야! 거긴 2시까지 열어. 내가 택시를 부를게. 당신이 굶는 꼴은 못 봐."

택시 안에서 허마이어니는 래블스턴에게 몸을 기댄 채

그의 가슴을 베개 삼아 또다시 반쯤 잠들었다. 래블스턴은 일주일에 25실링으로 한 방에 일곱 명이 사는 미들즈브러의 실업자들을 생각했다. 하지만 여자의 몸이 그를 묵직하게 짓눌렀고, 미들즈브러는 저 멀리 있었다. 또 지독하게 배가 고프기도 했다. 모딜리아니에서 그가 애용하는 구석 테이블과, 그 역겨운 퍼브의 딱딱한 벤치, 퀴퀴한 맥주 냄새, 놋쇠 타구가 떠올랐다. 허마이어니는 잠결에 그에게 잔소리를 하고 있었다.

"필립, 꼭 그 고생을 해야겠어?"

"난 고생하고 있지 않은데."

"아니, 고생 맞아. 가난하지도 않은 사람이 가난한 척하면서, 하인도 없이 그 좁아빠진 아파트에 살고, 기분 나쁜 인간들이랑 어울려 다니잖아."

"기분 나쁜 인간들이라니?"

"시인이라는 당신 친구 같은 인간들 말이야. 당신 잡지에 글을 쓰는 인간들. 그 인간들은 당신한테 빌어먹으려는 생각뿐이라고. 물론 당신은 사회주의자지. 나도 그렇고. 요즘 세상에 누가 사회주의자가 아니겠어. 그래도 왜 당신이 돈을 뿌려가면서 하층계급과 어울리는지 이해가 안 돼. 사회주의자라고 즐기지 말란 법은 없잖아."

"허마이어니, 제발 그 친구들을 하층계급이라고 부르지 마!"

"왜 안 돼? 하층계급 맞지 않아?"

"그건 혐오스러운 표현이야. 노동계급이라고 부를 수 없어?"

"그럼 노동계급이라고 치지 뭐. 하지만 악취 풍기는 건 똑같은걸."

"그런 말은 하면 안 돼." 그는 약하게 항변했다.

"필립, 가끔은 당신이 하층계급을 **좋아하는** 게 아닌가 하는 생각까지 들어."

"물론 좋아해."

"구역질 나. 구역질 나 미치겠어."

그녀는 잠든 세이렌처럼 입을 다문 채 두 팔로 그를 껴안고 가만히 기대었다. 허마이어니에게서 뿜어져 나오는 여인의 향기는 모든 이타주의와 모든 정의에 반대하는 강력한 무언의 선전이었다. 그들이 모딜리아니 앞에서 택시비를 내고 식당 문 쪽으로 다가가고 있을 때, 큰 키에 비쩍 마른 비렁뱅이가 인도의 포석에서 솟아난 듯 불쑥 나타났다. 남자는 꼬리를 흔들며 아양을 떠는 짐승처럼 두 사람 앞을 가로막고 섰다. 그악스러우면서도, 래블스턴에게 맞을까 두려운 듯 소심해 보였다. 남자의 얼굴이 래블스턴의 얼굴로 바짝 다가왔다. 생선 살처럼 허연 데다 텁수룩한 수염이 눈까지 이어진 끔찍한 얼굴이었다. "차 한잔만 사주십쇼, 나으리!"라는 말이 썩은 치아 사이로 새어 나왔다. 래블스턴은 진저리를 치며 몸을 움츠렸다. 반사적인 반응이었다. 래블스턴의 손이 무심코 주머니로 향했다. 바로 그때 허마이어니가 그의 팔을 붙잡아 식당 안으로 끌어당겼다.

"당신은 내가 가만히 내버려 두면 지갑을 탈탈 털어줄 사람이야."

두 사람은 단골 자리인 구석 테이블로 갔다. 허마이어니는 포도 몇 알을 깨지락댔지만, 래블스턴은 정말 배가 고팠다. 그는 아까부터 계속 생각났던 우둔살 스테이크, 그리고 보졸레 반병을 주문했다. 래블스턴의 오랜 친구인 백발의 뚱뚱한 이탈리아인 웨이터가 김 나는 스테이크를 가져왔다. 래블스턴은 스테이크를 잘랐다. 붉으면서도 푸른 속살이 참 아름답기도 하지! 미들즈브러의 실업자들은 곰팡내 나는 침대에 우글우글 모여 앉아 빵과 마가린, 우유를 타지 않은 차로 배를 채우고 있겠지. 래블스턴은 훔친 양다리 고기를 물어뜯는 개처럼 수치스러운 환희를 느끼며 스테이크를 맛보기 시작했다.

고든은 집으로 걸음을 재촉했다. 공기가 차가웠다. 12월 5일, 이젠 진짜 겨울이었다. 너희는 포경을 베어 할례를 베풀어라, 주께서 말씀하셨다. 눅눅한 바람이 헐벗은 나무들 사이로 독살스럽게 불어댔다. **위협적인 바람이 날카롭게 휘몰아쳐.** 수요일에 시작하여 이제 6연이 완성된 시가 다시 떠올랐다. 지금은 그 시가 싫지 않았다. 신기하게도 래블스턴과 얘기를 나누고 나면 항상 기운이 솟았다. 래블스턴과의 만남만으로도 자신감이 생기는 것 같았다.

대화가 만족스럽지 않을 때조차 어쨌든 그가 완전한 실패자는 아니라는 느낌을 갖게 되는 것이다. 고든은 완성된 여섯 연을 낮은 소리로 읊조려 보았다. 나쁘지 않았다. 전혀 나쁘지 않았다.

하지만 고든은 자신이 래블스턴에게 했던 말을 간간이 곱씹고 있었다. 그가 했던 모든 말을 되돌리고 싶은 생각은 없었다. 가난의 굴욕! 그들은 이해할 수도 없고 이해하려 들지도 않으리라. 고생의 문제가 아니었다. 일주일에 2파운드를 벌면서 몸이 고생할 일은 별로 없다. 설사 고생스럽더라도 문제가 되지 않는다. 그저 굴욕, 그 끔찍하고 지독한 굴욕이 문제였다. 사람들은 가난뱅이를 짓밟는 것을 당연한 권리로 여긴다. 모두가 가난뱅이를 짓밟고 **싶어 한다**. 래블스턴은 그 말을 믿지 않으려 했다. 지나치게 고상한 사람이라 그렇다. 래블스턴은 가난뱅이도 인간다운 대우를 받을 수 있다고 생각했다. 하지만 고든은 세상 물정을 잘 알았다. '난 세상을 잘 알아'라고 속으로 되뇌며 그는 하숙집으로 들어갔다.

현관 탁자에 놓인 쟁반에서 편지 한 통이 고든을 기다리고 있었다. 고든은 가슴이 마구 벌렁거렸다. 요즘은 편지만 봐도 감정이 북받쳤다. 그는 한 번에 세 계단씩 올라가 방문을 닫고는 가스등을 켰다. 도링이 보낸 편지였다.

콤스톡에게. 토요일에 오지 않아서 아쉽소. 소개해주

고 싶은 사람들이 있었는데 말이오. 이번엔 목요일이
아니라 토요일이라고 우리가 알려주지 않았던가? 아내
말로는 분명히 알렸다고 하던데. 어쨌든 23일 거의 같
은 시각에 크리스마스 맞이 파티를 열 계획이라오. 그
때 오지 않겠소? 이번엔 날짜를 잊지 마시오.

폴 도링

고든의 갈비뼈 아래로 고통스러운 경련이 일었다. 도
링은 이 모든 게 실수였던 척, 그를 모욕하지 않았던 척
하고 있었다! 토요일이었다면 어차피 그는 가지 못했을
것이다. 토요일은 서점에서 일하는 날이니까. 하지만 중
요한 건 의도였다.

"소개해주고 싶은 사람들이 있었는데"라는 부분을 다
시 읽자 속이 쓰렸다. 운도 참 지지리도 없지! 고든은 파
티에서 만났을지도 모를 사람들, 이를테면 고급 잡지의
편집자들을 떠올렸다. 누가 또 아는가, 그들이 고든에게
서평을 부탁하거나 그의 시를 보여달라고 했을지. 순간
고든은 도링의 말이 진실이라고 믿고 싶은 지독한 유혹
에 **빠졌다**. 아마도 도링 부부는 목요일이 아니라 토요일
이라고 그에게 **말했으리라**. 기억을 더듬어보면 떠오르지
않을까. 어쩌면 뒤죽박죽 어질러진 종이들 사이에 편지
가 숨어 있을지도. 아니, 그럴 리가 없다! 고든은 그 생각
을 지워버렸다. 유혹을 물리쳤다. 도링 부부는 고의로 고

든을 모욕했다. 그는 가난했고, 그래서 그들은 그를 모욕한 것이다. 가난하면 사람들에게 모욕당한다. 이것이 그의 신조였다. 흔들리지 말자!

고든은 도링의 편지를 쫙쫙 찢으며 테이블로 다가갔다. 칙칙한 녹색 엽란이 병약하고 추한 모습으로 화분에서 있었다. 그는 앉으면서 화분을 끌어당겨, 생각에 잠긴 채 엽란을 바라보았다. 엽란과 그 사이에는 은밀한 증오가 흘렀다. "나한테 혼날 줄 알아, 나쁜 새끼." 고든은 먼지 낀 이파리에 대고 속삭였다.

그런 다음 종이를 뒤적여 깨끗한 장을 하나 찾고는 펜을 집어 한복판에 작고 깔끔한 글씨로 썼다.

도링 씨에게, 귀하의 편지와 관련하여. 나가 뒈져버려.

고든 콤스톡 드림

그는 종이를 편지봉투에 찔러 넣고 주소를 쓰자마자 나가서 자동판매기로 우표를 샀다. 이 편지는 오늘 밤 부쳐야 했다. 내일이 되면 또 생각이 달라질 테니까. 그는 편지를 우체통 속으로 떨어뜨렸다. 이렇게 또 한 명의 친구가 사라졌다.

6

여자 문제란! 얼마나 성가신가! 가차 없이 끊어내 버릴 수 있으면 좋으련만. 아니면 적어도 짐승처럼 되거나. 고작 몇 분 맹렬한 욕정에 휩싸였다가 몇 달 동안 차갑게 정숙을 지키는 짐승 말이다. 수꿩을 예로 들어보자. 수꿩은 허락을 받거나 허락을 구하지도 않고 뒤에서 암꿩을 덮친다. 그리고 교미가 끝나는 순간 그 일을 완전히 잊어버린다. 더 이상은 암컷들에게 눈길조차 주지 않는다. 암컷을 무시하고, 먹이에 너무 가까이 다가오는 암컷은 쪼아버린다. 새끼를 부양해야 할 의무도 없다. 운 좋은 수꿩! 항상 기억과 양심 사이를 바쁘게 오가는 만물의 영장과 얼마나 다른가!

오늘 밤 고든은 일하는 시늉도 하고 싶지 않았다. 그래서 저녁을 먹자마자 다시 밖으로 나갔다. 남쪽으로 천천히 걸으며 여자에 대해 생각했다. 겨울이라기보다는 가을처럼 느껴지는 따뜻하고 부연 밤이었다. 오늘은 화요일이었고 그에게 남은 돈은 4실링 4펜스였다. 원한다면 크라이턴에 갈 수도 있었다. 아마도 플랙스먼과 그의 친구들이 이미 크라이턴에서 술을 마시고 있을 터였다. 하지만 돈이 없을 때 천국처럼 보였던 크라이턴은 하나의 선택지가 되자 따분하고 역겨운 곳으로 전락해버렸다. 고든은 그 퀴퀴한 맥줏집이 싫었다. 꼬락서니며 소리며 냄새며, 모두 불쾌하리만치 노골적으로 남성적이었다. 그곳에 여자라곤 한 명도 없었다. 모든 것을 약속하는 듯 보이지만 아무것도 약속하지 않는 음란한 미소를 띤 여자 바텐더뿐이었다.

여자, 여자! 공기 중에 미동 없이 걸려 있는 엷은 안개 때문에, 20미터도 채 떨어져 있지 않은 사람들이 마치 유령처럼 보였다. 하지만 가로등 주변으로 작게 괴어 있는 불빛에 여자들의 얼굴이 얼핏 보였다. 고든의 생각은 로즈메리에서 일반적인 여자들로 넘어갔다가 다시 로즈메리로 돌아갔다. 오후 내내 그는 로즈메리를 생각했다. 아직 벗은 모습을 보지 못한 그녀의 작고 탄탄한 몸을 생각했다. 이 고통스러운 욕망이 흘러넘칠 듯 가득 차 있건만 해소할 길이 없다니, 얼마나 분한 일인가! 왜 그저 돈이 없다는 이유로 **욕정**을 억눌러야 하는가. 너무도 자연스럽고 당연하며, 인간으로서 양도할 수 없는 권리인 것 같은데 말이다. 차가우면서도 나른한 밤공기를 마시며 어두운 거리를 걷다 보니 고든의 가슴에 기묘하게도 희망이 싹트기 시작했다. 저 앞의 어딘가 어둠 속에서 한 여자의 몸이 그를 기다리고 있을 것만 같은 예감이 들었다. 하지만 그를 기다리고 있는 여자는 없다는 걸, 로즈메리조차 없다는 걸 고든은 알고 있었다. 로즈메리가 그에게 편지를 쓴 지 이제 아흐레가 지났다. 잔인한 여자 같으니! 무려 아흐레나 편지를 쓰지 않다니! 자기 편지가 얼마나 큰 의미인지 잘 알면서! 그녀가 더 이상 고든을 신경 쓰지 않는다는 건 자명한 사실이었다. 로즈메리에게 고든은 가난하고 초라한 인간, 사랑한다 말해달라고 끊임없이 졸라대는 성가신 존재에 불과했다. 아마도 그녀는 두 번 다시 편지를 쓰지 않으리라. 그에게 질렸으니까. 돈이 없는 그에게. 달리 무엇을 기대할 수 있겠는가? 고든은 로즈메리에게 아무런 영향력도 없었다. 돈이 없으니 그럴 수밖에. 여자가 남자를 떠나지 못하게 할 수 있는 게 돈 말고 무엇이 있을까?

한 여자가 인도를 혼자 걸어왔다. 고든은 가로등 불빛속에서 여자를 지나쳐 갔다. 열여덟 살 정도 된 노동계급 여자로, 들장미 같은 얼굴에 모자는 쓰지 않았다. 고든의 시선을 느낀 여자는 고개를 획 돌렸다. 그와 눈이 마주칠까 봐 두려워하고 있었다. 허리띠가 달린 얇고 매끄러운

174

레인코트 속으로 여자의 나긋나긋하고 날씬하며 젊은 옆구리가 보였다. 몸을 돌려 여자를 따라갈까 하는 생각까지 들었다. 하지만 무슨 소용인가? 여자는 도망가거나 경찰을 부를 텐데. '세월이 내 황금빛 머리칼을 은발로 만들어버렸네'* 하고 그는 생각했다. 고든은 서른 살이었고 좀먹은 듯 노티가 났다. 어떤 여자가 그에게 두 번 눈길을 주겠는가?

골치 아픈 여자 문제! 결혼하면 생각이 달라질까? 하지만 그는 오래전 결혼하지 않기로 맹세했다. 결혼은 돈의 신이 놓은 덫에 불과하다. 미끼를 물면 덫에 걸리고만다. 그런 다음엔 어떤 '좋은' 직업에 내내 발이 묶여 있다가 켄잘 그린 공동묘지로 끌려가는 것이다. 얼마나 대단한 인생인가! 엽란이 드리우는 그늘 속에서 합법적인 성교를 하고, 유모차를 밀고, 은밀하게 불륜을 저지르고. 그리고 그 사실을 아내에게 들켜 위스키 디캔터로 머리를 얻어맞고.

그렇지만 고든은 결혼이 어느 정도 필요하다는 사실을 인식하고 있었다. 결혼이 나쁘다면, 그 대안은 더 나쁘다. 잠깐이지만, 결혼하면 좋겠다는 생각이 들었다. 그 어려움과 현실, 고통을 맛보고 싶었다. 그리고 죽음이 갈라놓을 때까지, 좋을 때나 나쁠 때나, 부유할 때나 가난

---

* 영국의 극작가 조지 필(1556-1596?)이 썼다고 알려진 시의 첫 구절.

할 때나 결혼은 깨어져서는 안 된다. 오래된 기독교적 이상―간통으로 더욱 단단해지는 결혼. 꼭 그래야 한다면 간통을 저질러라, 하지만 적어도 그것을 간통이라 **부를** 만한 품위는 갖추어라. 영혼의 벗이니 뭐니 하는 미국식 헛소리는 집어치워라. 실컷 즐긴 다음 구레나룻으로 금단의 열매 즙을 뚝뚝 흘리며 몰래 집에 들어가, 그 결과를 받아들여라. 머리를 강타하는 위스키 디캔터, 잔소리, 탄 음식, 울어대는 아이들, 소란스럽게 싸워대는 시어머니와 장모. 끔찍한 자유보다는 나으려나? 적어도 진짜 인생을 살고 있다는 건 알 수 있으리라. 하지만 일주일에 2파운드를 벌면서 무슨 수로 결혼을 한단 말인가? 돈, 돈, 항상 돈이 문제다! 가장 잔인한 점은, 결혼은커녕 제대로 된 연애조차 불가능하다는 것이다. 고든은 성인이 된 후의 10년을 되돌아보았다. 기억 속에서 여자들의 얼굴이 흘러갔다. 10여 명의 얼굴이 있었다. 그중에는 매춘부도 있었다. Comme au long d'un caavre un cadavre étendu(두 송장처럼 나란히 누워 있었지).* 매춘부 아니면 상스러운 여자였다. 늘 그랬다. 항상 냉혹하게 밀어붙여 제멋대로 연애를 시작했다가, 비열하고 무정하게 여자를 버렸다. 이 또한 돈 때문이었다. 돈이 없으면 솔직하게 여자를 상대할 수 없다. 돈이 없으면 여자를 고르지 못하

---

* 샤를 보들레르의 시「악의 꽃」중에서.

고, 형편에 맞는 여자를 만나야 한다. 그다음엔 어쩔 수 없이 그 여자로부터 벗어나야 하는 것이다. 다른 모든 미덕과 마찬가지로 지조를 지키는 데에도 돈이 든다. 그는 배금주의에 반항하고 '좋은' 직업이라는 감옥에 갇히지 않으려 했다. 여자들은 절대 이해하지 못할 이 사실 하나만으로도 고든의 연애는 덧없이 끝나버리고 기만이 난무했다. 돈을 포기하면 여자도 포기해야 하는 법. 돈의 신을 섬기거나 여자 없이 살거나, 둘 중 하나를 택해야 한다. 하지만 둘 모두 똑같이 불가능한 일이었다.

바로 앞의 골목길에서 새어 나온 한 줄기 흰빛이 안개 사이로 빛나고, 길거리 행상인들의 고함 소리가 들려왔다. 일주일에 이틀 밤마다 노천 시장이 열리는 루턴로였다. 고든은 왼쪽으로 방향을 꺾어 시장으로 들어갔다. 그는 이쪽 길로 자주 다녔다. 이 거리는 너무 혼잡해서, 가판대들 사이로 양배추가 어질러진 좁은 길을 지나가기가 여간 힘들지 않았다. 머리 위에 걸린 전구들의 눈부신 빛 속에서 가판대의 물건들이 화려한 색으로 반짝였다. 잘게 썰린 진홍색 고깃덩어리, 무더기로 쌓여 있는 오렌지와 푸르고 흰 브로콜리, 흐리멍덩한 눈으로 뻣뻣하게 굳어 있는 토끼들, 법랑 통 안에서 원을 그리며 움직이는 살아 있는 장어들, 알몸으로 열병식을 하는 근위병처럼 발가벗은 가슴을 쭉 내민 채 줄줄이 걸려 있는 털 뽑힌 가금들. 고든은 기운을 조금 차렸다. 시장의 소음과 북적거림, 활력이 좋았다. 길거리 시장을 볼 때마다 그래도 아직은 영국에 희망이 있다는 걸 알게 된다. 하지만 이곳에서조차 고든은 외로움을 느꼈다. 여기저기서 여자들이 너덧 명씩 무리 지어 다니며, 싸구려 속옷 노점 주위를 탐욕스레 서성거리고, 그들을 따라오는 청년들과 잡담을 나누면서 앙칼진 소리로 웃어댔다. 고든을 쳐다보는 여자는 한 명도 없었다. 그는 투명인간처럼 그들 사이를 걸어 다녔다. 그래도 그들의 몸은 그를 잘 피해 다녔다. 아, 저것 좀 보라지! 고든은 자기도 모르게 걸음을 멈추었다. 세 여자가 얼굴을 서로 바짝 붙인 채 가판대에 무더기로 쌓인 인조견 속옷을 유심히 내려다보고 있었다. 눈을 찌르듯 강렬한 빛 속에서 수염패랭이꽃이나 협죽도의 꽃송이들처럼 따닥따닥 붙어 있는 젊은 얼굴들. 물론 고든을 쳐다보는 여자는 한 명도 없었다! 한 여자가 고개를 들었다. 아! 여자는 못마땅한 기색으로 시선을 획 돌렸다. 수채 물감을 엷게 칠한 듯 여자의 얼굴이 은은한 홍조로 물들었다. 욕정 가득한 고든의 강렬한 시선에 질겁을 한 것이다. 때로 날 찾던 그들이 내게서 달아나네! 고든은 다시 걸음을 옮겼다. 로즈메리가 여기 있다면 얼마나 좋을까! 그에게 편지를 쓰지 않은 그녀를 이젠 용서했다. 그녀가 여기에 있기만 하면 모든 것을 용서해줄 수 있을 것 같았다. 그녀가 그에게 얼마나 큰 의미인지 이제 깨달았다. 굴욕적인 외로움으로부터 고든을 구원해줄 여자는 이 세상에 오직 로즈메리뿐이었다.

이때 고개를 들었다가 무언가를 본 고든은 심장이 쿵쾅거렸다. 그는 얼른 눈의 초점을 바꾸었다. 환각을 본 것이리라 생각했다. 하지만 아니었다. **정말** 로즈메리였다!

20-30미터 앞에서 그녀가 가판대들 사이의 통로로 걸어오고 있었다. 마치 그의 욕망이 그녀를 불러낸 것 같았다. 그녀는 아직 고든을 보지 못했다. 작지만 당당한 체구로 사람들과 발밑의 진창을 요리조리 날렵하게 피하며 고든 쪽으로 오고 있었다. 밀짚모자를 쓴 해로 스쿨의 남학생처럼, 납작한 검은 모자를 비스듬히 눈 위까지 눌러 써서 얼굴은 거의 보이지 않았다. 고든은 로즈메리 쪽으로 걷기 시작하며 그녀의 이름을 불렀다.

"로즈메리! 어이, 로즈메리!"

파란 앞치마를 두르고 엄지손가락으로 가판대의 대구들을 만지며 살피고 있던 남자가 고개를 돌려 그를 빤히 쳐다보았다. 고든은 다시 소리쳤다.

"로즈메리! 여기야, 로즈메리!"

이제 그들은 겨우 몇 미터 떨어져 있었다. 그녀는 움찔하더니 고개를 들었다.

"고든! 여기서 뭐 하는 거야?"

"당신이야말로 여기서 뭐 하고 있어?"

"당신을 보러 가는 중이었어."

"내가 여기 있는 건 어떻게 알고?"

"몰랐어. 난 항상 이 길로 다녀. 캠던 타운 역에서 내리니까."

로즈메리는 가끔 윌로베드로에 고든을 보러 왔다. 위스비치 부인은 "어떤 젊은 여자가 댁을 찾아왔어요"라고 퉁명스레 알리곤 했고, 그러면 그는 내려가서 로즈메리와 함께 거리로 나가 걸어 다녔다. 로즈메리는 집 안으로, 하다못해 현관 안으로도 들어오지 못했다. 그것이 이 하숙집의 규칙이었다. 위스비치 부인은 '젊은 여자들'을 역병에 걸린 쥐들처럼 이야기했다. 고든은 팔뚝을 잡아 로즈메리를 자기 쪽으로 끌어당겼다.

"로즈메리! 오, 이렇게 또 만나니 얼마나 기쁜지! 정말 미치도록 외로웠는데. 왜 이제야 왔어?"

그녀는 고든의 손을 떨쳐버리고 멀찍이 물러났다. 그러고는 비스듬히 기울어진 모자챙 밑으로 눈을 흘겼다.

"난 이제 갈래! 당신한테 화가 단단히 났거든. 당신이 보낸 그 잔인한 편지를 보고 안 오려고 했어."

"잔인한 편지라니?"

"당신이 잘 알 거 아니야."

"아니, 모르겠는데. 일단 여기서 나가지. 얘기를 나눌 수 있는 곳으로 가야겠어. 이쪽으로."

고든은 로즈메리의 팔을 잡았다. 그녀는 이번에도 고든의 손을 뿌리쳤지만, 그의 옆에서 계속 걸었다. 로즈메리는 고든보다 더 빠르게, 더 짧은 보폭으로 걸었다. 고든의 옆에서 걷는 로즈메리는 굉장히 작고 날렵하며 젊어 보였다. 마치 그의 옆에서 다람쥐처럼 활기 넘치는 작은 짐승이 깡충깡충 뛰는 것 같았다. 사실 그녀는 고든보다 많이 작지 않았고, 겨우 몇 달 어렸다. 하지만 로즈메리를 서른이 다 된 노처녀로 보는 사람은 아무도 없었다. 뻣뻣한 검은 머리에 작은 삼각형 얼굴, 그리고 눈썹이 아주 또렷한 그녀는 강인하고 활동적인 여자였다. 개성 넘치는 그 작고 뾰족한 얼굴은 16세기 초상화에서나 볼 법한 얼굴이었다. 로즈메리를 처음 만나는 사람들은 그녀가 모자를 벗으면 정수리의 검은 머리칼 사이에서 은 철사처럼 반짝이는 흰머리 세 올을 보고 깜짝 놀랐다. 로즈메리는 그녀답게 굳이 흰머리를 뽑지 않았다. 그녀는 여전히 자신을 아주 젊은 여자로 생각하고 있었고, 다른 사람들도 마찬가지였다. 하지만 자세히 들여다보면 로즈메리의 얼굴에도 세월이 흔적이 고스란히 묻어 있었다.

로즈메리를 옆에 둔 고든은 더 대담하게 걸었다. 그녀가 자랑스러웠다. 사람들은 그녀를 쳐다봤고, 그러면서 덩달아 그에게도 눈길을 주었다. 이제는 고든도 여자들에게 투명인간이 아니었다. 늘 그러듯 로즈메리는 잘 차려입었다. 일주일에 4파운드를 벌면서 무슨 수로 그럴 수 있는지 불가사의했다. 고든은 지금 그녀가 쓰고 있는 납작한 펠트 모자가 특히 마음에 들었다. 성직자의 셔블 모자를 풍자하여 만든 모자로, 이제 막 유행하기 시작했다. 그

모자에는 뭔가 본질적으로 천박한 구석이 있었다. 말로 설명하기는 어렵지만, 앞으로 기울어진 모자의 각도가 로즈메리의 엉덩이 곡선과 매력적인 조화를 이루었다.

"모자가 멋지군."

고든의 말에 로즈메리는 자기도 모르게 입가를 씰룩이며 작게 미소 지었다.

"좀 그렇긴 하지." 그녀는 모자를 톡톡 치며 말했다.

하지만 그녀는 여전히 화난 척하며, 둘의 몸이 닿지 않도록 조심했다. 가판대들을 지나 대로로 들어서자마자 로즈메리는 걸음을 멈추고 어두운 얼굴로 고든을 마주 보았다.

"왜 그런 편지를 썼어?" 로즈메리가 물었다.

"그런 편지라니?"

"내가 당신 심장을 찢어놨다고 썼잖아."

"당신이 그랬으니까."

"당신 심장은 잘만 붙어 있는 것 같은데!"

"그런가. 확실히 찢어진 것 같은데."

고든이 반쯤은 농담으로 던진 이 말에 로즈메리는 그를 더 유심히 들여다보았다. 창백하고 비쩍 마른 얼굴, 다듬지 않은 머리, 전반적으로 초라한 행색, 방치하여 엉망이 되어버린 외모. 순간 로즈메리는 마음이 약해졌지만, 얼굴을 찌푸리며 생각했다. 왜 그는 자신에게 신경을 쓰지 않는 걸까? 두 사람은 서로에게 좀 더 가까이 다가갔다. 고든이 로즈메리의 어깨를 붙잡았다. 그녀는 어깨를 붙잡힌 채 작은 두 팔로 그를 꼭 껴안았다. 애정과 분노가 뒤섞인 심정으로.

"고든, 이 한심한 인간!" 로즈메리가 말했다.

"왜 내가 한심한 인간이라는 거지?"

"왜 자기 몸 하나 제대로 못 챙겨? 당신 꼴을 좀 봐. 이 낡아빠진 옷을 좀 보라고!"

"내 처지에 딱 맞는 옷이지. 일주일에 2파운드 벌면서 무슨 수로 잘 입고 다니겠어?"

"그렇다고 꼭 누더기를 걸치고 다녀야겠어? 이 코트 단추를 봐, 반 토막으로 깨졌잖아!"

로즈메리는 깨진 단추를 만지작거리다가, 색이 바랜 울워스 넥타이를 갑자기 옆으로 들어 올렸다. 셔츠 단추가 다 떨어져 있으리라는 걸 여자의 직감으로 알아차린 것이다.

"그럼 그렇지! 단추가 다 떨어졌잖아. 징글징글해!"

"그런 것까지 신경 쓸 여유가 없다니까. 단추 따위에 내 영혼을 낭비할 순 없지."

"그럼 나한테 꿰매달라고 하면 되잖아? 그리고, 오, 고든! 오늘 면도도 안 했구나. 너무하잖아. 적어도 매일 아침 면도는 해야지."

"매일 아침 면도할 형편이 못 돼서 그래." 고든은 삐딱하게 말했다.

"그게 무슨 소리야, 고든? 면도하는 데 돈이 드는 것도 아니잖아."

"돈이 안 들긴. 이 세상에 돈이 안 드는 건 없어. 청결, 품위, 힘, 자존심, 전부 다. 무조건 돈이야. 내가 몇 번이나 더 말해야 알아듣겠어?"

그녀는 또 한 번 그의 옆구리를 꼭 껴안더니 ─ 로즈메리는 놀라울 정도로 힘이 셌다 ─ 눈살을 찌푸리며 고든을 올려다보았다. 그러고는 까탈스러운 아이를 맹목적으로 사랑하는 엄마의 눈빛으로 그의 얼굴을 살폈다.

"나도 참 바보야!" 로즈메리가 말했다.

"왜?"

"당신을 좋아하니까."

"날 좋아해?"

"물론 좋아하지. 당신도 알잖아. 난 당신을 정말 좋아해. 바보같이."

"그럼 어디 어두운 데로 가지. 키스하고 싶어."

"면도도 안 한 남자한테 키스를 받으라니!"

"뭐, 새로운 경험도 좋잖아."

"새롭긴. 2년 동안 **당신**을 만났는데."

"어쨌든, 이리 와."

그들은 집들 뒤편의 어둑한 골목길을 찾았다. 그들의 사랑 행위는 항상 이런 곳에서 이루어졌다. 둘만의 은밀한 시간을 가질 수 있는 곳은 오로지 길거리뿐이었다. 고

184

든은 로즈메리의 어깨를 거칠고 축축한 벽돌 벽으로 밀어붙였다. 로즈메리는 선뜻 고든의 얼굴로 고개를 들어올리며, 열성적이고 격렬한 애정에 휩싸여 아이처럼 그에게 매달렸다. 하지만 몸이 맞닿아 있는데도 그들 사이에는 방패가 끼어 있는 것 같았다. 고든이 키스를 기대하고 있다는 걸 알기에 로즈메리는 그에게 키스했다. 아이가 할 법한 키스였다. 항상 이런 식이었다. 그녀에게 육체적 욕망을 일깨우기란 여간 어려운 일이 아니었다. 어쩌다 성공한다 해도 나중에는 결국 잊어버리는 듯했고, 그러면 그는 처음부터 다시 시작해야 했다. 그녀의 작고 맵시 있는 몸은 왠지 방어적인 느낌을 풍겼다. 로즈메리는 육체적 사랑의 의미를 알고 싶어 하면서도 두려워했다. 육체적 사랑은 그녀의 젊음을, 그녀가 선택한 젊고 섹스 없는 삶을 무너뜨릴지도 몰랐다.

고든은 로즈메리의 입술에서 입을 떼고는 물었다.

"날 사랑해?"

"사랑하고말고, 이 바보 같은 사람. 왜 자꾸 물어봐?"

"당신 입으로 듣고 싶어서. 당신이 직접 말해주지 않으면 왠지 불안해지거든."

"왜?"

"그야, 당신 마음이 변했을지도 모르니까. 뭐, 내가 그리 매력적인 남자는 아니잖아. 서른 살인데 벌써 이렇게 겉늙고."

"말도 안 되는 소리! 누가 들으면 당신이 백 살은 된 줄 알겠어. 나도 당신이랑 동갑이잖아."

"그래, 하지만 늙어 보이진 않지."

로즈메리는 고든의 뺨에 자기 뺨을 비비며, 하루 동안 자란 까칠한 수염을 느꼈다. 그들의 배가 서로 가까워졌다. 고든은 로즈메리를 원하면서도 갖지 못했던 2년을 떠올렸다. 그가 그녀의 귀에 입술을 바짝 대고 중얼거렸다.

"나랑 같이 자긴 할 거야?"

"그래, 언젠가는. 지금은 안 돼. 나중에."

"항상 '나중'이지. 벌써 2년째야."

"나도 알아. 하지만 어쩔 수 없어."

고든은 로즈메리를 다시 벽에 밀어붙이고는 우스꽝스럽게 생긴 납작한 모자를 벗겨버리고 그녀의 머리칼 속에 얼굴을 묻었다. 그녀를 이렇게 가까이 두고서 아무것도 할 수 없다는 건 고문이었다. 고든은 로즈메리의 턱 밑에 손을 대고 작은 얼굴을 들어 올려, 캄캄한 어둠 속에서 이목구비를 분간해내려 애썼다.

"나랑 잘 거라고 말해, 로즈메리. 부탁이야! 말해!"

"**언젠가는** 그럴 거라니까."

"그래, 하지만 **언젠가**가 아니라 지금 말이야. 지금 당장은 아니라도 괜찮아. 하지만 머지않아, 기회가 생기면. 그러겠다고 말해!"

"아니. 약속은 못 하겠어."

"그러겠다고 말해. 로즈메리. **제발 말하라고!**"

"싫어."

보이지 않는 그녀의 얼굴을 계속 쓰다듬으며 고든은 시를 인용했다.

"Veuillez le dire donc selon

　Que vous estes benigne et doulche,

　Car ce doulx mot n'est pas si long

　Qu'il vous face mal en la bouche."[*]

"무슨 뜻이야?"

고든은 시를 번역해주었다.

"안 돼, 고든. 정말 안 돼."

"그러겠다고 말해, 로즈메리, 부탁이야. 그리 어려운 것도 아니잖아?"

"아니, 어려워. 당신한테야 쉽겠지. 당신은 남자니까. 여자는 달라."

"그러겠다고 말해, 로즈메리! 그러겠다고. 그 한마디가 뭐가 어렵지? 지금 그냥 말해, 말하라고, 그러겠다고!"

"누가 보면 앵무새한테 말 가르치는 줄 알겠어, 고든."

[*] "그렇다면 지금 말해주오/그대는 선량하고 상냥한 사람이니/이 달콤한 말은 당신의 입에 상처를 낼 만큼/그리 오래가지 않을 거라오." 프랑수아 비용이 썼다고 알려진 론델(Rondel, 14행시) 중에서.

"정말 미치겠군! 이 일로 농담하지 마."

부질없는 다툼이었다. 이내 그들은 길거리로 나가 남쪽으로 걸었다. 로즈메리의 재빠르고 깔끔한 몸놀림, 그리고 자기 관리를 잘하면서도 인생을 농담 즈음으로 여기는 듯한 태도를 보면 그녀가 어떤 가정에서 자라 근본적으로 어떤 정신을 갖고 있는지 쉽게 짐작할 수 있었다. 로즈메리는 지금도 중산층에 간간이 존재하는 가난한 대가족의 막내 아이였다. 모두 합해서 열네 명의 아이가 있었고, 아버지는 시골 변호사였다. 로즈메리의 자매 중 몇몇은 결혼했고, 몇몇은 교사로 일하거나 타자 서비스 업체를 운영했다. 남자 형제들은 캐나다에서 농사를 짓거나, 실론섬의 차밭에서 일하거나, 인도군의 무명 부대에 있었다. 파란만장한 어린 시절을 보낸 여자가 모두 그러듯, 로즈메리는 소녀로 남고 싶어 했다. 그래서 성적으로 아주 미숙했다. 그녀는 대가족의 호기롭고 성욕이 결핍된 분위기에서 늦게까지 벗어나지 못했다. 또한, 서로의 방식을 존중하고 정정당당히 살아야 한다는 원칙을 뼛속 깊이 새겨두고 있었다. 그녀는 더할 수 없이 너그러웠고, 남을 정신적으로 괴롭히지 못했다. 그래서 자신이 무척 좋아하는 고든의 거의 모든 것을 참아주었다. 적절한 일자리를 구하려 애쓰지 않는 그를 2년 동안 단 한 번도 나무라지 않은 것은 이 너그러움 때문이었다.

고든은 이 모든 것을 알고 있었다. 하지만 지금은 다른 생각을 하고 있었다. 가로등 주변을 둥글게 감싼 창백한 불빛 속에서, 작고 단정한 로즈메리의 몸 옆에 있는 그는 자신이 상스럽고 비루하고 지저분한 인간처럼 느껴졌다. 아침에 면도를 했으면 좋았을걸 하는 후회가 막심했다. 고든은 괜히 주머니에 손을 집어넣어 돈을 만져보았다. 혹시라도 동전을 떨어뜨렸을까 봐 두려운 마음도 있었다―그에게는 늘 반복되는 두려움이었다. 하지만 이 순간 그에게 가장 중요한 플로린의 깔쭉깔쭉한 테두리가 느껴졌다. 4실링 4펜스가 남았다. 로즈메리를 식당에 데려갈 순 없겠구나, 하고 고든은 생각했다. 평소처럼 처량하게 길거리를 왔다 갔다 하거나, 기껏해야 라이언스 찻집에서 커피를 마셔야겠지. 빌어먹을! 돈 한 푼 없이 어떻게 즐길 수 있단 말인가? 고든이 침울하게 말했다.

"결국엔 돈이지."

난데없이 튀어나온 말이었다. 로즈메리는 깜짝 놀라 그를 올려다보았다.

"결국엔 돈이라니, 무슨 소리야?"

"내 인생에서 뭐 하나 제대로 되는 게 없다는 소리지. 뭐든 결국엔 돈, 돈, 돈이야. 특히 당신과 내 사이가 그렇지. 당신이 진정으로 날 사랑하지 않는 이유. 우리 사이에는 돈이 얇은 막처럼 끼어 있거든. 당신한테 키스할 때마다 그 막이 느껴져."

"돈이라니! 대체 돈이 이 문제랑 무슨 상관이야, 고든?"

"돈은 세상 모든 일과 상관있어. 내게 돈이 더 많다면 당신은 나를 더 사랑하겠지."

"그럴 리가 없잖아! 내가 왜 그러겠어?"

"당신도 어쩔 수 없을 테지. 돈이 많을수록 사랑할 가치도 높아진다는 거 모르겠어? 지금 내 꼴을 봐! 내 얼굴하며, 입고 있는 이 옷들하며, 전부 다. 1년에 2,000파운드를 벌면 이런 꼴을 하고 있을까? 돈이 더 많으면 다른 인간이 되겠지."

"당신이 다른 인간이 된다면 난 당신을 사랑하지 않을 거야."

"헛소리 마. 한번 이렇게 생각해봐. 만약 우리가 결혼하면 나랑 잘 거야?"

"무슨 질문이 그래! 당연히 자겠지. 안 그러면 결혼을 왜 하겠어?"

"자, 그럼, 내가 꽤 잘산다고 가정하면, 당신은 나와 결혼하겠어?"

"왜 이런 부질없는 얘기를 하는 거야, 고든? 우리가 결혼할 형편이 못 된다는 거 당신도 알잖아."

"그래, 하지만 **만약** 할 수 있다면. 하겠어?"

"글쎄. 그래, 아마 하겠지."

"이것 보라니까! 내가 말했잖아. 문제는 돈이라고!"

"아니, 고든, 아니야! 억지 부리지 마! 내 말을 왜곡하고 있잖아."

"아니, 왜곡이 아니야. 당신 마음 깊숙한 곳에는 돈이 있는 거야. 모든 여자가 그렇지. 내가 **좋은** 직장에서 일하기를 바라지 않아?"

"당신이 말하는 그런 의미로는 아니지만, 당신이 더 많이 벌었으면 좋겠어. 맞아."

"그리고 내가 뉴 앨비언을 그만두지 말았어야 한다고 생각하지? 내가 다시 회사로 돌아가서 QT 소스나 트루위트 브렉퍼스트 크리스프스의 광고문을 썼으면 하는 마음도 있을 테고. 그렇지 않아?"

"아니, 그렇지 않아. 난 **단 한 번도** 그렇게 말한 적 없어."

"생각은 했겠지. 여자들은 다 그러니까."

자신이 볼썽사납게 억지를 부리고 있다는 걸 고든도 알고 있었다. 로즈메리가 단 한 번도 말하지 않은, 아니, 아마도 말할 수 없었을 사실은 그가 뉴 앨비언으로 돌아가야 한다는 것이었다. 하지만 지금은 억지라도 부리고 싶었다. 성욕을 채우지 못해 여전히 뿔이 나 있었다. 우울한 승리감에 젖은 고든은 어쨌든 자기가 옳다고 생각했다. 두 사람 사이를 가로막고 있는 것은 돈이었다. 돈, 돈, 모든 것이 돈이다! 그는 농담인 듯 진담인 듯 장황하게 떠들어대기 시작했다.

"여자들이란! 모든 사상을 얼마나 하찮게 만들어버리는지! 남자들은 여자 없이 살 수 없고, 모든 여자는 남자에게 대가를 요구하지. '품위 따윈 던져버리고 돈이나 더

벌어.' 이렇게 말하면서. '품위 따윈 던져버리고, 상사한
테 잘 보여서 옆집 여자보다 더 좋은 모피 코트를 사줘.'
빌어먹을 여자들이 인어처럼 남자들의 목을 감고서 질
질 끌고 내려가지. 드레이지 가구와 휴대용 라디오와 창
가에 엽란이 있는 퍼트니의 2세대 연립주택으로. 여자들
때문에 진보가 불가능해. 내가 진보를 지지하는 건 아니
지만 말이야." 그는 다소 불만스럽게 덧붙였다.

"대체 무슨 헛소리를 하는 거야, 고든! 왜 모든 걸 여자
탓으로 돌려!"

"결국엔 여자들 잘못이니까. 돈을 규범으로 삼고 진심
으로 믿는 건 여자들이거든. 남자들은 어쩔 수 없이 순
종하긴 하지만 진심으로 믿지는 않아. 여자들 때문에 세
상이 이 모양으로 돌아가고 있는 거라고. 여자들, 그들의
퍼트니 연립주택, 그들의 모피 코트, 그들의 아기, 그들
의 엽란."

"여자들 때문이 **아니야**, 고든! 돈을 발명한 게 여자는
아니잖아?"

"누가 발명했느냐는 상관없어. 중요한 건 돈을 숭배하
는 자들이 여자라는 거지. 여자들은 돈에 대해 약간 신비
로운 감정을 갖고 있어. 여자들에게 선과 악이란 그저 돈
이 있고 없고의 문제일 뿐이야. 당신과 나를 봐. 내가 빈
털터리라는 이유만으로 당신은 나와의 동침을 거부하고
있잖아. 그래, 바로 **돈**이 이유야. (고든은 로즈메리가 입을

떼지 못하도록 그녀의 팔을 꽉 잡았다.) 방금 전에 당신도 인정했잖아. 내 수입이 꽤 괜찮다면 내일이라도 당장 당신은 나와 함께 잠자리에 들겠지. 당신이 돈에 미친 여자라서도 아니고, 동침하는 **대가**로 내 돈을 바라서도 아니야. 그렇게 단순한 문제가 아니라고. 하지만 돈 없는 남자는 당신을 가질 자격이 없다는 게 당신의 본심이지. 당신이 보기에 그런 남자는 약골, 얼치기니까. 헤라클레스가 힘이 센 것도 돈이 많아서야. 렘프리에어*도 그렇게 말했다고. 신화가 계속 이어지는 건 여자들 때문이야. 여자들!"

"여자들!" 로즈메리는 다른 어조로 고든의 말을 그대로 되풀이했다. "나는 남자들이 여자에 대해 그런 식으로 말하는 게 너무 싫어. '**여자들은 이래**', '**여자들은 저래**.' 모든 여자가 다 똑같은 것처럼!"

"똑같고말고! 안정된 수입, 아기 둘, 창가에 엽란이 있는 퍼트니의 연립주택 말고 여자들이 원하는 게 뭐지?"

"오, 또 그놈의 엽란!"

"아니, **당신들의** 엽란이지. 엽란을 키우는 건 여자들이니까."

로즈메리는 고든의 팔을 꽉 잡고서 웃음을 터뜨렸다.

※ 영국의 고전학자 존 렘프리에어(1765-1824). 헤라클레스의 힘이 돈에서 비롯된다는 생각은 물론 고든의 창작이다.

그녀는 기이할 정도로 성격이 좋았다. 고든의 노골적인 헛소리에도 화를 내지 않았다. 여자들에 대한 그의 신랄한 비난은 삐딱한 농담 같은 것이었다. 성의 대결은 사실상 농담에 불과하다. 어떤 까닭인지 알 수 없지만, 자신의 성에 따라 페미니스트 혹은 반(反)페미니스트의 입장을 취하는 건 대단히 재미있다. 고든과 로즈메리는 계속 걸으며, 남성 대 여성이라는 영원불멸의 어리석은 문제에 관해 격렬한 논쟁을 벌이기 시작했다. 그들이 만날 때마다 벌어지는 이 다툼은 항상 거의 같은 방향으로 전개되었다. 남자는 짐승이고 여자는 영혼이 없다, 여자는 처음부터 복종해왔으니 마땅히 복종해야 한다, 인내하는 그리젤다*와 레이디 애스터**를 보라, 일부다처제와 힌두의 과부들은 어떠한가, 모든 점잖은 여자가 가터벨트에 쥐덫을 단 채 남자만 보면 거세용 칼을 잡고 싶어 안달하던 '어머니 팽크허스트'***의 시끌벅적한 시대는 또 어떠한가. 고든과 로즈메리는 이런 논쟁에 전혀 질리지 않았다. 서로의 터무니없는 주장에 유쾌하게 웃었다. 두 사람 사이의 흥겨운 전쟁이었다. 말씨름을 하는 와중에

---

* 중세 유럽의 이야기에 나오는 정숙한 아내로, 보카치오의 『데카메론』, 초서의 「옥스퍼드 서생의 이야기」 등에 등장한다.
** 낸시 랭혼 애스터(1897-1964). 영국 의회 최초의 여성.
*** 에멀린 팽크허스트(1858-1928). 영국의 여성 참정권 운동 지도자로 '어머니 팽크허스트'는 팽크허스트를 비하하는 별명이었다.

도 그들은 팔짱을 낀 채 즐겁게 바짝 붙어 있었다. 두 사람은 정말 행복했다. 서로를 무척 아꼈다. 서로에게 농담거리이자 한없이 소중한 존재가 되어주었다. 이제 저 멀리서 붉고 푸른 네온 불빛이 보였다. 그들은 토트넘 코트로가 시작되는 곳까지 왔다. 고든은 한 팔로 허리를 감아 로즈메리를 오른쪽으로 돌려세운 다음 어둑한 옆길로 데려갔다. 이렇게 행복하니 키스를 해야 했다. 적으로 싸우던 그들은 가로등 아래 가슴을 맞대고 꼭 끌어안고 서서 여전히 웃고 있었다. 로즈메리가 고든의 뺨에 자기 뺨을 비벼댔다.

"고든, 이 바보 같은 사람! 까칠까칠한 턱까지 전부 다 사랑스러워!"

"진심이야?"

"진심이지 그럼."

로즈메리가 여전히 고든을 감싸 안은 채 몸을 약간 뒤로 젖히자 두 사람의 배가 맞닿았다. 의도치 않은 요염한 몸짓이었다.

"인생이란 참 재미있지 않아, 고든?"

"가끔은 그렇지."

"좀 더 자주 만났으면 좋겠어! 몇 주씩 못 볼 때도 있잖아."

"그래. 정말 환장하겠어. 혼자 보내는 저녁은 질색이야."

"도통 시간이 나야 말이지. 7시가 다 돼서야 그 끔찍한 사무실에서 빠져나올 수 있다니까. 일요일엔 뭘 하면서 보내, 고든?"

"뭘 하긴! 다른 사람들처럼 궁상맞게 멍하니 있지."

"가끔 시골로 가서 걸을까? 그럼 하루 종일 함께 있을 수 있잖아. 다음 주 일요일 어때?"

이 말에 고든은 등골이 오싹해졌다. 30분 동안 겨우 잊고 있던 돈 생각이 다시 돌아오고 말았다. 시골 여행은 그가 감당할 수 없을 정도의 비용이 들 터였다. 고든은 확답을 주지 않고 어정쩡하게 말했다.

"일요일이면 리치먼드파크에 가는 것도 나쁘지 않아. 햄스테드 히스도 괜찮고. 사람이 별로 없는 아침에 가면 특히 좋지."

"그러지 말고 곧장 시골로 가! 서리 아니면 버넘 비치스 같은 데로. 이맘때 가면 낙엽으로 온통 뒤덮여 있어서 정말 아름답거든. 하루 종일 걸어 다녀도 사람 한 명 안 마주칠걸. 계속 걷다가 퍼브에서 점심을 먹는 거야. 정말 재미있을 거야. 그렇게 하자!"

망할! 또 돈이 문제였다. 버넘 비치스만 해도 다녀오는 데 10실링은 들었다. 고든은 머릿속으로 부랴부랴 계산을 해보았다. 5실링은 어떻게든 마련할 수 있을 테고, 나머지 5실링은 줄리아에게 '빌리면', 아니 **받으면** 된다. 순간, 그가 끊임없이 되새기면서 언제나 어기고 마는 맹세가 떠올랐다. 줄리아에게 돈을 '빌리지' 않겠다는 맹세.

고든은 아까와 똑같이 무심한 투로 말했다.

"재미있겠지. 일단 여건이 될지 생각해봐야겠어. 이번 주 안으로 연락할게."

그들은 여전히 팔짱을 낀 채 옆길에서 나갔다. 모퉁이에 퍼브가 하나 있었다. 로즈메리는 고든의 팔에 몸을 기댄 채 발끝으로 서서, 유리창의 서리 낀 밑부분 너머로 퍼브 안을 들여다보았다.

"저기 봐, 고든, 저 안에 시계가 있어. 9시 반이 다 됐네. 엄청 배고프지 않아?"

"아니." 고든은 곧장 거짓말을 했다.

"난 배고파. 배고파 죽을 것 같아. 어디 가서 뭘 좀 먹어야겠어."

또 돈이다! 조금만 더 있다가는 그의 전 재산이 4실링 4펜스뿐이라는 사실을 고백해야 한다. 금요일까지 4실링 4펜스로 버텨야 한다는 사실을.

"난 아무것도 못 먹겠어. 마시는 거라면 몰라도. 커피 같은 거나 한잔 마시는 게 어때. 라이언스 찻집은 문을 열었을 텐데." 고든이 말했다.

"오, 라이언스는 싫어! 여기서 조금만 더 가면 괜찮은 이탈리아 식당이 있어. 나폴리 스파게티랑 레드 와인을 한 병 시키는 거야. 난 스파게티가 좋아. 그렇게 해!"

가슴이 철렁했다. 이젠 별도리가 없었다. 사실대로 고백하는 수밖에. 두 사람이 이탈리아 식당에서 저녁을 먹으려면 족히 5실링은 들 것이다. 고든은 거의 무뚝뚝하게 말했다.

"난 이제 그만 집에 가봐야겠어."

"오, 고든! 벌써? 왜?"

"오, 좋아! 꼭 이유를 알아야겠다면 말해주지. 지금 내전 재산이 고작 4실링 4펜스밖에 안 되거든. 그리고 그돈으로 금요일까지 버텨야 해."

로즈메리는 우뚝 멈춰 섰다. 그러고는 고든에게 벌을 주려는 듯 성난 표정으로 있는 힘껏 아프게 그의 팔을 꼬집었다.

"고든, 이 어리석은 사람! 당신은 정말 못 말리는 바보야! 이런 지독한 바보는 처음 봤어!"

"내가 왜 바보라는 거야?"

"당신한테 돈이 있든 없든 무슨 상관이야? 내가 **당신한테 나랑** 같이 저녁을 먹어달라고 부탁하고 있는 거잖아."

고든은 팔짱을 풀고는 멀찍이 물러섰다. 그녀의 얼굴을 보고 싶지 않았다.

"뭐? 설마 내가 당신한테 내 밥값을 내게 하겠어?"

"그러면 안 될 이유라도 있어?"

"남자가 할 짓이 아니지. 실례잖아."

"'실례'라니! 이러다 '부당하다'는 소리까지 나오겠네. **뭐가** '실례'라는 거야?"

"내 밥값을 당신이 내게 하는 거. 남자는 여자에게 밥을 사줘도, 여자는 남자에게 밥을 사주지 않는 법이거든."

"오, 고든! 우리가 지금 빅토리아 여왕 시대에 살고 있는 줄 알아?"

"그래, 그런 일에 관한 한 아직 그렇지. 사람들 생각은 그렇게 빨리 변하지 않으니까."

"하지만 내 생각은 변했어."

"아니, 그렇지 않아. 당신은 변했다고 생각하지만, 아니야. 당신은 여자로 자랐으니, 원하지 않는다 해도 여자처럼 행동할 수밖에 없어."

"여자처럼 행동한다는 게 무슨 뜻이야?"

"이런 문제에 관해서는 모든 여자가 똑같거든. 여자는 자기한테 의지하고 빌붙는 남자를 경멸하지. 아니라고 말하고, 아니라고 생각할지 모르지만, 현실은 달라. 어쩔 수 없는 거야. 내가 당신한테 내 밥값을 내게 하면 당신은 날 경멸할걸."

고든은 몸을 돌린 채 말하고 있었다. 자신이 얼마나 역겹게 굴고 있는지 잘 알았다. 하지만 이런 말을 속에만 담고 있기가 힘들었다. 틀림없이 가난 때문에 사람들에게—로즈메리에게조차—경멸받고 있다는 느낌이 너무 강해서 떨쳐버릴 수가 없었다. 자존심을 지키려면, 남에게 손을 벌리지 않는다는 원칙을 엄격하고 빈틈없이 고수하는 수밖에 없었다. 이번에는 로즈메리도 웃어넘기지 못했다. 그녀는 팔을 붙잡아 고든을 자기 쪽으로 돌려세웠다. 화가 났지만, 그의 사랑을 요구하듯 고집스럽게 고든의 몸으로 가슴을 밀어붙였다.

"고든! 그런 말이 어딨어. 내가 당신을 경멸할 거라니, 어떻게 그런 말을 할 수 있어?"

"내가 당신한테 빌붙으면 당신도 어쩔 수 없이 날 경멸하게 될 거야."

"빌붙다니! 표현이 너무하잖아! 저녁 한 끼 얻어먹는 게 어떻게 빌붙는 거야?"

고든은 자기 가슴 바로 밑에 찰싹 붙어 있는 단단하고 둥그런 작은 가슴을 느꼈다. 로즈메리는 곧 눈물이라도 흘릴 듯 찡그린 얼굴로 고든을 올려다보았다. 로즈메리는 그가 삐딱하고 비합리적이며 잔인하다고 생각했다. 하지만 바짝 붙어 있는 그녀의 몸 때문에 고든은 정신이 산만해졌다. 지난 2년 동안 그녀가 한 번도 그에게 몸을 내어주지 않았다는 사실밖에 떠오르지 않았다. 로즈메리는 중요한 한 가지를 그에게 주지 않아 고든을 굶주리게 했다. 마지막 중요한 순간에 발뺌을 하면서, 그를 사랑하는 척해봐야 무슨 소용인가? 고든은 비꼬듯 유쾌하게 말했다.

"어떻게 보면 지금도 당신은 날 경멸하고 있지. 아, 물론 당신이 날 좋아한다는 건 알아. 하지만 나를 진지하게 생각하고 있지는 않잖아. 당신한테 난 일종의 농담 같은 거야. 좋아하긴 하지만, 당신과 동등하지는 않은 인간.

당신한테 난 그런 존재야."

전에도 이런 말을 했었지만, 그때와 다르게 이번에는 진심이었다, 아니 진심인 척 말했다. 로즈메리는 울먹였다.

"아니야, 고든, 아니라고! 아니라는 걸 당신도 알잖아!"

"아니긴. 그러니까 나와 동침하지 않으려는 거지. 전에도 내가 말하지 않았었나?"

그녀는 조금 더 고든을 올려다보다가, 날아오는 주먹을 피하듯 갑자기 머리를 홱 숙여 그의 가슴으로 파고들었다. 울음이 터졌기 때문이다. 로즈메리는 고든에게 화가 나고 고든이 미우면서도 아이처럼 매달리며 그의 가슴에 대고 울었다. 남자의 가슴에 매달려 우는 유치한 모양새가 고든에게 더욱더 큰 상처가 되었다. 똑같이 그의 가슴에 기대어 울었던 다른 여자들을 떠올리며 고든은 자기혐오에 빠졌다. 그가 여자들에게 해줄 수 있는 일이라곤 울리는 것밖에 없는 모양이었다. 고든은 한 팔로 로즈메리의 어깨를 감싸 안은 채 그녀를 달래려 어색하게 몸을 어루만졌다.

"당신이 날 울렸어!" 로즈메리는 자기가 경멸스러운 듯 흐느끼며 말했다.

"미안해! 로즈메리, 내 사랑! 울지 마, 제발 울지 마."

"고든, 당신! 왜 이렇게 나한테 잔인하게 굴어?"

"미안해, 내가 잘못했어! 가끔은 나도 어쩔 수가 없어."

"대체 왜? 왜 그러는 거야?"

로즈메리는 울음을 멈추었다. 좀 더 차분하게 고든에게서 몸을 떼고는 눈물을 닦을 무언가를 찾았다. 두 사람 모두 손수건이 없었다. 그녀는 참지 못하고 손가락 마디로 눈물을 훔쳐냈다.

"우린 항상 이렇게 바보 같은 짓만 한다니까! 고든, 이번 한 번만 **제발** 내 말대로 해. 식당에 가서 내가 저녁을 사줄게. 그렇게 하게 해줘."

"안 돼."

"이번 한 번만. 돈 문제 같은 건 잊어버려. 나를 생각해서 그렇게 해줘."

"난 그런 짓 못 해. 여기서 무너질 순 없어."

"무너질 순 없다니, 무슨 소리야?"

"난 돈과 전쟁을 벌이는 중이고, 그래서 원칙을 지켜야 해. 첫 번째 원칙이 이거야. 절대 구걸하지 말 것."

"구걸이라니! 오, 고든, 바보같이!"

로즈메리는 또 고든의 옆구리를 꽉 잡았다. 화해의 신호였다. 그녀는 그를 이해하지 못했고, 어쩌면 영원히 이해하지 못할 터였다. 그래도 있는 그대로의 고든을 받아들이고, 괴팍함도 참아 넘겼다. 로즈메리가 키스를 받으려 얼굴을 들었을 때 고든은 그녀의 입술에 짠맛이 돌리라는 걸 알았다. 눈물이 입술까지 흘러내려 와 있었다. 고든은 로즈메리를 잡아당겼다. 그녀의 몸에서 딱딱하고 방어적인 느낌은 사라지고 없었다. 로즈메리는 두 눈을 꼭 감고, 뼈가 흐물거리기라도 하는 것처럼 맥없이 고든에게로 푹 쓰러졌다. 그녀의 입술이 벌어지더니 자그마한 혀가 그의 혀를 찾았다. 좀처럼 없는 일이었다. 그리고 고분고분한 그녀의 몸을 느끼며 고든은 그들의 싸움이 끝났다는 확신이 갑자기 들었다. 고든이 로즈메리를 갖기로 마음먹은 지금 그녀는 그의 것이었다. 하지만 아마도 그녀는 자기가 무엇을 내어주고 있는지 완전히는 이해하지 못하고 있으리라. 그것은 너그러운 성정에서 나온 본능적인 몸짓, 그를 안심시키고자 하는 욕망에 불과했다. 자신이 사랑스럽지 않고 사랑받지 못하고 있다는 자기혐오에 빠진 고든을 어루만져 주고 싶은 욕망. 로즈메리는 이런 말을 한마디도 입 밖에 내지 않았지만, 그녀의 몸이 이렇게 말하는 듯했다. 하지만 설령 시간과 장소가 적절했다 하더라도 고든은 그녀를 가질 수 없었을 것이다. 이 순간 그는 로즈메리를 사랑했지만, 욕정이 느껴지지는 않았다. 다툼의 뒤끝이 완전히 사라지고, 주머니 속에서 그의 기를 죽이고 있는 4실링 4펜스를 완전히 잊을 수 있어야 비로소 욕정도 돌아올 것 같았다.

곧 두 사람은 입술을 떼었지만, 여전히 서로에게 단단히 붙어 있었다.

"다투는 건 정말 어리석은 짓 아니야, 고든? 자주 만나지도 못하는데."

"그래. 다 내 잘못이야. 나도 어쩔 수 없어. 이것저것 짜증 나는 일이 많으니까. 결국엔 돈 때문이야. 항상 돈이 문제지."

"또 돈! 당신은 돈 걱정이 너무 심해, 고든."

"아니. 걱정할 가치가 있는 건 돈밖에 없어."

"그래도 어쨌든 다음 주 일요일에 시골로 놀러 가는 거지? 버넘 비치스 같은 데. 그랬으면 좋겠어."

"그래, 나도 그러고 싶어. 일찍 가서 하루 종일 돌아다니는 거지. 기차 요금은 어떻게든 마련해볼게."

"내 요금은 내가 낼 거야."

"아니, 내가 내줄게. 어쨌든 가긴 갈 거야."

"그리고 이번 한 번만 내가 당신 저녁 사주면 안 될까? 날 믿는다면 그렇게 하게 해줘."

"아니, 안 돼. 미안해. 안 되는 이유를 설명해줬잖아."

"어머! 이제 헤어질 시간이네. 늦었어."

하지만 그들은 한참이나 서서 얘기를 나누었고, 결국 로즈메리는 저녁을 먹지 못했다. 무서운 여자 경비원들의 화를 돋우지 않으려면 11시까지는 하숙집에 들어가야 했다. 고든은 토트넘 코트로의 끝까지 가서 전차를 탔다. 전차가 버스보다 1페니 쌌다. 위층의 나무 좌석에 앉은 그는 맥주 냄새를 풍기며 축구 결승전 기사를 읽고 있는 작고 지저분한 스코틀랜드인과 딱 붙어 있었다. 그래도 고든은 아주 행복했다. 로즈메리가 그의 연인이 될 것이다. **위협적인 바람이 날카롭게 휘몰아쳐. 전차가 덜커덩**

거리는 소리에 맞추어 그는 완성된 일곱 연을 속삭여보았다. 총 아홉 연의 시가 될 예정이었다. **훌륭했다**. 고든은 이 시와 자기 자신을 믿었다. 그는 시인이었다. 『생쥐들』의 저자, 고든 콤스톡. 「런던의 환락」에 대한 믿음도 되살아났다. 고든은 일요일을 생각했다. 9시에 패딩턴 역에서 로즈메리와 만나기로 했다. 비용은 10실링 정도 들 것 같았다. 셔츠를 전당포에 맡기면 마련할 수 있으리라. 그리고 로즈메리는 그의 연인이 될 것이다. 바로 이번 주 일요일, 기회만 잘 찾아온다면. 두 사람 사이에 어떤 말이 오간 것은 아니었다. 하지만 암묵적인 합의가 이루어진 셈이었다.

제발 화창한 일요일이 되기를! 지금은 한겨울이었다. 그날 바람 한 점 없이 멋진 날씨라면 얼마나 좋을까. 죽은 고사리 위에 몇 시간이고 누워 있어도 전혀 춥지 않은, 거의 여름 같은 날! 하지만 그런 날은 그리 자주 찾아오지 않는다. 매해 겨울마다 열흘 정도 될까 말까. 오히려 비가 내릴 확률이 높았다. 어찌 됐든, 과연 그 일을 치를 수 있을지가 의문이었다. 야외 말고 그들이 갈 곳은 아무 데도 없었다. 런던에는 '갈 곳 없는' 연인들이 아주 많다. 프라이버시라고는 없고 춥기만 한 길거리와 공원뿐. 돈이 없으면, 겨울 날씨에 사랑을 나누기도 쉽지 않다. 소설 속 연인들은 때와 장소에 구애받지 않고 잘만 만나지만 말이다.

7

굴뚝들에서 피어난 연기가 흐린 장밋빛 하늘에 기둥처럼 똑바로 솟아오르고 있었다.

고든은 8시 10분에 27번 버스를 탔다. 일요일 아침이 늘 그렇듯 길거리는 아직 잠들어 있었다. 집들의 문 앞에는 주인들이 찾아가지 않은 우유병들이 작고 흰 보초병처럼 놓여 있었다. 고든의 수중에는 14실링이 있었다. 버스 요금으로 3펜스를 썼으니, 이제 13실링 9펜스가 남았다. 임금에서 따로 챙겨둔 9실링—이 일이 나중에 어떤 사태를 불러올지는 알 길이 없었다—그리고 줄리아에게 빌린 5실링.

그는 목요일 저녁에 줄리아를 찾아갔다. 얼스코트에 있는 줄리아의 셋방은 3층 뒤편에 있긴 했지만, 고든의 방처럼 누추하지는 않았다. 침실 겸 거실이 있는 단칸방이었는데, 거실의 분위기가 더 강했다. 줄리아는 고든의 방처럼 불결한 곳을 견디며 사느니 차라리 굶어 죽는 쪽을 택할 사람이었다. 아닌 게 아니라 그녀는 조금씩 굶어가며 수년에 걸쳐 가구를 모아왔다. 소파로 오해할 만한 침대 겸 의자, 검게 그을린 오크재로 만든 자그마한 원형 테이블, '고풍스럽고' 딱딱한 나무 의자 두 개, 작은 가스난로 앞에 놓인 장식용 발판과 친츠*가 씌워진 안락의자―드레이지에서 13개월 할부로 구입―그리고 아버지와 어머니, 고든, 앤절라 고모의 액자 사진들을 올려놓은 다양한 받침대, '돌아갈 수 없는 기나긴 길'이라는 글을 낙화**로 새긴 자작나무 달력―누군가에게 받은 크리스마스 선물. 줄리아는 그를 지독히도 우울하게 만들었다. 좀 더 자주 누나를 봐야 한다고 늘 생각은 하면서도 고든은 돈을 '빌릴' 때가 아니면 그 근처에도 가지 않았다.

고든이 문을 세 번 두드리자―3층이니까 세 번―줄리아가 고든을 자기 방으로 데리고 올라가 가스난로 앞에 무릎을 꿇고 앉았다.

"난로를 다시 켜야겠다. 차 마실래?" 줄리아가 말했다.

---

* 주로 꽃무늬가 날염된 광택 나는 면직물로, 커튼이나 가구의 커버 등으로 쓰인다.
** 나무, 대나무, 상아 따위의 표면에 인두로 지져서 그린 그림.

고든은 '다시'라는 말을 놓치지 않았다. 방은 지독하게 추웠다. 이날 밤엔 난로를 전혀 켜지 않은 것이 분명했다. 줄리아는 혼자 있을 땐 항상 '가스를 아꼈다'. 고든은 무릎을 꿇고 앉은 줄리아의 기다랗고 좁은 등을 바라보았다. 머리카락은 왜 저렇게 희끗희끗해졌는지! 머리 전체가 반백이 되어 있었다. 조금만 더 있다가는 그야말로 백발이 될 것이다.

"진한 차가 좋지?" 줄리아는 거위 같은 부드러운 몸짓으로 차통에서 차를 퍼내며 나지막이 물었다.

고든은 일어선 채 자작나무 달력을 바라보며 차를 마셨다. 말해! 해치워 버리라고! 하지만 선뜻 용기가 나질 않았다. 이 지긋지긋한 구걸의 비열함이란! 이 몇 년 동안 줄리아에게 '빌린' 돈을 전부 합하면 얼마나 될까?

"저기, 누나, 정말 미안한데, 이런 부탁 하기 싫은데, 그게ー."

"그래, 고든?" 줄리아는 조용히 말했다. 동생의 입에서 무슨 말이 나올지 그녀는 알고 있었다.

"저기, 누나, 정말 미안한데 5실링 좀 빌릴 수 있을까?"

"그래, 고든, 그럴 줄 알았어."

줄리아는 속옷 서랍 밑바닥에 숨겨놓은 작고 닳아빠진 검은색 가죽 지갑을 꺼냈다. 고든은 줄리아가 무슨 생각을 하고 있는지 알았다. 이 돈을 주면 그녀가 살 수 있는 크리스마스 선물이 줄어든다. 요즘 그녀 인생의 큰 행사는 크리스마스와 선물하기였다. 찻집이 문을 닫으면 밤 늦은 시간에 화려한 거리를 돌아다니며 특가 매장을 하나씩 뒤져, 여자들이 기이할 정도로 좋아하는 하찮은 물건들을 골랐다. 손수건 향낭, 편지꽂이, 찻주전자, 매니큐어 세트, 낙화로 명언을 새긴 자작나무 달력. 1년 내내 줄리아는 '아무개의 크리스마스 선물'이나 '아무개의 생일 선물'을 살 돈을 마련하기 위해 쥐꼬리만 한 급여에서 푼돈을 모았다. 그리고 지난 크리스마스에는 '시를 좋아하는' 고든에게 녹색 모로코가죽으로 장정된 존 드링크워터 경의 『시선집』을 선물하지 않았던가. 고든은 그 책을 반 크라운에 팔아치웠다. 불쌍한 줄리아! 고든은 5실링을 받고는 가능한 한 빨리 자리를 떴다. 왜 부자 친구에게는 돈을 못 빌리면서 가난한 가족한테는 돈을 빌리는 걸까? 물론 가족이니까 '괜찮아서'다.

버스 2층에서 고든은 머릿속으로 계산을 해보았다. 이제 13실링 9펜스가 남았다. 슬라우까지 당일 왕복 할인 기차표 두 장에 5실링. 버스 요금 2실링을 더하면 7실링. 퍼브에서 간단한 식사와 맥주, 한 사람당 1실링, 합하면 9실링. 차, 한 사람당 18펜스, 합하면 12실링. 담배 1실링, 합하면 13실링. 남은 9펜스는 비상금. 이 정도면 괜찮았다. 그런데 주말까지는 무슨 수로 버티지? 담배를 살 돈이 한 푼도 안 남는데. 하지만 그는 걱정하지 않기로 했다. 어쨌든 오늘은 돈을 들일 만한 가치가 있을 테니까.

로즈메리는 제시간에 도착했다. 절대 늦지 않는 건 그녀의 장점 중 하나였고, 이 이른 시간에도 그녀는 밝고 유쾌했다. 로즈메리의 옷차림은 평소처럼 근사했다. 셔블모자를 모방한 모자를 또 쓰고 있었다. 고든이 멋지다고 말했기 때문이다. 그들은 기차역을 독차지하다시피 했다. 쓰레기가 굴러다니고 인적 없이 황량한 그 거대한 잿빛 공간은 토요일 밤의 유흥에서 아직 깨어나지 못한 듯 어수선하고 지저분했다. 면도를 하지 않은 몰골로 하품을 쩌억 해대는 짐꾼이 버넘 비치스로 가는 가장 좋은 방법을 그들에게 알려주었고, 이내 두 사람은 서쪽으로 달리는 3등 흡연차에 올라탔다. 런던의 변변찮은 황야가 펼쳐지다가, 카터스 리틀 리버 필스* 광고들로 더럽혀진 좁고 거무스름한 들판이 나왔다. 아주 고요하고 따스한 날이었다. 고든의 기도가 이루어졌다. 여름과 구분하기 어려울 정도로 바람 한 점 없었다. 엷은 안개 뒤로 햇빛이 느껴졌다. 운이 좋으면 안개를 뚫고 해가 날 것이다. 고든과 로즈메리는 더없이, 그리고 조금은 터무니없을 정도로 행복했다. 런던을 벗어나 '시골'에서 보낼 기나긴 하루를 생각하니, 신나는 모험이라도 떠나는 듯한 기분이었다. 로즈메리는 몇 달 만에, 고든은 1년 만에 찾아가는 '시골'이었다. 그들은 둘의 무릎에 《선데이 타임스》를 펼쳐

* 미국의 소화제 겸 두통약 상표명.

놓은 채 바싹 붙어 앉아 있었다. 하지만 신문은 읽지 않고 창밖으로 지나가는 들판과 소들, 집들, 텅 빈 화물 트럭들, 잠들어 있는 거대한 공장들을 지켜보았다. 기차 여행은 더 길었으면 좋겠다는 생각이 들 정도로 즐거웠다.

그들은 슬라우에서 내린 뒤, 지붕도 없는 초콜릿 색깔의 우스꽝스러운 버스를 타고 파넘 커먼까지 갔다. 슬라우는 여전히 반쯤 잠들어 있었다. 파넘 커먼에 도착하자 로즈메리는 길을 기억했다. 바퀴 자국이 파인 길을 따라 걸어가다 보니, 싱싱하고 젖은 풀들이 더부룩하게 자라 있는 넓은 들판이 펼쳐졌다. 이파리가 다 떨어진 작은 자작나무들이 여기저기 흩어져 있고, 저 너머에는 너도밤나무들도 있었다. 나뭇가지 하나, 풀잎 하나 흔들리지 않았다. 고요하고 부연 공기 속에 나무들이 유령처럼 서 있었다. 로즈메리와 고든은 아름다운 풍경에 탄성을 질렀다. 이슬, 고요함, 매끄러운 자작나무 줄기들, 발밑의 보드라운 잔디! 하지만 런던 사람들이 런던을 벗어나면 으레 그러듯, 처음엔 그들도 어색한 느낌이 들어 움츠러들었다. 고든은 오랫동안 지하에서 살다가 밖으로 나온 듯한 기분이었다. 자신이 누렇게 뜨고 꾀죄죄한 몰골을 하고 있을 것 같았다. 그는 주름지고 파리한 얼굴을 로즈메리에게 보이고 싶지 않아, 슬그머니 뒤로 빠져 그녀를 따라갔다. 런던의 길거리에 익숙해져 있는 그들은 멀리까지 걷기도 전에 숨이 찼고, 첫 30분 동안은 대화도 거의 오가지 않았다. 두 사람은 숲속으로 들어간 뒤 서쪽으로 걷기 시작했다. 목적지는 딱히 정해져 있지 않았다. 런던에서 멀리 떨어진 곳이라면 어디든 좋았다. 그들 주위로 높이 치솟은 너도밤나무들은 사람 피부 같은 매끄러운 껍질과 밑동의 주름 때문에 묘하게도 음경을 연상시켰다. 비탈 기슭에는 아무것도 자라지 않고 낙엽만 수북이 흩어져 있어, 멀리서 보면 마치 구릿빛 실크가 주름져 있는 것처럼 보였다. 잠에서 깨어난 사람은 한 명도 없는 듯했다. 이제 고든은 로즈메리와 나란히 걷고 있었다. 그들은 손을 맞잡은 채, 바퀴 자국에 쌓여 있는 구릿빛 낙엽들을 바스락바스락 밟았다. 가끔은 길거리로 나가 거대하고 황량한 집들을 지나가기도 했다. 마차를 타고 다니던 시절에는 호화로운 시골 저택이었겠지만, 지금은 팔리지도 못한 채 버려져 있었다. 안개가 끼어 어렴풋이 보이는 길가의 산울타리는 오묘한 자갈색, 갈색빛 도는 심홍색을 띠고 있었다. 겨울에 헐벗은 땔나무들의 빛깔이었다. 새들도 몇 마리 있었다. 이따금 어치들이 나무들 사이로 날아다니고, 꿩들은 기다란 꼬리를 질질 끌며 길든 암탉처럼 어슬렁어슬렁 길을 건넜다. 일요일은 안전하다는 걸 알기라도 하는 것처럼. 하지만 30분이 지나도록 사람은 단 한 명도 보이지 않았다. 시골은 아직 잠들어 있었다. 런던에서 고작 30킬로미터 떨어져 있다는 사실이 믿기지 않았다.

어느덧 그들의 걸음에 속도가 붙었다. 다시금 힘이 솟고 피가 뜨거워졌다. 필요하면 100킬로미터도 거뜬히 걸을 수 있을 것 같은 날이었다. 두 사람이 다시 길거리로 나갔을 때, 산울타리에 맺힌 이슬이 갑자기 다이아몬드처럼 반짝였다. 햇빛이 구름을 뚫었다. 온 들판에 노란 햇빛이 비스듬히 내리비치자, 마치 어떤 거인의 아이가 새 물감통을 제멋대로 뿌려댄 듯 만물에서 의외의 은은한 빛깔들이 튀어나왔다. 로즈메리가 팔을 붙잡아 고든을 끌어당겼다.

"오, 고든, 정말 아름다운 날이야!"

"그렇네."

"그리고, 오, 저기 좀 봐! 들판에 토끼들도 있어!"

과연 들판의 반대쪽 끝에 헤아릴 수 없이 많은 토끼가 흡사 양 떼처럼 풀을 뜯어먹고 있었다. 갑자기 산울타리 밑에서 무언가가 허둥지둥 움직이는 소리가 들렸다. 그곳에 누워 있던 토끼 한 마리가 이슬을 흩뿌리며 펄쩍 뛰어오르더니 흰 꼬리를 들어 올린 채 들판으로 달아났다. 로즈메리는 고든의 품속으로 뛰어들었다. 놀라우리만치 따뜻해서 여름과도 같았다. 두 사람은 아이처럼 순수한 환희에 빠져 서로를 꼭 껴안았다. 이렇게 야외에 있으니 로즈메리의 얼굴에 새겨진 세월이 흔적이 꽤 또렷하게 보였다. 서른 살이 다 된 그녀는 제 나이처럼 보였고, 역시 서른 살이 다 된 고든은 더 늙어 보였다. 하지만 상관

없었다. 그는 우스꽝스럽게 생긴 납작한 모자를 로즈메리의 머리에서 벗겼다. 그녀의 정수리에서 흰머리 세 올이 반짝였다. 지금은 이 흰머리들도 싫지 않았다. 그녀의 일부이므로 사랑스러웠다.

"여기서 당신이랑 단둘이 있으니까 정말 좋아! 오길 잘했어!"

"게다가, 고든, 하루 종일 같이 있을 수 있다고 생각해 봐! 까딱하면 비가 올 수도 있었는데 날도 이렇게 화창하고. 우린 정말 운이 좋아!"

"그래. 지금 당장 불멸의 신들께 제물을 바쳐야겠는걸."

두 사람은 지나칠 정도로 행복했다. 걷는 동안 눈에 띄는 모든 것에 터무니없이 열광했다. 그들이 주운, 청금석처럼 파란 어치 깃털. 새까만 거울처럼 저 깊숙한 곳에서 나뭇가지들을 비추고 있는 물웅덩이. 기괴한 귀들처럼 나무에 수평으로 돋아 있는 버섯들. 그들은 너도밤나무에 가장 잘 어울리는 별명이 뭘까 한참이나 토론했다. 다른 나무에 비해 너도밤나무가 지각 있는 생물을 좀 더 닮았다는 것이 두 사람의 공통된 의견이었다. 아마도 껍질이 매끄럽고, 나무줄기에서 가지들이 솟아 있는 모양새가 꼭 사람의 팔다리를 닮았기 때문이리라. 고든은 나무 껍질에 박힌 작은 옹이들이 사람의 젖꼭지 같고, 윗부분의 꼬불꼬불한 가지들은 매끄럽고 거무튀튀한 것이 구부러진 코끼리 코 같다고 말했다. 그들은 직유와 은유에 대해 논쟁했다. 습관대로 때로는 격하게 다투기도 했다. 고든은 그들이 지나가는 모든 것에서 추잡한 직유를 찾아내며 로즈메리를 놀리기 시작했다. 서어나무의 적갈색 잎들은 번 존스*가 그린 처녀들의 머리카락 같고, 나무를 휘감은 덩굴의 매끄러운 촉수는 디킨스의 소설에 등장하는 여자 주인공이 남들한테 매달리는 팔 같다고 말했다. 어떤 담자색 독버섯을 보고는, 래컴의 삽화가 떠오른다며 그 주위에서 요정들이 춤추고 있을지도 모르니 뭉개버리겠다고 고집을 부리기도 했다. 로즈메리는 무신경한 돼지라며 그를 욕했다. 그녀는 무게 없는 적황색 바다처럼 무릎 높이까지 쌓여 바스락거리는 너도밤나무 낙엽들을 헤치며 나아갔다.

"오, 고든, 이 낙엽들! 햇빛에 비친 낙엽들을 봐. 꼭 황금 같잖아. 정말 황금 같아."

"요정의 황금.** 이대로 가다간 배리 같은 소리만 떠들어대겠군. 사실 말이야, 완벽한 직유가 있는데, 꼭 토마토 수프 색깔 같아."

"못됐어! 바스락거리는 소리를 들어봐. '발롬브로사의 개울에 흩뿌려진 단풍처럼 수북하구나.'"***

---

* 에드워드 번 존스(1833-1898). 영국의 라파엘 전파(前派) 화가이자 디자이너.

** 요정에게 받았지만, 쓰기만 하면 쓰레기로 변해버리는 돈.

*** 존 밀턴의 『실낙원』 중에서.

"아니면 미국 사람들이 아침에 먹는 시리얼 같든가. 트루위트 브렉퍼스트 크리스프스. '아이들이 브렉퍼스트 크리스프스를 달라고 아우성쳐요.'"

"잔인해!"

그녀는 웃었다. 두 사람은 손을 맞잡고, 발목까지 쌓인 낙엽들을 바스락바스락 밟으며 힘차게 읊었다.

웰윈 가든 시티의 접시에 흩뿌려진 브렉퍼스트 크리스프스처럼 수북하구나!

정말 재미있었다. 곧 그들은 수풀을 빠져나왔다. 이제 많은 사람이 돌아다니고 있었지만, 대로가 아니면 차는 별로 보이지 않았다. 때때로 교회 종소리가 들리면, 두 사람은 교회에 가는 사람들을 피하기 위해 멀리 돌아서 갔다. 그들은 집들이 여기저기 흩어져 있는 어수선한 마을들을 지나가기 시작했다. 마을 변두리에는 튜더 양식을 흉내 낸 저택들이 차고들, 월계수 관목들, 다듬지 않은 잔디밭들 가운데 거드름 피우듯 서 있었다. 고든은 저택들과 그것들이 속해 있는 사악한 문명 —증권 중개인들과 립스틱 바른 아내들, 골프, 위스키, 점괘판, 자크라 불리는 스코티시테리어들의 문명—에 장난스러운 폭언을 퍼부었다. 이렇게 그들은 얘기를 나누고 툭하면 다퉈가면서 6킬로미터를 더 걸었다. 얇게 비치는 구름 몇 조각이 하늘에 떠갔지만, 바람은 거의 불지 않았다.

슬슬 발이 아프고 점점 더 허기지기 시작했다. 자연스레 대화의 주제는 음식으로 넘어갔다. 두 사람 모두 시계가 없었지만, 어느 마을을 지날 때 퍼브들이 열려 있는 걸 보니 12시가 넘은 모양이었다. 그들은 버드 인 핸드라는 허름한 퍼브 밖에서 망설였다. 고든은 그곳에 들어가고 싶었다. 이런 퍼브라면 치즈 얹은 빵과 맥주를 1실링에 해결할 수 있을 것 같았다. 하지만 로즈메리는 이곳이 불결해 보인다고 말했다. 그건 사실이었다. 그래서 그들은 마을의 반대쪽 끝에 더 나은 퍼브가 있기를 바라며 계속 걸었다. 기다란 오크 의자가 있고, 유리 상자 속에 든 창꼬치 박제가 벽에 걸린 아늑한 라운지를 상상하면서.

하지만 마을에는 더 이상 퍼브가 없었고, 어느새 또 그들은 집은커녕 표지판도 보이지 않는 탁 트인 땅에 있었다. 고든과 로즈메리는 불안해지기 시작했다. 2시면 퍼브들이 문을 닫을 테고, 그러면 과자 가게에서 비스킷이나 사 먹을 수밖에 없다. 이런 생각을 하자 두 사람은 지독한 허기에 사로잡혔다. 어느 거대한 언덕을 힘겹게 오르며, 그 반대편에 마을이 있기를 빌었다. 마을은 없었지만, 저 아래로 검푸른 강이 굽이치며 흐르고 있었다. 강가를 따라 큰 마을처럼 보이는 것이 뻗어 있고, 강을 건너는 회색 다리가 있었다. 그들은 그 강이 무슨 강인지도 몰랐다―물론 템스강이었다.

"잘됐군! 저 밑에는 퍼브들이 많을 거야. 제일 처음 눈에 띄는 곳에 들어가자고." 고든이 말했다.

"그래, 그렇게 해. 배고파 죽겠어."

하지만 마을에 가까워지자 이상하리만치 고요했다. 고든은 사람들이 모두 교회에 갔거나 점심을 먹고 있을까 생각하다가, 인적 자체가 드물다는 걸 깨달았다. 뱃놀이 철에만 활기를 띠고 그 외의 시간 동안은 동면에 들어가는 강변 마을 크리컴온템스였다. 강변을 따라 1.5킬로미터 넘게 이어진 마을에는 온통 보트 창고와 방갈로뿐이었는데, 하나같이 문을 닫은 채 텅 비어 있었다. 어디에도 인기척이 없었다. 하지만 마침내 그들은 어느 뚱뚱한 남자를 우연히 만났다. 콧수염을 텁수룩하게 기르고 코가 빨간 남자는 예선로에서 맥주 한 잔을 옆에 둔 채 초연한 표정으로 접의자에 앉아 있었다. 6미터 정도 길이의 잉어 낚싯대로 낚시를 하는 중이었고, 잔잔한 초록빛 물 위에서는 백조 두 마리가 낚시찌 주위를 맴돌면서 남자가 낚싯대를 들어 올릴 때마다 미끼를 훔치려 호시탐탐 노리고 있었다.

"식사할 만한 데가 어디 없을까요?" 고든이 물었다.

뚱뚱한 남자는 이 질문을 기대하고 있었던 듯 얼굴에 은근한 희색이 돌았다. 남자는 고든을 쳐다보지도 않고 답했다.

"그런 데는 없소. 여기에 먹을 거라곤 없지."

"맙소사! 마을에 퍼브 하나 없다는 게 말이 됩니까? 우리 파넘 커먼에서 여기까지 걸어왔다고요."

뚱뚱한 남자는 콧방귀를 뀌더니, 여전히 낚시찌에 눈을 고정한 채 생각에 잠기는 듯했다.

"정 그러면 레이븐스크로프트 호텔로 가보든가. 1킬로미터 정도 떨어져 있소. 문을 열었으면 뭐라도 먹을 걸 줄 거요."

"문을 열었을까요?"

"그럴 수도 있고 아닐 수도 있지." 뚱뚱한 남자는 느긋하게 답했다.

"지금 몇 시쯤 됐나요?" 로즈메리가 물었다.

"1시 10분이오."

백조 두 마리가 예선로를 따라 고든과 로즈메리를 조금 따라왔다. 먹이를 던져주기를 기대한 것이 분명했다. 레이븐스크로프트 호텔이 문을 열었을 가능성은 그리 크지 않아 보였다. 마을 전체에 비수기의 황량하고 지저분한 분위기가 감돌고 있었다. 방갈로의 목조 부분은 갈라지고, 흰 페인트는 벗겨지고, 먼지투성이 창문 너머로 휑뎅그렁한 내부가 보였다. 강변에 점점이 흩어져 있는 자동판매기들마저 고장 나 있었다. 마을의 반대편 끝에 다리가 또 하나 있는 것 같았다. 고든은 격한 어조로 말했다.

"아까 그 퍼브에 안 들어간 우리가 바보지!"

"난 정말 **배고파 죽겠어.** 다시 돌아가는 게 낫지 않을까?"

"소용없어, 오는 길에 퍼브가 하나도 없었잖아. 이대로 계속 가야 해. 저 다리를 건너면 레이븐스크로프트 호텔이 있겠지. 아니면 우린 망한 거야."

그들은 발을 질질 끌며 억지로 다리까지 걸어갔다. 이젠 발이 견딜 수 없이 아팠다. 하지만 드디어! 두 사람이 바라던 것이 나타났다. 바로 다리 건너편의 사유 도로 같은 곳에 큼직하고 꽤 깔끔한 호텔이 서 있었다. 그 뒤편의 잔디밭은 강까지 이어져 있었다. 문을 연 것이 분명했다. 고든과 로즈메리는 열성적으로 그곳을 향해 발걸음을 뗐다가, 움찔하며 멈춰 섰다.

"엄청 비쌀 것 같은데." 로즈메리가 말했다.

정말 그랬다. 온통 금색과 흰색 페인트를 칠해 겉멋을 잔뜩 부린 천박한 곳이었다. 바가지요금과 형편없는 서비스가 빤히 보이는 호텔. 차도 옆에 으스대듯 우뚝 솟아 있는 표지판에는 금색으로 다음과 같이 쓰여 있었다.

레이븐스크로프트 호텔

비투숙객도 환영합니다

점심 식사 — 차 — 저녁 식사

댄스홀과 테니스 코트

파티 서비스 제공

차도에는 번쩍이는 2인승 차들이 서 있었다. 고든은 풀이 죽었다. 주머니에 들어 있는 돈이 하찮게 느껴졌다. 이 호텔은 그들이 찾고 있던 아늑한 퍼브와는 정반대되는 곳이었다. 하지만 그는 무척 배가 고팠다. 로즈메리는 고든의 팔을 홱 잡아당겼다.

"별로인 것 같아. 그냥 가자."

"뭐라도 좀 먹어야지. 여기가 마지막 기회야. 다른 퍼브는 없을 것 같으니까."

"이런 덴 음식이 구역질 나도록 맛이 없어. 작년부터 묵혀둔 것 같은 냉육이나 나오겠지. 그러고는 엄청 비싸게 받아먹고."

"치즈 얹은 빵이랑 맥주만 주문하지 뭐. 그 정도는 어디나 가격이 비슷하니까."

"그렇게 주문하면 싫어할걸. 정식을 주문하라고 들볶을 거야. 그러니까 절대 흔들리지 말고 빵이랑 치즈만 주문해야 해."

"그래, 안 흔들리면 되지. 어서 가자고."

그들은 흔들리지 않으리라 마음먹고 호텔 안으로 들어갔다. 하지만 바람이 솔솔 들어오는 복도에 비싼 냄새가 풍겼다. 친츠, 죽은 꽃들, 템스강, 와인 병을 헹군 물의 냄새. 전형적인 강변 호텔의 냄새였다. 고든은 기분이 더 가라앉았다. 이런 부류의 곳을 잘 알고 있었다. 증권 중개인들이 일요일 오후마다 매춘부를 데려와 시시덕거리는 도로 가의 황량한 호텔들. 이런 곳에서는 당연한 듯

221

모욕을 당하고 바가지를 쓴다. 로즈메리는 몸을 움츠리며 고든에게 더 가까이 다가붙었다. 그녀 역시 겁을 집어먹은 것이다. 그들은 '라운지'라고 적힌 문을 밀며, 아마 바일 거라고 생각했다. 하지만 바가 아니라, 코듀로이를 씌운 의자들과 소파들이 놓인 널찍하고 깔끔하고 냉랭한 방이었다. 화이트 호스 위스키를 광고하는 재떨이들만 아니면, 평범한 응접실로 착각할 만했다. 그리고 한 테이블에는 바깥에 세워진 차들의 주인들 ─ 금발에 머리가 납작하고, 약간 뚱뚱하며, 지나치게 젊게 차려입은 두 남자와 무뚝뚝한 인상의 우아한 젊은 여자 두 명 ─ 이 앉아 있었다. 이제 막 점심 식사를 마친 모양이었다. 웨이터가 몸을 구부린 채 그들에게 리큐어를 따라주고 있었다.

고든과 로즈메리는 문간에 멈추어 섰다. 테이블에 앉은 사람들이 이미 상위 중산층의 무례한 시선으로 그들을 쳐다보고 있었다. 고든과 로즈메리는 지쳐빠져 꾀죄죄한 행색이었고, 스스로도 그 사실을 알고 있었다. 치즈 얹은 빵과 맥주를 주문하겠다는 생각은 머릿속에서 사라지다시피 했다. 이런 곳에서는 '치즈 얹은 빵에 맥주'라는 말을 입에 올릴 수가 없었다. '점심 식사'만이 가능한 답이었다. '점심 식사'라고 말하거나 달아나거나, 둘 중 하나였다. 웨이터는 경멸감을 숨기지도 않았다. 첫눈에 그들이 무일푼이라는 결론을 내렸다. 하지만 여차하면 달아나려는 심산을 꿰뚫어 보고는 두 사람이 탈출하기 전에 막기로 마음먹었다.

"손님?" 웨이터는 테이블에서 쟁반을 들어 올리며 물었다.

지금이다! 뒷일이야 어찌 되건 말건 '치즈 없은 빵과 맥주'라고 말해야 한다! 아뿔싸! 고든의 용기는 사라져 버렸다. '점심 식사'라고 말하지 않으면 안 될 것 같았다. 그는 무심한 척 주머니에 손을 찔러 넣었다. 돈을 만지작거리며 아직 제자리에 있다는 걸 확인했다. 이제 7실링 11펜스가 남았다. 웨이터의 눈이 그의 몸짓을 따라가고 있었다. 고든은 남자가 옷을 꿰뚫어 보고 주머니에 든 돈을 셀 것만 같은 불쾌한 기분에 사로잡혔다. 최대한 당당한 투로 그가 말했다.

"점심 식사를 할 수 있을까요?"

"오찬 말씀입니까, 손님? 그럼요. 이쪽으로 오십시오."

웨이터는 심하게 누르께한 얼굴이 매끈하고 단정한 검은 머리의 젊은 남자였다. 정장이 맵시가 좋으면서도, 좀처럼 벗지 않은 듯 더러워 보이기도 했다. 마치 러시아 왕자 같았다. 영국인이면서, 웨이터라는 일에 어울리게 외국인 억양을 쓰고 있는지도 몰랐다. 로즈메리와 고든은 패배감을 느끼며 웨이터를 따라 뒤편의 식당으로 갔다. 잔디밭으로 통하는 식당은 꼭 수족관 같았다. 온통 푸르스름한 유리로 지어진 데다 너무 눅눅하고 냉랭해서, 물속에 있는 듯한 느낌마저 들었다. 바깥으로 강이 보이고 강 냄새도 났다. 작은 원형 테이블마다 한복판에 종이꽃이 장식되어 있었지만, 식당 한쪽의 화분 받침대에 상록수, 야자수, 엽란 등이 스산한 수초처럼 놓여 있어 이곳을 더더욱 수족관처럼 보이게 했다. 여름이라면 꽤 쾌적할 만한 공간이었다. 하지만 해가 구름 뒤로 숨어버린 지금은 그저 습기 차고 음산할 뿐이었다. 거의 고든 만큼이나 로즈메리도 웨이터를 두려워하고 있었다. 그들이 자리에 앉고 웨이터가 잠깐 자리를 뜬 사이 그녀는 웨이터의 등에 대고 얼굴을 찌푸렸다.

"내 점심값은 내가 낼게." 로즈메리는 테이블 맞은편의 고든에게 속삭였다.

"아니, 안 돼!"

"여기 정말 끔찍해! 보나 마나 음식도 아주 더러울 거야. 괜히 들어왔어."

"쉿!"

웨이터가 지저분한 메뉴판을 들고 돌아와서 고든에게 건네고는, 손님에게 돈이 별로 없다는 사실을 아는 웨이터 특유의 위협적인 분위기를 풍기며 옆에 섰다. 고든은 심장이 두근거렸다. 3실링 6펜스나 반 크라운짜리 정식이라면 큰일이었다. 그는 이를 악물고 메뉴판을 보았다. 하느님 감사합니다! 일품요리였다. 메뉴판에서 가장 싼 요리는 1실링 6펜스에 먹을 수 있는 냉육과 샐러드였다. 고든은 웅얼거리듯 말했다.

"냉육으로 부탁할게요."

웨이터는 가늘고 검은 눈썹을 치켜올리며 놀란 척했다.

"냉육만 드시게요, 손님?"

"네, 그거면 됩니다."

"다른 건 필요 없으십니까, 손님?"

"아, 네. 빵 좀 주십시오. 버터도요."

"수프로 시작 안 하시고요?"

"네. 수프는 됐습니다."

"생선도 안 드시고? 냉육만 드시겠다고요?"

"생선 어때, 로즈메리? 안 먹어도 될 것 같군. 아니요, 생선은 됐습니다."

"디저트도 안 드실 겁니까, 손님? 냉육만 드시려고요?"

고든은 표정을 관리하기가 힘들었다. 이렇게 밉살스러운 인간은 처음이었다.

"필요한 게 있으면 나중에 말씀드리죠." 고든이 말했다.

"음료는 필요 없으십니까, 손님?"

고든은 맥주를 주문하려 했었지만, 이젠 용기가 나질 않았다. 냉육으로 구겨버린 체면을 어떻게든 되찾아야 했다.

"와인 리스트를 보여주십시오." 고든은 심드렁하게 말했다.

웨이터는 지저분한 메뉴판을 또 하나 내밀었다. 모든 와인이 터무니없이 비싸 보였다. 하지만 리스트 맨 위에 있는 이름 없는 보르도산 레드 와인은 한 병에 2실링 9펜스였다. 고든은 부랴부랴 계산을 해보았다. 2실링 9펜스라면 감당할 수 있었다. 그는 엄지손톱으로 그 와인을 가리켰다.

"이거 한 병 주십시오."

웨이터가 또 눈썹을 치켜올리더니, 슬쩍 비꼬듯 말했다.

"한 병 **통째**로요, 손님? 반병이 아니고요?"

"한 병 통째로 주세요." 고든은 차갑게 답했다.

웨이터는 고개를 갸웃하고 왼쪽 어깨를 으쓱하고는 자리를 떴다. 그 몸짓에는 은근한 경멸이 배어 있었다. 고든은 참을 수가 없었다. 테이블 맞은편의 로즈메리와 눈이 마주쳤다. 어떻게든 웨이터의 콧대를 꺾어놓아야 직성이 풀릴 것 같았다. 잠시 후 웨이터가 싸구려 와인을 병째 가져오는데, 망측하거나 불결한 것이라도 되는 양 코트 자락 뒤로 절반쯤 숨기고 있었다. 고든은 웨이터에게 복수할 방법을 생각해두었다. 웨이터가 병을 내려놓자, 그는 손을 내밀어 병을 만져보고는 얼굴을 찡그렸다.

"레드 와인을 이런 식을 내놓으면 곤란하지."

순간 웨이터는 당황스러워했다. "네?"

"너무 차갑잖습니까. 가져가서 데워 오세요."

"알겠습니다, 손님."

하지만 속이 시원하지 않았다. 웨이터에게 제대로 창피를 주지 못했다. 와인을 데워 먹겠다고? 치켜올린 눈썹이 이렇게 말하고 있었다. 웨이터는 경멸 어린 표정으로 와인 병을 가져갔다. 제일 싼 와인을 주문한 것도 모자라서 이런 소란까지 피우냐는 비아냥거림이었다.

냉육과 샐러드는 송장처럼 차가웠고, 진짜 음식 같지도 않았다. 맛은 물처럼 밍밍했다. 롤빵은 오래되어 딱딱하면서도 눅눅했다. 갈대가 우거진 템스강의 강물이 모든 것에 스며든 듯했다. 와인을 열었을 때 진흙 맛이 나는 것도 전혀 놀랍지 않았다. 하지만 고맙게도 술은 술이었다. 와인이 식도를 지나 위 속으로 들어가자, 놀라울 정도로 기운이 솟았다. 한 잔 반을 마신 후 고든은 기분이 한결 나아졌다. 웨이터는 냅킨을 팔에 걸친 채 쌀쌀맞은 표정으로 인내심 있게 문간에 서 있었다. 고든과 로즈메리를 불편하게 할 작정이었던 것이다. 처음엔 웨이터의 작전이 먹혀들었지만, 웨이터를 등지고 있던 고든은 웨이터의 존재를 무시하다가 이내 잊어버렸다. 고든과 로즈메리는 차츰 용기를 되찾았다. 그들은 좀 더 편하게, 더 큰 목소리로 대화를 나누기 시작했다.

"저기 좀 봐. 백조들이 여기까지 우리를 따라왔군." 고든이 말했다.

과연 백조 두 마리가 검푸른 물 위를 이리저리 멍하니 돌아다니고 있었다. 이때 햇살이 또 강하게 비치면서, 스산한 수족관 같은 식당에 기분 좋은 녹색 빛이 흘러넘쳤다. 고든과 로즈메리는 갑자기 온기를 느끼며 행복해졌

227

다. 그들은 웨이터가 거기 없는 양 시시한 수다를 떨어댔
고, 고든은 와인을 두 잔 더 따랐다. 유리잔 위로 두 사람
의 눈이 마주쳤다. 그녀는 약간 짓궂은 눈빛으로 그를 바
라보고 있었다. '내가 당신 애인이라니, 정말 웃겨!' 로
즈메리의 눈은 이렇게 말하고 있었다. 작은 테이블 밑으
로 두 사람의 무릎이 맞닿았다. 아주 잠깐 그녀가 자신
의 무릎 사이에 그의 무릎을 꽉 끼웠다. 그의 안에서 뭔
가가 고동쳤다. 관능적이고 부드러운 온기가 고든의 온
몸에 파도처럼 쫙 퍼져 나갔다. 그렇지! 로즈메리는 그의
여자, 그의 연인이었다. 이제 곧 어느 비밀스러운 장소에
서 따스하고 바람 한 점 없는 공기 속에 단둘이 있게 되
면, 드디어 그녀의 알몸은 그의 독차지가 된다. 그렇다,
아침 내내 이 사실을 알고 있었건만, 왠지 현실 같지가
않았다. 이제야 오롯이 와닿았다. 어떤 말도 오가지 않
았지만, 한 시간도 지나지 않아 벌거벗은 그녀가 그의 품
안에 있으리라는 구체적인 확신이 들었다. 따뜻한 빛 속
에 앉아 무릎을 맞대고 서로의 눈을 바라보고 있는 지금,
이미 모든 것이 이루어진 듯한 기분이었다. 그들 사이에
깊은 친밀감이 흘렀다. 그저 서로를 바라보며, 오로지 두
사람에게만 의미 있는 사소한 대화를 나누며 몇 시간이
고 앉아 있을 수 있을 것만 같았다. 그들은 그곳에 20분
정도 앉아 있었다. 고든은 웨이터를 잊었다. 이 형편없는
점심 식사 때문에 남은 돈을 탈탈 털어야 하는 참사까지

도 잠깐이지만 잊었다. 하지만 곧 해가 구름 속으로 숨어 들어 식당이 다시 잿빛으로 물들자 두 사람은 이제 떠날 시간이라는 걸 알았다.

"계산서 주세요." 고든은 몸을 반쯤 돌리며 말했다.

웨이터는 마지막 공격을 시도했다.

"계산서요, 손님? 커피도 안 드시고요?"

"아니요, 커피는 됐습니다. 계산서 주세요."

웨이터는 물러났다가, 접힌 종이를 쟁반에 얹어서 가져왔다. 고든은 종이를 펴보았다. 6실링 3펜스. 그의 전 재산은 정확히 7실링 11펜스였다! 물론 대략 얼마가 나올지 알고는 있었지만, 막상 계산서를 마주하니 충격이 컸다. 그는 일어나서 주머니 속을 더듬어 돈을 전부 꺼냈다. 누르께한 얼굴의 젊은 웨이터는 쟁반을 안은 채 한 줌의 돈을 빤히 쳐다보았다. 이것이 고든의 전 재산임을 직감적으로 알아차린 것이 분명했다. 로즈메리도 자리에서 일어나 테이블을 돌아갔다. 그러고는 고든의 팔꿈치를 꼬집었다. 자기 몫을 지불하고 싶다는 신호였다. 고든은 못 알아챈 척했다. 6실링 3펜스를 낸 다음 자리를 뜨면서 1실링을 더 쟁반에 떨어뜨렸다. 웨이터는 동전을 손 위에 얹어 잠깐 무게를 가늠하다가 한 번 휙 튀기더니, 입에 담을 수 없는 무언가를 숨기듯 정장 조끼 주머니에 슬그머니 집어넣었다.

통로를 지나가면서 고든은 환멸과 무기력을 느꼈다.

머리가 아찔할 지경이었다. 단번에 전 재산을 다 날려버리다니! 소름 끼치는 일이 벌어졌다. 이 저주받은 곳에 들어오지 말았어야 했다! 냉육 두 접시와 진흙 맛 나는 와인 한 병 때문에 하루를 망치고 말았다! 곧 차를 마셔야 할 테고, 담배는 여섯 개비밖에 남지 않았으며, 슬라우까지 가는 데 버스 요금도 들 것이다. 또 무슨 일이 있을지 누가 알겠는가. 그런데 그의 주머니 속에는 고작 8펜스밖에 없었다! 두 사람은 쫓겨나듯이 호텔 밖으로 나왔고, 그들 뒤로 문이 쾅 닫혔다. 방금 전의 따스한 친밀감은 온데간데없이 사라졌다. 밖으로 나온 지금 모든 것이 달라 보였다. 피가 갑자기 식어버린 듯했다. 로즈메리는 약간 긴장한 채 아무 말 없이 앞장서 걸었다. 작정하고 왔던 그 일이 이제는 조금 무서워졌다. 고든은 그녀의 강하면서도 가냘픈 팔다리가 움직이는 모습을 지켜보았다. 그토록 오랫동안 원해왔던 그녀의 몸이었다. 하지만 마침내 때가 오니 오히려 겁이 났다. 그녀를 자기의 것으로 만들고 싶었고, 그녀를 **갖지** 못한 것이 아쉬웠지만, 이미 끝난 일이었으면 좋겠다는 생각이 들었다. 그일에는 단단한 각오가 필요했다. 기묘하게도, 이 망할 호텔 계산서 사건이 고든을 완전히 뒤흔들어 놓았다. 아침의 편안하고 느긋하던 기분은 산산이 부서져버렸다. 그자리에 지긋지긋하고 괴롭고 익숙한 문제가 되돌아왔다. 돈 걱정. 8펜스밖에 남지 않았다는 사실을 당장 실토하고, 집으로 돌아가는 데 드는 돈을 그녀에게 빌려야 할 것이다. 한심하고 수치스러운 일이었다. 그의 용기를 북돋워 주는 건 배 속에 든 와인뿐이었다. 8펜스밖에 없다는 혐오스러운 감정과 와인의 온기가 고든의 몸 안에서 막상막하의 싸움을 벌이고 있었다.

그들은 느릿느릿 걸었지만, 금세 강에서 멀리 벗어나 더 높은 땅에 다시 올라가 있었다. 두 사람은 할 말을 필사적으로 찾았지만 결국 아무것도 생각해내지 못했다. 로즈메리를 따라잡은 고든은 그녀의 손을 잡아 깍지를 꼈다. 그러자 둘의 기분이 나아졌다. 하지만 고든은 심장이 아프게 뛰어대고, 내장이 조여들었다. 그녀도 같은 기분일지 궁금했다.

"사람 한 명 안 보이네." 마침내 로즈메리가 말했다.

"일요일 오후잖아. 로스트비프와 요크셔 푸딩을 먹고 엽란 밑에서 자고 있겠지."

또 침묵이 흘렀다. 두 사람은 40미터 넘게 걸었다. 고든은 어렵사리 목소리를 가다듬고 말했다.

"이상할 정도로 날이 따뜻하네. 괜찮은 데가 있으면 잠깐 앉아도 좋겠군."

"그래, 좋아. 그러지 뭐."

이내 그들은 길 왼편의 작은 숲으로 들어갔다. 헐벗은 나무들 밑에 아무것도 자라지 않는, 말라 죽어 텅 빈 숲처럼 보였다. 하지만 저 먼 구석에 야생 자두나무 덤불이 널따랗게 마구 뒤엉켜 있었다. 고든은 아무 말 없이 로즈메리에게 팔을 두르고는 그쪽으로 그녀의 몸을 돌렸다. 철조망이 쳐진 산울타리에 갈라진 틈이 한 군데 있었다. 그가 철조망을 들어 올리자 그녀는 그 밑으로 날렵하게 빠져나갔다. 고든의 심장이 또다시 날뛰었다. 이토록 몸이 유연하고 강한 여자라니! 하지만 그가 로즈메리를 뒤따라 철조망을 타고 넘어갈 때, 주머니 안에서 8펜스―6펜스짜리 동전 하나와 1페니짜리 동전 두 개―가 짤랑거리며 다시 한번 그의 기를 죽여놓았다.

덤불에 도착하자, 자연적으로 생긴 후미진 공간이 보였다. 이파리가 다 떨어졌지만 헤치고 들어갈 수 없을 정도로 빽빽한 가시나무 숲이 삼면을 둘러싸고 있고, 나머지 한쪽에서는 쟁기로 갈아엎어 벌거벗은 밭들이 비탈 아래로 내려다보였다. 언덕 밑에는 아이들 장난감처럼 자그맣고 굴뚝에서 연기가 나지 않는, 지붕이 낮은 오두막이 한 채 서 있었다. 그 어디에도 움직이는 생명체라곤 하나도 없었다. 홀로 있고 싶다면 여기만 한 데가 없었다. 풀밭은 나무 밑에 자라는 이끼처럼 보드라웠다.

"방수포를 가져올걸 그랬어." 고든은 이렇게 말하며 무릎을 꿇었다.

"괜찮아. 땅은 안 축축하잖아."

고든은 로즈메리를 자기 옆의 땅으로 끌어당겨 그녀에게 키스하고, 납작한 펠트 모자를 벗긴 다음, 그녀와 가슴을 맞댄 채 온 얼굴에 키스를 퍼부었다. 고든의 밑에 깔린 로즈메리는 반응을 보이기보다는 그저 그에게 몸을 내맡겼다. 그의 손이 그녀의 가슴을 찾자 로즈메리는 저항하지 않았다. 하지만 두려운 마음은 여전했다. 그녀는 이 일을 치러낼 작정이었다. 그래! 둘 사이에 암묵적으로 오간 약속을 지키리라, 내빼지 않으리라. 하지만 동시에 두려웠다. 고든 역시 조금은 주저하고 있었다. 그녀를 안고 싶은 마음이 거의 들지 않아 당황스러웠다. 돈 문제가 여전히 그를 심란하게 만들고 있었다. 주머니에 고작 8펜스밖에 없고 계속 그 생각뿐이면서 어떻게 사랑을 나누겠는가? 하지만 마음 한편으로는 로즈메리를 원했다. 그녀 없이는 견딜 수 없을 것 같았다. 그들이 진정한 연인이 되고 나면 그의 인생은 달라질 것이다. 고든은 한참이나 로즈메리의 가슴 위에 엎드려 있었다. 그녀는 고개를 옆으로 돌리고 있었고, 그는 그녀의 목과 머리칼에 얼굴을 댄 채 더 이상 아무것도 시도하지 않았다.

그때 다시 해가 나왔다. 해는 이제 점점 떨어지고 있었다. 하늘을 덮고 있던 얇은 막이 찢어지기라도 한 것처럼 따스한 햇살이 그들 위로 쏟아져 내렸다. 해가 구름 뒤로 숨었을 땐 풀밭에 누워 있기가 조금 추웠지만, 이제 다시 거의 여름처럼 따뜻해졌다. 두 사람은 일어나 앉아 탄성을 질렀다.

"오, 고든, 이것 좀 봐! 햇빛이 모든 걸 환하게 비추고 있잖아!"

구름은 차츰 사라지고, 점점 넓어지는 노란 빛줄기가 계곡을 잽싸게 미끄러져가며 모든 것을 금빛으로 물들였다. 저 아래 텅 빈 오두막은 따뜻한 빛깔을 발하며 갑자기 눈에 확 띄었다. 타일들은 자줏빛 도는 파란색, 벽돌들은 선홍색이었다. 지금이 겨울임을 상기시켜주는 건, 지저귀는 새들이 없다는 사실뿐이었다. 고든은 로즈메리를 한 팔로 감싸 안아 자기 쪽으로 강하게 끌어당겼다. 그들은 뺨을 맞대고 앉아 언덕 아래를 내려다보았다. 그는 로즈메리의 몸을 돌려 그녀에게 키스했다.

"나를 좋아해?"

"정말 좋아한다니까, 바보 같은 사람."

"그럼 나한테 잘해줄 거지?"

"잘해주다니?"

"내가 당신한테 하고 싶은 대로 해도 될까?"

"그래, 안 될 거 없지."

"뭐든?"

"응, 괜찮아. 뭐든."

고든은 로즈메리를 다시 풀밭으로 밀어 눕혔다. 아까와는 사뭇 달랐다. 태양의 온기가 두 사람의 뼛속까지 스며든 듯했다.

"옷 벗어, 그렇게 해줘." 그가 속삭였다. 그녀는 선뜻 응했다. 고든 앞에서는 아무것도 부끄럽지 않았다. 게다가 날은 너무 따뜻하고 그곳은 너무 한적해서, 아무 거리낌 없이 옷을 벗을 수 있었다. 그들은 옷들을 펼쳐서 그녀가 누울 침대를 만들었다. 로즈메리는 두 손을 머리에 베고 알몸으로 드러누운 채 두 눈을 질끈 감고 살짝 미소지었다. 이미 생각한 일이고, 마음이 편하다는 듯이. 고든은 한참이나 무릎을 꿇고 앉아 로즈메리의 몸을 물끄러미 바라보았다. 놀라우리만치 아름다웠다. 옷을 입었을 때보다 알몸일 때가 훨씬 더 젊어 보였다. 눈을 감고 뒤로 젖힌 그녀의 얼굴은 거의 아이 같았다. 고든은 로즈메리에게 더 가까이 다가갔다. 또 주머니 속에서 동전들이 짤랑거렸다. 고작 8펜스가 남았다! 곧 닥쳐올 문제가 있었다. 하지만 지금은 생각지 않기로 했다. 어서 계속해, 이게 중요하니까, 하던 일이나 계속하고 미래 따윈 잊어! 그는 한 팔을 로즈메리 밑에 받치고 그녀와 몸을 포갰다.

"괜찮아? 지금 해도?"

"응. 괜찮아."

"겁나지 않아?"

"안 나."

"최대한 부드럽게 할게."

"괜찮아."

잠시 후.

"오, 고든, 안 되겠어! 안 돼, 안 돼, 안 돼!"

"왜? 왜 그래?"

"안 돼, 고든, 안 된다고! 하지 마! **안 돼!**"

로즈메리는 두 손으로 고든을 세게 밀어댔다. 그녀의 얼굴은 겁먹은 듯 냉랭하고 거의 적대적인 표정을 짓고 있었다. 이런 순간에 그녀에게 밀쳐지는 기분은 끔찍했다. 찬물을 뒤집어쓴 것 같았다. 고든은 낭패감에 젖어 뒤로 물러나며 허둥지둥 옷을 추슬렀다.

"왜 이러는 거야? 뭐가 문제지?"

"오, 고든! 난 당신이, 오, 맙소사!"

로즈메리는 갑자기 창피해하며 팔로 얼굴을 가리고 몸을 옆으로 굴려 그에게서 벗어났다.

"왜 이러는 거야?" 고든이 다시 물었다.

"어쩜 이렇게 **경솔할** 수가 있어?"

"경솔하다니, 무슨 소리야?"

"오! 무슨 소린지 알잖아!"

그는 심장이 오그라드는 기분이었다. 그녀가 무슨 말을 하고 있는지 그도 알았다. 하지만 지금 이 순간까지 전혀 생각지도 못했다. 그리고 당연히 — 오, 당연히! — 생각했어야 했다. 고든은 일어나서 로즈메리로부터 몸을 돌렸다. 여기서 더 진행할 수 없으리라는 걸 갑자기 깨달았다. 일요일 오후의 축축한 들판에서, 그것도 한겨울에! 말도 안 된다! 방금 전까지만 해도 아주 옳고, 아주 자연스러운 일 같았는데, 지금은 그저 한심하고 추잡해 보일 뿐이었다.

"이렇게 될 줄은 몰랐는데." 그가 씁쓸하게 말했다.

"나도 어쩔 수 없었어, 고든! 당신이 그걸 챙겼어야지."

"내가 그런 것까지 신경 쓸 사람 같아?"

"그럼 어쩌겠어? 임신이라도 하면 큰일이잖아."

"운에 맡기는 수밖에."

"오, 고든, 당신은 구제 불능이야!"

감정이 격해진 로즈메리는 알몸이라는 것도 잊은 채 괴로운 얼굴로 고든을 올려다보았다. 그의 실망감은 분노로 변했다. 이것 좀 보라지! 또 돈이 문제다! 인생의 가장 은밀한 행위를 할 때조차 돈에서 벗어날 수 없다. 무슨 일을 하든 돈 때문에 지독하고 냉혹한 예방 조치를 취해야 한다. 돈, 돈, 항상 돈이 문제다! 돈의 신은 신방에까지 침범해 들어온다! 높은 곳이나 깊은 곳이나 그는 항상 존재한다. 고든은 주머니에 두 손을 찔러 넣은 채 한두 발짝 걸었다.

"이것 봐, 또 돈이지! 이런 순간에도 옆에서 우리를 감시하면서 괴롭히고 있잖아. 사람 한 명 없는 외딴곳에 우리 단둘이 있을 때조차." 그가 말했다.

"돈이 무슨 상관이야?"

"돈만 아니라면 당신은 임신 걱정 따위 하지도 않았겠지. 오히려 임신을 원할 거야. 임신이라도 하면 '큰일'이라고? 그게 무슨 뜻이겠어? 당신은 감히 그럴 용기가 없는 거야. 당신은 일자리를 잃고, 난 한 푼도 없고, 그래서 우리 모두 굶어 죽을 테니까. 망할 놈의 산아제한! 우리를 못살게 굴려는 또 다른 수작이지. 보아하니 당신은 거기에 고분고분 따르기로 한 것 같군."

"내가 어떡해야겠어, 고든? 어떻게 해야겠어?"

바로 이때 해가 구름 뒤로 사라졌다. 피부로 느껴질 만큼 더 추워졌다. 참으로 기괴한 광경이었다. 풀밭에 알몸으로 누워 있는 여자, 옷을 입고 언짢은 표정으로 서서 두 손을 주머니에 찔러 넣고 있는 남자. 이렇게 더 누워 있다간 그녀는 지독한 감기에 걸릴 것이다. 이 모든 상황이 우스꽝스럽고 꼴사나웠다.

"내가 어떡해야겠어?" 로즈메리가 다시 말했다.

"먼저 옷이나 입지 그래." 고든은 차갑게 답했다.

그는 그저 짜증을 풀기 위해 한 말이었지만, 로즈메리가 안쓰러울 정도로 눈에 띄게 민망해하자 그녀에게서 등을 돌릴 수밖에 없었다. 그녀는 몇 분 만에 옷을 입었다. 로즈메리가 무릎을 꿇고 신발 끈을 매면서 한두 번 코를 훌쩍이는 소리가 고든에게 들려왔다. 그녀는 터지려는 울음을 꾹 참고 있었다. 고든은 수치스러워 견딜 수가 없었다. 로즈메리 옆에 무릎을 털썩 꿇고 앉아 그녀를 두 팔로 껴안고서 용서를 구하고 싶었다. 하지만 차마 그럴 수 없었다. 이 상황이 그를 둔하고 어색하게 만들었다. 지극히 평범한 말 한마디를 뱉는데도 목소리를 제대로 내기가 힘들었다.

"준비됐어?" 그는 기운 없이 물었다.

"그래."

그들은 길거리로 돌아가 철조망을 통과한 다음 별다른 말 없이 언덕을 내려가기 시작했다. 또다시 구름이 해를 가로질러 가면서 훨씬 더 추워졌다. 한 시간만 더 지나면 해가 질 것이다. 언덕 끝까지 내려가자, 참사의 현장인 레이븐스크로프트 호텔이 보였다.

"이제 어디 갈 거야?" 로즈메리는 뚱한 목소리로 작게 물었다.

"슬라우로 돌아가야지. 다리를 건너서 표지판을 봐야 겠어."

그들은 몇 킬로미터를 더 걸어가면서 거의 말을 하지 않았다. 로즈메리는 창피하고 비참한 심정이었다. 여러 번 고든에게 다가가 팔을 잡으려 해봤지만 그럴 때마다 그는 몸을 살짝 옆으로 뺐고, 그래서 두 사람은 그들 사이에 길이라도 나 있는 것처럼 멀찍이 떨어져 걸었다. 로즈메리는 자신이 고든에게 씻을 수 없는 상처를 줬다고 생각했다. 결정적인 순간에 밀어내어 그를 실망시키고 화나게 했다고 말이다. 그가 조금이라도 기회를 주면 사과하고 싶었다. 하지만 사실 고든은 그 일을 더 이상 생각하지 않고 있었다. 그의 머릿속은 이미 다른 곳을 헤매고 있었다. 지금 그를 괴롭히는 문제는 돈이었다. 주머니에 고작 8펜스밖에 없다는 사실. 이제 곧 그 사실을 실토해야 한다. 파넘에서 슬라우까지 가려면 버스 요금이 들고, 슬라우에서 차를 마셔야 하고, 담배도 피워야 하고, 또 버스 요금이 들고, 런던에 도착하면 식사를 해야 한다. 겨우 8펜스로 이 모든 걸 감당하라니! 결국엔 로즈메리에게 돈을 빌려야 하리라. 지독한 굴욕이었다. 방금 다툰 사람에게 돈을 빌리는 건 여간 싫은 일이 아니다. 그가 얼마나 어리석게 굴었던가! 그녀에게 훈계하고, 거만을 떨고, 피임을 당연시하는 그녀에게 충격받은 척했다가 갑자기 얼굴을 확 바꾸고 돈을 요구해야 하다니! 하지만 이야말로 돈의 위력이다. 돈은 있으나 없으나 사람을 비굴하게 만든다.

4시 반쯤 되자 거의 캄캄해졌다. 그들은 오두막 창들의 작은 틈새에서 새어 나오는 빛이나 가끔 지나가는 차의 노란 불빛 말고는 아무런 조명도 없는 안개 자욱한 길을 터벅터벅 걸었다. 추위도 매서웠지만, 6킬로미터 넘게 걸어온 터라 몸이 후끈후끈했다. 딱딱한 분위기를 더 이상 참지 못한 두 사람은 좀 더 편하게 대화를 나누기 시작했고, 차츰 둘 사이의 간격이 줄어들었다. 로즈메리는 고든의 팔을 잡았다. 그러고는 그를 멈춰 세워 그녀 쪽으로 휙 돌렸다.

"고든, 왜 나한테 잔인하게 굴어?"

"내가 어떻게 잔인하게 굴었지?"

"오는 내내 한마디도 안 했잖아!"

"아, 그거!"

"방금 있었던 일 때문에 아직도 나한테 화난 거야?"

"아니, 당신한테 화난 적 없어. **당신** 탓이 아니야."

로즈메리는 고든을 올려다보며, 칠흑과도 같은 어둠 속에서 표정을 읽으려 애썼다. 고든은 로즈메리를 자기 쪽으로 끌어당기고는, 기대하는 것처럼 보이는 얼굴을 뒤로 젖히고 그녀에게 키스했다. 로즈메리는 그의 몸과 하나가 될 듯이 고든에게 찰싹 달라붙었다. 이 순간을 기다리고 있던 모양이었다.

"고든, 날 사랑해?"

"물론 사랑하지."

"일이 어쩌다 꼬여버렸지만, 나도 어쩔 수 없었어. 갑자기 겁이 났거든."

"괜찮아. 다음번엔 괜찮을 거야."

로즈메리는 고든의 가슴에 머리를 기댄 채 몸을 축 늘어뜨렸다. 그는 그녀의 심장박동을 느꼈다. 어떤 결심을 하고 있는 듯 로즈메리의 심장이 격렬하게 뛰어대고 있었다.

"상관없어." 그녀는 고든의 코트에 얼굴을 묻은 채 들릴 듯 말 듯 말했다.

"뭐가?"

"임신. 운에 맡겨볼 거야. 당신이 하고 싶은 대로 해."

이 항복의 말을 듣자 고든의 안에서 욕정의 불이 약하게 피어올랐다가 금세 꺼졌다. 그는 로즈메리가 왜 이런 말을 하는지 잘 알고 있었다. 이 순간 정말로 사랑을 나누고 싶어서가 아니었다. 그를 실망시키느니 차라리 두려운 위험을 감수할 만큼 사랑한다는 사실을 증명해 보이고픈 관대한 충동에서 비롯된 말일 뿐이었다.

"지금?" 그가 물었다.

"그래, 당신이 원한다면."

고든은 고민에 빠졌다. 로즈메리가 그의 여자임을 확실히 해두고 싶은 마음은 간절했다! 하지만 차가운 밤공기가 그들을 스치고 지나갔다. 산울타리 뒤의 기다란 풀은 축축하고 차가울 것이다. 알맞은 때와 장소가 아니었다. 게다가, 이미 8펜스 문제에 마음을 빼앗기고 말았다. 이젠 사랑을 나눌 기분이 아니었다.

"못 하겠어." 마침내 그가 말했다.

"못 하겠다니! 하지만 고든! 내 생각엔……."

"알아. 하지만 마음이 변했어."

"아직도 화가 안 풀린 거야?"

"그래. 약간은."

"왜?"

고든은 로즈메리를 살짝 밀어냈다. 늦기 전에 지금 해명하는 편이 나을 것이다. 그래도 그는 너무 수치스러워 웅얼거리다시피 말했다.

"당신한테 정말 미안한 말을 해야 하거든. 아까부터 그 문제로 계속 걱정하고 있었어."

"뭔데 그래?"

"그러니까, 돈 좀 빌려줄 수 있어? 난 이제 땡전 한 푼 없거든. 딱 오늘 쓸 돈만 가져왔는데, 그 빌어먹을 호텔 때문에 망해버렸어. 고작 8펜스밖에 안 남았다고."

로즈메리는 기가 막힌다는 표정을 지으며 그의 팔을 뿌리쳤다.

"8펜스밖에 안 남았다니! 대체 무슨 소리를 하는 거야? 8펜스밖에 없는 게 무슨 문제야?"

"내가 당신한테 돈을 빌려야 한다니까? 당신이 당신 버스 요금, 내 버스 요금, 당신 찻값까지 전부 다 내야 할 거야. 내가 당신을 데려와 놓고서 말이야! 당신이 내 손님인데. 기분 더러워."

"손님이라니! 오, 고든! 지금까지 그걸 걱정하고 있었단 말이야?"

"그래."

"고든, 왜 이렇게 유치해! 어떻게 그런 걱정을 할 수가 있어? 설마 내가 돈을 안 빌려줄까 봐? 내가 항상 말했잖아, 같이 외출할 때 내 비용은 내가 부담하고 싶다고."

"그래, 그리고 당신이 돈 내는 걸 내가 얼마나 싫어하는지 당신도 알잖아. 요전 날 밤에 다 끝난 얘기 아니었나?"

"오, 그게 무슨 황당한 소리야! 돈이 없는 게 뭐가 부끄러워?"

"부끄럽고말고! 세상에서 유일하게 부끄러운 일이지."

"그건 그렇고, 그게 섹스랑 무슨 상관이야? 이해가 안돼. 처음엔 하고 싶다고 했다가 이젠 싫다니. 돈이 무슨 상관이야?"

"처음부터 끝까지 다 상관있지."

고든은 로즈메리와 팔짱을 끼고서 길을 따라 걷기 시작했다. 그녀는 절대 이해하지 못하리라. 그래도 설명해야 했다.

"주머니에 돈이 없으면 완전한 인간이 아니라는 걸, 인간으로 **느껴지지** 않는다는 걸 모르겠어?"

"모르겠어. 그냥 헛소리 같은데."

"당신과 섹스하고 싶지 않은 게 아니야. 하고 싶어. 하지만 주머니에 달랑 8펜스밖에 없는 지금은 싫다는 얘기야. 나한테 8펜스밖에 없다는 사실을 당신도 알고 있으니 더더욱 안 되지. 그냥 못 하겠어. 몸이 안 따라준다고."

"하지만 왜? 왜 그런 거야?"

"렘프리에어를 읽어보면 알 거야." 그는 얼버무렸다.

이것으로 끝이었다. 그들은 그 문제를 더 이상 입에 올리지 않았다. 이렇게 또 고든은 자신이 심한 잘못을 저질러놓고 로즈메리에게 죄책감을 떠안기고 말았다. 두 사람은 계속 발걸음을 옮겼다. 로즈메리는 고든을 이해하지 못했지만, 그의 모든 것을 용서했다. 곧 그들은 파넘 커먼에 도착했고, 교차로에서 기다리다가 슬라우행 버스를 탔다. 버스가 가까이 다가왔을 때, 로즈메리는 어둠 속에서 고든의 손을 찾아 반 크라운을 슬쩍 쥐여 주었다. 여자한테 버스 요금을 대신 내게 하는 남자로 찍혀 사람들에게 창피당하지 않도록.

고든으로서는 차라리 슬라우까지 걸어가서 버스 요금을 아끼고 싶은 마음이었지만, 로즈메리가 거부하리라는 걸 알았다. 슬라우에서도 그는 기차를 타고 곧장 런던으로 돌아가고 싶었지만, 로즈메리가 꼭 차를 마셔야겠다고 화를 내는 바람에, 기차역 근처의 크고 을씨년스럽고 냉랭한 호텔로 갈 수밖에 없었다. 퍼티를 둥글게 뭉쳐놓은 것처럼 생긴 록 케이크*와 말라빠진 샌드위치를 곁들인 차가 1인당 2실링이었다. 로즈메리의 돈으로 음식을 먹는 건 고든에게 고역이었다. 그는 뚱한 표정으로 앉아 아무것도 먹지 않았고, 속삭이는 소리로 그녀와 옥신각신하며 찻값에 자신의 8펜스를 보태겠다고 고집을 부렸다.

두 사람이 런던행 기차에 올라탄 것은 7시였다. 기차는 카키색 반바지를 입은 지친 모습의 하이커들로 꽉 차 있었다. 로즈메리와 고든은 거의 입을 다물고 있었다. 서로 바싹 붙어 앉은 채, 로즈메리는 고든에게 팔짱을 끼고서 그의 손을 만지작거렸고, 고든은 창밖을 내다보았다.

---

   * 겉이 울퉁불퉁하고 속에 말린 과일이 들어 있는 작은 쿠키.

다른 승객들은 두 사람이 무슨 일로 다퉜을까 궁금해하며 그들을 쳐다보았다. 고든은 램프 불빛이 흩뿌려진 어둠이 물처럼 흘러가는 모습을 지켜보았다. 그토록 고대했던 날이 이렇게 끝이 났다. 그리고 이제 윌로베드로로 돌아가면 무일푼으로 일주일을 버텨야 한다. 기적이 일어나지 않는 한, 일주일 내내 담배 한 개비도 못 살 것이다. 그는 지독한 바보였다! 로즈메리는 고든에게 화가 나지 않았다. 그녀는 고든의 손을 꼭 잡아, 그에 대한 사랑을 전하려 애썼다. 불만 가득한 표정으로 그녀를 외면하고 있는 창백한 얼굴, 해진 코트, 이발이 시급한 헝클어진 쥐색 머리칼은 로즈메리에게 깊디깊은 연민을 불러일으켰다. 오늘 하루가 잘 풀리지 않았기에 그를 향한 마음이 오히려 더 깊어졌다. 고든이 불행하다는 걸, 삶이 그에게 녹록지 않다는 걸 여자의 직감으로 알아차렸기 때문이다.

"집까지 데려다줄 거지?" 패딩턴에서 내리자 로즈메리가 말했다.

"걸어도 괜찮으면. 난 차비를 못 내니까."

"차비는 **내가** 낼게. 아니! 당신이 허락 안 해주겠지. 당신은 어떻게 집에 가려고?"

"걸어가지 뭐. 길을 아니까. 여기서 별로 멀지 않아."

"거기까지 어떻게 걸어가? 너무 피곤해 보여. 내가 차비 내줄게. 내게 해줘, **제발!**"

"안 돼. 당신 돈은 이미 충분히 썼으니까."

"정말! 너무 답답해!"

그들은 지하철역 입구에 서 있었다. 고든은 로즈메리의 손을 잡았다. "여기서 헤어져야겠어."

"잘 가, 고든. 데이트해줘서 고마워. 오늘 아침엔 정말 즐거웠어."

"아, 오늘 아침! 그땐 달랐지." 고든은 그녀와 단둘이 걸어 다니고 주머니에 아직 돈이 있었던 아침의 몇 시간을 떠올렸다. 가슴이 뜨끔했다. 얼마나 못나게 굴었던가. 고든은 로즈메리의 손을 조금 더 세게 쥐었다. "나한테 화난 거 아니지?"

"그럴 리가 없잖아, 바보 같긴."

"일부러 당신한테 못되게 군 건 아니야. 돈 때문이었어. 항상 돈이 문제지."

"됐어, 다음번엔 더 좋을 거야. 더 좋은 곳으로 가면 돼. 주말 동안 브라이턴에 다녀와도 괜찮고."

"그것도 괜찮겠지, 나한테 돈이 생기면. 또 편지 쓸 거지?"

"응."

"날 버티게 해주는 건 당신 편지밖에 없어. 언제 쓸지 말해줘. 그래야 내가 기다리고 있지."

"내일 밤에 써서 화요일에 부칠게. 그럼 화요일 밤에 마지막 집배로 받을 수 있을 거야."

"그럼 잘 가, 로즈메리."

"안녕, 고든."

고든은 매표소에 로즈메리를 두고 떠났다. 20미터 정도 갔을 때 누군가가 그의 팔에 손을 얹었다. 고든은 고개를 휙 돌렸다. 로즈메리였다. 그녀는 담배 가게에서 산 골드 플레이크 20개비 한 갑을 그의 코트 주머니에 찔러 넣고는 고든이 뭐라고 하기도 전에 지하철역으로 달려갔다.

고든은 황량한 메릴러본과 리전트파크를 지나 집 쪽으로 느릿느릿 걸었다. 하루의 끝자락이었다. 거리는 어둑하니 적막했고, 하루 종일 일을 하지 않고 빈둥거린 후의 노곤함이 남은 일요일 밤의 기묘한 무력감이 감돌고 있었다. 지독하게 춥기도 했다. 밤이 되자 바람이 거세어졌다. **위협적인 바람이 날카롭게 휘몰아쳐.** 20-25킬로미터를 걸은 고든은 발이 아팠고, 배가 고프기도 했다. 하루 종일 먹은 것이 별로 없었다. 아침에는 허둥지둥 나가느라 식사를 제대로 하지 못했고, 레이븐스크로프트 호텔에서의 점심은 변변찮았다. 그 후로는 음식을 씹지 못했다. 집에 간다 해도 뭐든 먹을 수 있을 가망이 전혀 없었다. 위스비치 부인에게 온종일 밖에 나가 있을 거라고 말해두었기 때문이다.

햄스테드로에 이르러서는, 차들이 줄줄이 지나가도록 갓돌에서 기다려야 했다. 눈부신 램프들과 보석상 진열창의 화려한 불빛에도 이곳의 모든 것이 어둡고 음울해 보였다. 으슬으슬한 바람이 얇은 옷을 뚫고 들어와 몸서리가 쳐졌다. **위협적인 바람이 날카롭게 휘몰아쳐 이제 갓 헐벗은 포플러들이 휘어진다.** 이 시는 마지막 두 행을 빼고 완성되어 있었다. 고든은 오늘 아침을 다시 떠올려보았다. 안개 자욱한 텅 빈 거리, 자유롭게 모험을 즐기는 기분, 하루 종일 시골을 마음대로 거닐 수 있다는 기대감. 물론, 돈이 있었기에 그럴 수 있었다. 오늘 아침 그의 주머니에는 7실링 11펜스가 있었다. 돈의 신에게 거둔 잠시 동안의 승리였다. 아침의 변절, 아스다롯[*]의 숲에서 보낸 휴가. 하지만 그런 것들은 결코 영원할 수 없다. 돈이 떠나가고, 그와 함께 자유도 떠나간다. 너희는 포경을 베어 할례를 베풀어라, 주께서 말씀하셨다. 그리고 우리는 마땅히 코를 훌쩍이며 다시 슬금슬금 기어간다.

또 한 떼의 차가 미끄러지듯 지나갔다. 그중 특히 한 대가 고든의 눈길을 사로잡았다. 제비처럼 우아하고 온통 파란색과 은색으로 번쩍이는 기다랗고 늘씬한 차였다. 1천 기니는 들었을 거라고, 고든은 생각했다. 운전석에는 파란 옷을 입은 운전기사가 비웃음을 머금은 조각상처럼 미동 없이 똑바로 앉아 있었다. 분홍빛 조명이 켜진 뒷좌석에는 우아한 젊은이 넷, 청년 둘과 아가씨 둘이 담배를 피우며 웃고 있었다. 고든은 토끼 같은 미끈한 얼굴

---

[*] 성경에 등장하는 가나안의 다산 및 성애의 여성신.

들, 매혹적인 분홍빛을 띤 반들반들한 얼굴들을 얼핏 보았다. 절대 위조할 수 없는 특유의 빛, 돈의 포근한 광휘를 내뿜는 얼굴들.

고든은 도로를 건넜다. 오늘 밤엔 굶어야 했다. 하지만 천만다행으로 램프에 아직 석유가 남아 있었다. 집에 가면 몰래 차를 마시리라. 이 순간 그 자신과 그의 삶의 본색이 적나라하게 보였다. 매일 밤이 똑같았다. 냉랭하고 쓸쓸한 방으로 돌아가면, 지지부진한 시가 끄적여진 더러운 종이들이 어질러져 있었다. 막다른 골목이었다. 고든은 「런던의 환락」을 완성하지 못할 것이고, 로즈메리와 결혼하지 못할 것이며, 인생은 영원히 혼란스러울 것이다. 그의 가족처럼 떠돌다 가라앉고, 떠돌다 가라앉을 것이다. 아니, 그들보다 더 심각할지도 몰랐다. 아직은 어렴풋이 상상만 할 수 있는 무서운 밑바닥 인생으로 전락할 수도 있었다. 돈과의 전쟁을 선포하면서 그가 선택한 길이었다. 돈의 신을 섬겨라, 그러지 않으면 파산하리라. 이것이 유일한 법칙이었다.

저 아래 깊은 곳의 무언가 때문에 인도가 바르르 떨렸다. 중간 땅을 달려가는 지하철. 고든은 런던과 서구 세계의 모습을 머릿속에 떠올렸다. 돈의 왕좌 주위에서 힘들게 노동하며 굽실거리는 10억 명의 노예가 보였다. 땅은 쟁기질로 뒤엎어지고, 배들은 항해하고, 광부들은 물이 뚝뚝 떨어지는 지하 터널 속에서 땀을 흘리고, 회사원

들은 그들의 오장육부를 초조하게 만드는 상관이 두려워
8시 15분 차를 놓치지 않으려 서두른다. 그리고 아내와
잠자리를 하는 와중에도 그들은 전전긍긍하며 순종한다.
누구에게 순종할까? 돈의 사제, 분홍빛 얼굴을 한 세상의
지배자들. 상류층. 1천 기니짜리 자동차에 탄 부티 나는
젊은 토끼들, 골프를 치는 증권 중개인들과 국제적인 금
융업자들, 상법부*의 변호사들과 유행의 첨단을 걷는 여
성적인 남자들, 은행원들, 신문사 사장들, 네 성별의 소
설가들, 미국의 권투 선수들, 여성 비행사들, 영화배우
들, 주교들, 작위를 받은 시인들, 시카고의 건달들.

　50미터 정도 더 걷는 사이 시의 마지막 연이 떠올랐다.
그는 집으로 향하며 시를 읊조려 보았다.

　　위협적인 바람이 날카롭게 휘몰아쳐
　　이제 갓 헐벗은 포플러들이 휘어진다.
　　굴뚝에서 나온 검은 띠들은
　　아래로 방향을 틀고, 찢긴 포스터들은
　　바람의 채찍에 맞아 펄럭이네. 전차들의 굉음과
　　딸각거리는 말발굽이 차갑게 울린다.
　　역으로 발걸음을 재촉하는 사무원들은

＊ 영국 고등법원에서 회사와 관련된 소송이나 특허 분쟁 등을 관할하는
부서.

오들오들 떨며 동쪽의 지붕들을 바라보고 생각한다.

'이제 겨울이 오고 있구나!
신이시여, 제발 올해에도 내 일자리를 지켜주소서!'
얼음 창 같은 한기가 그들의 내장을
으스스하게 찌를 때 그들은 생각한다.

집세, 금리, 정기승차권,
보험, 석탄, 하녀의 임금,
장화, 학비, 그리고 드레이지에서 산 트윈베드 두 개의
다음 할부금을.

태평한 여름날에는
아스다롯의 숲에서 매춘부와 놀아나고,
차가운 바람이 부는 지금은 참회하며
우리의 정당한 주인 앞에 무릎을 꿇는다.

우리의 피와 손과 뇌를 지배하시고,
바람을 막는 지붕을 베풀어주시며,
베풀었다가 다시 빼앗아 가시는
만물의 주인, 돈의 신.

빈틈없고 주의 깊은 눈으로

우리의 생각, 우리의 꿈, 우리의 비밀을 염탐하시고,
우리의 말을 고르시고 우리의 옷을 재단하시며,
우리의 하루를 결정하시네.

우리의 분노를 식혀주시고, 우리의 희망을 꺾으시며,
우리의 일생을 사면서 장난감으로 값을 치르시며,
깨어진 믿음, 용인된 모욕, 무언의 환희를
공물로 요구하시네.

시인의 기지, 인부의 힘, 병사의 자부심을
쇠사슬로 묶어놓으시고,
연인과 그의 신부 사이에
매끄러운 방패를 놓아 갈라놓으시네.

8

시계가 1시를 치자 고든은 가게 문을 쾅 닫고, 같은 거리에 있는 웨스트민스터 은행으로 뛰다시피 서둘러 갔다.

그는 조금은 의식적으로 주변을 경계하듯 코트 깃을 붙잡아 몸에 꼭 대고 있었다. 그곳에, 오른편 안쪽 주머니 속에 그 존재가 잘 믿기지 않는 물건이 모셔져 있었다. 미국 우표가 붙은 두툼하고 파란 봉투였다. 이 봉투 안에는 50달러짜리 수표가 들어 있었다. '고든 콤스톡' 앞으로 발행된 수표가!

그의 몸에 들러붙은 사각형 봉투가 뜨거운 인두처럼 또렷이 느껴졌다. 아침 내내, 봉투를 만지든 아니든 그 자리에 있는 봉투가 느껴졌다. 오른쪽 가슴 아래의 피부가 유난히 민감해진 것 같았다. 고든은 10분에 한 번씩 봉투에서 수표를 꺼내어 초조하게 살펴보았다. 수표는 까다로운 물건이다. 날짜나 서명에서 문제가 발견되면 처참한 꼴을 당할 것이다. 게다가 잃어버리기라도 하면 큰일이다. 요정의 황금처럼 저절로 사라져버릴지도 모른다.

수표는 고든이 몇 주나 몇 달 전 시 한 편을 필사적인 심정으로 보냈던 《캘리포니언 리뷰》에서 온 것이었다. 한참 전의 일이라 거의 잊고 있었는데, 오늘 아침 난데없이 이 편지가 날아왔다. 보통 편지가 아니었다! 영국의 편집자들은 절대 그런 식으로 편지를 쓰지 않는다. 편지에는 그의 시에 '아주 좋은 인상'을 받았다며, 다음 호에 실을 수 있도록 '노력'하겠다는 내용이 담겨 있었다. '호의'를 베풀어 작품을 더 보여줄 수 있겠느냐는 말도 덧붙어 있었다. (보여줄 수 있겠느냐고? 만세! ─ 플랙스먼이라면 이렇게 말하리라.) 그리고 편지와 함께 수표도 왔다. 시한 편에 50달러라니, 이토록 불황인 1934년에 터무니없는 바보짓처럼 보였다. 하지만 엄연히 수표가 있었다. 아무리 들여다봐도 진짜가 틀림없는 수표가.

고든은 수표를 현금으로 바꾸기 전까지는 마음을 놓지 못할 것 같았다. 은행에서 거부당할 수도 있었기 때문이다. 하지만 머릿속에서는 이미 이런저런 광경들이 흘러가고 있었다. 여자들의 얼굴들, 먼지 쌓인 보르도산 와인 병들과 1쿼트짜리 맥주잔들, 새 정장과 전당포에서 찾아온 외투, 로즈메리와 함께 보내는 브라이턴에서의 주말,

줄리아에게 건넬 빠닥빠닥한 5파운드짜리 지폐. 물론 가장 중요한 건 줄리아에게 줄 5파운드였다. 수표를 받았을 때 거의 제일 먼저 생각난 것이 줄리아에게 진 빚이었다. 그 돈으로 뭘 하든 절반은 줄리아에게 줘야 한다. 수년 동안 '빌린' 돈의 액수를 생각하면 그래야 마땅했다. 아침 내내 줄리아와 줄리아에게 진 빚이 언뜻언뜻 떠올랐다. 하지만 조금은 짜증스럽기도 했다. 30분 정도는 빚을 잊고, 10파운드를 마지막 한 푼까지 어떻게 쓸지 계획을 세우다가도 갑자기 줄리아가 떠오르는 것이었다. 착한 줄리아 누나! 누나의 몫을 떼어주어야 한다. 적어도 5파운드는. 5파운드를 갚는다 해도 줄리아에게 진 빚의 10분의 1도 되지 않았다. 고든은 약간의 불쾌감을 느끼며 스무 번째로 되새겼다. 줄리아에게 5파운드 줄 것.

은행은 수표를 문제 삼지 않았다. 고든은 은행 계좌가 없었지만, 매케크니 씨가 그곳과 거래했기 때문에 은행은 그를 잘 알고 있었다. 전에도 고든에게 편집자들의 수표를 현금으로 바꾸어준 적이 있었다. 단 1분의 심사 후 은행 직원이 돌아왔다.

"지폐로 드릴까요, 콤스톡 씨?"

"5파운드짜리 한 장, 나머지는 1파운드짜리로 주십시오."

얇고 매혹적인 5파운드짜리 지폐 한 장과 깨끗한 1파운드짜리 지폐 다섯 장이 놋쇠 가로대 밑으로 바스락바스락 미끄러져 나왔다. 그러고 나서 직원이 반 크라운 작은 더미와 페니 동전들을 쭉 밀었다. 고든은 거들먹거리며 동전을 세지도 않고 주머니로 던져 넣었다. 동전들은 작은 팁이나 마찬가지였다. 그는 50달러를 주면 10파운드를 받으리라 예상하고 있었다. 달러 가치가 생각보다 높은 모양이었다. 그는 5파운드짜리 지폐를 정성스레 접어 미국 봉투에 집어넣었다. 그것은 줄리아에게 줄 돈이었다. 절대 손대서는 안 될 돈. 고든은 그 돈을 곧 그녀에게 부칠 생각이었다.

그는 저녁을 먹으러 하숙집에 가지 않았다. 주머니에 10파운드—아니, 5파운드(고든은 돈의 절반이 이미 줄리아의 몫으로 정해져 있다는 사실을 자꾸 잊어버렸다)—가 있는데 왜 엽란이 있는 다이닝 룸에서 가죽처럼 질긴 쇠고기를 씹어야 하는가? 지금 당장은 줄리아에게 5파운드를 부치기가 귀찮았다. 오늘 저녁에 부쳐도 충분했다. 그리고 주머니 속에 지폐가 들어 있는 느낌이 참 좋았다. 주머니에 돈이 있다고 이렇게 기분이 달라지다니, 묘한 일이었다. 그저 부자가 된 기분이 아니라, 마음이 든든하고 기운이 솟고 다시 태어난 것만 같았다. 고든은 자신이 어제와 다른 사람처럼 느껴졌다. 그는 다른 사람이었다. 더 이상 그는 윌로베드로 31번지에서 핍박받으며 석유난로에 몰래 차를 끓여 먹는 불쌍한 인간이 아니었다. 그는 유럽과 미국 모두에서 유명한 시인, 고든 콤스톡이었다. 출간작들: 『생쥐들』(1932), 「런던의 환락」(1935). 이제

「런던의 환락」에 대한 확신이 생겼다. 석 달 안에 그 시는 빛을 보리라. 디마이 8절판*에 흰색 버크럼 표지를 씌울 것이다. 운이 트이기 시작한 지금 그는 무슨 일이든 거뜬히 해낼 수 있을 것 같았다.

고든은 프린스 오브 웨일스에 가서 약간의 음식으로 시장기를 달랬다. 고기와 두 가지 채소에 1실링 2펜스, 약한 에일 1파인트에 9펜스, 골드 플레이크 한 갑에 1실링. 이렇게 사치를 부리고도 아직 10파운드 넘는—아니, 5파운드 넘는—돈이 남아 있었다. 맥주를 마셔 속이 후끈하게 달아오른 고든은 5파운드로 할 수 있는 일들을 생각해보았다. 새 정장, 시골에서 보내는 주말, 파리 당일치기 여행, 코가 비뚤어지도록 술 마시기 다섯 번, 소호 식당에서의 저녁 식사 열 번. 그러고 보니, 오늘 밤 로즈메리와 래블스턴을 불러서 다 함께 저녁 식사나 할까 하는 생각이 들었다. 그저 그에게 찾아온 뜻밖의 행운을 축하하기 위해. 10파운드—5파운드—가 하늘에서 뚝 떨어지는 건 흔한 일이 아니다. 돈 걱정 없이 셋이서 맛 좋은 음식과 와인을 즐길 수 있다고 생각하니 그 유혹을 견디기 힘들었다. 그러다 문득 정신을 차렸다. 물론, 돈을 **몽땅** 쓰면 안 된다. 그래도 1-2파운드 정도는 여유가 있었다. 퍼브에 있는 전화로 몇 분 만에 래블스턴에게 연락

---

* 가로세로 142×221밀리미터 정도의 판형.

258

이 닿았다.

"래블스턴, 당신이에요? 래블스턴! 내가 오늘 저녁을 사겠습니다."

전화선 반대편에서 래블스턴은 약간 꺼리는 기색으로 말했다. "설마요! **나한테** 저녁을 사겠다고요?" 하지만 고든은 그를 꼼짝 못 하게 만들었다. 그냥 내 말 들어요! 고든은 **그에게** 저녁을 꼭 사야겠다고 고집을 부렸다. 래블스턴은 마지못해 찬성했다. 그러죠, 고마워요, 좋습니다. 그의 목소리에는 미안함과 난처함이 배어 있었다. 래블스턴은 고든에게 무슨 일이 일어났는지 짐작이 갔다. 어딘가에서 돈이 들어오자마자 흥청망청 쓰고 있는 것이리라. 언제나처럼 래블스턴은 자신이 간섭할 권리가 없다고 생각했다. 어디로 갈까요? 고든이 묻고 있었다. 래블스턴은 반 크라운으로 근사한 식사를 할 수 있는 소호의 작고 유쾌한 식당들을 추천하기 시작했다. 하지만 래블스턴이 입에 올리는 순간 고든에게는 그 소호 식당들이 변변찮게 들렸다. 고든은 그의 말을 들으려 하지 않았다. 말도 안 되는 소리! 품위 있는 곳으로 가야지. 마음 내키는 대로 다 해보자는 것이 고든의 속내였다. 2파운드, 아니 3파운드도 쓸 수 있을 것이다. 래블스턴이 평소에 가는 곳은? 모딜리아나라고 래블스턴은 털어놓았다. 하지만 모딜리아나는 아주—아니! 래블스턴은 '비싸다'라는 혐오스러운 단어를 전화상으로라도 차마 뱉을 수 없었다. 어떻게 하면 고든에게 그의 가난을 일깨워줄 수 있을까? 모딜리아니가 고든의 마음에 들지 않을 거라고, 래블스턴은 돌려 말했다. 하지만 고든은 만족스러웠다. 모딜리아니? 좋습니다, 거기서 8시 반에. 문제없다! 어쨌든, 저녁 식사로 3파운드까지 쓴다 해도 남은 2파운드로 새 신발과 조끼와 바지를 살 수 있을 것이다.

고든은 5분 후 로즈메리에게도 전화를 했다. 뉴 앨비언은 직원들에게 전화가 오는 것을 좋아하지 않았지만, 가끔은 괜찮았다. 닷새 전의 그 참담했던 일요일 여행 뒤로 로즈메리에게서 한 번 연락이 왔지만 그녀를 만나지는 않았다. 로즈메리는 그의 목소리를 알아듣고는 열성적으로 답했다. 오늘 저녁 같이 먹을까? 물론! 좋고말고! 그리고 10분 만에 모든 것이 정해졌다. 고든은 예전부터 로즈메리와 래블스턴을 서로 소개해주고 싶었지만 좀처럼 그런 자리를 마련할 수가 없었다. 돈이 조금만 있으면 이런 일이 훨씬 더 수월해진다.

고든은 택시를 타고 어스레한 거리를 지나 서쪽으로 향했다. 5킬로미터 정도 되는 거리였지만, 그래도 택시를 타고 갈 여유가 있었다. 돈 한 푼 아끼려다 더 큰 것을 잃을 수는 없었다. 그는 오늘 저녁에 2파운드만 쓰겠다는 결심을 접었다. 3파운드나 3파운드 10실링, 기분이 내키면 4파운드까지 쓸 요량이었다. 일단 저질러놓고 보자는 생각이었다. 아, 참! 줄리아 누나의 5파운드. 아직 돈을 부치지 않았다. 상관없다. 내일 아침 일어나자마자 부치면 된다. 착한 줄리아! 누나에게 꼭 5파운드를 갚아야 한다.

택시 쿠션이 엉덩이에 닿는 느낌이 무척이나 관능적이었다. 축 늘어진 몸이 이리저리 흔들렸다. 물론 그는 출발하기 전까지 술을 마시고 있었다. 두 잔, 아니 어쩌면 석 잔을 연거푸 마셨다. 통통한 몸에 표정이 냉철한 택시 기사는 얼굴이 햇볕에 그을렸고, 모든 비밀을 다 아는 듯한 눈빛을 하고 있었다. 택시 기사와 고든은 서로를 이해했다. 고든이 한잔하고 있던 바에서 두 사람은 친구가 되었다. 웨스트엔드에 가까워지자 택시 기사는 고든이 부탁하지도 않았는데 어느 모퉁이의 눈에 띄지 않는 퍼브 앞에 차를 세웠다. 택시 기사는 고든의 마음을 알아챘다. 고든은 간단히 한잔하고 싶었다. 택시 기사도 마찬가지였다. 하지만 술값을 낼 사람은 고든이었다. 이 역시 암묵적으로 합의된 일이었다.

"내 생각을 읽으셨군요." 고든은 택시에서 내리며 말했다.

"그럼요, 선생."

"안 그래도 한잔하려던 참이었는데."

"그럴 줄 알았다오, 선생."

"같이 한잔하시렵니까?"

"뜻이 있는 곳에 길이 있다지요."

"안으로 들어갑시다."

그들은 놋쇠 테두리가 둘린 바에서 다정하게 붙어 앉

아 택시 기사의 담배 두 개비에 불을 붙였다. 고든은 재치 있고 대범한 사람이 된 기분이었다. 택시 기사에게 자신의 인생사를 들려주고 싶었다. 그때 흰 앞치마를 두른 바텐더가 서둘러 그들에게 왔다.

"뭘로 드릴까요?" 바텐더가 물었다.

"진요." 고든이 답했다.

"나도 같은 걸로." 택시 기사가 말했다.

두 사람은 더욱더 다정하게 술잔을 부딪쳤다.

"생일을 축하하며." 고든이 말했다.

"오늘이 생일이시오, 선생?"

"은유적으로 말하자면 그렇다는 거죠. 새로 태어난 날이랄까."

"난 별로 배우지 못한 사람이라."

"비유를 써서 말한 겁니다."

"난 영어면 족하다오."

"그건 셰익스피어의 언어였죠."

"혹시 글 쓰시는 분인가?"

"내가 그렇게 고리타분해 보입니까?"

"고리타분해 보이는 게 아니라 지식인처럼 보인다오."

"맞습니다. 시인이죠."

"시인이라! 하기야 세상엔 별별 사람이 다 있으니까."

"정말 죽여주는 세상이죠."

오늘 저녁 고든의 생각은 서정적으로 움직였다. 그들

은 진을 한 잔씩 더 마셨고, 또 한 잔 마신 뒤 거의 팔짱을 끼다시피 하며 택시로 돌아갔다. 이로써 고든은 오늘 저녁에만 진을 다섯 잔 마셨다. 혈관 속에서 진이 피와 한데 뒤섞여 흐르는 것처럼 묘한 기분이 들었다. 그는 좌석 구석에 편안히 기대어, 푸르스름한 어둠 속을 헤엄치듯 지나가는 휘황찬란한 대형 공중 광고판들을 지켜보았다. 불길하게 푸르고 붉은 네온 불빛도 지금은 기분 나쁘지 않았다. 택시는 어찌나 매끄럽게 움직이는지! 차가 아니라 곤돌라 같았다. 이 역시 돈 덕분이었다. 돈이 차바퀴에 기름칠을 했다. 고든은 그를 기다리고 있는 저녁을 생각했다. 좋은 음식, 좋은 와인, 좋은 대화─무엇보다, 돈걱정 없이. 푼돈을 가지고 옹졸하게 굴면서 '이건 못 해', '저건 못 해!'라고 푸념할 필요도 없다. 로즈메리와 래블스턴은 그가 돈을 많이 쓰지 못하도록 막을 것이다. 하지만 고든은 그들이 입도 떼지 못하게 할 작정이었다. 기분이 내키면 가진 돈을 남김없이 쓰리라. 10파운드를 전부다 쓰고 파산하는 한이 있더라도! 적어도 5파운드는 써야지. 줄리아 생각이 얼핏 났다가 다시 사라져버렸다.

모딜리아니에 도착할 즈음엔 술이 깼다. 관절이 거의 없는 반짝이는 대형 밀랍 인형처럼 생긴 거구의 수위가 뻣뻣하게 걸어와 택시 문을 열어주었다. 험상궂은 눈이 고든의 옷차림을 곁눈질로 흘겨보았다. 모딜리아니는 '차려입고' 가야 하는 식당은 아니었다. 굉장히 자유분방

한 분위기였다. 하지만 자유분방함에도 여러 방식이 있고, 고든의 방식은 그곳에 어울리지 않았다. 고든은 신경 쓰지 않았다. 그는 택시 기사에게 다정한 작별 인사를 건넨 다음 요금에 반 크라운의 팁을 더해주었다. 그러자 수위의 눈이 조금 부드럽게 풀렸다. 바로 그때 래블스턴이 문간에서 나왔다. 물론 수위는 래블스턴을 알았다. 훤칠하니 멋들어진 몸에 추레한 옷차림을 했지만 귀족의 고상함을 풍기는 래블스턴이 조금 침울한 눈빛을 한 채 인도로 어슬렁어슬렁 나왔다. 그는 벌써부터 고든이 저녁 식사에 쓸 돈 때문에 걱정하고 있었다.

"아, 왔군요, 고든!"

"안녕하세요, 래블스턴! 로즈메리는 어디 있어요?"

"아마 안에서 기다리고 있겠죠. 난 로즈메리를 본 적이 없잖습니까. 그런데, 고든, 잠깐만요! 들어가기 전에 하고 싶은 말이……."

"아, 저기 로즈메리가 오는군요!"

그녀는 가볍고 유쾌한 걸음으로 그들을 향해 오고 있었다. 마치 투박한 대형 화물선들 사이를 소리 없이 미끄러지는 구축함처럼, 인파 속을 누비듯 지나왔다. 그리고 늘 그렇듯 옷차림이 멋졌다. 셔블 모자를 흉내 낸 모자가 도발적인 각도로 기울어져 있었다. 고든은 심장이 두근거렸다. 저기 내 여자가 오고 있다! 래블스턴에게 그녀를 소개해줄 생각을 하니 의기양양해졌다. 오늘 밤 로즈메리는 무척 생기발랄했다. 그녀 자신이나 고든에게 지난 번의 재앙 같은 여행을 상기시키지 않으리라, 단단히 마음먹은 기색이었다. 고든이 로즈메리와 래블스턴을 서로 소개해주고 다 같이 안으로 들어갈 때 그녀가 조금 지나치다 싶을 정도로 쾌활하게 웃고 말하는 것 같기도 했다. 하지만 래블스턴은 로즈메리를 보자마자 호감을 느꼈다. 사실 그녀를 만나는 모든 사람이 그랬다. 식당 안으로 들어가는 순간 고든은 기가 죽었다. 지독하리만치 예술적으로 세련된 곳이었다. 거무스름한 접이식 테이블들, 백랍 촛대들, 벽에 걸린 현대 프랑스 화가들의 그림. 거리를 그린 한 풍경화는 위트릴로의 작품 같았다. 고든은 어깨에 힘을 주었다. 젠장, 두려울 게 뭐가 있단 말인가? 주머니에 5파운드짜리 지폐가 봉투 속에 고이 모셔져 있었다. 물론 줄리아의 5파운드였다. 그걸 쓰진 않을 것이다. 하지만 그 존재만으로도 마음이 든든해졌다. 그것은 일종의 부적이었다. 그들은 저쪽 끝에 있는 구석 테이블—래블스턴이 애용하는 그 테이블—로 가고 있었다. 래블스턴은 로즈메리에게 목소리가 들리지 않도록 팔을 잡아 고든을 약간 뒤로 끌어당겼다.

"고든, 잠깐만요!"

"왜요?"

"저기, 오늘 저녁은 **내가** 살게요."

"그게 무슨 소립니까! 내가 낼 겁니다."

"내가 사게 해줘요. 그 돈을 다 써버리면 안 돼요."

"오늘 밤엔 돈 얘기 하지 맙시다."

"그럼 반반씩 내죠." 래블스턴은 애원하듯 말했다.

"내가 낸다니까요." 고든은 단호하게 밀어붙였다.

래블스턴은 결국 입을 다물었다. 백발의 뚱뚱한 이탈리아인 웨이터가 구석 테이블 옆에서 고개를 숙이며 미소 짓고 있었다. 하지만 고든이 아니라 래블스턴을 향한 미소였다. 고든은 얼른 존재감을 드러내야겠다는 생각을 하며 자리에 앉았다. 그는 웨이터가 내민 메뉴판을 물렸다.

"먼저 마실 것부터 정하겠습니다."

"난 맥주로 하죠." 래블스턴은 조금 가라앉은 표정으로 서둘러 말했다. "지금은 맥주 생각밖에 안 나는군요."

"나도요." 로즈메리가 말했다.

"그게 무슨 소립니까! 와인을 마셔야지. 레드로 할까요, 화이트로 할까요? 와인 리스트 좀 주십시오." 고든이 웨이터에게 말했다.

"그럼, 담백한 보르도산으로 하죠. 메도크나 생쥘리앵 같은 걸로." 래블스턴이 말했다.

"난 생쥘리앵이 좋아요." 생쥘리앵이 항상 리스트에서 가장 싼 와인이라는 사실을 기억한 로즈메리가 말했다.

고든은 속으로 욕을 퍼부었다. 이 사람들 보라지! 둘은 벌써 한통속이 되어 그가 돈을 쓰지 못하게 막으려 하고 있었다. '당신은 그럴 형편이 안 돼'라는 지독하고 지긋지긋한 분위기가 끝까지 이어지리라. 그러자 고든은 더더욱 사치를 부리고 싶어졌다. 방금 전까지만 해도 부르고뉴 와인으로 타협을 볼 생각이었다. 지금은 정말 비싼 와인을 주문하기로 결심을 굳혔다. 거품이 일고, 톡 쏘는 맛의 와인. 샴페인으로 할까? 아니다, 두 사람은 샴페인을 반대할 것이다. 아!

"아스티 있습니까?" 고든이 웨이터에게 물었다.

웨이터는 와인 병을 따주고 받을 팁을 생각하며 갑자기 환하게 웃었다. 웨이터는 식사비를 치를 사람이 래블스턴이 아니라 고든이라는 사실을 이제 알아차렸다. 웨이터는 프랑스인과 영국인의 혼혈인 척하며 그 독특한 억양으로 답했다.

"아스티요, 손님? 그럼요. 아주 좋은 아스티가 있지요! 아스티 스푸만테. Très fin(정말 고급이랍니다)! Très vif(거품이 강하지요)!"

래블스턴은 맞은편에 앉은 고든의 눈을 걱정스럽게 바라보았다. 당신은 그럴 형편이 안 돼! 래블스턴의 눈은 이렇게 애원하고 있었다.

"거품 나는 와인이죠?" 로즈메리가 물었다.

"거품이 아주 많이 난답니다, 손님. 발포성 와인이죠. Très vif! 펑!" 웨이터는 통통한 손을 놀려, 작은 폭포처럼 쏟아져 내리는 거품을 표현했다.

"아스티로 할게요." 로즈메리가 말리기도 전에 고든이

말해버렸다.

래블스턴의 표정이 어두워졌다. 아스티 한 병을 주문하면 고든이 10실링이나 15실링을 써야 한다는 걸 그는 알고 있었다. 고든은 딴청을 부리며 스탕달―산세베리나 공작부인*과 '많은 양의 아스티산 와인'―에 관해 이야기하기 시작했다. 얼음통에 든 아스티가 도착했다. 래블스턴은 이건 실수라고 고든에게 말해줄걸 하는 생각이 들었다. 코르크 마개가 빠졌다. 펑! 거세게 일어난 와인 거품이 넓적한 유리잔 속으로 쏟아져 들어갔다. 신기하게도 테이블의 분위기가 바뀌었다. 세 사람 모두에게 무슨 일인가가 벌어졌다. 아직 마시지도 않은 와인이 마술을 부린 듯했다. 로즈메리는 긴장이 풀렸고, 래블스턴은 비용에 대한 걱정 어린 집착이 사라졌으며, 고든은 돈을 마구 쓰겠다는 반항적인 결심을 버렸다. 그들은 안초비, 버터 바른 빵, 넙치 튀김, 브레드 소스를 곁들인 꿩 구이, 감자튀김을 먹었다. 하지만 주로 술을 마시며 대화를 나누었다. 정말이지 멋진 대화였다―적어도 그들에게는 그래 보였다! 그들은 현대 세계의 잔혹함과 현대 책들의 잔혹함을 이야기했다. 요즘 세상에 달리 무슨 대화를 나누겠는가? 늘 그러듯(하지만, 오! 평소와 너무도 달랐

---

* 프랑스 작가 스탕달의 소설 『파르마의 수도원』에 등장하는 인물. 소설의 한 장면에서 그녀는 하인에게 산세베리나 가의 저택으로 가서 '많은 양의 아스티산 네비올로 와인'을 가져오라고 명령한다.

다. 주머니에 돈이 있고, 자기가 하고 있는 말을 진심으로 믿지 않았으니까) 고든은 우리가 살고 있는 시대의 무기력함과 끔찍함을 줄줄이 읊어댔다. 콘돔과 기관총! 롤런드 버타와《데일리 메일》! 주머니에 동전 한두 닢 넣고서 길거리를 걸어 다닐 땐 뼛속 깊이 사무치는 진실이었지만, 지금 이 순간은 농담에 불과했다. 우리가 무기력하게 썩어가는 세상에 살고 있음을 증명해 보이는 건 아주 재미있었다―좋은 음식과 좋은 와인이 배 속에 들어 있을 땐 **재미있다.** 고든은 현대문학을 희생양 삼아 재담을 발휘하고 있었다. 세 사람 모두 그랬다. 작품을 발표하지 못하고 있는 시인의 순수한 냉소로, 고든은 명성 높은 작가들을 한 명씩 깎아내렸다. 쇼, 예이츠, 엘리엇, 조이스, 헉슬리, 루이스, 헤밍웨이―그들이 경솔하게 끄적인 한두 구절이 쓰레기통으로 버려졌다. 영원히 이럴 수만 있다면 얼마나 즐거울까! 그리고 물론 이 순간 고든은 영원히 그**럴 수 있으리라** 믿었다. 아스티 첫 병을 딴 후 고든은 석 잔, 래블스턴은 두 잔, 로즈메리는 한 잔을 마셨다. 고든은 맞은편 테이블의 여자가 그를 지켜보고 있다는 걸 알아챘다. 조가비 같은 분홍빛 피부에 아몬드 모양의 눈이 근사한, 키가 크고 우아한 여자였다. 한눈에도 부자처럼 보였다. 돈 많은 지식층. 여자는 고든에게 흥미를 느끼고 있었다. 그가 누군지 궁금해하고 있었다. 고든은 자기도 모르게 여자를 의식하며 특별한 재담을 지어냈다. 그리고 그의 재담은 의심의 여지 없이 **훌륭했다**. 이 역시 돈 덕분이었다. 택시의 바퀴뿐만 아니라 생각의 바퀴에도 기름칠을 하는 돈.

하지만 어째서인지 두 번째 아스티는 첫 번째만큼 그리 성공적이지 못했다. 우선 주문부터 매끄럽지 않았다. 고든은 웨이터를 손짓으로 불렀다.

"아스티 한 병 더 있습니까?"

웨이터는 환하게 웃었다. "네, 손님! Mais certainement, monsiuer(있고말고요, 선생님)!"

로즈메리는 얼굴을 찡그리며 테이블 밑으로 고든의 발을 톡톡 쳤다. "아니, 고든, **안 돼!** 그러지 마."

"뭘?"

"한 병 더 주문하는 거. 충분히 마셨잖아."

"무슨 소리야! 한 병 더 줘요, 웨이터."

"알겠습니다, 손님."

래블스틴은 코를 문질렀다. 그는 죄책감 어린 눈으로 차마 고든을 쳐다보지 못하고 와인 잔을 보며 말했다. "저기, 고든. 이번에는 **내가** 사겠습니다. 그렇게 하게 해 줘요."

"무슨 소립니까!" 고든이 또 말했다.

"그럼 반병만 주문해." 로즈메리가 말했다.

"한 병 갖다줘요, 웨이터." 고든이 말했다.

그 후로 분위기가 싹 바뀌었다. 그들은 여전히 대화를

나누고, 웃고, 언쟁을 벌였지만, 아까와는 달랐다. 맞은편 테이블의 우아한 여자는 이제 고든을 쳐다보지 않았다. 어쩐지 고든의 재담은 힘을 잃어버렸다. 와인을 한 병 더 주문하는 건 거의 언제나 안 좋은 결과를 낳는다. 여름 낮에 두 번 수영하는 것과 마찬가지다. 날이 아무리 덥다 해도, 첫 수영이 아무리 즐거웠다 해도, 두 번째로 물속에 들어가면 항상 후회하게 되는 것이다. 와인이 부렸던 마술은 사라져버렸다. 첫 번째 병보다 거품이 덜 일어나는 것 같았다. 절반은 넌더리를 내며, 절반은 얼른 취했으면 하는 바람으로 벌컥벌컥 마시게 되는 버겁고 시큼한 액에 불과했다. 고든은 이제 확실히, 하지만 티 나지 않게 취해 있었다. 절반은 취했고, 나머지 절반은 멀쩡했다. 취기의 두 번째 단계에 접어들 때 느껴지는 기묘하고도 몽롱한 감각이 고든에게 찾아들었다. 얼굴이 부어오르고 손가락이 더 두툼해진 것 같은 느낌이었다. 하지만 정신이 멀쩡한 나머지 절반 덕분에 겉모습은 차분해 보였다. 대화는 점점 더 따분해졌다. 고든과 래블스턴은 작은 소동을 피워놓고 그걸 인정하지 않으려 하는 사람들 특유의 무심하고 어색한 태도로 대화를 나누었다. 그들은 셰익스피어에 관해 이야기했다. 대화는 햄릿의 의미에 관한 기나긴 토론으로 흘러갔다. 아주 지루했다. 로즈메리는 하품을 참았다. 고든의 멀쩡한 절반은 떠들어대고, 취한 절반은 한쪽에 비켜서서 들었다. 취한 절반은 화가 잔뜩 나 있었다. 저들은 와인을 한 병 더 주문하는 문제를 두고 왈가왈부하여 그의 저녁을 망쳐놓았다, 젠장! 제대로 취해서 빨리 이 자리를 마무리 짓고 싶은 마음뿐이었다. 두 번째 병의 여섯 잔 가운데 넉 잔을 그가 마셨다. 로즈메리가 더는 마시지 않겠다고 했기 때문이다. 하지만 이렇게 약한 술은 그리 큰 도움이 되지 못했다. 취한 절반은 한 잔 더, 한 잔 더, 한 잔 더 요구했다. 1쿼트짜리 잔에다, 들통에다 맥주를 마시고 싶어! 흥이 나도록 진탕! 나중에 꼭 그렇게 마시리라. 고든은 안주머니에 모셔져 있는 5파운드짜리 지폐를 떠올렸다. 어쨌든 그에게는 낭비할 돈이 아직 남아 있었다.

모딜리아니 내부의 어딘가에 숨겨져 있는 시계가 음악을 연주하듯 10시를 쳤다.

"이제 그만 나갈까요?" 고든이 말했다.

래블스턴은 죄책감 어린 표정으로 애원하듯 테이블 맞은편의 고든을 바라보았다. 나도 같이 낼게요! 래블스턴의 눈은 이렇게 말하고 있었다. 고든은 그 눈빛을 무시했다.

"카페 임페리얼로 갑시다." 고든이 말했다.

계산서도 그의 취기를 깨우진 못했다. 와인에 30실링을 쓴 탓에 2파운드가 조금 넘는 금액이 나왔다. 물론 그는 계산서를 나머지 두 사람에게 보여주지 않았지만, 그들은 고든이 계산하는 것을 보았다. 그는 1파운드짜리 지폐 넉 장을 웨이터의 쟁반 위로 획 던지며 "거스름돈은 됐어요"라고 아무렇지도 않은 듯 말했다. 이로써 고든에 게 남은 돈은 5파운드를 빼면 10실링 정도였다. 래블스 턴은 로즈메리에게 코트를 입혀주고 있었고, 로즈메리는 웨이터에게 지폐를 던지는 고든을 보며 깜짝 놀라 입을 벌렸다. 저녁 식사에 4파운드나 들 줄은 생각도 못 했다. 그런 식으로 돈을 던지는 고든을 보니 기가 막혔다. 래블 스턴은 못마땅한 듯 표정이 어두워졌다. 고든은 또 속으 로 그들에게 욕을 퍼부었다. 뭐가 그리도 걱정이란 말인 가? 그는 충분히 감당할 수 있었다. 그에게는 아직 5파운 드가 있었다. 단 1페니만 남겨 집에 간다 한들 어떠랴!

하지만 겉으로 보기에 고든은 전혀 취한 것 같지 않았 고, 30분 전보다 훨씬 더 가라앉아 있었다. "카페 임페리 얼까지 택시로 갑시다."

"걸어가! 바로 코앞이잖아." 로즈메리가 말했다.

"아니, 택시로 가."

그들이 탄 택시가 출발했다. 로즈메리 옆에 앉은 고든 은 래블스턴이 있든 말든 한 팔로 그녀를 감싸 안을까 생 각 중이었다. 하지만 바로 그 순간 차가운 밤공기가 휘 몰아쳐 들어와 고든의 이마를 때렸다. 그는 충격에 휩 싸였다. 한밤중에 갑자기 깊은 잠에서 깨어나 끔찍한 현 실 ─ 언젠가는 죽을 운명이라든가, 인생에 실패했다든 가 하는 ─ 을 자각하는 것과 흡사했다. 아마도 1분 정도 는 술이 확 깨어 말짱한 정신으로 돌아온 듯했다. 그는 자기 자신에 관한 모든 것, 그리고 자신이 저지르고 있는 어리석은 짓을 알았다. 너무도 어리석게 5파운드를 낭비했고, 이제는 줄리아의 5파운드마저 써버리려 하고 있었다. 쓸쓸하고 냉랭한 셋방에 홀로 있는 줄리아의 모습이 순식간에, 하지만 끔찍하리만치 생생하게 머릿속을 스치고 지나갔다. 누나의 여윈 얼굴과 희끗희끗한 머리칼. 가엾고 착한 줄리아! 고든을 위해 자신의 인생을 희생하고, 그에게 끊임없이 돈을 빌려준 줄리아. 그런데 염치없게도 그런 줄리아의 5파운드에 손을 대려 하다니! 고든은 이런 생각으로부터 뒷걸음질 쳤다. 취기를 피신처 삼아 다시 달아나버렸다. 빨리, 빨리 달려, 술이 깨고 있잖아! 술, 술을 더 줘! 처음의 그 편안한 황홀감을 되찾아야지! 밖으로 아직 영업 중인 어느 이탈리아 식료품점의 알록달록한 창이 보였다. 고든은 창유리를 세게 두드렸다. 택시가 멈추어 섰다. 고든은 로즈메리의 무릎을 지나 차 밖으로 내리기 시작했다.

"어디 가려고, 고든?"

"처음의 그 편안한 황홀감을 되찾아야지." 인도에서 고든이 말했다.

"뭐?"

"술을 더 마셔야겠어. 30분 후면 퍼브들이 다 문을 닫을 거야."

"안 돼, 고든, 안 돼! 이제 그만 마셔. 이미 충분히 마셨잖아."

"기다리고 있어!"

그는 1리터짜리 키안티 와인 한 병을 조심스레 안고 나왔다. 식료품점 주인이 코르크 마개를 뺐다가 다시 느슨하게 끼워주었다. 로즈메리와 래블스턴은 고든이 취했다는 걸, 그들을 만나기 전부터 술을 마시고 있었다는 걸 이제야 깨달았다. 두 사람은 당혹스러웠다. 그들은 카페 임페리얼에 들어갔지만, 최대한 빨리 고든을 하숙집에 데려가 재울 생각을 하고 있었다. 로즈메리는 고든의 등 뒤에서 속삭였다. **"제발** 이 사람이 술을 더 못 마시게 막아줘요!"** 래블스턴은 어두운 표정으로 고개를 끄덕였다. 앞장선 고든은 안고 있는 와인 병을 다른 손님들이 쳐다보든 말든 신경 쓰지 않고 어느 빈 테이블로 당당하게 걸어갔다. 그들은 앉아서 커피를 주문했고, 래블스턴은 브랜디도 함께 주문하려는 고든을 어렵사리 말렸다. 그들 모두 기분이 썩 좋지 않았다. 거대하고 현란한 카페는 끔찍했다. 숨이 막힐 듯 더운 데다, 수백 명이 지껄여대는 소리, 접시와 술잔이 달그락거리는 소리, 간간이 악을 써대는 밴드 때문에 귀청이 떨어져 나갈 듯 시끄러웠다. 세 사람 모두 밖으로 나가고 싶은 마음이었다. 래블스턴은 여전히 비용을 걱정하고 있었고, 로즈메리는 술에 취한 고든이 걱정스러웠으며, 고든은 초조하고 목이 말랐다. 여기로 오고 싶었었지만, 도착하자마자 달아나고 싶어졌다. 그의 취한 절반은 재미를 요구하고 있었다. 그리고 곧 고삐 풀린 망아지가 될 참이었다. 맥주 줘, 맥주! 취한 절반은 이렇게 울부짖었다. 고든은 이 답답한 곳이 싫었다. 맥주가 줄줄 흘러나오는 커다란 술통들과 거품으로 덮인 맥주잔들이 있는 퍼브의 바가 환영처럼 보였다. 그는 시계에 눈을 고정했다. 10시 반이 가까워졌고, 웨스트민스터의 퍼브들도 11시에는 문을 닫을 것이다. 맥주를 놓칠 순 없다! 와인은 나중에 퍼브들이 문을 닫았을 때를 대비한 것이었다. 그의 맞은편에 앉은 로즈메리가 래블스턴에게 말을 건넸다. 그녀는 불편한 기색이었지만, 아무 문제도 없는 척, 즐거운 척 연기하고 있었다. 그들은 아직도 셰익스피어에 관해 무의미한 대화를 나누고 있었다. 셰익스피어를 싫어하는 고든은 로즈메리가 말하는 모습을 지켜보고 있다가, 그녀를 향한 격렬하고도 비뚤어진 욕정에 휩싸였다. 그녀는 팔꿈치를 테이블에 괸 채 몸을 앞으로 구부리고 있었다. 고든은 로즈메리의 원피스 속에 있는 작은 가슴이 눈에 선했다. 그녀의 알몸을 본 적 있다는 사실이 떠오르자 충격으로 숨이 턱 막히면서 다시 한번 취기가 거의 달아나버렸다. 그녀는 그의 여자였다! 그가 원하면 언제든 그녀를 가질 수 있다! 맹세코 오늘 밤 그녀를 가지리라! 안 될 것도 없잖은가. 오늘 저녁에 걸맞은 마무리였다. 장소는 쉽게 찾을 수 있을 것이다. 새프츠베리가 부근에는 숙박비만 내면 아무것도 묻지 않는 호텔들이 많다. 고든에게는 아직 5파운드가 있었다. 고든은 부드럽게 애무한답시고 테이블 밑으로 로즈메리의 발을 건드리다가 발가락을 밟고 말았다. 그녀는 그에게서 발을 멀리 떼어놓았다.

"이만 나가지." 고든은 불쑥 말하며 일어났다.

"오, 그래!" 로즈메리는 안도하며 말했다.

그들은 다시 리전트가로 돌아와 있었다. 왼편에는 피커딜리 광장이 휘황찬란하게 빛나며 소름 끼치는 빛의 웅덩이를 만들어냈다. 로즈메리는 맞은편의 버스 정류장으로 눈을 돌렸다.

"10시 반이야. 11시까지는 돌아가야 하는데." 그녀는 걱정스럽게 말했다.

"무슨 소리야! 괜찮은 퍼브나 찾아보자고. 맥주를 놓칠 순 없지."

"오, 안 돼, 고든! 오늘 밤은 이 정도로 끝내. 난 더 이상 못 마셔. 당신도 마찬가지고."

"상관없어. 이리 와."

고든은 로즈메리의 팔을 잡고는, 달아날까 봐 걱정스러운 듯 꼭 붙든 채 리전트가의 안쪽으로 데려갔다. 래블스턴에 대해서는 새까맣게 잊어버렸다. 래블스턴은 단둘이 남겨두고 떠나야 할지, 머물면서 고든을 지켜봐야 할지 고민하며 두 사람을 따라갔다. 로즈메리는 고든이 팔을 잡아끄는 것이 마음에 들지 않아 멈칫거렸다.

"어디 가는 거야, 고든?"

"어두운 구석으로. 당신한테 키스하고 싶어."

"난 싫어."

"싫긴."

"싫다니까!"

"아니야!"

로즈메리는 그가 이끄는 대로 따라갔다. 래블스턴은 어찌할 바를 몰라 리전트 팰리스 호텔 옆의 모퉁이에 서서 기다렸다. 고든과 로즈메리는 모퉁이를 돌자마자 더어둑하고 더 좁은 거리로 들어섰다. 분홍색 분을 칠한 해골처럼 생긴 매춘부들의 오싹한 얼굴이 여러 문간에서 유심히 내다보고 있었다. 로즈메리는 몸을 움츠렸다. 고든은 이 상황이 재미있었다.

"당신도 자기들 같은 여자인 줄 아나 봐." 고든이 로즈메리에게 설명했다.

그는 와인 병을 인도의 벽에 조심스럽게 기대어놓고는 갑자기 로즈메리를 붙잡아 몸을 뒤로 젖혔다. 그녀를 간절히 원한 그는 뜸 들이며 시간을 허비하고 싶지 않았다. 그는 로즈메리의 온 얼굴에 서툴면서도 아주 거칠게 키스를 퍼붓기 시작했다. 잠시 동안 고든을 내버려 두고 있던 로즈메리는 겁에 질렸다. 그녀의 얼굴에 바싹 붙은 그의 얼굴이 창백하니 괴상했고, 딴 데 정신이 팔린 것처럼 보였다. 그에게서 와인 냄새가 강하게 풍겼다. 로즈메리가 몸부림치며 고개를 돌리자 고든은 그녀의 머리칼과 목에 키스했다.

"고든, 그만해!"

"왜?"

"지금 뭐 하는 거야?"

"뭐 하고 있는 것 같아?"

고든은 로즈메리를 벽에 밀어붙이고는, 술에 취한 남자의 조심스럽고 집착 어린 동작으로 그녀의 원피스 앞을 풀어헤치려 했다. 하지만 앞으로 벗을 수 없는 원피스였다. 이번엔 로즈메리도 화가 났다. 그녀는 고든의 손을 옆으로 뿌리치며 심하게 몸부림쳤다.

"고든, 당장 그만둬!"

"왜?"

"한 번만 더 그러면 당신 뺨을 때릴 거야."

"내 뺨을 때려? 나한테 걸가이드*처럼 굴지 마."

"놔줘, 빨리!"

"지난 일요일을 생각해봐." 고든이 음란하게 말했다.

"고든, 지금 관두지 않으면 당신을 때릴 거야, 정말로."

"설마."

고든은 로즈메리의 원피스 속으로 곧장 손을 밀어 넣

---

* 1909년에 영국에서 소녀들의 수양과 교육을 위해 창설된 단체로 걸스카우트로 발전했다.

었다. 낯선 사람에게 하듯, 아주 폭력적인 동작이었다. 로즈메리는 고든의 표정을 보고 그 사실을 알아차렸다. 그에게 그녀는 더 이상 로즈메리가 아니라, 그저 한 여자, 한 여자의 몸뚱어리에 불과했다. 그래서 화가 난 그녀는 몸을 비틀어 겨우 그에게서 벗어났다. 고든은 다시 로즈메리를 쫓아가 팔을 움켜잡았다. 로즈메리는 있는 힘껏 고든의 뺨을 후려치고 그로부터 멀찍이 물러났다.

"왜 이러는 거야?" 그는 아프지 않았지만 뺨을 만지며 말했다.

"더 이상은 못 참겠어. 집에 갈래. 내일은 당신도 정신을 차리겠지."

"젠장! 나랑 같이 가. 오늘은 나랑 자야 하니까."

"잘 가!" 로즈메리는 이렇게 말하고는 어둑한 골목을 따라 달아났다.

순간 고든은 그녀를 따라갈까 생각했지만, 다리가 너무 무거웠다. 어차피 헛수고일 것 같았다. 그는 래블스턴이 있는 곳으로 어슬렁어슬렁 돌아갔다. 래블스턴은 고든이 걱정되기도 하고, 뒤에서 기대 어린 표정으로 서성이는 매춘부 두 명을 알아채지 못한 척하느라 침울한 표정으로 혼자 기다리고 있었다. 래블스턴이 보기에 고든은 만취한 것 같았다. 머리칼은 이마로 흘러내려 와 있고, 얼굴 한쪽은 아주 창백한데 한쪽은 붉게 얼룩져 있었다. 로즈메리에게 맞은 자국이었지만, 래블스턴은 취기로 인한 홍조라고 생각했다.

"로즈메리는 어쩌고요?" 래블스턴이 물었다.

"갔습니다." 고든은 손을 한 번 흔드는 것으로 모든 설명을 끝내고는 덧붙여 말했다. "하지만 밤은 이제부터 시작이죠."

"저기, 고든, 이제 잘 시간입니다."

"그래요, 자야죠. 하지만 혼자서는 안 잘 겁니다."

고든은 연석에 서서, 한밤중의 흉측한 어둠 속을 물끄러미 들여다보았다. 순간 죽을 것 같은 기분이 들었다. 얼굴이 뜨겁게 달아올랐다. 온몸이 불타며 부르트는 듯한 무시무시한 느낌이었다. 특히 머리가 당장이라도 터져버릴 것만 같았다. 어쩐 일인지 사악한 불빛이 이런 감각에 일조하고 있었다. 그는 눈부신 붉은빛과 푸른빛이 화살처럼 위아래로 움직이며 깜박이는 옥상 광고들을 지켜보았다. 침몰하는 배에서 여전히 번쩍이는 불빛처럼, 운이 다한 문명의 끔찍하고 불길한 광휘. 그는 래블스턴의 팔을 붙잡고, 손을 휘휘 저어 피커딜리 광장 전체를 가리키며 말했다.

"지옥 불은 바로 이런 모습일 겁니다."

"아마도 그렇겠죠."

래블스턴은 빈 택시를 찾고 있었다. 얼른 고든을 하숙집에 데려가 침대에 눕힐 생각뿐이었다. 고든은 자신이 느끼고 있는 것이 환희인지 고통인지 분간이 가질 않았다. 불타는 듯한, 터질 듯한 느낌이 굉장히 무서웠다. 그의 멀쩡한 절반은 아직 죽지 않았다. 멀쩡한 절반은 그가 무슨 짓을 저질렀는지, 무슨 짓을 하고 있는지 아주 또렷이 알고 있었다. 그는 내일이 되면 차라리 자살하고 싶어질 만한 어리석은 짓을 저질렀다. 5파운드를 무의미하게 낭비했고, 줄리아의 돈을 훔쳤으며, 로즈메리를 모욕했다. 그리고 내일, 오, 내일이 되면 술이 깨고 멀쩡한 정신으로 돌아올 것이다! 집에 가, 집에 가라고! 멀쩡한 절반이 소리쳤다. 닥쳐! 취한 절반은 콧방귀를 뀌었다. 취한 절반은 여전히 재미를 찾고 있었다. 그리고 취한 절반이 더 강했다. 맞은편 어딘가에 불타는 듯 시뻘건 시계가 있었다. 10시 40분. 퍼브들이 문 닫기 전에 서둘러! Haro! la gorge m'ardi!(살려줘! 내 목이 불타고 있어!)* 다시 한번 고든의 생각이 서정적으로 움직였다. 그때 옆구리에 딱딱하고 둥근 형태가 느껴져 내려다봤더니, 키안티 병이었다. 그는 코르크 마개를 비틀어 뺐다. 래블스턴은 미처 고든을 보지 못하고 어느 택시 기사에게 손을 흔들고 있었다. 래블스턴의 뒤에서 매춘부들이 깜짝 놀라며 꽥 비명을 질렀다. 고개를 돌려보니 끔찍하게도 고든이 와인을 병나발로 마시고 있었다.

* 프랑스 시인 장 드 라퐁텐(1621-1695)이 운문으로 쓴 이야기 「주인을 화나게 한 소작농」 중의 한 구절.

"어이! 고든!"

래블스턴은 냉큼 고든에게 다가가 팔을 억지로 내렸다. 와인 한 방울이 고든의 옷깃을 타고 흘러내렸다.

"조심해요! 경찰한테 잡히고 싶지 않거든."

"마시고 싶단 말입니다." 고든이 구시렁거렸다.

"관둬요! 여기서 마시면 안 돼요."

"그럼 퍼브로 갑시다."

래블스턴은 무력하게 코를 문질렀다. "휴! 인도에서 마시는 것보다는 낫겠군요. 자, 퍼브로 갑시다. 거기서 마셔요."

고든은 코르크 마개를 조심스럽게 다시 끼웠다. 래블스턴은 양치기가 양을 몰듯 고든을 데리고 광장을 가로질렀고, 고든은 그의 팔에 매달렸다. 부축이 필요해서는 아니었다. 고든의 다리는 아직 꽤 안정적이었다. 그들은 도로 가운데의 안전지대에 잠깐 멈췄다가 자동차들 틈을 간신히 비집고 나가 헤이마켓을 걸었다.

퍼브 안의 공기는 맥주로 젖은 듯 축축했다. 엷은 안개처럼 퍼져 있는 맥주 냄새 속에 위스키의 역하고 싸한 향이 배어 있었다. 바에 우글우글 모인 남자들은 11시가 조종처럼 울리기 전 마지막 술을 파우스트처럼 열심히 삼키고 있었다. 고든은 사람들 사이를 손쉽게 헤치고 지나갔다. 몇 명 정도 밀치는 것쯤은 일도 아니었다. 순식간에 그는 기네스를 마시고 있는 통통한 외판원과 키 크고 마른 몸에 축 처진 콧수염을 기른 퇴역 소령 같은 분위기의 남자 사이로 끼어들었다. 그들 사이에 오가는 말이라곤 "허, 뭐라고!", "뭐, 뭐라고!"밖에 없는 것 같았다. 고든은 맥주에 젖은 바 위로 반 크라운을 던졌다.

"비터 1쿼트 한 잔요!"

"쿼트 잔으로는 안 팔아요!" 잔뜩 지친 표정의 여자 바텐더가 시계에 한눈을 판 채 위스키의 양을 재며 소리쳤다.

"맨 위 칸에 쿼트 잔 있잖아, 에피!" 바의 반대편에서 퍼브 주인이 어깨 너머로 외쳤다.

바텐더는 다급하게 맥주통 꼭지를 세 번 잡아당겼다. 거대한 유리잔이 고든 앞에 놓였다. 그는 잔을 들어 올렸다. 무게가 엄청났다! 맹물 1파인트의 무게는 1파운드 1쿼터다. 삼켜버리자! 쏴아―꿀꺽꿀꺽! 기나긴 맥주 줄기가 그의 식도를 따라 고맙게 흘러내려 갔다. 숨을 쉬기 위해 잠깐 멈추자 구역질이 조금 났다. 이러면 곤란하지. 한 번 더. 쏴아―꿀꺽꿀꺽! 이번에는 숨이 막힐 뻔했다. 그래도 버티자, 끝까지! 폭포수처럼 목구멍으로 콸콸 쏟아지는 맥주에 귀까지 먹먹해지는 것 같았다. 그때 퍼브 주인의 고함 소리가 들렸다. "마지막 주문 받습니다, 손님들!" 순간 고든은 맥주잔에서 얼굴을 떼고 숨을 몰아쉬었다. 이제 마지막이다. 쏴아―꿀꺽꿀꺽! 아-아-아! 고든은 잔을 내려놓았다. 세 입 만에 비웠다. 나쁘지 않다. 그는 맥주잔으로 바를 두드렸다.

"여기! 반 쿼트 더요, 빨리!"

"허, 뭐라고!" 소령이 말했다.

"좀 무리하는 거 아니신가?" 외판원이 말했다.

조금 떨어진 곳에서 여러 남자 사이에 끼어 꼼짝 못 하고 있던 래블스턴은 고든이 뭘 하고 있는지 보았다. 래블스턴은 "어이, 고든!" 하고 불러놓고는 얼굴을 찌푸리며 고개를 저었다. 이 많은 사람 앞에서 "이제 그만 마셔요"라고 말하기가 부끄러웠다. 고든은 똑바로 서 있었다. 아직은 흐트러지지 않았지만, 의식적인 노력 덕분이었다. 머리가 어마어마한 크기로 부풀어 오른 것 같았고, 아까처럼 온몸이 불타며 부르트는 듯한 끔찍한 기분이 들었다. 그는 다시 채워진 잔을 나른하게 들어 올렸다. 이제는 마시고 싶은 마음이 전혀 들지 않았다. 냄새에 욕지기가 올라왔다. 잔에 든 것은 그저 구역질 나는 맛의 혐오스러운 연노란색 액체에 불과했다. 거의 오줌 같잖아! 터질 듯한 배 속으로 그 많은 양이 꾸역꾸역 들어가다니. 끔찍하다! 아니, 이러면 곤란하지, 겁먹지 마! 우리가 여기 온 이유가 뭔데? 삼켜버려! 여기 코앞에 있으니 기울여서 집어삼켜. 쏴아—꿀꺽꿀꺽!

바로 그 순간 무시무시한 일이 벌어졌다. 식도가 저절로 닫혔거나, 아니면 맥주가 입을 빗나갔다. 맥주가 해일처럼 고든의 온몸에 마구 쏟아져 내리고 있었다. 그는 『잉골즈비 전설』*에 등장하는 평수사 피터처럼 맥주 속

285

에 잠기고 있었다. 살려줘! 그는 이렇게 소리치고 싶었지만 숨이 막혀 맥주잔을 떨어뜨렸다. 주변에 소동이 일었다. 사람들은 고든의 입에서 뿜어져 나오는 맥주를 피하려고 옆으로 펄쩍 뛰었다. 쨍그랑! 맥주잔이 떨어졌다. 고든은 몸을 부르르 떨며 서 있었다. 사람들, 맥주병들, 거울들이 빙빙 돌았다. 고든은 의식을 잃으며 쓰러지고 있었다. 그런데 꼿꼿한 검은 물체 하나가 그의 앞에 흐릿하게 보였다. 어지럽게 빙빙 돌아가는 세상에서 유일하게 안정적인 지점, 맥주통 꼭지였다. 고든은 꼭지를 쥐고 흔들어대다가 단단히 붙잡았다. 래블스턴이 그를 향해 움직이기 시작했다.

바텐더가 신경질을 내며 바 너머로 몸을 기울였다. 빙빙 돌던 세상이 점점 느려지더니 멈추었다. 고든의 뇌는 맑아졌다.

"이봐요! 왜 맥주통 꼭지에 매달려 있어요?"

"내 바지가 홀딱 젖었잖아!" 외판원이 소리쳤다.

"내가 왜 맥주통 꼭지에 매달려 있지?"

"그러니까! 왜 맥주통 꼭지에 매달려 있어요?"

고든은 옆으로 몸을 빙 돌렸다. 소령의 길쭉한 얼굴이 축축한 콧수염을 늘어뜨린 채 그를 내려다보고 있었다.

"바텐더가 나한테 왜 맥주통 꼭지에 매달려 있느냐고

※ 영국 작가 R. H. 바럼(1788-1845)이 쓴 운문 이야기 모음집.

묻네요."

"허, 뭐라고! 뭐?"

래블스턴이 남자 몇몇을 헤치고 고든에게 다가왔다. 래블스턴은 허리를 강한 팔로 감아 고든을 일으켜 세웠다.

"일어나요, 제발! 취했어요."

"취해요?" 고든이 말했다.

모든 사람이 그들을 보고 웃고 있었다. 래블스턴의 창백한 얼굴이 붉어졌다.

"2실링 3펜스예요." 바텐더가 매몰차게 말했다.

"내 바지는 어쩌고?" 외판원이 말했다.

"술값은 내가 내겠습니다." 래블스턴은 이렇게 말하고 돈을 냈다. "이제 나갑시다. 당신은 취했어요."

래블스턴은 고든을 문 쪽으로 데려가기 시작했다. 한 팔은 고든의 어깨에 두르고, 한 팔로는 아까 고든에게서 빼앗은 키안티 병을 들고 있었다. 고든은 래블스턴의 팔을 뿌리쳤다. 비틀거리지 않고 멀쩡히 걸을 수 있었다. 그는 짐짓 무게를 잡고 말했다.

"내가 취했다고 했습니까?"

래블스턴은 다시 고든의 팔을 잡았다. "그래요, 그런 것 같군요. 확실히."

"백조가 바다를 헤엄쳤다네, 백조는 헤엄을 잘 쳤지."*

---

* "Swan swam across the sea, well swam swan." 고든이 술에 취하지 않았음

고든이 말했다.

"고든, 당신 **취했다니까요**. 얼른 가서 자는 게 좋겠어요."

"먼저 네 눈에서 들보를 **빼내어라**. 그래야 눈이 잘 보여 형제의 눈에서 티를 **빼낼** 수 있지 않겠느냐."*

이때 즈음 래블스턴과 고든은 인도로 나와 있었다. "택시를 잡는 게 좋겠어요." 래블스턴은 거리를 이리저리 훑어보며 말했다.

하지만 택시는 한 대도 보이지 않았다. 문을 닫을 때가 된 퍼브에서 사람들이 시끄럽게 줄줄이 나오고 있었다. 고든은 바깥바람을 쐬자 기분이 좋아졌다. 머리는 그 어느 때보다 맑았다. 저 멀리 반짝이는 네온등의 사악한 붉은빛이 보이자 고든은 새롭고 기발한 생각이 떠올랐다. 그는 래블스턴의 팔을 잡아당겼다.

"래블스턴! 이봐요, 래블스턴!"

"왜요?"

"매춘부 두 명을 데려갑시다."

고든이 술에 취했다는 사실을 알면서도 래블스턴은 아연실색했다. "친구! 그런 짓을 하면 안 되죠."

"상류층처럼 굴지 말아요. 왜 안 된다는 거예요?"

"맙소사, 어떻게 그럴 수 있습니까! 방금 로즈메리에게

을 증명하기 위해 일부러 발음하기 어려운 문장을 말한 것이다.
＊「마태오의 복음서」 7장 5절.

작별 인사를 해놓고서. 그렇게 매력적인 여자한테!"

"밤에는 모든 고양이가 잿빛인 법이죠." 고든은 심오하고 냉소적인 명언을 뱉은 것 같은 느낌이 들었다.

래블스턴은 고든의 이 말을 무시하기로 마음먹었다. "피커딜리 광장까지 걸어갑시다. 거긴 택시가 많을 겁니다."

극장들은 비어가고 있었다. 소름 끼치도록 파리한 불빛 속에 수많은 사람과 기나긴 자동차 행렬이 이리저리 움직이고 있었다. 고든의 머리는 놀라울 정도로 맑았다. 자신이 어떤 어리석고 사악한 짓을 저질렀고 또 저지를 참인지 알고 있었다. 하지만 아무래도 상관없었다. 망원경을 거꾸로 들고 보는 것처럼 그의 30년, 허비한 인생, 알 수 없는 미래, 줄리아의 5파운드, 로즈메리가 멀리, 저 멀리 떨어진 광경으로 보였다. 고든은 일종의 철학적 흥미를 느끼며 말했다.

"네온 불빛을 봐요! 콘돔 가게 위의 저 끔찍한 파란 불빛을 좀 보란 말입니다. 저런 불빛을 볼 때마다 내 영혼이 지옥에 떨어지는 기분입니다."

"그래요." 래블스턴은 고든의 말을 귓등으로 흘렸다. "아, 저기 택시가 오는군!" 래블스턴이 손짓으로 택시를 불렀다. "젠장! 나를 못 봤어. 여기서 잠깐만 기다려요."

래블스턴은 고든을 지하철역 옆에 내버려 둔 채 급하게 거리를 건넜다. 잠시 동안 고든은 머리가 멍해졌다. 그러다 문득 그의 앞으로 바싹 다가와 있는 매서우면서도 젊은 얼굴 둘을 알아차렸다. 어린 맹수의 얼굴들 같았다. 눈썹을 검게 칠했고, 로즈메리의 모자를 더 천박하게 개조한 듯한 모자를 쓰고 있었다. 고든은 그들과 가벼운 농담을 주고받았다. 몇 분 전부터 계속 이러고 있었던 모양이었다.

"안녕, 도라! 안녕, 바버라! (어쩐지 그는 그들의 이름을 알고 있는 듯했다) 잘 지내셨나? 늙은 영국의 수의*는 어떻게 돼가지?"

"무례하시네!"

"이렇게 늦은 밤에 무슨 할 일이라도?"

"아, 그냥 산책 중인데."

"잡아먹을 놈 찾아다니는 사자처럼?"

"참 무례하시네! 안 그래, 바버라? **정말** 무례한 사람이야!"

래블스턴은 택시를 잡아타고 고든이 서 있는 곳으로 왔다. 택시에서 내린 래블스턴은 두 여자 사이에 있는 고든을 보고 기겁했다.

"고든! 맙소사! 대체 무슨 짓을 하고 있는 겁니까?"

"소개해줄게요, 도라와 바버라랍니다." 고든이 말했다.

순간 래블스턴은 거의 화난 듯한 표정을 지었다. 사실

---

* 영국 시인 윌리엄 블레이크의 시 「순수의 전조」에 "거리마다 울리는 매춘부들의 외침은 늙은 영국의 수의를 짤 것이다"라는 구절이 나온다.

래블스턴은 제대로 화를 낼 줄 모르는 사람이었다. 물론 속상하고 짜증스럽고 민망했지만, 화가 나지는 않았다. 래블스턴은 두 여자의 존재를 힘겹게 무시하며 앞으로 나섰다. 그들을 의식하는 순간 게임은 끝이었다. 래블스턴은 팔을 잡고 고든을 택시 속으로 밀어 넣으려 했다.

"이리 와요, 고든, 제발! 택시가 왔어요. 곧장 집에 가서 잠이나 자요."

도라가 고든의 반대쪽 팔을 붙잡더니, 도난당한 핸드백이라도 되는 양 잡아당겼다.

"당신이 무슨 상관이야?" 여자는 사납게 소리쳤다.

"설마 이 두 숙녀분을 모욕하려는 건 아니겠죠?" 고든이 물었다.

래블스턴은 망설이다가 한 걸음 물러나 코를 문질렀다. 단호하게 나가야 할 순간이었다. 하지만 래블스턴은 지금껏 살면서 단 한 번도 그랬던 적이 없었다. 그는 도라와 고든, 바버라를 차례로 쳐다보았다. 이는 치명적이었다. 그들의 얼굴을 보는 순간 그는 패배하고 말았다. 오, 맙소사! 어쩌란 말인가? 그들도 인간이었다. 감히 그들을 모욕할 순 없었다. 거지가 보이면 본능적으로 주머니에 손을 집어넣듯이, 이 순간에도 래블스턴은 본능 앞에 무너졌다. 가난하고 불쌍한 여자들! 차마 그들을 밤거리로 내몰 수는 없었다. 고든 때문에 끌려 들어간 이 끔찍한 모험을 감행할 수밖에 없으리라, 갑작스레 깨달았다. 생전 처음으로 매춘부를 데리고 집에 가야 할 판이었다.

"젠장!" 래블스턴은 힘없이 말했다.

"Allons-y(갑시다)!" 고든이 말했다.

택시 기사는 도라가 고개를 끄덕이는 방향으로 차를 몰았다. 고든은 구석 자리에 털썩 앉자마자, 어느 광대한 심연으로 빠져드는 듯한 기분이 들었다. 그는 그 심연에서 서서히 다시 올라오면서, 자기가 무슨 짓을 하고 있었는지 부분적으로만 자각했다. 고든은 불빛이 별처럼 흩뿌려진 어둠 속을 미끄러지듯 움직이고 있었다. 아니, 불빛들이 움직이고, 그는 정지해 있는 건가? 마치 대양의 밑바닥에서 빛을 발하며 지나가는 물고기들 사이에 있는 기분이었다. 그의 영혼이 지옥에 떨어졌다는 상상이 다시 시작되었다. 바로 이것이 지옥의 풍경이리라. 사악한 빛깔의 차가운 불길이 활활 타오르는 협곡들과 그 위를 뒤덮은 어둠. 하지만 지옥에는 고통이 있을 텐데. 이것이 고통인가? 그는 자신의 감각을 구분해보려 애썼다. 잠깐 무의식 상태에 빠졌던 탓에 힘이 없고 아프고 어지러웠다. 이마가 쪼개지는 것만 같았다. 고든은 한 손을 내밀어 보았다. 무릎, 가터벨트, 그리고 기계적으로 그의 손을 찾은 작고 보드라운 손이 닿았다. 고든은 맞은편에 앉은 래블스턴이 다급하고 초조하게 그의 발가락을 톡톡 두드리고 있다는 걸 알아차렸다.

"고든! 고든! 일어나요!"

"왜요?"

"고든! 오, 젠장! Causons en français(프랑스어로 이야기합시다). Qu'est-ce que tu as fait(무슨 짓을 한 겁니까)? Crois-tu que je veux coucher avec une sale(설마 내가 창녀랑 자고 싶어 할 거라고 생각했어요)? 빌어먹을!"

"오, 팔레이 부 프랑세이!"* 여자들이 꽥꽥거렸다.

고든은 조금 즐거워졌다. 래블스턴에게 친절을 베풀어야지, 하고 고든은 생각했다. 매춘부를 집에 데려가는, 말뿐인 사회주의자! 그의 인생에서 처음으로 경험해보는 진정한 프롤레타리아다운 행동이었다. 이런 생각을 알아채기라도 한 듯 래블스턴은 바버라에게서 최대한 멀리 떨어져 구석 자리에 몸을 묻은 채 말없이 고통에 잠겼다. 택시는 어느 골목의 호텔 앞에 멈춰 섰다. 끔찍하리만치 허름하고 천박한 곳이었다. 문 위에 걸린 '호텔' 간판은 비뚤어져 있었다. 창들은 거의 캄캄했지만, 노래를 부르거나 술을 진탕 마시거나 따분해하는 사람들의 소리가 안에서 새어 나왔다. 고든은 비틀비틀 택시에서 내리며 도라의 팔을 찾아 더듬었다. 도와줘, 도라. 발 조심해. 허, 뭐라고!

리놀륨이 깔려 있고 청소를 하지 않아 지저분한, 비좁고 어둡고 악취 풍기는 복도. 왼편의 어느 방에서 교회

---

* 'Parlez-vous français(프랑스어를 할 줄 알아요)?'를 엉터리로 발음한 것.

오르간처럼 구슬픈 노랫소리가 들려왔다. 사팔눈을 한 험악한 인상의 객실 청소부가 불쑥 나타났다. 도라와 서로 아는 사이인 모양이었다. 대단한 낯짝이다! 도무지 경쟁이 되지 않는다. 왼편의 방에서 어떤 사람이 일부러 경박하게 노래를 불러젖혔다.

남자가 어여쁜 여자에게 키스하고는
어머니에게 가서 말하네,
입술을 잘라달라고,
입술을―.

방탕한 삶의 이루 말할 수 없는, 숨길 수 없는 슬픔이 짙게 밴 그 노랫소리는 차츰 작아졌다. 아주 어린 목소리처럼 들렸다. 그저 집에서 어머니와 누이들과 함께 슬리퍼 찾기 놀이를 하는 것이 유일한 소원인 어느 가여운 소년의 목소리. 저 안에서는 젊은 바보 한 패거리가 위스키와 여자들을 끼고 난장판으로 놀고 있었다. 고든은 노래를 듣다가 무언가가 퍼뜩 떠올랐다. 고든은 바버라를 뒤에 달고 들어오는 래블스턴을 돌아보았다.

"내 키안티는요?" 고든이 물었다.

래블스턴은 고든에게 키안티 병을 건넸다. 래블스턴의 창백한 얼굴은 지치고 겁에 질린 듯 보였다. 그는 뒤가 켕기는 사람처럼 안절부절못하며 바버라와 거리를 두었다. 래블스턴은 그녀를 만지기는커녕 쳐다볼 수도 없었지만, 달아나는 건 그로서는 불가능한 일이었다. 그는 고든의 눈을 바라보며 신호를 보냈다. '제발 그만둘 수 없겠어요?' 고든은 얼굴을 찌푸렸다. 끝까지 버텨요! 겁먹지 말고! 고든은 다시 도라의 팔을 잡았다. 어서, 도라! 이제 계단을 올라가야 해. 아! 잠깐.

도라는 허리에 팔을 감아 고든을 부축하며 옆으로 끌어당겼다. 어떤 젊은 여자가 장갑의 단추를 채우면서 어둑하고 냄새나는 계단을 점잔 빼며 내려오고 있었다. 여자의 뒤로는 야회복에 검은 외투를 입고 흰 실크 머플러를 두른 채 오페라해트*를 손에 든 중년의 대머리 남자가 따라오고 있었다. 그 남자는 고든 일행을 보지 못한 척하며 좀스럽고 못생긴 입술을 꾹 다물고 지나갔다. 죄지은 듯 떳떳지 못한 눈빛을 보아하니 가정이 있는 남자 같았다. 고든은 남자의 대머리 뒤통수에 어슴푸레 비치는 가스등 불빛을 보았다. 고든의 전임자. 아마도 같은 침대를 쓰게 되리라. 엘리사의 망토.** 자, 이제 올라가자고, 도라. 아, 이 계단들! Difficilis ascensus Averni(지옥에서 올라가는 길은 험난하군).*** 좋아, 드디어 도착했

* 용수철 장치로 납작하게 접을 수 있는 실크해트의 일종.
** 구약 성경의 「열왕기상」에 등장하는 예언자 엘리사는 엘리야의 망토를 물려받고 그의 후계자가 된다.
*** 로마 시인 베르길리우스의 『아이네이스』에 나오는 구절 'facilis de-

어! "발 조심해." 도라가 말했다. 그들은 층계참에 있었다. 체스판 같은 검은색과 흰색의 리놀륨이 깔려 있었다. 흰색으로 칠해진 문들. 구정물 냄새와 그보다 더 약하게 풍기는 퀴퀴한 침구 냄새.

우리는 이쪽, 당신들은 그쪽. 다른 문 앞에서 래블스턴은 손잡이에 손가락을 얹은 채 머뭇거렸다. 이럴 순 없었다. 차마 **못 할 짓**이었다. 이 끔찍한 방에 들어갈 순 없었다. 그는 채찍으로 맞기 직전의 강아지 같은 눈을 하고서 마지막으로 고든을 바라보며 눈으로 말했다. '꼭 이래야 합니까?' 고든은 엄한 표정으로 래블스턴을 쳐다보았다. 끝까지 버티시오, 레굴루스!* 당신의 운명을 향해 당당히 걸어가시오! Atqui sciebat quae sibi Barbara(그렇지만 그는 바버라가 그를 위해 무엇을 준비하고 있는지 알고 있었다네.)** 당신은 아주, 아주 프롤레타리아다운 일을 하고 있는 거요. 그때 놀라우리만치 갑자기 래블스턴의 얼굴이 밝아졌다. 환희에 가까운 안도의 표정이 그의 얼굴에 번졌다. 한 가지 묘안이 떠오른 것이다. 아무것도 하지 않고 여자에게 돈을 주면 된다! 아, 다행이다! 그는 어

scensus Averno(지옥으로 가는 내리막길은 쉽다)'를 변형한 것이다.

　※ 마르쿠스 아틸리우스 레굴루스. 도덕적 강직함을 꿋꿋이 지키다 영웅적 죽음을 맞은 기원전 3세기경 로마의 정치가이자 장군.

※※ 로마 시인 호라티우스가 『송가』에서 레굴루스와 관련하여 쓴 구절 'Atqui sciebat quae sibi barbarus totor pararet(그렇지만 그는 야만적인 고문자들이 그를 위해 무엇을 준비하고 있는지 알고 있었다네)'를 변형한 것이다.

깨를 펴고 용기를 내어 방으로 들어갔다. 문이 닫혔다.

드디어 여기까지 왔군. 초라하고 끔찍한 방. 리놀륨이 깔린 바닥, 가스난로, 조금 우중충한 이불이 덮여 있는 거대한 더블베드. 침대 위에는 《라 비 파리지엔》*에서 떼어낸 그림을 끼운 액자가 걸려 있었다. 저건 실수다. 가끔은 원작이 더 못할 때도 있다. 그리고 맙소사! 창가의 대나무 테이블에 떡하니 놓여 있는 엽란! 어쨌든 이리 와, 도라. 당신을 한번 보자고.

그는 침대에 누워 있는 듯했다. 그녀가 잘 보이지 않았다. 눈썹을 검게 칠한 젊고 탐욕스러운 얼굴이 큰 대자로 뻗어 있는 고든을 내려다보았다.

"내 선물이 어때?" 도라는 반쯤은 구슬리듯, 반쯤은 협박하듯 물었다.

상관없어. 일이나 해! 이리 와. 욕이 아니야. 이리 와. 더 가까이. 아!

안 돼. 소용없어. 무리야. 뜻은 있는데 길이 없군. 마음은 굴뚝같은데 몸이 말을 안 들어. 다시 시도해보자. 안 돼. 술 때문이야, 분명. 맥베스를 봐. 마지막 시도. 안 돼, 소용없어. 오늘 밤은 안 되겠어.

괜찮아, 도라, 걱정 마. 어쨌든 2파운드는 줄 거야. 결과

※　*La Vie Parisienne*. 1863년 창간한 프랑스 잡지로 연예와 패션을 주로 다루었고, 에로틱한 그림을 포함한 일러스트로 인기를 끌었다.

에 따라 돈을 주는 건 아니니까.

고든은 어색하게 손을 흔들며 말했다. "저 병 좀 갖다 줘. 화장대에 있는 저 병."

도라가 병을 가져왔다. 아, 이제 좀 낫다. 적어도 이건 실패가 아니다. 고든은 무시무시하게 부어오른 두 손으로 키안티 병을 거꾸로 세웠다. 쓴맛의 와인이 숨 막히게 목구멍으로 흘러내려 가고, 일부는 코로 들어갔다. 그는 와인에 압도당했다. 미끄러지고 또 미끄러지다 침대에서 떨어져 머리를 바닥에 찧었다. 두 다리는 여전히 침대 위에 있었다. 잠시 동안 고든은 이 자세로 누워 있었다. 이게 사는 건가? 저 밑에서는 젊은이들이 여전히 구슬프게 노래를 부르고 있었다.

오늘 밤은 취하세,
오늘 밤은 취하세,
오늘 밤은 취하세.
내일은 술이 깰 거야!

9

그리고 다음 날 **정말로** 술이 깼다.

기분 나쁘고 기나긴 꿈에서 깨어난 고든은 서점 대여실의 책들이 잘못 꽂혀 있다는 걸 알았다. 하나같이 옆으로 누워 있었다. 게다가, 어떤 이유에선지 책등이 하얗게 변해 있었다. 도자기처럼 하얗고 반들반들했다.

그는 눈을 더 크게 뜨고 팔을 움직여 보았다. 움직임 때문인지 뜻밖의 곳들에서 작은 통증이 일었다. 이를테면, 저 아래 종아리와 저 위의 머리 양쪽. 고든은 자신이 옆으로 누워 있다는 걸 깨달았다. 뺨 밑에 딱딱하고 매끄러운 베개가 받쳐져 있고, 거친 담요가 턱을 할퀴면서 털을 입 속으로 밀어 넣고 있었다. 움직일 때마다 몸을 찔러대는 작은 통증들 말고도, 크고 무지근한 통증이 어느 특정

한 위치가 아니라 온몸에 맴도는 듯했다.

갑자기 고든은 담요를 휙 젖히고 일어나 앉았다. 그는 유치장에 있었다. 순간 무시무시한 욕지기가 일었다. 구석에 있는 변기를 어렴풋이 알아본 그는 그쪽으로 기어가 서너 번 격하게 구토를 했다.

그 후로 몇 분 동안 심한 통증에 시달렸다. 제대로 서기도 힘들었고, 머리는 곧 터질 것처럼 욱신욱신 쑤셔댔으며, 불빛은 눈구멍을 통해 뇌 속으로 쏟아져 들어오는 뜨거운 흰 액체처럼 느껴졌다. 고든은 두 손으로 머리를 붙잡은 채 침대에 앉았다. 곧 두통이 가라앉자 주변을 다시 한번 둘러보았다. 유치장은 길이 3.5미터, 폭 2미터 정도에 천장이 아주 높았다. 흰색 자기 벽돌로 뒤덮인 벽은 소름 끼칠 정도로 희고 깨끗했다. 저 높은 천장은 대체 어떻게 청소할까, 그는 멍하니 생각했다. 아마 호스를 쓰겠지. 한쪽 끝에는 철창 하나가 아주 높이 달려 있고, 반대편 끝에는 문 위의 벽 속으로 끼워진 전구가 튼튼한 쇠창살에 가로막혀 있었다. 그가 앉아 있는 곳은 사실 침대가 아니라, 담요와 범포 베개를 얹어놓은 선반이었다. 녹색으로 칠해진 강철 문에는 바깥쪽에 덮개가 달린 작고 동그란 구멍이 뚫려 있었다.

여기까지 본 후 고든은 다시 드러누워 담요를 덮었다. 주변이 어떻든 더 이상 궁금하지 않았다. 전날 밤 있었던 일은 전부 다 기억이 났다. 적어도, 엽란이 있는 방으로 도라와 함께 들어가기 전까지의 일들은 전부 기억났다. 그 후의 일은 알 수 없었다. 싸움이 조금 났고, 그는 유치장에 갇혔다. 무슨 짓을 저질렀는지는 조금도 짐작이 가지 않았다. 어쩌면 사람을 죽였을지도 몰랐다. 어쨌든 상관없었다. 고든은 벽으로 얼굴을 돌리고 담요를 머리끝까지 덮어 불빛을 막았다.

시간이 한참 흐른 후, 문에 뚫린 작은 감시 구멍의 덮개가 옆으로 젖혀졌다. 고든은 겨우 고개를 돌렸다. 목 근육이 삐걱거리는 것 같았다. 구멍 너머로 파란 눈동자와 반원 모양의 토실토실한 분홍빛 뺨이 보였다.

"차 한잔 마실래요?" 어떤 목소리가 물었다.

고든은 일어나 앉자마자 또 구역질이 심하게 났다. 그는 두 손으로 머리를 붙잡고 신음했다. 따뜻한 차 생각에 혹했지만, 설탕이 들어 있으면 토해버리고 말리라는 걸 알고 있었다.

"부탁합니다." 고든이 말했다.

순경은 문의 상반부에 달린 칸막이를 열고 두툼하고 흰 찻잔을 건넸다. 차에 설탕이 들어 있었다. 순경은 탄탄한 체격에 장밋빛 혈색이 도는 스물다섯 정도 된 청년으로, 상냥한 얼굴에 속눈썹이 희고 가슴이 실팍했다. 짐마차를 끄는 말이 떠오르는 가슴이었다. 억양이 훌륭했지만, 말투는 그리 우아하지 않았다. 순경은 1분 정도 서서 고든을 물끄러미 바라보았다.

"어젯밤에는 괜찮았는데." 마침내 순경이 말했다.

"지금은 아파요."

"하긴 어젯밤엔 더 심각했지. 경사님은 왜 때렸어요?"

"내가 경사를 때렸습니까?"

"때렸냐고요? 허! 경사님이 많이 참았죠. 경사님이 나를 보더니 귀를 이렇게 잡고서 말하더군요. '그 인간이 서지도 못할 정도로 취하지만 않았어도 두들겨 패주는 건데.' 조서에 다 적혀 있어요. 만취 및 난동. 경사님을 안 때렸으면 만취로 끝났을 텐데."

"무슨 벌을 받을까요?"

"5파운드 벌금 혹은 14일 구금. 크룸 판사님한테 판결을 받을 겁니다. 워커 판사님이 아닌 걸 다행으로 알아요. 워커 판사님이라면 무조건 한 달 구금형을 때릴 테니까. 술주정뱅이들한테 아주 엄격하거든요. 술은 입에도 안 대는 양반이라."

고든은 차를 조금 마셨다. 속이 느글거릴 정도로 달았지만, 차의 온기가 온몸에 퍼지니 기운이 났다. 그는 차를 벌컥벌컥 마셨다. 이때 바깥 어딘가에서 험악한 목소리—고든에게 맞았다는 경사가 분명했다—가 으르렁거리듯 고함을 질렀다.

"그 인간 데려 나와서 씻겨. 9시 반에 죄수 호송차가 오니까."

순경은 허둥지둥 유치장 문을 열었다. 고든은 밖으로

나가자마자 상태가 아주 나빠졌다. 유치장보다 통로가 훨씬 더 추운 탓도 있었다. 한두 발짝 뗀 후 갑자기 머리가 빙빙 돌았다. "토할 것 같아요!" 그는 이렇게 소리치고는 쓰러지다가 한 손을 휙 뻗어 벽을 짚고 멈춰 섰다. 순경의 강한 팔이 그를 감싸 안았다. 고든은 난간 삼아 순경의 팔에 몸을 걸치고 축 늘어졌다. 입에서 음식물이 뿜어져 나왔다. 물론 차였다. 돌바닥을 따라 도랑이 흘렀다. 통로 끝에서 콧수염을 기른 경사가 벨트 없이 제복 재킷을 입고 허리에 손을 짚은 채 역겹다는 듯 지켜보고 있었다.

"정말 가관이군." 경사는 이렇게 중얼거리고는 자리를 떴다.

"힘내요, 친구. 금방 좋아질 거예요." 순경이 말했다.

순경은 통로 끝에 있는 큼직한 돌 세면대로 고든을 끌다시피 데려가서 윗도리를 벗겼다. 순경은 놀라우리만치 친절했다. 아이를 다루는 유모처럼 고든을 다루었다. 기운을 꽤 차린 고든은 얼음처럼 차가운 물로 몸을 씻고 입안을 헹구었다. 순경은 해진 수건을 건넨 다음 고든을 다시 유치장으로 데려갔다.

"호송차가 올 때까지 가만히 앉아 있어요. 그리고 내 말 잘 들어요. 재판소에 가거든 죄를 인정하고 다시는 안 그러겠다고 말하세요. 그럼 크룸 판사님도 잘 봐주실 겁니다."

"내 와이셔츠랑 넥타이는 어디 있습니까?" 고든이 물었다.

"어젯밤에 우리가 벗겼어요. 재판소에 가기 전에 돌려줄게요. 예전에 어떤 녀석이 넥타이로 목을 맨 적이 있어서."

고든은 침대에 앉았다. 벽에 붙은 자기 벽돌의 수를 세는 일에 잠깐 몰두하다가, 무릎에 팔꿈치를 괴고 두 손 사이에 머리를 묻었다. 여전히 온몸이 아팠다. 기운이 없고, 춥고, 피곤하고, 무엇보다 따분했다. 재판소에 가는 따분한 일을 어떻게든 피하고 싶었다. 덜컹거리는 차를 타고 런던을 가로질러 가서 냉랭한 방과 복도를 어슬렁거리며 질문에 답하고 판사의 훈계를 들어야 한다고 생각하니, 형언할 수 없을 정도로 따분해졌다. 그저 홀로 있고 싶었다. 하지만 이내 통로에서 여러 사람의 목소리가 들리더니 유치장으로 다가오는 발소리가 이어졌다. 문의 상단이 열렸다.

"면회자 둘요." 순경이 말했다.

고든은 면회자라는 생각 자체에 따분함을 느꼈다. 마지못해 고개를 들자, 그를 들여다보고 있는 플랙스먼과 래블스턴이 보였다. 어쩌다 둘이 함께 왔는지 알 수 없는 일이었지만, 고든은 전혀 궁금하지 않았다. 그들 때문에 따분했다. 어서 가줬으면 싶었다.

"어이, 친구!" 플랙스먼이 말했다.

"**당신**이 여긴 웬일입니까?" 고든은 지친 목소리로 무례하게 대꾸했다.

래블스턴은 꼴이 엉망이었다. 새벽부터 일어나 고든을 찾아 헤맨 탓이었다. 래블스턴은 난생처음 유치장 내부를 보게 되었다. 구석에 적나라한 변기까지 놓인 으스스하고 흰 공간을 보니 역겨워 얼굴이 찌푸려졌다. 하지만 플랙스먼은 이런 일에 좀 더 익숙했다. 플랙스먼은 노련한 눈으로 고든을 빤히 쳐다보았다.

"이 정도면 양호하군." 플랙스먼이 유쾌하게 말했다. "이 친구한테 프레리 오이스터*나 한잔 주시오. 그러면 기운을 차릴 테니까. 자네 눈이 어때 보이는지 아나, 친구?" 플랙스먼이 고든에게 덧붙여 말했다. "뽑아다가 물에 삶은 것 같다네."

"어젯밤에 너무 많이 마셨습니다." 고든은 두 손에 얼굴을 묻으며 말했다.

"그럴 줄 알았어, 친구."

"이봐요, 고든. 보석금으로 당신을 빼내려고 왔는데 우리가 너무 늦은 것 같습니다. 몇 분 후에 당신을 재판소로 데려간다는군요. 이게 무슨 난립니까. 어젯밤 잡혔을 때 가짜 이름을 대지 그랬어요?" 래블스턴이 말했다.

"내가 내 이름을 말했대요?"

"전부 다 말했답니다. 내가 계속 지켜봤어야 하는 건

---

* 날달걀을 넣은 숙취 해소용 음료.

데. 왜 그랬는지는 몰라도 당신이 그 집에서 몰래 빠져나가 거리로 나갔어요."

"그리고 새프츠베리가를 돌아다니면서 병나발을 불었지." 플랙스먼은 감탄하며 말했다. "그래도 경찰은 때리지 말았어야지, 친구! 그건 좀 미련한 짓이었어. 그리고 위스비치 부인이 자넬 추적 중이라네. 여기 자네 친구분이 오늘 아침 하숙집에 찾아와서 부인한테 자네가 밤늦게까지 놀러 다녔다고 알려줬거든. 부인은 자네가 살인이라도 저지른 것처럼 난리를 치더군."

"이봐요, 고든." 래블스턴이 말했다.

래블스턴의 얼굴에는 평소에 자주 볼 수 있는 불편한 표정이 어려 있었다. 늘 그렇듯, 돈 문제였다. 고든은 고개를 들었다. 래블스턴은 먼 곳을 응시하고 있었다.

"저기."

"뭡니까?"

"벌금 말입니다. 나한테 맡겨요. 내가 내줄게요."

"아니, 안 돼요."

"안 된다니요! 벌금을 못 내면 감옥에 갇힌단 말입니다."

"오, 젠장! 그러든 말든 상관없어요."

상관없었다. 1년 동안 감옥에 갇히든 말든. 물론 고든은 벌금을 낼 수 없었다. 한 푼도 남지 않았다는 건 굳이 주머니를 들여다보지 않아도 알았다. 남은 돈을 전부 도라에게 줬을 테니까. 아니, 그녀가 훔쳐갔을 가능성이 더

컸다. 고든은 다시 침대에 누워 두 사람에게서 등을 돌렸다. 만사가 귀찮아지고 골이 난 그의 유일한 바람은 그들이 사라지는 것이었다. 두 사람은 몇 번 더 고든에게 말을 붙여봤지만 아무런 반응도 돌아오지 않자 곧 자리를 떴다. 통로에 플랙스먼의 목소리가 유쾌하게 울려 퍼졌다. 플랙스먼은 래블스턴에게 프레리 오이스터 만드는 방법을 세세히 알려주고 있었다.

그 후의 일정은 아주 끔찍했다. 제대로 앉아 있기도 힘든 좁은 칸들이 양쪽으로 줄줄이 이어져 있어 소형 공중변소와 다를 바 없는 죄수 호송차를 타야 하는 것도 끔찍했다. 하지만 재판소의 곁방에서 오랜 시간 대기하는 건더 끔찍했다. 이 방은 벽에 붙은 자기 벽돌의 수까지 경찰서 유치장과 똑같았다. 하지만 역겹도록 더럽다는 점에서 유치장과 달랐다. 냉기가 흐르는데도 악취가 너무심해서 숨이 막혔다. 쉴 새 없이 범죄자들이 들락날락거렸다. 범죄자들은 이 방에 갇혀 있다가 한두 시간 후 재판소로 불려간 다음, 판사가 형량을 결정하거나 새 증인들이 소환되는 사이 다시 돌아와 대기했다. 방에는 항상대여섯 명이 있었고, 판자 침대 말고는 앉을 데가 없었다. 그리고 최악은 거의 모든 이가 변기를 사용한다는 점이었다. 비좁은 방에서 다들 지켜보는 가운데. 어쩔 수없는 노릇이었다. 달리 갈 곳이 없었다. 그 지독한 변기는 물이 잘 내려가지도 않았다.

오후까지도 고든은 힘이 없고 속이 울렁거렸다. 면도를 하지 못한 얼굴에는 까칠까칠한 수염이 지저분하게 돋아 있었다. 처음에 그는 변기에서 최대한 멀고 문과 가장 가까운 구석 자리에 앉은 채 다른 범죄자들을 무시했다. 따분하고 역겨운 인간들이었다. 나중에 두통이 가라앉자 고든은 약간의 흥미를 갖고 그들을 관찰하기 시작했다. 마른 몸에 머리가 희끗희끗하고 근심 가득한 표정을 짓고 있는 전문 절도범이 있었다. 절도범은 자기가 교도소에 들어가면 아내와 아이들에게 벌어질 일을 끔찍이 걱정하고 있었다. 절도범은 '무단 침입을 위해 어슬렁거린' 죄로 체포되었다. 주로 전과자들에게 적용되는 애매한 죄목이었다. 그 남자는 오른손 손가락들을 기묘하고 신경질적인 동작으로 튕기며 계속 왔다 갔다 하면서 억울함을 호소했다. 흰담비처럼 고약한 냄새를 풍기는 농아, 그리고 모피 깃이 달린 외투를 입고 있는 중년의 작은 유대인도 있었다. 어느 대형 코셔 정육점*의 고기를 떼어다 팔던 유대인은 27파운드를 갖고 애버딘으로 가서 매춘부들에게 돈을 탕진했다. 유대인 역시 억울해했다. 자기는 경찰에 넘겨질 것이 아니라 랍비의 법정에서 재판을 받았어야 한다는 것이었다. 크리스마스 클럽**

---

* 유대교 계율에 따라 도축한 고기를 파는 정육점.
** 크리스마스에 필요한 경비를 준비하기 위해 일정 금액을 적립하는 예금계좌.

의 돈을 횡령한 퍼브 주인도 있었다. 덩치 크고 쾌활하며 부티 나는 서른다섯 살 정도의 남자로, 붉은 얼굴도 파란 외투도 눈에 확 띄었다. 퍼브 주인이 아니라면 마권업자에 어울릴 만한 사람이었다. 남자의 친척들은 그가 횡령한 돈을 12파운드만 빼고 다 갚아주었지만, 같은 계좌에 돈을 붓고 있던 사람들은 그를 고발하기로 결정했다. 이 남자의 눈빛이 왠지 고든을 심란하게 만들었다. 내내 거드름을 피우다가도 툭하면 멍한 눈으로 허공을 응시했고, 대화가 끊어질 때마다 몽상에 빠지곤 했다. 보기가 조금 두려운 남자였다. 여전히 말쑥한 옷차림에는 한두 달 전만 해도 퍼브 주인으로 누렸을 화려한 인생의 흔적이 남아 있었지만, 이제는 몰락했고 어쩌면 평생 재기하지 못할지도 몰랐다. 런던의 모든 퍼브 주인이 그렇듯 맥주 양조업자의 손아귀 안에 들어 있는 그는 가게를 처분당하고 가구와 비품을 압류당할 테고, 감옥에서 나가도 다시는 퍼브를 열거나 일자리를 찾지 못할 것이다.

아침 시간은 지독히도 느릿느릿 흘러갔다. 담배를 피우는 건 허용되었다. 성냥은 사용 금지였지만, 당직 순경이 문에 달린 뚜껑 너머로 불을 붙여주었다. 유일하게 담배를 갖고 있던 퍼브 주인은 주머니 가득 든 담배를 공짜로 나누어주었다. 범죄자들이 들어오고 나갔다. 방해죄로 잡혀 온 행상이라고 주장하는 누더기 차림의 지저분한 남자가 30분 동안 같이 갇혀 있었다. 말이 많은 남자였는데, 다른 사람들은 그 남자를 아주 미심쩍어했다. 남자가 불려 나가자 사람들은 입을 모아 그 남자가 '경찰 끄나풀'이라고 단언했다. 가끔 경찰이 범죄자로 위장한 '끄나풀'을 잠입시켜 정보를 빼낸다는 말이 있었다. 살인범 혹은 살인 미수범이 옆방에 들어올 거라고 순경이 뚜껑문을 통해 속삭이자 방 안이 떠들썩해졌다. 열여덟 살의 청년이 '매춘부'의 배를 칼로 찔렀고, 매춘부는 죽을 가능성이 높다고 했다. 뚜껑문이 열리더니, 지치고 창백한 얼굴의 성직자가 안을 들여다보았다. 절도범을 본 성직자는 "또 들어왔어요, 존스?"라고 맥없이 말하고는 다시 사라졌다. 12시쯤 점심 식사라는 것이 나왔다. 마가린 바른 빵 두 조각과 차 한 잔이 전부였다. 돈을 내면 사식을 받을 수 있었다. 퍼브 주인은 뚜껑 덮인 접시들로 근사한 식사를 받았지만, 입맛이 없다며 대부분 남에게 주었다. 래블스턴은 여전히 재판소 밖에서 서성거리고 있었지만, 요령이 없어 고든에게 음식을 넣어주지 못했다. 곧 절도범과 퍼브 주인이 불려 나가서 형을 받은 뒤 다시 돌아와, 그들을 교도소로 데려갈 호송차를 기다렸다. 두 사람은 징역 9개월을 선고받았다. 퍼브 주인은 절도범에게 교도소가 어떠냐고 물었다. 거기는 여자가 없다는, 입에 담지 못할 음란한 대화가 오갔다.

고든에 대한 재판은 2시 반에 열렸고, 그렇게 오랜 시간 기다린 것이 터무니없을 정도로 빨리 끝나버렸다. 나중에 그 재판소에 대해 기억나는 거라곤, 판사의 의자 위에 붙어 있던 문장(紋章)밖에 없었다. 판사는 주정꾼들을 1분에 두 명씩 상대하고 있었다. "존-스미스-만취-만취?-6-실링-다음!" 판사가 노래처럼 읊어대는 소리에 맞추어 주정꾼들은 피고석의 난간을 줄지어 지나갔다. 마치 매표소에서 입장권을 받아 가는 사람들 같았다. 하지만 고든의 경우엔 30초가 아니라 2분이 걸렸다. 그는 난동까지 부렸었기 때문이다. 경사가 증인으로 출석하여, 고든이 귀를 때리면서 개새끼라고 욕했다고 증언했다. 고든이 경찰서에서 신문받을 때 시인이라 자칭한 일이 재판소에서 약간 화제가 되었다. 그런 말을 하다니, 심하게 취했던 것이 분명했다. 판사는 미심쩍은 눈으로 그를 바라보았다.

"시인이라는데. 맞습니까?"

"시를 씁니다." 고든은 뚱하게 답했다.

"흠! 행동거지를 조심하라고 시가 가르쳐주지는 않는 모양이군? 벌금 5파운드 혹은 14일 구금을 선고합니다. 다음!"

이것으로 끝이었다. 하지만 재판소 뒤쪽 어딘가에서 따분해하고 있던 한 기자가 귀를 쫑긋 세웠다.

재판소의 반대편에 있는 방에서 한 경사가 큼직한 장부에 주정꾼들의 벌금을 기입하고 돈을 받았다. 벌금을 내지 못하는 사람은 곁방으로 돌아가야 했다. 고든은 자신에게 그런 일이 벌어지리라 예상했다. 운명이라 체념하고 교도소에 들어갈 생각이었다. 하지만 재판소에서 나갔더니 래블스턴이 이미 벌금을 낸 뒤 그를 기다리고 있었다. 고든은 반항하지 않았다. 래블스턴이 이끄는 대로 택시를 타고 리전트파크의 아파트로 갔다. 도착하자마자 고든은 뜨거운 물로 목욕을 했다. 지난 열두 시간 동안 쌓인 지독한 때를 씻어내야 했다. 래블스턴은 그에게 면도기와 깨끗한 셔츠, 잠옷, 양말, 속옷을 빌려준 다음 밖으로 나가서 칫솔을 사 왔다. 래블스턴은 이상할 정도로 고든을 세심히 챙겨주었다. 지난밤 벌어진 일이 자신의 잘못이라는 죄책감을 떨치지 못한 탓이었다. 고든에게 휘둘리지 말고, 취한 기미가 보이는 고든을 곧장 집으로 데려다줬어야 했다. 고든은 래블스턴의 이런 속내를 눈치채지 못했다. 래블스턴이 벌금을 대신 내줬다는 사실조차 신경 쓰이지 않았다. 오후 내내 그는 난로 앞에 있는 안락의자에 누워 추리소설을 읽었다. 미래는 생각하고 싶지 않았다. 아주 이른 시간부터 잠이 쏟아지기 시작했다. 8시에 손님용 침실로 가서 장장 아홉 시간 동안 곤히 잠들었다.

다음 날 아침이 되어서야 고든은 자신의 상황을 진지하게 생각하기 시작했다. 이제껏 경험한 적 없는 보드랍고 따뜻한 침대를 쓰다듬으며 잠에서 깨어난 그는 손을 더듬어 성냥을 찾았다. 그러다 문득 이런 곳에서는 성냥이 필요 없다는 사실이 떠올라, 침대 머리판의 전깃줄에 달린 전기 스위치를 만지작거렸다. 은은한 불빛이 방 안에 흘러넘쳤다. 침대 옆 테이블에는 탄산수 병이 놓여 있었다. 서른여섯 시간이나 지났는데 아직도 입 안에 불쾌한 맛이 감돌았다. 고든은 탄산수를 한 모금 마시고 주변을 둘러보았다.

남의 잠옷을 입고 남의 침대에 있는 기분이 묘했다. 그와는 아무런 관계도 없는 딴 세상에 와 있는 듯했다. 돈 한 푼 없는 파산자 주제에 이런 곳에 누워 사치를 부리고 있자니 죄책감이 들었다. 그는 영락없이, 의심의 여지 없이 망했다. 분명 일자리도 날아갔을 테니. 앞으로 무슨 일이 벌어질지는 아무도 몰랐다. 어리석고 둔한 향락에 빠졌던 기억이 지독히도 생생하게 밀려들었다. 핑크 진을 마신 후 도라의 복숭앗빛 가터벨트로 손을 뻗기 시작한 것부터 전부 다 기억났다. 도라를 생각하니 창피해죽을 지경이었다. 왜 인간은 그런 짓을 할까? 역시 돈, 항상 돈이 문제다! 부자들은 그런 식으로 행동하지 않는다. 부자들은 비행을 저지를 때조차 우아하다. 하지만 돈이 없는 사람은 돈이 생겨도 어떻게 써야 하는지 모른다. 뭍에서의 첫날 밤을 매음굴에서 보내는 선원처럼, 돈을 정신없이 물 쓰듯 써버린다.

고든은 열두 시간 동안 유치장에 있었다. 즉결 재판소의 그 방에서 풍기던 대소변의 차가운 악취가 떠올랐다.

그의 미래를 미리 맛본 거나 마찬가지였다. 그리고 고든이 유치장에 있었던 사실을 모두가 알게 되리라. 운이 좋아 앤절라 고모와 월터 삼촌에게는 숨길 수 있을지 몰라도, 줄리아와 로즈메리는 이미 알고 있을지도 몰랐다. 로즈메리는 크게 개의치 않을 테지만, 줄리아는 수치심과 절망에 빠질 것이다. 고든은 줄리아를 생각했다. 그녀가 차통으로 몸을 구부릴 때 보이던 그 길고 여윈 등, 선량해 보이지만 패배감에 찌들고 거위처럼 생긴 얼굴. 그녀는 한 번도 인생을 즐기지 못했다. 어릴 적부터 그―고든, '아들'―를 위해 희생해야 했다. 이제까지 그녀에게 '빌린' 돈이 100파운드는 될 텐데, 그는 5파운드도 그녀를 위해 남겨두지 못했다. 줄리아에게 주겠다고 따로 챙겨둔 5파운드를 매춘부에게 써버리다니!

고든은 불을 끄고 말똥말똥한 정신으로 드러누웠다. 이 순간 그 자신이 무서우리만치 또렷하게 보였다. 그는 자기 자신과 소유물에 대해 하나씩 정리해보았다. 고든 콤스톡, 콤스톡가의 마지막 후손, 나이는 서른 살, 남은 치아는 스물여섯 개, 돈 없음, 직업 없음, 남의 잠옷을 입고 남의 침대에 누워 있음, 미래에는 구걸과 빈곤만이 기다리고 있으며, 과거에는 지저분한 바보짓만 남김. 전 재산이라곤 왜소한 몸뚱어리 하나와 해진 옷들로 가득 찬 판지 가방 두 개가 전부.

7시에 래블스턴은 문 두드리는 소리를 듣고 깨어났다.

그는 돌아누워 졸린 목소리로 말했다. "네?" 고든이 들어왔다. 빌려 입은 실크 잠옷에 거의 파묻힌 채 부스스한 모습이었다. 래블스턴은 하품을 하며 정신을 차렸다. 이론상으로는 프롤레타리아적인 7시가 래블스턴의 기상 시간이었다. 하지만 실제로는 가정부 비버 부인이 8시에 도착하기 전까지 꿈쩍하지도 않았다. 고든은 눈으로 흘러내린 머리칼을 뒤로 넘기고는 래블스턴의 침대 발치에 앉았다.

"래블스턴, 큰일이에요. 생각을 해봤는데, 뒤탈이 있을 것 같습니다."

"무슨 소리예요?"

"실직하게 생겼어요. 유치장 신세까지 진 나를 매케크니 씨가 계속 써줄 리가 없죠. 게다가 어젠 출근도 안 했으니까요. 아마 하루 종일 서점이 닫혀 있었을 겁니다."

래블스턴은 하품을 했다. "괜찮을 거예요. 그 뚱뚱한 친구, 이름이 뭐였더라? 플랙스먼이 매케크니 씨한테 전화해서 당신이 독감에 걸렸다고 했거든요. 아주 그럴싸하게 꾸며대더군요. 체온이 39도를 넘었다고. 물론 하숙집 주인은 알고 있죠. 하지만 매케크니 씨한테 이르진 않을 것 같은데요."

"신문에 날 거 아닙니까!"

"오, 이런! 그럴지도 모르겠군요. 8시에 가정부가 신문을 가져다주는데. 하지만 음주 사건 같은 것도 보도합니

315

까? 설마요!"

비버 부인이 《텔레그래프》와 《헤럴드》를 가져왔다. 래블스턴은 그녀를 보내 《메일》과 《익스프레스》도 구해 오게 했다. 그들은 즉결 재판소에 관한 뉴스를 다급하게 쭉 훑어보았다. 천만다행으로 그 사건은 '신문에 실리지' 않았다. 사실 뉴스거리가 될 이유도 없었다. 고든이 자동차 경주 선수나 프로 축구 선수라면 모를까. 기분이 풀린 고든은 아침을 조금 먹었고, 래블스턴은 식사 후에 외출을 했다. 래블스턴이 서점에 가서 매케크니 씨를 만나 고든의 병세를 더 자세히 전하고 상황을 살펴보기로 했다. 래블스턴은 고든의 뒤치다꺼리에 며칠을 허비하는 것을 아무렇지도 않게 여겼다. 고든은 아침 내내 초조하고 불편한 마음으로 아파트를 돌아다니며 줄담배를 피워댔다. 혼자 남게 되니 자꾸 불길한 생각이 들었다. 아무래도 매케크니 씨는 그의 체포 소식을 들었을 것 같았다. 숨긴다고 될 일이 아니었다. 그는 일자리를 잃었다, 확실히.

고든은 창으로 어슬렁어슬렁 다가가 밖을 내다보았다. 을씨년스러운 날이었다. 회백색 하늘은 다시는 개지 않을 듯했고, 헐벗은 나무들은 도랑으로 천천히 쓰러져가고 있었다. 근처 거리에서 석탄 배달부의 외침이 구슬프게 울려 퍼졌다. 이제 2주만 지나면 크리스마스였다. 하필 이맘때 실직하다니! 하지만 겁이 나기는커녕 따분하기만 했다. 갑작스러운 폭음 후에 찾아드는 기묘한 무력감, 눈 뒤의 답답한 무지근함이 영영 사라지지 않을 것 같았다. 빈곤한 생활보다 구직에 대한 생각이 그를 훨씬 더 따분하게 했다. 다른 일자리를 찾는다 해도 성공하지 못하리라. 요즘엔 일자리가 없었다. 고든은 실직자들의 밑바닥 인생으로 점점 침몰하고 있었다. 구빈원과 다를 바 없이 지저분하고 허기지며 무의미한 인생으로. 그는 이 고난을 최대한 조용하고 수월하게 넘기고 싶은 마음이 간절했다.

래블스턴은 1시쯤 돌아왔다. 그는 장갑을 벗어 의자로 휙 던졌다. 지치고 우울한 표정이었다. 고든은 게임이 끝났다는 걸 바로 알아차렸다.

"매케크니 씨가 이미 알고 있었나 보죠?" 고든이 물었다.

"유감이지만 전부 다 알고 있더군요."

"어떻게요? 아마 그 못돼 먹은 위스비치 부인이 가서 일러바쳤겠죠?"

"아니요. 결국 신문에 실렸습니다. 지역신문에. 그걸 보고 안 거예요."

"젠장! 그걸 잊고 있었네."

래블스턴은 코트 주머니에 접어 넣어둔 《햄스테드 앤드 캠던 타운 메신저》를 꺼냈다. 매케크니 씨가 광고를 싣는 신문이라 서점에서 구독하고 있었다. 고든은 이 사실을 까맣게 잊고 있었다. 그는 신문을 펼쳐보았다. 이런! 요란하게도 실렸군! 중간 페이지 전체가 그 기사로 채워져 있었다.

서점 직원 벌금형 받다
판사의 혹독한 비난
'망신스러운 언쟁'

거의 두 단짜리 기사였다. 고든의 이름이 이렇게 널리 알려지는 건 과거에도 없었고 미래에도 없을 일이었다. 뉴스거리가 어지간히 궁한 모양이었다. 하지만 이런 지역신문들은 기묘한 애국심을 자랑한다. 무엇보다 지역 소식을 전하는 데 열성적이어서, 유럽의 위기보다 해로로에서 벌어진 자전거 사고에 더 많은 지면을 할애하고, '햄스테드의 살인 용의자'나 '캠버웰의 지하실에서 사지가 잘린 아기' 같은 뉴스를 자랑스레 싣는다. 래블스턴은 매케크니 씨와의 만남이 어땠는지 전해주었다. 매케크니 씨는 고든에 대한 분노와 래블스턴 같은 좋은 손님의 심기를 건드리지 않으려는 욕망 사이에서 갈팡질팡하는 것 같았다. 하지만 이런 사건 후에도 매케크니 씨가 계속 고든을 받아주리라 기대하기는 어려웠다. 이런 추문은 장사에 안 좋았다. 그뿐 아니라 플랙스먼이 전화로 했던 거짓말도 매케크니 씨의 화를 북돋웠다. 하지만 매케크니 씨가 가장 분노한 사실은 **자신의** 직원이 만취해 난동을 부렸다는 점이었다. 래블스턴은 매케크니 씨가 만취에 대해 유난히 화를 내는 것 같더라고 말했다. 차라리 서점 돈을 훔치는 편이 나았을까 싶을 정도로. 물론 매케크니 씨 자신이 철저한 금주주의자였다. 고든은 가끔 그가 전통적인 스코틀랜드 방식으로 몰래 술을 마시지 않을까 하는 생각이 들기도 했다. 그는 항상 딸기코를 하고 있었다. 하지만 아마도 코담배 때문이리라. 어쨌든 이것으로 끝이었다. 고든은 다섯 길 바닷속*으로 가라앉아 버렸다.

"위스비치 부인은 내 옷들과 물건들을 절대 안 내줄 겁니다. 가지러 가봐야 소용없어요. 게다가 일주일 치 하숙비까지 밀렸고."

"아, 걱정하지 말아요. 하숙비든 뭐든 내가 다 해결해 줄 테니까."

"아니, 내 하숙비를 왜 당신이 냅니까!"

"제발 좀!" 래블스턴의 얼굴이 약간 붉어졌다. 래블스턴은 우울한 표정으로 먼 곳을 응시하다가 갑자기 말을 퍼붓기 시작했다. "이봐요, 고든, 어쨌든 문제를 해결해야 할 거 아닙니까. 이 일이 다 정리될 때까지 여기서 지내도록 해요. 돈 문제는 내가 알아서 해줄 테니까. 폐 끼친다는 생각은 하지 말아요, 아니니까. 어차피 당신이 일자리를 다시 구할 때까지만입니다."

※ 셰익스피어의 희곡 『폭풍우』에 등장하는 대사, "다섯 길 바닷속에 그대 아버지 눕고, 그의 뼈는 산호가 되네"에서 인용.

고든은 두 손을 주머니에 찔러 넣은 채 시무룩하게 자리를 떴다. 물론 이 모든 일을 예상하고 있었다. 거절해야 한다는 걸 알았고, 거절하고 **싶었지만**, 그럴 용기가 없었다.

"당신한테 빌붙을 생각 없어요." 고든은 뚱하게 말했다.

"그런 표현 좀 쓰지 말아요. 제발! 그리고, 여기 말고 갈 데는 있습니까?"

"글쎄요, 밑바닥 인생은 괜찮겠죠. 나한테 딱 어울리니까. 빠를수록 좋아요."

"말도 안 되는 소리! 일자리 구할 때까지 여기 있어요."

"일자리가 어디 있습니까. 1년이 걸릴지도 몰라요. 일하고 **싶지도** 않고."

"그런 식으로 말하면 안 되죠. 일자리는 반드시 찾을 수 있을 겁니다. 뭐든 나타나게 되어 있어요. 그리고 부탁인데, 나한테 **빌붙는다**는 말은 하지 말아요. 친구 사이에 충분히 해줄 수 있는 일이니까. 정 불편하거든, 나중에 돈이 생기면 갚아요."

"그래요, 돈이 **생기면**!"

결국 고든은 설득당했다. 이렇게 되리라는 걸 진작 알고 있었다. 그는 아파트에 남고, 래블스턴이 윌로베드로의 하숙집에 가서 하숙비를 낸 후 고든의 판지 가방 두 개를 가져왔다. 심지어 고든은 래블스턴이 당장의 생활비로 '빌려주는' 2파운드도 거부하지 않았다. 그 사이 고든의 마음은 병들어갔다. 그는 기생충처럼 래블스턴에게 빌붙어 살고 있었다. 그들 사이의 진정한 우정이 다시 가능하기나 할까? 본심을 말하자면, 고든은 도움을 받고 싶지 않았다. 그저 혼자 있고 싶었다.

그는 어차피 밑바닥 인생을 향해 가고 있었다. 빨리 그곳에 도착해 끝내버리는 편이 나았다. 하지만 지금 당장은 제자리에 머물러 있기로 했다. 달리 무언가를 할 용기가 나지 않았기 때문이다.

하지만 밥벌이를 찾는 일은 처음부터 막막하기만 했다. 래블스턴이 아무리 부유하다 해도 일자리까지 만들어주지는 못했다. 고든은 책 장사에 끼어들기가 쉽지 않다는 걸 이미 알고 있었다. 그 후 사흘 동안 그는 신발이 닳도록 서점들을 돌아다녔다. 이를 악물고 서점에 당당히 들어가 운영자와의 면담을 요청한 다음, 3분 후 도도하게 고개를 쳐들고 다시 밖으로 나왔다. 돌아오는 답은 항상 똑같았다. 빈자리가 없어요. 크리스마스 시즌에 대비해 임시 직원을 구하는 서점들도 몇 군데 있었지만, 고든은 그들이 원하는 타입이 아니었다. 그는 말쑥하지도 알랑거리지도 않았다. 꾀죄죄한 옷을 입고 신사의 억양을 썼다. 게다가 술 때문에 지난 직장에서 해고당한 사실이 두세 가지 질문으로 탄로 났다. 겨우 사흘 만에 그는 포기했다. 헛수고라는 걸 알고 있었다. 그저 래블스턴의 비위를 맞추느라 일을 찾는 척했을 뿐이다.

저녁이 되자 고든은 아파트로 터벅터벅 돌아갔다. 연이어 무시당하고 나니 신경이 날카로워졌고, 발이 아팠다. 래블스턴에게 받은 2파운드를 아껴 쓰느라 무조건 걸어 다닌 탓이었다. 그가 돌아갔을 때 래블스턴은 사무실에서 막 올라와 기다란 교정쇄를 무릎에 올려놓은 채 난로 앞의 안락의자에 앉아 있었다. 래블스턴이 들어오는 고든을 올려다보며 평소처럼 물었다.

"잘됐어요?"

고든은 대답하지 않았다. 대답했다간 욕설만 줄줄 늘어놓을 것 같았다. 그는 래블스턴을 쳐다보지도 않고 곧장 자기 방으로 들어가 신발을 벗어 던지고 침대에 벌러덩 누웠다. 자신이 미웠다. 왜 돌아왔을까? 더 이상 일자리를 찾을 생각도 없으면서 무슨 권리로 돌아와 래블스턴에게 빌붙고 있을까? 길거리를 헤매 다니다 트래펄가 광장에서 자고, 뭐라도 구걸했어야 했다. 하지만 아직은 길거리 생활을 감당할 배짱이 없었다. 따뜻한 곳에서 쉴 수 있다는 기대감이 그를 이 집으로 끌고 왔다. 고든은 두 손을 베개 삼아 뺐다. 무심함과 자기혐오가 한데 뒤섞였다. 30분 정도 지난 후 초인종이 울리고 래블스턴이 자리에서 일어나는 소리가 들렸다. 아마 그 재수 없는 허마이어니 슬레이터겠지. 이틀 전 래블스턴이 허마이어니에게 고든을 소개해주었고, 그녀는 고든을 쓰레기 취급했다. 하지만 잠시 후 누군가가 고든의 방문을 똑똑 두드렸다.

"뭡니까?" 고든이 물었다.

"누가 당신을 보러 왔어요." 래블스턴이 답했다.

"나를 보러 왔다고요?"

"그래요. 다른 방에 가봐요."

고든은 욕설을 뱉고는 느릿느릿 몸을 굴려 침대에서 빠져나갔다. 다른 방에 갔더니, 그를 찾아온 사람은 로즈메리였다. 물론 어느 정도는 그녀를 기다리고 있었지만, 막상 보니 피곤했다. 그녀가 찾아온 이유를 고든은 잘 알고 있었다. 그를 동정하고 나무라기 위해서였다. 항상 그랬다. 기운이 빠지고 지겨워진 고든은 로즈메리에게 말을 붙이기도 귀찮았다. 그저 혼자 있고 싶었다. 하지만 래블스턴은 그녀를 반가워했다. 단 한 번의 만남으로 로즈메리를 좋아하게 된 래블스턴은 그녀가 고든을 격려해 주리라 믿었다. 래블스턴은 자리를 피해주기 위해 핑계를 대고 사무실로 내려갔다.

단둘이 남게 되었지만, 고든은 로즈메리를 안아주지 않았다. 두 손을 코트 주머니에 찔러 넣고, 그에게는 지나치게 큰 래블스턴의 슬리퍼를 신은 채 난로 앞에 구부정히 서 있기만 했다. 로즈메리는 양가죽 깃이 달린 코트와 모자를 아직 벗지도 않고서 고든에게 머뭇머뭇 다가갔다. 그의 모습이 안쓰러웠다. 마지막으로 본 지 일주일도 지나지 않았건만, 기묘하리만치 꼬질꼬질한 행색을 하고 있었다. 누가 봐도 지저분하고 게으른 실직자의 몰골이었다. 얼굴은 더 마른 듯했고, 눈가는 거뭇하게 그늘져 있었다. 면도도 하지 않은 것이 분명했다.

남자에게 먼저 다가가 포옹을 시도하는 여자가 그러듯, 로즈메리는 약간 어색하게 고든의 팔에 손을 얹었다.

"고든……."

"음?"

고든은 골이라도 난 사람처럼 답했다. 다음 순간 로즈메리는 그의 품 안에 있었다. 하지만 처음 움직인 사람은 고든이 아니라 로즈메리였다. 그녀는 고든의 가슴에 머리를 기대고는, 하, 당장이라도 터져 나오려는 눈물을 힘겹게 참고 있었다. 고든은 끔찍이도 따분해졌다. 툭하면 그녀를 울리게 되는구나! 그리고 그녀가 자기 때문에 우는 것이 싫었다. 그저 혼자 있고 싶었다. 혼자서 절망하고, 혼자서 골을 내고 싶었다. 로즈메리를 안고 서서 기계적으로 어깨를 쓰다듬으며 그가 느끼는 주된 감정은 따분함이었다. 그녀가 여기 오는 바람에 그는 더 힘들어졌다. 고든의 앞날에 기다리고 있는 건 추위, 불결함, 허기, 길거리, 구빈원, 그리고 교도소였다. 이런 것들을 미리 각오하고 있어야 했다. 로즈메리가 찾아와서 무의미한 감정들로 그를 흔들어놓지만 않으면 그럴 수 있을 것 같았다.

고든은 로즈메리를 살짝 밀어냈다. 그녀는 항상 그러듯 빨리 마음을 추슬렀다.

"고든, 내 사랑! 유감이야, 정말!"

"뭐가?"

"일자리를 잃은 것도 그렇고 전부 다. 너무 힘들어 보여."

"힘들지 않아. 제발 좀 동정하지 마."

고든은 로즈메리의 두 팔을 떨쳐냈다. 그녀는 모자를 벗어 의자로 던졌다. 확실히 해둘 말이 있었다. 몇 년 동안 참아온 말, 예의를 지키느라 하지 못한 말이었다. 하지만 이제는 해야 했다. 단도직입적으로. 말을 빙빙 돌리는 건 그녀의 성미에 맞지 않았다.

"고든, 당신이 해줬으면 하는 일이 있어."

"뭔데?"

"뉴 앨비언으로 돌아가 줄래?"

그럼 그렇지! 고든의 예감대로였다. 다른 사람들처럼 로즈메리도 그에게 잔소리를 늘어놓으려 하고 있었다. 다른 사람들처럼 그에게 '성공'을 종용하며 귀찮게 굴 작정인 모양이었다. 하긴 뭘 기대하겠는가? 여자들이 하는 말이란 늘 그런걸. 그녀가 여태 그 말을 하지 않은 것이 기적이었다. 뉴 앨비언으로 돌아가! 뉴 앨비언을 떠난 건 고든의 인생에서 유일하게 의미 있는 행동이었다. 그 추잡한 돈의 세계에서 벗어나야 한다는 것이 그의 신조였다. 하지만 지금은 뉴 앨비언을 떠났던 이유가 뚜렷이 기억나지 않았다. 고든이 아는 거라곤, 하늘이 무너져도 돌아가지 않으리라는 것, 그리고 앞으로 벌어질 말다툼 때문에 벌써 따분해지기 시작했다는 사실뿐이었다.

그는 어깨를 으쓱하고 고개를 돌리며 무뚝뚝하게 말했다. "뉴 앨비언이 날 다시 받아줄 리 없잖아."

"아니, 받아줄 거야. 어스킨 씨가 했던 말 기억 안 나? 그리 오래전도 아니야. 겨우 2년 전이라고. 그리고 회사는 항상 좋은 카피라이터를 찾고 있어. 직원들도 다들 그렇게 말해. 당신이 가서 부탁하면 분명 일을 줄 거야. 그리고 주급으로 적어도 4파운드는 줄 거고."

"주급 4파운드라! 끝내주는군! 그 정도면 엽란을 계속 키울 수 있겠는걸?"

"아니, 고든, 지금은 그런 농담 하지 마."

"농담이 아니야. 진심이라고."

"일자리를 준다고 해도 돌아가지 않겠다는 소리야?"

"절대 안 가. 일주일에 50파운드를 준대도."

"왜? 대체 왜?"

"이미 말했잖아." 그는 지친 듯 말했다.

로즈메리는 무력하게 고든을 바라보았다. 결국 헛수고였다. 또 돈 문제가 걸림돌이었다. 그녀는 절대 이해할 수 없지만 고든이 품고 있기에 받아들였던 그 무의미한 양심의 가책. 추상적인 관념이 상식을 이겨먹는 이런 상황에 로즈메리는 무기력함과 분노를 느꼈다. 그런 이상한 생각 하나 때문에 밑바닥으로 떨어지겠다니, 미칠 것만 같았다. 그녀는 발끈하며 말했다.

"이해가 안 돼, 고든, 정말 이해를 못 하겠어. 일을 안 하면 얼마 안 가 쫄쫄 굶게 돼. 그런데 부탁만 하면 얻을 수 있는 일자리를 마다하겠다는 거야?"

"그래, 맞아. 난 그럴 작정이야."

"하지만 **무슨** 일자리든 찾아야 할 거 아니야?"

"일자리야 괜찮지, 하지만 **좋은** 일자리는 안 돼. 내가 수도 없이 설명했을 텐데. 조만간 일을 구하긴 할 거야. 예전과 똑같은 일."

"하지만 내가 보기에 당신은 일을 구하려는 **시도도** 안 하고 있는 것 같은데?"

"아니, 하고 있어. 하루 종일 서점을 돌아다녔다고."

"그런데 아침에 면도도 안 했어?" 로즈메리는 여자답게 순식간에 화제를 바꾸었다.

고든은 턱을 어루만졌다. "그러고 보니 안 한 것 같네."

"이런 꼴로 일자리를 구할 수 있을 줄 알았어? 오, 고든!"

"뭐, 그게 무슨 상관이야? 동성애자들이나 매일 면도를 하지."

"당신은 자포자기한 거야." 그녀는 매몰차게 말했다. "노력할 **의지**가 없어 보여. 당신은 그냥 밑바닥으로 떨어지고 싶은 거야, **밑바닥으로!**"

"글쎄, 그럴지도 모르지. 올라가느니 차라리 떨어지겠어."

두 사람의 언쟁은 조금 더 이어졌다. 로즈메리가 고든에게 이런 식으로 말하는 건 처음이었다. 그녀는 또 눈물을 글썽였고, 또 억지로 참았다. 절대 울지 않으리라 다짐하면서 여기 왔었다. 무섭게도, 그녀의 눈물은 고든에게 고통은커녕 따분함만 안겨주었다. 그는 개의치 않았고, 바로 그 사실이 내심 신경이 쓰이기도 했다. 그녀가 그를 혼자 내버려 뒀으면 하는 마음뿐이었다! 혼자, 혼자! 더 이상 실패를 의식하지 않고, 그녀가 말한 대로 돈과 노력과 도덕적 의무 따위는 존재하지 않는 조용한 세상으로 떨어져버렸으면. 마침내 고든은 로즈메리에게서 달아나 손님용 침실로 돌아갔다. 그들은 이렇게 진지하게 다툰 적이 한 번도 없었다. 이번이 확실한 첫 다툼이었다. 마지막 다툼일지는 알 수 없었다. 그렇든 아니든 상관없었다, 이 순간만큼은. 그는 문을 잠그고 침대에 누워 담배를 피웠다. 이곳에서 벗어나야 한다, 당장! 내일 아침 이 집에서 나가리라. 더 이상 래블스턴에게 빌붙을 순 없다! 품위를 중시하는 사람을 등쳐먹을 순 없다! 진창으로 빠져버리자. 길거리, 구빈원 그리고 교도소로. 오로지 그곳에서만 마음의 평화를 찾을 수 있으리.

래블스턴이 올라왔을 때 로즈메리는 혼자서 막 떠나려는 참이었다. 그녀는 작별 인사를 하고는 갑자기 몸을 돌려 그의 팔에 손을 얹었다. 이제 속내를 털어놔도 괜찮을 정도로 그를 잘 아는 것 같은 느낌이 들었다.

"래블스턴 씨, 부탁인데, 일자리를 구하도록 고든을 설득해주실래요?"

"내가 할 수 있는 일은 할 겁니다. 물론 항상 어렵긴 하죠. 하지만 조만간 무슨 일자리든 나타날 겁니다."

"저이가 이러고 있는 게 너무 싫어요! 사람이 완전히 망가졌어요. 마음만 먹으면 언제든 쉽게 얻을 수 있는 일자리가 있잖아요. 그것도 아주 **좋은** 일자리요. 일자리를 못 구하는 게 아니라, 구할 마음이 없는 거예요."

로즈메리는 뉴 앨비언에 대해 설명했다. 래블스턴은 코를 문질렀다.

"그래요. 실은 나도 다 들었습니다. 고든이 뉴 앨비언을 떠났을 때 그 얘기를 나눴었죠."

"설마 고든이 떠나길 잘했다고 생각하시는 건 아니죠?" 그녀는 래블스턴이 고든의 결정에 동감한다는 걸 직감적으로 알아채고 물었다.

"음, 아주 현명한 결정이었다고는 할 수 없지요. 하지만 고든의 말이 아예 틀린 건 아닙니다. 자본주의는 썩었으니 거기서 벗어나야 한다는 게 고든의 생각인데, 현실적이지는 않아도 어떤 면에서는 건전한 사상입니다."

"이론적으로는 그럴지도 모르죠! 하지만 실직해놓고는 마음만 먹으면 얻을 수 있는 일자리를 거부하고 있잖아요. **설마** 이게 옳다는 건 아니죠?"

"상식적으로는 맞지 않죠. 하지만 원칙을 따지자면―뭐, 옳은 결정입니다."

"원칙이라뇨! 우리 같은 사람들은 원칙 같은 거 따질

여유가 없어요. **그걸** 고든은 이해 못 하는 모양이에요."

고든은 다음 날 아침 아파트를 떠나지 않았다. 어떤 일을 결심하고 원해도, 추운 아침이 되면 어찌어찌하다 때를 놓치고 만다. 고든은 하루만 더 있어야지, 하고 속으로 중얼거렸다. 그리고 또 '하루만 더'. 로즈메리가 다녀간 지 꼬박 닷새가 지날 때까지도 그는 여전히 아파트에서 죽치면서 래블스턴에게 빌붙고 있었다. 구직의 희망은 전혀 보이지 않았다. 일자리를 찾는다는 핑계를 여전히 대고는 있었지만, 그저 체면을 세우기 위한 속임수에 불과했다. 밖으로 나가 공공 도서관에서 몇 시간 빈둥거리다가 아파트의 손님용 침실로 돌아와 신발만 벗고 침대에 누워 줄담배를 피웠다. 움직일 힘도 없고 길거리 생활이 두렵기도 해서 그곳에 붙들려 있기는 했지만, 그 닷새는 이루 말할 수 없이 끔찍하고 지긋지긋했다. 남의 집에 살면서 밥을 얻어먹고 그 보답으로 아무것도 해주지 못하는 것만큼 지독한 일도 없다. 그리고 최악은, 은인이 자신이 은인임을 절대 인정하지 않으려 하는 것이다. 래블스턴의 세심함에는 두 손 두 발 들 수밖에 없었다. 고든이 자신에게 빌붙고 있다는 걸 인정하느니 차라리 죽음을 택할 사람이었다. 래블스턴은 고든의 벌금을 내주고, 밀린 하숙비를 해결해주고, 일주일 동안 돌봐주면서 2파운드를 '빌려'주기까지 했다. 하지만 아무것도 아니라고, 친구 사이에 충분히 해줄 수 있는 일이라고, 나중에 입장이 바뀌면 고든도 그에게 똑같이 해줄 거라고 말했다. 고든은 미미한 탈출 시도를 몇 번 해봤지만, 항상 똑같은 결말을 맞았다.

"이봐요, 래블스턴, 이젠 여기서 나가야겠습니다. 너무 오래 신세를 졌어요. 내일 아침에 나갈게요."

"그게 무슨 소립니까! 바보처럼 굴지 말아요. 당신은……." 아니! 고든의 파산이 다 까발려진 지금도 래블스턴은 "당신은 빈털터리잖아요"라고 말할 수 없었다. 차마 입에 올리지 못할 말이었다. 대신에 이렇게 말했다. "그럼 어디서 지내려고요?"

"그야 모르죠. 상관없습니다. 간이 숙박소 같은 곳도 있고. 몇 실링은 남아 있으니까요."

"고집부리지 말고, 일자리 구할 때까지 여기 있어요."

"몇 달이 걸릴지도 모릅니다. 이렇게 당신한테 빌붙어 살 순 없어요."

"헛소리 말아요! 난 당신이 여기 있는 게 좋으니까."

물론 래블스턴의 본심은 그렇지 않았다. 어떻게 그럴 수 있겠는가? 견디기 힘든 상황이었다. 그들 사이엔 늘 긴장감이 흘렀다. 한 명이 다른 한 명에게 빌붙고 있으면 항상 그렇다. 아무리 정교하게 다른 모습으로 위장한다 해도 자선 행위는 끔찍하다. 베푸는 자와 받는 자 사이에 은밀한 증오에 가까운 불만이 존재한다. 고든은 래블스턴과의 우정이 예전 같지 못하리라는 걸 알았다. 앞으로 무슨 일이 벌어지건, 둘 사이에는 이 불쾌한 시간에 대한 기억이 사라지지 않을 것이다. 밤이나 낮이나 고든은 식객, 방해꾼, 불청객, 골칫거리가 된 듯한 기분을 떨칠 수 없었다. 식사는 하는 둥 마는 둥 했고, 래블스턴의 담배를 빌려 피우는 대신 얼마 안 남은 돈으로 담배를 샀다. 방의 가스난로도 켜지 않았다. 할 수만 있다면 투명인간이 되고 싶었다. 물론 날마다 사람들이 아파트와 사무실을 들락거렸다. 모두들 고든을 보고 그의 처지를 알아챘다. 래블스턴에게 빌붙은 또 한 마리의 기생충, 이라고 다들 말했다. 《적그리스도》의 식객 한두 명은 고든에게 경쟁의식을 드러내기까지 했다. 허마이어니 슬레이터는 그 한 주 동안 세 번이나 찾아왔다. 첫 만남 후로 고든은 그녀가 오기만 하면 곧장 밖으로 달아나버렸다. 한번은 그녀가 밤에 왔을 때, 자정까지 집 밖에서 버텨야 했다. 가정부 비버 부인 역시 고든이 어떤 인간인지 '간파했다'. 가여운 래블스턴 씨에게 빌붙어 먹는 아무짝에도 쓸모없는 '글 쓰는 젊은 신사' 중 한 명. 그래서 부인은 거의 노골적으로 고든을 불편하게 했다. 부인이 즐겨 사용하는 수법은 고든이 어느 방에 있든 빗자루와 쓰레받기로 그를 쫓아내는 것이었다―"자, 콤스톡 씨, **괜찮으면 여기 청소 좀 할게요.**"

하지만 결국 고든은 아무런 노력 없이, 예기치 않게 일자리를 얻었다. 어느 날 아침, 매케크니 씨의 편지가 래블스턴 앞으로 도착했다. 고든을 향한 매케크니 씨의 분노가 누그러진 모양이었다. 하지만 물론 그는 고든을 다시 받아줄 마음이 없었고, 대신에 다른 일자리를 구할 수 있도록 도와주겠다고 했다. 램버스에서 서점을 운영하는 치즈먼 씨가 직원을 구하고 있다면서 말이다. 매케크니 씨의 말로 미루어볼 때, 고든이 지원하기만 하면 그 자리를 확실히 얻을 수 있을 것 같았다. 하지만 그 일에 조금 문제가 있는 것 또한 확실했다. 고든은 치즈먼 씨에 대해 대강 들은 적이 있었다─서점업계에서는 서로를 훤히 알고 있다. 취업할 수 있다는 이 소식에 고든은 그저 따분할 뿐이었다. 그 일자리가 별로 탐탁지 않았다. 다시 일하고 싶지도 않았다. 그저 편안히 밑바닥 인생으로 침몰하고 싶었다. 하지만 그를 위해 애써준 래블스턴을 실망시킬 수는 없었다. 그래서 바로 그날 아침 고든은 그 일을 알아보기 위해 램버스에 갔다.

치즈먼 씨의 서점은 워털루로에 있었다. 좁아빠지고 허름해 보이는 가게로, 위에 붙은 색 바랜 금빛 명판에는 치즈먼이 아닌 엘드리지라는 이름이 새겨져 있었다. 하지만 진열창에는 송아지 가죽으로 장정한 값비싼 2절판 책들과 귀해 보이는 16세기 지도들이 있었다. 치즈먼은 '희귀' 서적을 전문으로 다루는 모양이었다. 고든은 용기를 내어 서점 안으로 들어갔다.

문에 달린 종이 땡 하고 울리자, 코가 뾰족하고 눈썹

이 검고 짙은 작은 남자가 험악한 얼굴로 서점 뒤의 사무실에서 나왔다. 캐묻듯 고든을 올려다보는 눈빛에 심술이 덕지덕지 붙어 있었다. 남자가 말을 시작하자, 입에서 빠져나가는 모든 단어를 반 토막으로 동강 내기라도 하는 것처럼 말투가 툭툭 끊어졌다. "무슨 일로?" 대충 이런 말인 것 같았다. 고든은 그가 온 이유를 설명했다. 치즈먼은 의미심장한 눈으로 고든을 힐끔 보더니 아까처럼 툭툭 끊어지는 투로 말했다.

"아! 콤스톡? 이쪽으로. 사무실은 이쪽이니까. 기다리고 있었소."

고든은 남자를 따라갔다. 치즈먼은 난쟁이로 보일 정도로 체격이 왜소하고 인상이 사나웠다. 머리칼은 시커멓고 몸은 약간 기형이었다. 기형인 난쟁이들은 대체로 상체가 정상이고 다리는 심하게 짧았다. 치즈먼의 경우엔 그 반대였다. 다리는 평범한 길이였지만, 상체가 너무 짧아서 엉덩이가 어깨뼈 바로 밑에 툭 튀어나온 것처럼 보였다. 그래서 걷고 있는 그를 보면 꼭 가위 같았다. 어깨는 난쟁이처럼 강하고 뼈대가 굵었으며, 두 손은 큼직하고 추했다. 그리고 무슨 냄새라도 맡는 듯 고개를 앞으로 홱홱 들이밀었다. 옷은 아주 낡고 더러운 옷 특유의 질감으로 딱딱하게 굳고 번들거렸다. 그들이 막 사무실로 들어설 때 종이 또 울리더니 한 손님이 들어왔다. 손님은 6펜스짜리 책을 모아놓은 바깥 상자에서 꺼내 온 책 한 권과 반 크라운을 내밀었다. 치즈먼 씨는 현금 서랍에서 거스름돈을 꺼내지 않고—현금 서랍은 없는 모양이었다—조끼 안의 은밀한 곳에서 기름때가 덕지덕지 묻은 새미 가죽 지갑을 끄집어냈다. 그는 큼직한 손에 파묻혀 거의 보이지 않는 지갑을 유난스러울 정도로 은밀하게 다루었다. 보이지 않게 숨기려고 애쓰는 것처럼.

"돈은 주머니에 넣고 다닌다오." 사무실로 들어가면서 그가 고든을 힐끔 올려다보며 말했다.

치즈먼 씨는 말에도 돈이 들기 때문에 낭비해서는 안 된다는 생각에 말을 짧게 하는 것 같았다. 두 사람은 사무실에서 얘기를 나누었고, 치즈먼 씨는 술 때문에 해고당했다는 고든의 자백을 억지로 받아냈다. 사실 그는 이 사실을 이미 알고 있었다. 며칠 전 경매에서 만난 매케크니 씨로부터 고든에 대해 들었기 때문이다. 점원을 찾고 있던 치즈먼 씨는 귀를 쫑긋 세웠다. 술 때문에 해고당한 점원이라면 싼값에 부릴 수 있을 터였다. 고든은 만취 사건이 자신에게 불리한 무기로 사용되리라는 걸 알았다. 하지만 치즈먼 씨는 마냥 불친절한 사람은 아닌 듯했다. 할 수만 있다면 남을 속이고 괴롭히기도 하지만, 조소 어린 싹싹함으로 사람을 대할 줄도 알았다. 그는 서점업계의 현황을 고든에게 털어놓고, 자신의 영민함을 자랑하며 낄낄거렸다. 입꼬리가 위로 휙 올라가 큼직한 코가 입 속으로 사라질 것만 같은 특이한 웃음이었다.

그는 최근에 돈벌이 좋은 부업이 하나 떠올랐다고 말했다. 2펜스 도서관을 시작할 텐데, 서점과는 분리해서 독립적으로 운영할 생각이라고 했다. '희귀' 서적을 찾아 서점에 오는 애서가들은 저급한 책들에 질색을 할 테니까 말이다. 그는 조금 떨어진 곳에 자리를 구해났다며 점심시간에 고든을 데려가 보여주었다. 적막한 거리를 따라 조금 내려가니, 아주 지저분한 델리와 꽤 깔끔한 장의사 사이에 그 건물이 있었다. 장의사 창에 붙은 광고문들이 고든의 눈길을 사로잡았다. 요즘은 2파운드 10실링만 내면 땅에 묻힐 수 있는 모양이었다. 심지어 할부도 가능했다. '경건하고 위생적이며 싼' 화장도 광고 중이었다.

치즈먼 씨가 구한 건물은 사실상 파이프처럼 생긴 좁고 기다란 단칸방으로, 방과 똑같은 폭의 창문이 달려 있고, 싸구려 책상과 의자, 카드 색인이 하나씩 갖추어져 있었다. 페인트를 갓 칠한 서가는 언제든 사용할 수 있도록 준비되어 있었지만 아직은 텅 비어 있었다. 한눈에 봐도 고든이 매케크니 씨의 서점에서 관리했던 대여실과는 분위기가 사뭇 다를 것 같았다. 매케크니 씨의 대여실은 비교적 수준이 높았다. 델보다 더 통속적인 작가는 들이지 않았고, 심지어 로런스와 헉슬리의 작품까지 있었다. 하지만 이곳은 교육받지 못한 사람들을 겨냥하여 런던에 우후죽순처럼 생겨나고 있는 저급한 싸구려 대여 서점('버섯 도서관'이라 불렸다) 중 하나였다. 이런 대여 서점에는 서평에서 한 번이라도 언급되거나 교양 있는 사람이 한 번이라도 들었을 법한 책이라곤 단 한 권도 없다. 형편없는 글쟁이들이 쓰고 질 낮은 특정 회사들이 1년에 네 권씩 소시지 만들듯 뚝딱 찍어내는 책들이 이런 곳에 들어온다. 사실상 소설로 둔갑한 삼류 로맨스에 불과하며, 고작 1실링 8펜스에 한 권을 들일 수 있다. 치즈먼 씨는 아직 책을 주문하지 않았다고 설명했다. '책을 주문하는' 일을 마치 석탄을 주문하는 일처럼 말했다. 우선 500권의 다양한 책들로 시작할 거라고 했다. 서가는 이미 여러 코너들로 구분되어 있었다. '성', '범죄', '서부물' 등등.

치즈먼 씨는 고든에게 일자리를 제안했다. 아주 단순한 일이었다. 하루에 열 시간씩 그곳에 있으면서 책을 빌려주고, 돈을 받고, 책 도둑을 막기만 하면 그만이었다. 치즈먼 씨는 고든의 눈치를 보듯 곁눈질로 힐끔거리며, 급료는 일주일에 30실링이라고 덧붙였다.

고든은 그 자리에서 치즈먼 씨의 제안을 받아들였다. 치즈먼 씨는 아마 실망했을 것이다. 고든과 말다툼을 벌이면서, 가난뱅이에게 선택할 권리 따위 없다고 고든을 신나게 깔아뭉개는 전개를 기대했을지도 모른다. 하지만 고든은 만족스러웠다. 이런 일이라면 괜찮았다. 아무 문제도 없었다. 욕심을 부릴 여지도 없고, 힘들지도 않고, 기대할 거리도 전혀 없었다. 10실링 더 적게 받으니, 밑바닥 인생에 10실링 더 가까워진 셈이었다. 이야말로 그가 원하는 바였다.

그는 래블스턴에게 2파운드를 더 '빌려', 램버스 컷 거리를 낀 어느 지저분한 골목에 하숙방을 얻었다. 일주일에 8실링으로 지낼 수 있는 침실 겸 거실의 단칸방으로 가구가 딸려 있었다. 치즈먼 씨는 500권의 잡다한 책을 주문했고, 고든은 12월 20일부터 일을 시작했다. 공교롭게도 그의 서른 번째 생일이었다.

10

땅속, 땅속! 구직이나 실직도, 골치 아픈 가족이나 친구도, 희망도 두려움도 야망도 명예도 의무도 없는, 어떤 성가신 일도 없는 안전하고 보드라운 지구의 자궁. 고든은 바로 그런 곳에 있고 싶었다.

하지만 실제적인 육체의 죽음을 바라는 건 아니었다. 그는 기묘한 감정에 젖어 있었다. 유치장에서 깨어났던 그날 아침부터 계속 그랬다. 만취 후 찾아드는 지독하고 반항적인 기분이 성향으로 자리를 잡아버린 듯했다. 만취했던 그날 밤은 그의 인생에 하나의 구두점을 찍었다. 그날부터 기묘할 정도로 갑작스레 몰락이 시작되었다. 그전에는 돈이 지배하는 세계에 맞서 싸우면서도, 얼마 안 남은 변변찮은 체면에 집착했었다. 하지만 이제 체면

따위는 벗어던지고 싶었다. 체면은 더 이상 문제가 되지 않는 세계로 내려가고 싶었다. 자존심의 줄을 끊어버린 채 매몰되고 싶었다. 로즈메리의 말대로, **밑바닥으로 떨어지고** 싶었다. 그의 모든 생각은 **땅속**과 결부되었다. 사라져버린 사람들, 땅속의 사람들, 부랑자들, 거지들, 범죄자들, 매춘부들. 그들은 저 밑의 곰팡내 나는 하숙집과 구빈원에서 좋은 세상을 살고 있다. 고든은 돈의 세계 밑에 거대하게 펼쳐져 있는 더러운 지하 세계를 종종 상상했다. 실패와 성공이 무의미한 세상. 모두가 평등한, 유령들의 왕국. 야망과는 **거리가 먼** 저 아래의 유령 왕국에 있고 싶었다. 자욱한 담배 연기에 뒤덮인 채 제멋대로 뻗어 있는 런던 남부의 빈민가들, 영원히 자취를 감춰버릴 수 있는 거대하고 타락한 황야를 생각하면 마음이 편해졌다.

그리고 어떤 면에서 이 일자리는 그가 원하는 바를 충족해주었다. 아니, 적어도 그의 바람에 가까운 일자리였다. 차를 너무 많이 마셔 암갈색으로 그늘진 얼굴들이 어둑어둑한 겨울 거리의 엷은 안개 속을 돌아다니는 램버스에 있다 보면, **매몰된** 듯한 느낌이 들었다. 여기서는 돈이나 교양과 접촉할 일이 없었다. 교양 있는 손님들을 상대하며 교양인처럼 연기해야 할 일도 없었다. "배울 만큼 배우고 똑똑한 사람이 왜 이런 데서 일하죠?"라고 고든에게 물을 수 있는 부유한 손님은 한 명도 없었다. 고든은 빈민가의 일부가 되었고, 빈민가 주민처럼 그곳에 자연스레 섞여 들었다. 대여 서점에 찾아오는 젊은 남녀들과 꾀죄죄한 중년 여성들은 고든이 교육받은 사람이라는 사실조차 알아채지 못했다. 그는 그저 '대여 서점에서 일하는 녀석'으로, 그들과 같은 부류였다.

물론 일 자체는 상상도 못 할 만큼 시시했다. 하루에 열 시간, 목요일에는 여섯 시간 동안 가만히 앉아서 책을 건네고, 대여 카드를 작성하고, 2펜스를 받았다. 짬이 날 때마다 할 일이라곤 책을 읽는 것뿐이었다. 바깥의 황량한 거리에는 구경할 만한 것이 하나도 없었다. 하루의 주된 행사라면, 옆 가게인 장의사로 영구차가 달려오는 것이었다. 고든은 거기에 약간의 흥미가 있었다. 말 중 한 마리가 염색이 빠지면서 점차 기묘한 자갈색을 띠고 있었기 때문이다. 손님이 없는 시간에는 주로 대여 서점에 있는 노란 표지의 쓰레기 같은 책들을 읽었다. 한 시간 만에 다 읽어치울 만한 책들이었다. 그리고 요즘의 그에게 잘 어울리기도 했다. 2펜스 도서관에 있는 그 책들은 진정한 '도피문학'이었다. 심지어 영화를 볼 때보다 더 머리를 쓰지 않아도 거뜬히 읽어낼 수 있는 책들. 그래서 '성'이든 '범죄'든 '서부물'이든 '**로**맨스(손님들은 항상 '로'를 강조해 발음했다)'든 손님이 특정 장르의 책을 요구할 때마다 고든은 망설임 없이 능숙한 조언을 해주었다.

최후의 심판이 오는 그날까지 임금 인상은 전혀 없으리라는 사실을 받아들이기만 하면, 치즈먼 씨는 그리 나쁜 고용주는 아니었다. 하지만 당연히도 그는 고든이 현금 서랍의 돈을 훔쳐가고 있다고 의심했다. 1-2주가 지나자, 치즈먼 씨는 하루에 책이 몇 권 나갔는지 파악하고 이를 하루 매상과 대조할 수 있는 새로운 장부 기입 시스템을 고안해냈다. 하지만 곰곰이 따져보면, 고든이 책을 빌려주고도 기록을 남기지 않으면 그만이었다. 치즈먼 씨는 고든이 하루에 6펜스, 심지어는 1실링까지 슬쩍하고 있을지도 모른다는 찜찜한 생각에 계속 속을 태웠다. 그렇지만 그의 사악하고 좀스러운 면모 속에 호감 가는 구석이 아예 없는 건 아니었다. 그는 저녁에 서점을 닫고 하루 매상을 받으러 올 때면 잠깐 고든과 함께 앉아서, 최근에 자신이 벌인 아주 기발한 사기 행각을 늘어놓으며 코웃음을 쳤다. 이런 대화를 통해 고든은 치즈먼 씨의 과거를 조합할 수 있었다. 그는 헌 옷 장사를 천직으로 생각하며 살다가 3년 전 삼촌으로부터 서점을 물려받았다. 당시엔 서가도 없고, 뒤죽박죽으로 섞인 책들을 먼지투성이의 거대한 무더기들로 여기저기 쌓아놓은 끔찍한 서점이었다. 그 쓰레기 더미 속에도 가끔은 귀한 책이 있어서 서적 수집가들이 자주 들락거렸지만, 서점이 망하지 않고 계속 굴러갈 수 있었던 건 한 권당 2펜스에 팔았던 종이 표지의 중고 스릴러물 덕분이었다. 치즈먼 씨는 처음 이 쓰레기 더미를 떠맡았을 때 진저리를 쳤다. 책을 싫어한 데다, 책으로 돈을 벌 수 있다는 생각도 해본 적이 없었다. 그는 대리인을 통해 헌 옷 가게를 계속 운영했고, 서점을 좋은 가격에 넘기기만 하면 곧장 헌 옷 가게로 돌아갈 작정이었다. 하지만 책들을 제대로 취급하면 돈이 된다는 사실을 곧 깨달았다. 이런 깨달음을 얻자마자 치즈먼 씨는 엄청난 수완을 발휘하기 시작했다. 2년도 안 지나서 그의 서점은 런던에 있는 같은 규모의 '희귀 서적' 서점 가운데 최고의 자리로 올라섰다. 그에게 책이란 헌 바지와 다를 바 없는 상품일 뿐이었다. 치즈먼 씨는 평생 책을 읽은 적이 없고, 왜 사람들이 책을 읽으려고 하는지 이해하지도 못했다. 희귀본을 사랑스러운 눈으로 살펴보는 수집가들을 대하는 그의 태도는 불감증에 걸린 매춘부가 고객을 대하는 태도와 똑같았다. 하지만 그는 책을 만져보기만 해도 그 가치를 알아내는 재주가 있는 듯했다. 치즈먼 씨의 머릿속에는 경매 기록과 초판 날짜에 대한 정보가 완벽하게 정리되어 있었으며, 싼 매물을 찾아내는 능력은 그야말로 기가 막혔다. 그가 즐겨 사용하는 서적 매입 방법은 이제 막 사망한 사람들, 특히 성직자들의 서재를 사들이는 것이었다. 성직자가 죽을 때마다 치즈먼 씨는 독수리처럼 재빠르게 움직였다. 그가 고든에게 설명하기를, 성직자들은 훌륭한 서재와 무식한 아내를 갖고 있는 경우가 많다고 했다. 그는 물론 독신으로 서점 위에 살았다. 소일거리도 없고, 보아하니 친구도 없는 것 같았다. 가끔 고든은 치즈먼 씨가 헐값에 살 수 있는 책들을 찾아 돌아다니지 않는 저녁엔 혼자 뭘 할까 궁금하기도 했다. 이중으로 자물쇠를 채운 방에서 창의 덧문을 닫아놓고 앉아, 담배통에 몰래 숨겨둔 반 크라운짜리 동전들과 1파운드짜리 지폐들을 세는 치즈먼 씨의 모습이 머릿속에 그려졌다.

치즈먼 씨는 고든을 마구 부려먹고, 임금을 깎을 핑곗거리를 찾았다. 하지만 고든에게 딱히 악감정을 품지는 않았다. 저녁에 찾아올 때 가끔은 주머니에서 기름투성이의 스미스 포테이토 크리스프스 봉지를 꺼내 앞으로 내밀며 특유의 짧은 말로 물었다.

"감자 칩?"

그가 항상 큼직한 손으로 봉지를 꽉 쥐고 있는 탓에 감자 칩을 두세 개밖에는 빼낼 수 없었다. 하지만 자기 딴에는 호의를 베푼답시고 하는 행동이었다.

고든이 사는 곳은 남쪽으로 램버스 컷을 끼고 있는 브루어스 야드의 지저분한 하숙집이었다. 그의 단칸 하숙방은 일주일에 8실링이었고, 지붕 바로 밑이었다. 천장이 비스듬히 기울어졌고―쐐기 모양의 치즈 조각처럼 생긴 방이었다―채광창이 있는 그 방은 고든이 이제껏 살았던 곳 가운데 이른바 시인의 다락방에 가장 가까웠다. 널찍하고 낮으며 머리판이 부서진 침대에 깔려 있는 다 해어진 조각 누비이불과 시트들은 하숙집 주인이 2주에 한 번씩 갈아주었다. 오랜 세월 놓여 있던 찻주전자들의 자국이 동그랗게 남아 있는 송판 테이블, 곧 부서질 듯한 주방 의자, 양철 세숫대야, 망이 쳐진 가스풍로도 있었다. 맨바닥은 더럽게 얼룩져 있지는 않았지만, 먼지가 거뭇하게 끼어 있었다. 분홍색 벽지의 갈라진 틈 사이로 수많은 벌레가 살고 있기는 해도, 겨울이라 그런지 난방을 심하게 하지 않는 이상 돌아다니지는 않았다. 침대 정리는 각자 알아서 해야 했다. 하숙집 주인인 미킨 부인은 날마다 '청소'한다고는 했지만, 닷새에 나흘은 힘들어서 계단을 올라오지도 못했다. 거의 모든 하숙인이 각자의 방에서 변변찮은 음식을 만들어 먹었다. 물론 가스레인지는 없었다. 가스풍로뿐이었고, 두 층을 내려가면 악취 나는 커다란 공용 개수대가 하나 있었다.

고든의 방과 붙어 있는 다락방에는 키 크고 풍채 좋은 노파가 살고 있었다. 노파는 약간 제정신이 아니었고, 때가 낀 얼굴이 흑인처럼 거무스름했다. 고든은 그 때의 정체를 알 수 없었다. 꼭 석탄 가루 같았다. 노파가 혼잣말을 하며 비극 배우처럼 인도를 활보하면, 동네 아이들은 뒤에서 "검둥이!"라고 외치곤 했다. 아래층에는 끝도 없이 울어대는 아기와 함께 사는 여자, 그리고 집이 떠나가도록 시끄럽게 싸우고 화해도 요란스럽게 하는 젊은 부부가 있었다. 1층에 사는 가옥 도장공과 그의 아내, 그리고 다섯 아이들은 실업수당과 간헐적인 잡일로 연명하고 있었다. 하숙집 주인인 미킨 부인은 지하의 굴 같은 방에서 지냈다. 고든은 이 집이 마음에 들었다. 위스비치 부인의 하숙집과는 아주 달랐다. 하위 중산층의 어쭙잖은 품위도, 감시당하고 미움받는 듯한 느낌도 없었다. 방세만 잘 내면, 마음 내키는 대로 할 수 있었다. 술에 취해서 들어와 계단을 기어 올라가고, 언제든 여자를 데려오고, 원하면 온종일 침대에서 뒹굴어도 상관없었다. 미킨 부인은 하숙인들의 생활에 간섭하지 않았다. 코티지 로프※ 같은 몸매에 머리칼도 옷매무새도 부스스하니, 푸근한 인상의 늙은이였다. 사람들 말로는 젊었을 때 행실이 좋지 않았다는데, 사실인 듯싶었다. 부인은 바지를 걸친 모든 이에게 다정했다. 그렇지만 어느 정도의 기품도 있었다. 고든이 하숙집에 들어온 날, 부인이 뭔가 무거운 짐을 들고 숨을 헐떡이며 계단을 힘겹게 올라오는 소리가 들렸다. 부인은 무릎 혹은 무릎이 있어야 할 부위로 문을 살살 두드렸다. 고든이 부인을 방 안으로 들였다.

"자, 이거." 부인은 두 팔 가득 짐을 들고서 기분 좋게 쌕쌕거리며 들어왔다. "좋아할 것 같아서 가져왔어요. 모든 하숙인이 편하게 지냈으면 좋겠어요. 테이블에 놔둘게요. 자! 이제 좀 진짜 집처럼 보이지요?"

엽란이었다. 그것을 본 고든은 온몸에 찌릿한 통증이 일었다. 마지막 피난처인 이곳에서조차! 나를 찾았구나,

※ 크기가 약간 다른 둥근 빵 두 개를 포개놓은 빵.

나의 원수여! 하지만 잡초처럼 시들시들한 엽란이었다. 분명 죽어가고 있었다.

이곳에서는 사람들의 방해만 받지 않으면 행복하게 지낼 수 있었다. 마음껏 나태를 부리며 행복해질 수 있는 곳이었다. 거의 혼수상태여도 거뜬히 해치울 수 있는 무의미하고 기계적인 일을 하며 하루하루를 흘려보낼 수 있는 곳. 집에 와서 석탄(식료품점에서 6펜스어치를 자루로 팔았다)이 있으면 불을 피워 답답하고 비좁은 다락방을 따뜻하게 데우고, 가스풍로로 요리한 베이컨과 차, 마가린 바른 빵으로 초라한 끼니를 때우고, 곰팡내 나는 침대에 누워 한밤중까지 스릴러를 읽거나《팃 비츠》*의 퀴즈를 풀고. 바로 그가 원하던 삶이었다. 고든은 빠른 속도로 나쁜 습관에 물들어 갔다. 이젠 일주일에 사흘 정도만 면도를 하고, 겉으로 보이는 부위만 씻었다. 근처에 괜찮은 공중목욕탕들이 있었지만, 한 달에 한 번 갈까 말까 했다. 시트를 다시 덮어놓을 뿐 침대 정리는 절대 하지 않았고, 그릇은 두 번 사용하고 나서야 씻었다. 방의 어디에나 먼지가 얇게 내려앉아 있었다. 난로망 안에는 늘 기름투성이 프라이팬 하나와 달걀 프라이 찌꺼기가 묻은 접시 두 개가 있었다. 어느 밤에는 갈라진 틈

※ *Tit Bits*. 퀴즈, 뉴스, 연재소설, 만화 등을 실었던 영국의 주간지(1881-1984).

에서 벌레들이 나와 두 마리씩 짝을 지어 천장을 기어갔다. 고든은 두 손을 베고 누워 벌레들을 흥미롭게 지켜보았다. 후회 없이, 그리고 거의 의도적으로 그는 망가져가고 있었다. 그가 느끼는 모든 감정의 밑바탕에는 세상이 어떻게 되든 말든 관심 없다는 부루퉁함이 깔려 있었다. 그는 인생에 패배했다. 하지만 외면해버리면 패배를 뒤엎을 수 있다. 올라가기보다는 떨어지는 편이 낫다. 수치심, 노력, 품위 따위는 존재하지 않는 유령의 왕국, 그림자 같은 세상으로!

떨어지는 것! 경쟁자들이 없으니 얼마나 쉬울까! 하지만 기묘하게도, 올라가는 것보다 떨어지는 것이 더 어려울 때가 많다. 항상 무언가가 사람들을 위로 끌어올린다. 온전히 혼자인 사람은 없다. 늘 친구나 연인, 가족이 있다. 고든의 모든 지인이 그를 동정하거나 들볶는 편지를 쓰는 것 같았다. 앤절라 고모도 쓰고, 월터 삼촌도 쓰고, 로즈메리는 몇 번이나 썼고, 래블스턴도 쓰고, 줄리아도 썼다. 플랙스먼마저 그에게 행운을 빌며 몇 줄 써서 보냈다. 아내에게 용서를 받은 플랙스먼은 페컴으로 돌아가 엽란을 끼고서 행복하게 살고 있었다. 고든은 이제 편지를 받기가 싫어졌다. 그 편지들은 그가 달아나려 애쓰고 있는 다른 세상과의 연결 고리였다.

래블스턴조차 고든을 곱게 봐주지 않았다. 고든의 새 하숙집에 찾아온 후였다. 그전까지 래블스턴은 고든이 어떤 동네에 살고 있는지 몰랐다. 그가 탄 택시가 워털루로의 모퉁이에 멈춰 섰을 때, 누더기를 걸치고 머리가 부스스한 남자아이들이 난데없이 떼로 몰려오더니 미끼 하나를 두고 다투는 물고기들처럼 택시 문 앞에서 몸싸움을 벌였다. 그중 세 아이가 동시에 손잡이를 잡아당겨 문을 열었다. 기대에 부푼 아이들의 비굴하고 지저분하고 작은 얼굴들을 보자 래블스턴은 욕지기가 일었다. 그는 아이들에게 1페니짜리 동전을 몇 개 휙 던져주고는 뒤도 돌아보지 않고 골목길로 달아났다. 좁은 인도는 개똥으로 더럽혀져 있었다. 개라고는 한 마리도 보이지 않는데 놀라울 만큼 많은 양이었다. 지하실에서 미킨 부인이 해덕*을 삶는 냄새가 계단 중간까지 올라왔다. 래블스턴은 다락방으로 들어가 삐걱거리는 의자에 앉았다. 그의 머리 바로 뒤에서 천장이 밑으로 기울어져 있었다. 난로는 꺼져 있고, 방 안에 불빛이라곤 옆란 옆의 찻잔 받침에서 나부끼고 있는 촛불 네 개뿐이었다. 고든은 옷을 다 차려입었지만 신발은 신지 않은 채 낡아빠진 침대에 누워 있었다. 래블스턴이 들어올 때 고든은 몸을 꼼짝하지도 않았다. 그저 침대에 드러누워, 천장과 은밀한 농담이라도 주고받는 듯 가끔 희미한 미소를 지었다. 방 안에는 사람이 오래 살면서도 청소는 한 번도 하지 않은 방 특유의

* 대구과의 작은 바닷고기.

텁텁한 단내가 감돌았다. 난로망 안에는 더러운 접시들이 놓여 있었다.

"차 한잔 마실래요?" 고든은 꼼짝도 하지 않고 물었다.

"아니요, 됐습니다, 됐어요." 래블스턴은 조금 성급하게 답했다.

그는 난로망 안의 갈색으로 얼룩진 찻잔들과 아래층의 역겨운 공동 개수대를 이미 보았다. 고든은 래블스턴이 차를 거절한 이유를 아주 잘 알고 있었다. 이곳의 전체적인 분위기가 래블스턴에게는 충격적이었다. 계단에서 풍기던, 구정물과 해덕이 뒤섞인 그 끔찍한 냄새라니! 그는 낡은 침대에 드러누워 있는 고든을 바라보았다. 젠장, 고든은 신사였다! 다른 때라면 이런 생각을 거부했을 것이다. 하지만 이런 분위기에서는 위선을 떨 수가 없었다. 그에게는 없다고 믿었던 계급적 본능이 반란을 일으켰다. 지적이고 교양 있는 사람이 이런 곳에 산다고 생각하면 끔찍했다. 고든에게 여기서 나가 정신 차리고 제대로 돈을 벌며 신사처럼 살라고 말해주고 싶었다. 하지만 물론 말하지 않았다. 차마 그런 말은 할 수 없었다. 고든은 래블스턴의 머릿속에서 무슨 일이 벌어지고 있는지 알아차렸다. 하지만 오히려 우스웠다. 자신을 보러 여기까지 와준 래블스턴이 전혀 고맙지 않았다. 이런 환경이 예전에는 부끄러웠겠지만 지금은 그렇지 않았다. 고든의 말투에는 유쾌한 심술이 약간 배어 있었다.

"날 바보 같은 놈이라 생각하고 있겠죠." 고든은 천장을 올려다보며 말했다.

"아니요. 내가 왜 그런 생각을 하겠습니까?"

"내 말이 맞아요. 제대로 된 직장을 구하지도 않고 이런 너저분한 곳에 사는 내가 당신 눈에는 지독한 바보로 보이겠죠. 뉴 앨비언으로 돌아가지 않는 내가 한심하다고 생각하잖아요."

"아니라니까요, 젠장! 그런 생각 한 적 없어요. 나는 당신의 의도를 전적으로 이해합니다. 전에도 말했잖습니까. 원칙적으로 보자면 당신은 완벽하게 옳아요."

"그리고 당신은 실행에 옮기지 않는 원칙이야말로 옳다고 생각하죠."

"그렇지 않아요. 하지만 항상 문제는 이겁니다. **언제 실행에 옮기느냐.**"

"아주 간단합니다. 난 돈과 전쟁을 벌였어요. 그러다 여기까지 왔죠."

래블스턴은 코를 문지르고는 불편한 기색으로 자세를 바꾸었다.

"당신의 실수는, 부패한 사회에서 깨끗하게 살 수 있다고 생각하는 겁니다. 돈을 벌지 않으면 뭘 얻을 수 있습니까? 당신은 경제체제 밖에서도 버틸 수 있을 것처럼 굴지만, 그건 불가능해요. 체제를 바꿔야지, 그러지 않으면 아무것도 바뀌지 않아요. 좀스럽게 숨어들기만 해서는 세상을 바로잡을 수 없습니다."

고든은 벌레가 낀 천장으로 한 발을 흔들었다.

"내가 좀스럽긴 하죠."

"그런 뜻으로 한 말이 아니에요." 래블스턴은 괴로워하며 말했다.

"현실을 직시하자고요. 내가 **좋은** 직장을 찾아야 한다고 생각하지 않아요?"

"그거야 직장 나름이죠. 그 광고 회사에 스스로를 팔지 않은 건 아주 잘한 일이라고 봅니다. 하지만 지금 하고 있는 변변찮은 일에 안주하지 말았으면 해요. 당신한테는 재능이 있잖습니까. 어떻게든 써먹어야죠."

"내 시들이 있잖아요." 고든은 두 사람만 이해할 수 있는 농담을 던지며 씩 웃었다.

래블스턴은 당혹스러운 표정을 지었다. 고든의 말을 맞받아칠 수 없었다. 물론 고든의 시들이 있었다. 이를테면 「런던의 환락」. 「런던의 환락」이 결코 완성되지 못하리라는 사실을 래블스턴도 알았고, 고든도 알았으며, 서로가 알고 있음을 두 사람 모두 알았다. 아마도 고든은 다시는 시 한 줄 쓰지 못할 것이다. 적어도 이 역겨운 곳, 이 가망 없는 일자리, 이 패배감 속에 머무는 동안은. 고든은 그 시에서 완전히 손을 뗐다. 하지만 아직은 말할 수 없었다. 고군분투하는 시인―흔히들 말하는 '다락방의 시인'―인 척 계속 연기를 할 생각이었다.

곧 래블스턴은 자리에서 일어났다. 악취 풍기는 이곳이 견디기 힘든 데다, 그가 여기 있는 걸 고든이 탐탁지 않아 하는 눈치였기 때문이다. 래블스턴은 장갑을 끼며 머뭇머뭇 문 쪽으로 가다가 다시 돌아와 왼손의 장갑을 벗어서는 다리에 찰싹 쳤다.

"이봐요, 고든, 이런 말 해서 미안하지만, 여긴 정말 끔찍한 곳입니다. 이 집도, 이 거리도 전부 다요."

"나도 알아요. 돼지우리 같죠. 나한테 잘 어울려요."

"꼭 이런 곳에서 살아야겠습니까?"

"내가 얼마를 버는지 잘 알면서 그래요. 일주일에 30실링이에요."

"그래요, 하지만—! 더 나은 곳이 있을 거 아닙니까? 여기 하숙비가 얼마예요?"

"8실링요."

"8실링? 그 정도면 가구가 안 딸린 꽤 괜찮은 방을 구할 수 있어. 적어도 여기보다는 나은 데로. 가구 없는 방을 구해요, 그럼 내가 가구 살 비용으로 10파운드를 빌려줄게요."

"10파운드를 '빌려주겠다'니! 그 많은 돈을 '빌려줘' 놓고 또요? 나한테 10파운드를 **주겠다**는 뜻이겠죠."

래블스턴은 불만스러운 눈빛으로 벽을 노려보았다. 젠장, 말 한번 고약하군! 그는 무뚝뚝하게 말했다.

"좋아요, 정 그렇게 말하겠다면야. 10파운드를 **줄게요.**"

"그런데 어쩝니까, 난 필요 없는데."

"제발 좀! 집 같은 집에서 살아야 할 거 아닙니까."

"난 그런 집 필요 없어요. 집 같지 않은 집이 좋습니다. 이를테면, 여기처럼요."

"대체 왜요? 왜?"

"내 처지에 어울리니까요." 고든은 벽으로 고개를 돌리며 말했다.

며칠 후 래블스턴에게서 길고도 소심한 편지가 날아왔다. 다락방에서 그가 했던 말이 대부분 되풀이되어 있었다. 편지의 요점은 이러했다. 고든의 마음을 완전히 이해하고, 고든의 말에도 일리는 있으며, 원칙적으로는 고든이 절대적으로 옳다. 그러나―! 빤하고 불가피한 '그러나'였다. 고든은 답장을 보내지 않았다. 래블스턴을 다시 만난 건 몇 달이 지난 뒤였다. 래블스턴은 여러 번 고든에게 연락을 시도했다. 똑똑하고 집안도 괜찮은 고든이 그 지독한 곳에 살고 그 하찮은 직장에서 일한다는 사실이 미들즈브러의 수많은 실업자보다 더 걱정된다는 건 신기한―사회주의자의 관점에서 보면 수치스러운―일이었다. 고든에게 격려가 될까 싶어 래블스턴은 《적그리스도》에 글을 기고해달라고 부탁하는 편지를 여러 번 보냈다. 고든의 답장은 한 번도 오지 않았다. 그들의 우정은 끝난 것처럼 보였다. 고든이 래블스턴에게 빌붙어 살았던 그 지독한 시간이 모든 걸 망쳐놓고 말았다. 자선

행위는 우정을 끝장내 버린다.

그리고 줄리아와 로즈메리가 있었다. 그들은 속마음을 말하는 데 전혀 거리낌이 없다는 점에서 래블스턴과 달랐다. 그들은 고든이 '원칙적으로는 옳다'고 에둘러 말하지 않았다. '좋은' 일자리를 거절하는 것이 옳을 리 없다는 걸 알고 있었기 때문이다. 그들은 고든에게 뉴 앨비언으로 돌아가라고 입이 닳도록 간청했다. 최악은 두 사람이 합심해서 그를 추궁하고 있다는 것이었다. 이전에는 서로 만난 적이 없었는데, 어찌 된 일인지 로즈메리가 줄리아를 알게 되었다. 그에게 대적하기 위해 한패가 된 두 여자는 만나서 고든의 '괘씸한' 행동에 대해 이야기하곤 했다. 그의 '괘씸한' 행동에 대한 분노가 두 사람의 유일한 공통점이었다. 그들은 동시에 혹은 번갈아 가며, 편지와 말로 고든을 들볶았다. 그에게는 너무도 견디기 힘든 일이었다.

다행히도 두 사람은 아직 미킨 부인의 하숙집에 있는 고든의 방을 보지 못했다. 로즈메리는 그냥 넘어갈지 몰라도, 줄리아는 그 지저분한 다락방을 보면 기함할지도 몰랐다. 그들은 대여 서점으로 고든을 찾아왔다. 로즈메리는 여러 번, 줄리아는 찻집에서 빠져나올 수 있는 핑곗거리가 생겼을 때 한 번. 그때도 반응이 좋지 않았다. 초라하고 삭막하고 좁아빠진 대여 서점을 본 그들은 크게 실망했다. 매케크니 씨의 서점은 급료가 형편없긴 했어도 남부끄러운 직장은 아니었다. 교양 있는 사람들을 만날 수 있었고, 그가 '작가'라는 걸 감안하면 그 인연이 어떤 '결실'로 이어질지도 모를 일이었다. 하지만 거의 빈민가나 마찬가지인 거리의 이 대여 서점에서는 노란 표지의 쓰레기 같은 책을 빌려주며 주급 30실링을 받고 있었다. 이런 직장에서 무엇을 기대할 수 있겠는가? 부랑자에게나 어울릴 법한 일, 미래가 없는 일이었다. 저녁마다 일이 끝나면 고든과 로즈메리는 안개 낀 음산한 거리를 돌아다니며 언쟁을 벌였다. 로즈메리는 그에게 계속 잔소리를 해댔다. 뉴 앨비언으로 돌아가 줄래? 왜 돌아가지 않겠다는 거야? 고든은 뉴 앨비언이 그를 받아주지 않을 거라는 답만 되풀이했다. 결국엔 그 자리에 지원하지 않았으니, 결과가 어땠을지는 알 길이 없었다. 그는 모르는 채로 있고 싶었다. 로즈메리는 고든의 이런 모습이 왠지 당황스럽고 두려웠다. 그는 너무 급작스럽게 변하고 상태가 나빠진 것 같았다. 그가 말하진 않았지만, 모든 노력과 체면으로부터 달아나 완전한 밑바닥 인생으로 가라앉고자 하는 욕망 때문인 듯했다. 고든은 돈뿐만이 아니라 인생 자체를 외면하고 있었다. 이제 그들의 다툼은 고든이 실직하기 전과 달라졌다. 예전에 로즈메리는 고든의 터무니없는 이론에 별로 관심을 기울이지 않았다. 돈이 곧 미덕으로 통하는 세상에 대한 그의 신랄한 비난은 그들 사이에 일종의 농담 같은 것이었다. 세월이 흐르는 것도, 고든이 변변한 돈벌이를 할 가능성이 희박해 보이는 것도 그땐 그리 큰 문제로 느껴지지 않았다. 그녀는 자신이 아직 젊고, 미래는 무한하다고 생각했었다. 고든이 2년이라는 세월—곧 **그녀의** 세월이기도 했다—을 허비하는 것을 지켜보면서도, 옹졸하게 느껴져불평 한마디 하지 않았다.

하지만 이제 슬슬 겁이 나기 시작했다. 시간의 날개 달린 전차가 가까이 달려오고 있었다. 고든이 일자리를 잃었을 때 로즈메리는 어떤 놀라운 발견이라도 한 것처럼, 자신이 더는 아주 젊지 않다는 사실을 갑작스레 깨달았다. 고든의 서른 번째 생일이 지났고, 그녀의 서른 번째 생일도 그리 멀지 않았다. 그들 앞에 기다리고 있는 건뭘까? 고든은 어두컴컴하고 치명적인 파멸의 구렁텅이로 속절없이 떨어지고 있었다. 떨어지기를 **원하는** 사람처럼 보였다. 그들이 결혼을 할 수나 있을까? 고든은 그녀가 옳다는 걸 알고 있었다. 그저 막막한 상황이었다. 아직 아무도 입 밖으로 내지는 않았지만, 관계를 완전히끝내야 하리라는 생각이 두 사람의 마음속에서 점차 커지고 있었다.

어느 날 밤 그들은 구름다리 밑에서 만나기로 했다. 지독한 1월 밤이었다. 웬일인지 안개는 전혀 끼지 않았고, 매서운 바람이 새된 소리로 모퉁이를 휘감으며 사람들의 얼굴에 먼지와 찢긴 종이를 던져댔다. 고든은 작은 몸으로 구부정하니 서서 그녀를 기다렸다. 머리칼이 바람에 마구 휘날리고 있는 그의 모습은 초라하다 못해 너덜너덜해 보일 지경이었다. 로즈메리는 늘 그러듯 약속 시간을 지켰다. 그녀는 고든에게 달려와 그의 얼굴을 끌어 내린 뒤 차가운 뺨에 입을 맞추었다.

"고든, 몸이 너무 차갑잖아! 왜 외투를 안 입고 왔어?"

"내 외투는 전당포에 있어. 당신도 아는 줄 알았는데."

"아, 참! 그랬지."

로즈메리는 고든을 올려다보며 검은 눈썹 사이를 약간 찡그렸다. 컴컴한 아치 길 속에서 어둠에 잠긴 고든의 얼굴은 초췌하고 의기소침해 보였다. 로즈메리는 팔짱을 끼고 고든을 불빛 속으로 끌고 나갔다.

"걷는 게 좋겠어. 가만히 서 있으면 더 추울 거야. 당신한테 할 중요한 얘기가 있어."

"무슨 얘기?"

"당신이 심하게 화를 낼 얘기."

"뭔데 그래?"

"오늘 오후에 어스킨 씨를 찾아갔어. 몇 분만 시간을 내달라고 부탁했지."

고든은 앞으로 닥쳐올 일을 알아차렸다. 그는 팔짱을 풀려 했지만, 그녀는 놓아주지 않았다.

"그래서?" 그는 뚱하게 물었다.

"어스킨 씨한테 당신 얘기를 하면서, 당신을 다시 받아

줄 수 있느냐고 물었어. 그랬더니 회사 사정이 안 좋아서 새 직원을 받을 여유가 없다는 거야. 하지만 어스킨 씨가 당신한테 했던 말을 상기시켜줬더니, 그래, 처음부터 당신을 아주 유망한 직원으로 눈여겨봤다고 말했어. 결론은, 당신이 돌아오면 기꺼이 한자리 내주겠대. 내 말이 **맞았잖아. 회사는 당신을 받아줄 거야.**"

고든은 아무런 대답도 하지 않았다. 로즈메리는 그의 팔을 꽉 쥐었다. "이제 당신 생각은 어때?"

"내 생각은 당신도 알잖아." 고든은 차갑게 말했다.

내심 그는 놀라고 화가 났다. 내내 염려했던 일이 벌어지고야 말았다. 로즈메리가 언젠가는 그런 짓을 저지르리라는 걸 그는 알고 있었다. 이로써 문제는 더욱 구체화되고, 그의 과오는 더욱 분명해졌다. 고든은 여전히 주머니에 손을 찔러 넣은 채 구부정히 걸으며, 팔에 매달린 로즈메리를 그대로 내버려 뒀지만 그녀를 쳐다보지는 않았다.

"나한테 화났어?" 로즈메리가 물었다.

"아니. 하지만 이해가 안 돼. 왜 당신이 나 모르게 뒤에서 그런 일을 벌였는지."

이 말에 로즈메리는 상처를 입었다. 애원하고 또 애원해서 어스킨 씨로부터 겨우 약속을 받아내지 않았던가. 전무이사의 방에 직접 찾아가는 건 보통의 용기로 할 수 있는 일이 아니었다. 해고당할지도 모른다는 지독한 두려움을 감수해야 했다. 하지만 고든에게는 이런 사실을 알릴 생각이 없었다.

"**나 모르게 뒤에서**라는 말은 하지 마. 난 그저 당신을 돕고 싶어서 그런 거니까."

"내가 원하지도 않는 일자리를 얻어주는 게 날 도와주는 건가?"

"그래서, 이 지경이 돼서도 돌아가지 않겠다는 거야?"

"그래."

"왜?"

"또 **시작해야겠어**?" 그는 지친 목소리로 말했다.

로즈메리는 있는 힘껏 팔을 잡아 고든의 몸을 자기 쪽으로 휙 돌렸다. 그녀는 조금은 절박한 심정으로 그에게 매달렸다. 그녀의 마지막 노력이 실패로 돌아가고 말았다. 고든이 마치 유령처럼 그녀에게서 점점 멀어지며 사라져가는 것처럼 느껴졌다.

"당신이 계속 이런 식으로 나온다면 내 마음이 찢어질 거야." 로즈메리가 말했다.

"당신이 내 걱정을 안 했으면 좋겠어. 그러면 훨씬 더 간단해질 텐데."

"대체 왜 인생을 내팽개치려는 거야?"

"나도 어쩔 수가 없어. 내 뜻을 굽힐 순 없으니까."

"그게 무슨 의미일지 알아?"

고든은 가슴이 서늘해졌지만, 체념하고 심지어는 안도

감마저 느끼며 말했다. "헤어지자는 소린가? 다시는 보지 말자고?"

그들은 계속 걸음을 옮기다 이제 웨스트민스터 브리지로에 들어섰다. 바람이 날카로운 소리를 내며 먼지구름을 일으키자 두 사람은 고개를 숙였다. 그들은 다시 걸음을 멈추었다. 차가운 바람과 차가운 가로등 불빛 때문에 로즈메리의 자글자글한 주름이 더욱 짙어 보였다.

"날 떨쳐내고 싶은 거군." 고든이 말했다.

"아니, 아니, 그런 건 아니야."

"헤어져야겠다는 생각은 하고 있겠지."

"이런 식으로 어떻게 계속 만나겠어?" 로즈메리는 쓸쓸한 목소리로 말했다.

"힘들긴 하지."

"너무 괴롭고, 너무 막막해! 우리한테 미래가 있긴 할까?"

"그래서 결국 당신은 날 사랑하지 않는군?"

"사랑해, 사랑한다고! 당신도 알잖아."

"뭐, 어느 정도는 그럴지도. 하지만 내가 당신을 먹여 살릴 만큼 못 번다는 사실이 확실해졌을 때도 계속 날 사랑할 만큼은 아니지. 나와 결혼한다 해도 날 사랑하지는 않을 거야. 역시 돈이 문제군."

"문제는 돈이 **아니야**, 고든! 그게 **아니라니까**."

"아니, 돈 때문이야. 처음부터 우리 사이엔 돈이 있었어. 돈, 항상 돈이 문제지!"

언쟁은 계속되었지만 그리 오래가지 못했다. 두 사람 모두 추워서 오들오들 떨고 있었다. 살을 에는 바람을 맞으며 거리 모퉁이에 서 있을 때 감정 따위는 큰 문제가 되지 못한다. 결국 그들은 이별을 확정 짓지 않은 채 헤어졌다. 로즈메리는 "이제 가봐야겠어"라고 말하며 그에게 키스하고는 길 건너편의 전차 정류장으로 달려갔다. 고든은 떠나는 그녀를 지켜보며 안도감을 느꼈다. 그가 그녀를 사랑하는지 아닌지 자문할 여력도 없었다. 바람 부는 거리로부터, 언쟁과 감정 소모로부터 벗어나 곰팡내 나고 쓸쓸한 다락방으로 돌아가고 싶은 마음뿐이었다. 그의 눈에 눈물이 고였다면 그저 차가운 바람 때문이었다.

줄리아라고 더 나을 건 없었다. 어느 날 저녁 줄리아가 고든에게 그녀의 셋방에 와달라고 부탁했다. 어스킨 씨의 일자리 제안을 로즈메리로부터 들은 후였다. 줄리아의 지독한 점은 고든의 생각을 전혀 이해하지 못한다는 것이었다. 그녀가 이해하는 거라곤, 고든이 '좋은' 일자리를 제안받고 거절했다는 사실뿐이었다. 줄리아는 고든에게 이 기회를 날려버리지 말라고 애원하며 거의 무릎을 꿇다시피 했다. 고든이 결정을 바꾸지 않겠다고 말하자 그녀는 정말로 눈물을 흘렸다. 끔찍했다. 드레이지 가구로 꾸며진 비좁은 단칸방에서 우아함도 품위도 없이 울고 있는, 희끗희끗한 머리에 거위처럼 생긴 불쌍한 여자! 그녀의 모든 희망이 사라지고 말았다. 줄리아는 가족이 돈도 자녀도 없이 점점 몰락해가는 모습을 지켜봐 왔다. 오로지 고든만이 성공의 가능성을 품고 있었다. 그런데 그런 그가 말도 안 되게 삐딱해져서는 성공을 마다했다. 줄리아가 무슨 생각을 하고 있는지 잘 아는 고든은 끝까지 버티기 위해 마음을 독하게 먹었다. 그가 신경 쓸 사람은 로즈메리와 줄리아뿐이었다. 래블스턴은 상관없었다. 래블스턴은 고든을 이해했기 때문이다. 물론 앤절라 고모와 월터 삼촌도 장황하고 시시한 편지로 힘없이 푸념을 늘어놓았지만, 그들은 무시하면 그만이었다.

자포자기한 줄리아는 고든에게 성공할 마지막 기회를 날려버렸으니 이제 뭘 할 생각이냐고 물었다. 고든은 "내 시들이 있잖아"라고 간단히 답했다. 로즈메리와 래블스턴에게도 똑같이 말했었다. 래블스턴에게는 그 대답이 먹혔다. 로즈메리는 그의 시가 잘 되리라고 더 이상 믿지 않았지만 차마 그렇게 말하지는 못했다. 줄리아의 경우, 고든의 시는 그녀에게 아무런 의미도 없었다. "돈이 안 되면 시를 써봐야 무슨 소용이야?" 그녀가 늘 하던 말이었다. 그리고 고든 스스로도 자신의 시에 대한 확신을 잃었다. 그래도 아직은 가끔이라도 '쓰려고' 애썼다. 하숙집을 바꾼 직후, 「런던의 환락」의 완성된 부분을 깨끗한 종이에 옮겨 적었다. 400행이 채 되지 않았다. 옮겨 적는 일조차 끔찍이 지루했다. 하지만 가끔은 여기저기 삭제하거나 수정하면서 시를 손보았다. 그 뒤를 이어나가지는 못했다. 그럴 수 있으리라는 기대도 없었다. 머지않아 종이들은 예전과 똑같이, 휘갈겨 쓴 낱말들의 지저분한 미궁이 되어버렸다. 고든은 그 더러운 원고 뭉치를 주머니에 넣고 다니곤 했다. 그 든든한 느낌이 좋았다. 어쨌거나 그 원고는 다른 사람이 아닌 자기 자신에게 증명할 수 있는 일종의 성취였다. 2년 — 아마도 1,000시간 — 의 작업으로 이루어낸 유일한 결과물이었다. 고든에게 그것은 더 이상 시로 느껴지지 않았다. 시라는 개념 자체가 이젠 그에게 무의미했다. 「런던의 환락」이 완성된다면, 폐기될 운명에서 구원받은 작품, 돈의 세계 **밖에서** 창조된 작품이 될 것이다. 하지만 고든은 이 시가 완성되지 못하리라는 걸 그 어느 때보다 확실히 알고 있었다. 지금의 이런 환경에서 어떻게 창작욕이 남아 있을 수 있겠는가? 시간이 흐르면서 「런던의 환락」을 완성하고자 하는 욕구마저 사라졌다. 여전히 원고를 주머니에 넣고 다녔지만, 그것은 그가 벌이고 있는 은밀한 전쟁의 상징이자 하나의 제스처에 불과했다. 고든은 '작가'라는 헛된 꿈을 완전히 버렸다. 어차피 그것 역시 일종의 야망이 아니던가? 그는 모든 야망으로부터 달아나 그 **밑으로** 내려가고 싶었다. 밑으로, 밑으로! 희망도 두려움도 닿지 않는 유령의 왕국으로! 땅속, 땅속으로! 그곳이야말로 그가 있고 싶은 곳이었다.

하지만 쉽지만은 않은 일이었다. 어느 날 밤 9시쯤 고든은 침대에 드러누워, 해진 침대보로 발을 덮고 두 손은 머리 밑에 집어넣고 있었다. 불이 꺼져 차가워진 손발을 녹이기 위해서였다. 방 안에는 온통 먼지가 두껍게 쌓여 있었다. 일주일 전에 죽은 엽란은 화분에 꼿꼿이 선 채 말라비틀어져 있었다. 고든은 신발을 신지 않은 발을 침대보 밑에서 밖으로 빼내어 들어 올린 다음 바라보았다. 양말은 구멍투성이였다. 남은 천보다 구멍이 더 많아 보였다. 여기 누추한 다락방의 낡아빠진 침대에 고든 콤스톡이 누워 있었다. 양말에서 삐죽 튀어나온 두 발, 전 재산 1실링 4펜스, 허송세월한 30년! 이제 확실히 구제 불능의 인간이 된 걸까? 이렇게 깊은 수렁에 빠진 그를 밖으로 끌어낼 수는 없겠지? 그는 밑바닥 인생으로 떨어지길 원했었다. 자, 이곳이 바로 밑바닥 인생 아닐까?

하지만 그렇지 않다는 걸 고든은 알고 있었다. 돈과 성공의 세상은 기묘할 정도로 늘 가까이 있었다. 단순히 더럽고 구질구질한 곳으로 피한다고 해서 탈출할 수 있는 세상이 아니었다. 어스킨 씨의 제안을 로즈메리에게 들었을 땐 화가 나면서도 섬뜩했다. 위험이 바짝 다가와 있었다. 편지 한 통, 전화 한 통이면 이 청승맞은 인생에서 곧장 돈의 세계 — 주급 4파운드의 세계, 노동과 체면과 노예의 세계 — 로 돌아갈 수 있었다. 나락으로 떨어지는 것도 말처럼 그리 쉽지만은 않다. 가끔은 구원이 천국의 사냥개처럼 끝까지 우리를 뒤쫓아 오기도 한다.

고든은 한동안 거의 멍한 상태로 천장을 올려다보았다. 지저분하고 추운 방에서 아무런 목적 없이 그저 누워 있다 보니 마음이 꽤 편안해졌다. 하지만 곧 문을 가볍게 톡톡 두드리는 소리에 정신이 들었다. 그는 꿈쩍도 하지 않았다. 아마도 미킨 부인이겠지만, 문 두드리는 소리가 평소와 달랐다.

"들어오세요." 고든이 말했다.

문이 열렸다. 로즈메리였다.

그녀는 방 안으로 들어오다가, 케케묵은 단내가 확 풍기자 우뚝 멈춰 섰다. 어둑한 램프 불빛 속에서도 방의 지독한 상태가 훤히 보였다. 테이블에 어질러져 있는 음식과 종이들, 차갑게 식은 재가 잔뜩 쌓여 있는 난로 받침쇠, 난로망 안의 더러운 냄비들, 죽은 엽란. 로즈메리는 침대로 천천히 다가가면서 모자를 벗어 의자로 휙 던졌다.

"이런 데서 어떻게 살아!" 그녀가 말했다.

"돌아온 거야?"

"응."

고든은 로즈메리로부터 고개를 약간 돌리며 팔로 얼굴을 가렸다. "아직 잔소리할 게 남아서 돌아왔나?"

"아니."

"그럼 왜?"

"왜냐하면……."

로즈메리는 침대 옆에 무릎을 꿇고 앉았다. 그러고는 고든의 팔을 치우고 얼굴을 끌어당겨 키스한 다음 깜짝 놀라며 뒤로 물러나, 그의 관자놀이에 난 머리칼을 손가락 끝으로 쓰다듬기 시작했다.

"오, 고든!"

"왜?"

"흰머리가 났어!"

"그래? 어디?"

"여기, 관자놀이에. 한 부분만 그래. 갑자기 났나 봐."

"'세월이 내 황금빛 머리칼을 은발로 만들어버렸네.'" 고든은 무심히 말했다.

"우리 둘 다 흰머리가 나기 시작했어."

로즈메리는 머리를 수그려 정수리에 난 흰머리 세 올을 고든에게 보여주었다. 그런 다음 고든의 옆으로 기어 올라가 몸 밑으로 팔을 집어넣어 그를 자기 쪽으로 끌어당기고는 얼굴에 키스를 퍼부었다. 고든은 로즈메리가 하는 대로 내버려 두었다. 그는 이 일을 원하지 않았다. 전혀 몸이 동하지 않았다. 하지만 그의 밑에서 로즈메리가 혼자 몸부림을 치고 있었다. 그들의 가슴이 맞닿았다. 그녀의 몸이 그의 몸으로 녹아드는 듯했다. 로즈메리의 얼굴을 본 고든은 그녀가 여기 온 이유를 알아챘다. 어쨌든 그녀는 처녀였다. 자신이 뭘 하고 있는지도 몰랐다. 그저 너그러움, 순수한 너그러움으로 몸을 움직이고 있었다. 고든의 비참한 처지가 그녀를 돌려세웠다. 그가 무일푼의 낙오자이므로 그녀는 한 번만이라도 그에게 져주어야 했다.

"돌아올 수밖에 없었어." 로즈메리가 말했다.

"왜?"

"혼자 있을 당신을 생각하니까 견딜 수가 있어야지. 그렇게 당신을 두고 떠나버린 게 너무 미안했어."

"날 떠난 건 아주 잘한 일이야. 돌아오지 말지 그랬어. 우리가 영영 결혼할 수 없다는 거 당신도 알잖아."

"상관없어. 사랑하는 사람을 혼자 내버려 두면 안 되지. 결혼하든 말든 상관없어. 난 당신을 사랑해."

"이건 어리석은 짓이야."

"괜찮다니까. 몇 년 전에 이랬어야 했는데."

"그만두는 게 좋아."

"싫어."

"안 돼."

"괜찮다니까!"

결국 고든은 로즈메리를 당해낼 수 없었다. 오랜 시간 그녀를 원해온 고든은 앞으로의 여파를 신중히 계산할 여유가 없었다. 이렇게 해서 마침내, 미킨 부인의 더러운 침대에서 그들은 건조하게 일을 치렀다. 곧 로즈메리가 일어나 옷을 입었다. 방은 갑갑하면서도 지독히 추웠다. 두 사람 모두 조금 떨고 있었다. 로즈메리는 침대보를 당겨 고든에게 덮어주었다. 그는 그녀를 등지고 누워 팔에 얼굴을 묻고는 미동도 하지 않았다. 로즈메리는 침대 옆에 무릎을 꿇고 앉은 뒤 그의 손을 잡아 잠시 뺨에 대고 있었다. 그는 이미 그녀를 잊은 듯했다. 로즈메리는 조용히 문을 닫고 나가, 아무것도 깔려 있지 않은 악취 풍기는 계단을 발끝으로 살금살금 내려갔다. 그녀는 낭패감과 실망감에 휩싸인 채 추위에 떨었다.

11

봄, 봄이로다! 3월과 4월 사이, 나뭇가지에 싹이 움트기 시작할 때!* 수풀은 반짝이고 풀밭은 풍요롭고, 잎사귀들은 큼직하고 길어질 때!** 봄의 사냥개들이 겨울을 뒤쫓을 때,*** 봄은 결혼하기 좋은 계절, 새들은 노래하네, 헤이-딩-어-딩딩,**** 뻐꾹뻐꾹, 쩍쩍, 푸-위이, 타-위타-우! 기타 등등. 청동기시대부터 1850년까지 거의 모든 시인이 봄을 이렇게 노래했다.

중앙난방과 복숭아 통조림의 시대인 지금조차 이른바

---

    *   14세기의 작자 미상 서정시 「앨리슨(Alysoun)」의 첫 구절.
   **   17세기경 영국의 민요였던 〈로빈 후드와 기스번의 가이〉의 첫 구절.
 ***   A. C. 스윈번의 비극 『칼리돈의 아탈란타』 중에서.
****   셰익스피어의 희곡 『좋으실 대로』에 등장하는 노래 중에서.

시인이라는 수많은 작자가 여전히 똑같은 기조로 시를 쓰고 있으니, 이 얼마나 황당한 일인가! 문명사회에 사는 요즘 사람들에게 봄이든 겨울이든 무슨 차이가 있을까? 런던 같은 도시에서는 단순한 기온 차이를 제외하면 인도에 흩어져 있는 것들로 계절의 변화를 뚜렷이 느낄 수 있다. 늦겨울에는 주로 양배추 잎들이 보인다. 7월에는 버찌 씨들이, 11월에는 다 타버린 폭죽들이 발에 밟힌다. 크리스마스가 다가오면 오렌지 껍질이 더 두꺼워진다. 중세에는 사정이 달랐다. 몇 달 동안 창 없는 갑갑한 오두막에서 소금에 절인 생선과 곰팡이 핀 빵만 먹으며 지내다가, 신선한 고기와 푸른 채소를 얻을 수 있는 봄을 맞으면 봄을 찬양하는 시를 쓸 만도 했을 것이다.

고든은 봄이 온 것도 알아채지 못했다. 램버스의 3월은 페르세포네의 귀환*을 제대로 알리지 못했다. 낮은 점점 더 길어졌고, 지독한 먼지바람이 불었으며, 가끔씩 눈이 따갑도록 새파란 하늘이 나타났다. 잘 찾아보면 나무에 돋은 거무스름한 싹들이 몇몇 보이기도 했다. 엽란은 결국 죽지 않았다. 시든 이파리들은 떨어졌지만, 밑동 근처에 연둣빛 싹들이 두어 개 솟아났다.

---

* 그리스 신화에서 페르세포네는 지하세계의 신 하데스에게 납치되어 그와 결혼한 뒤 1년의 절반은 지하에서, 절반은 지상에서 보내게 된다. 그녀가 지상으로 올라오는 봄이 되면 페르세포네의 어머니인 여신 데메테르가 겨울 동안 죽어 있던 대지에 생명을 틔운다.

고든은 이제 석 달째 대여 서점에서 일하고 있었다. 시시하고 느슨한 일상은 견딜 만했다. 서점의 잡다한 책들은 1천 권으로 늘어났고, 일주일에 1파운드의 순익을 올리게 된 치즈먼 씨는 나름대로 만족스러워했다. 하지만 그는 고든에게 은밀한 불만을 품고 있었다. 고든은 말하자면 그에게 팔려 온 주정뱅이였다. 그래서 치즈먼 씨는 고든이 하루 정도는 술에 취해 일을 빼먹고, 그래서 임금을 깎을 핑곗거리가 생기지 않을까 기대했었다. 하지만 고든은 술을 마시지 않았다. 신기하게도 요즘은 전혀 술이 당기지 않았다. 설사 여유가 된다 해도 맥주 없이 지냈을 것이다. 차를 마시는 편이 더 나아 보였다. 고든은 모든 욕망과 불만이 줄어들었다. 일주일에 2파운드를 벌었던 예전보다 30실링을 받는 지금 더 잘 지내고 있었다. 30실링으로도 하숙비, 담배, 주당 1실링의 세탁비, 약간의 연료, 그리고 베이컨과 차, 마가린 바른 빵이 거의 전부인 끼니를 무리 없이 감당할 수 있었고, 가스를 포함한 하루 생활비는 2실링 정도 들었다. 심지어 가끔은 웨스트민스터 브리지로의 허름한 싸구려 영화관에서 6펜스로 영화를 보기도 했다. 여전히 「런던의 환락」 원고를 주머니에 넣고 다니긴 했지만, 그저 습관일 뿐이었다. 이젠 글을 쓰는 시늉조차 하지 않았다. 저녁은 항상 똑같았다. 곰팡내 나는 외딴 다락방에 처박혀, 석탄이 남아 있다면 난롯가에서, 석탄이 없다면 침대에서 찻주전자와 담배를 근처에 두고 책을 읽었다. 요즘엔 싸구려 주간지만 읽었다. 《팃 비츠》,《앤서즈》,《페그스 페이퍼》,《더 젬》,《더 매그닛》,《홈 노츠》,《걸스 오운 페이퍼》―서로 다를 바 없는 동류의 잡지들이었다. 고든은 가게에서 한 번에 10여 권씩 가져오곤 했다. 치즈먼 씨는 삼촌에게서 물려받은 먼지투성이의 이 수많은 잡지를 포장지로 쓰고 있었다. 그중에는 20년 묵은 것도 있었다.

고든은 지난 몇 주 동안 로즈메리를 보지 못했다. 로즈메리는 몇 번 편지를 보내다가 어쩐 일인지 소식을 뚝 끊었다. 래블스턴은 2펜스 도서관에 관한 글을 《적그리스도》에 기고해달라고 부탁하는 편지를 한 번 보내왔다. 줄리아는 짧고 건조한 편지로 가족의 소식을 전했다. 앤절라 고모는 겨울 내내 독감에 시달렸고, 월터 삼촌은 방광 문제를 하소연하고 있었다. 고든은 어떤 편지에도 답하지 않았다. 할 수만 있다면 그들의 존재를 잊고 싶었다. 그들과 그들의 애정이 부담스럽기만 했다. 그들 모두와, 심지어는 로즈메리와도 연을 끊지 않으면 진정한 밑바닥 인생으로 자유롭게 떨어질 수 없을 것이다.

어느 날 오후 담황색 머리의 여공에게 책을 골라주고 있을 때, 곁눈으로 힐끔 보인 누군가가 가게로 들어오더니 문가에서 머뭇거렸다.

"무슨 책을 찾으세요?" 고든은 여공에게 물었다.

"오, **로맨스** 같은 거요."

로맨스 한 권을 고른 뒤 몸을 돌린 고든은 심장이 미친 듯 날뛰었다. 방금 가게에 들어온 사람은 로즈메리였다. 그녀는 어떤 신호도 보내지 않고, 뭔가 불길한 분위기를 풍기며 창백하고 근심 어린 얼굴로 서서 기다렸다.

고든은 여공의 대여 카드에 책 제목을 기입하려 앉았지만, 손이 떨려서 제대로 할 수가 없었다. 결국 엉뚱한 곳에 고무도장을 찍고 말았다. 여공은 책을 슬쩍 들여다보며 가게에서 나갔다. 로즈메리는 고든의 얼굴을 지켜보고 있었다. 낮에 그의 얼굴을 보는 건 참 오랜만이었다. 그는 눈에 띄게 변해 있었다. 옷차림은 누더기로 보일 만큼 꾀죄죄했고, 마가린 빵만 먹고 사는 양 비쩍 야윈 얼굴은 거무칙칙하고 우중충하니 혈색이 안 좋았다. 서른다섯 살은 된 사람처럼, 제 나이보다 더 늙어 보였다. 하지만 로즈메리 자신도 평소와 꽤 다른 모습이었다. 화사하고 단정한 분위기는 온데간데없고, 급하게 아무거나 걸친 듯한 옷차림을 하고 있었다. 뭔가 문제가 생긴 것이 분명했다.

고든은 나가는 여공의 뒤로 문을 닫고 말했다. "당신이 올 줄은 몰랐는데."

"올 수밖에 없었어. 점심시간에 스튜디오에서 나왔어. 아프다고 말하고."

"안색이 안 좋은데. 여기 좀 앉아."

가게에는 의자가 딱 하나 있었다. 고든은 책상 뒤에서

의자를 끄집어내어, 일종의 애정 표시로 어정쩡하게 그녀 쪽으로 옮겼다. 로즈메리는 의자에 앉지 않고, 장갑을 벗은 작은 손을 의자 등에 얹어놓았다. 힘이 잔뜩 들어간 손가락을 본 고든은 로즈메리가 아주 긴장하고 있음을 알아차렸다.

"고든, 정말 끔찍한 소식이 있어. 결국엔 일이 터지고 말았어."

"무슨 일?"

"아기가 생겼어."

"아기? 오, 맙소사!"

고든은 말을 뚝 멈추었다. 갈비뼈 밑을 심하게 얻어맞은 느낌이었다. 그는 흔해빠진 어리석은 질문을 던졌다.

"확실해?"

"확실해. 몇 주 됐어. 언제 생겼는지는 당신도 알겠지! 아니기를 계속 빌었는데. 약을 좀 먹었거든. 아, 어쩜 좋아!"

"아기라니! 맙소사, 우리가 무슨 짓을 저지른 거야! 이런 일을 예상 못 했던 것도 아니고!"

"그래. 내가 실수했던 것 같아. 난······."

"젠장! 누가 오잖아."

종이 땡 하고 울렸다. 뚱뚱한 체격에 주근깨가 있고 아랫입술이 못생긴 여자가 건들건들한 걸음으로 들어와 '살인 사건이 나오는 책'을 요구했다. 로즈메리는 의자에 앉아서 장갑을 이리저리 비틀었다. 뚱뚱한 여자는 까다로운 손님이었다. 고든이 제안하는 책마다 이미 읽었다거나 재미없어 보인다는 이유로 거부했다. 로즈메리가 가져온 무시무시한 소식에 고든은 제정신이 아니었다. 심장이 두근거리고, 배 속이 오그라들었다. 그는 책들을 연달아 꺼내며, 뚱뚱한 손님이 찾고 있는 바로 그런 책이라고 단언했다. 10분 가까이 지나서야 마침내 여자를 얼렁뚱땅 속여 넘길 수 있었다. 여자는 "읽어본 적 없는 책인 것 같네요"라고 마지못해 말했다.

로즈메리에게 돌아간 고든은 가게 문이 닫히자마자 말했다. "자, 이제 어떡해야 하는 거야?"

"나도 모르겠어. 아기를 낳으면 보나 마나 회사에서 쫓겨나겠지. 하지만 내가 걱정되는 건 그것뿐만이 아니야. 우리 가족이 이 일을 알게 되면 큰일이라고. 우리 엄마—오, 어떡해! 생각하기도 싫어."

"아, 당신 가족! 그 생각을 못 했군. 가족! 골칫덩어리들!"

"내 가족은 괜찮아. 항상 나한테 잘해줘. 하지만 이건 쉽게 넘어갈 문제가 아니잖아."

고든은 한두 걸음 서성였다. 그 소식에 겁을 집어먹긴 했지만 아직 실감이 나질 않았다. 로즈메리의 자궁 속에서 아기, 그의 아기가 자라고 있다고 생각하니, 그저 경악스러울 뿐 다른 감정은 전혀 일어나지 않았다. 그에게 아기는 생명체가 아니라, 그야말로 재앙이었다. 그리고 앞으로의 일이 벌써부터 훤히 보이는 듯했다.

"아무래도 결혼해야겠지." 고든이 심드렁하게 말했다.

"음, 그래야 할까? 그걸 물어보러 온 거야."

"나랑 결혼하고 싶은 거 아니었어?"

"당신이 원하지 않으면 나도 싫어. 당신을 옭아맬 생각은 없으니까. 당신은 결혼에 비판적이잖아. 당신 스스로 결정해."

"하지만 다른 수가 없잖아. 당신이 정말 이 아기를 낳을 거라면."

"꼭 그런 건 아니야. 당신 결정에 달려 있어. 다른 길도 있으니까."

"다른 길이라니?"

"오, 당신도 알잖아. 스튜디오의 여자 직원이 나한테 주소를 줬어. 5파운드만 주면 자기 친구가 해결해줄 거래."

고든은 정신이 번쩍 들었다. 중요한 사실 한 가지를 알고 나니, 그들이 지금 무슨 얘기를 하고 있는지 처음으로 실감이 났다. '아기'라는 단어가 새로운 의미를 띠기 시작했다. 그것은 이제 더 이상 추상적인 재앙이 아니라, 로즈메리의 배 속에서 싹처럼 자라고 있는 자그마한 육체이자 그의 일부였다. 고든과 로즈메리의 눈이 마주쳤다. 전에는 없었던 기묘한 공감의 순간이 찾아들었다. 순간 고든은 어떤 신비로운 방식으로 그녀와 한 몸이 된 듯한 기분이 들었다. 그녀와 떨어져 있었지만, 마치 하나로 이어진 듯한 느낌이었다. 눈에 보이지 않는 어떤 살아 있는 끈이 그녀의 내장에서 그의 내장까지 쭉 뻗어 있는 것처럼. 이제야 그는 그들이 끔찍한 일을 고려하고 있음을 깨달았다. 그건 신성모독―이 단어에 어떤 의미가 있기라도 하다면―이었다. 하지만 그 일을 다른 식으로 들었다면 이렇게 소스라치지 않았을지도 모른다. 5파운드라는 역겹도록 구체적인 내용이 그 심각성을 깨닫게 했다.

"안 돼! 무슨 일이 있어도 그 짓은 안 돼. 역겨워." 고든이 말했다.

"그렇긴 해. 하지만 결혼하지 않으면 아기를 낳을 수 없어."

"아니! 그런 대안밖에 없다면, 당신과 결혼하겠어. 그런 짓을 하느니 내 오른손을 잘라버리는 게 나아."

땡! 종이 울렸다. 짙은 파란색의 싸구려 정장을 입은 못생긴 청년 둘과 키득키득 웃고 있는 여자 하나가 들어왔다. 청년 중 한 명이 멋쩍어하면서도 당차게 '자극적인 책, 야한 책'을 부탁했다. 고든은 말없이 '성' 코너의 서가를 가리켰다. 여기에는 그런 책이 수백 권이나 있었다. 『파리의 비밀』, 『그녀가 믿었던 남자』 같은 제목을 달고 있었고, 너덜너덜해진 노란 표지에는 반나체로 긴 의자에 누운 여자들과 그 옆에 야회복 재킷을 입고 서 있는 남자들이 그려져 있었다. 하지만 그 안의 내용은 지루하리만치 순수했다. 두 청년과 여자는 책들 사이를 돌아다니면서 표지 그림을 보고 킬킬거렸고, 여자는 충격이라

378

도 받은 척 작게 비명을 질러댔다. 그들이 역겨워진 고든은 세 사람이 책을 고를 때까지 등을 돌리고 있었다.

그들이 떠나자 고든은 로즈메리가 앉아 있는 의자로 돌아갔다. 그는 로즈메리의 뒤에 서서 작고 단단한 어깨를 잡은 다음 한 손을 코트 안으로 미끄러뜨려 그녀의 따뜻한 가슴을 만졌다. 그는 로즈메리의 탄력 있고 강한 몸이 좋았다. 저 밑에 그의 아기가 자궁의 보호를 받으며 씨앗처럼 자라고 있다고 생각하고 싶었다. 로즈메리는 한 손을 들어 올려, 가슴에 얹어진 고든의 손을 어루만졌지만 아무 말도 하지 않았다. 그녀는 그의 결정을 기다리고 있었다.

"결혼한다면 나도 착실한 인간이 돼야겠군." 고든이 생각에 잠겨 말했다.

"그럴 수 있겠어?" 로즈메리는 살짝 평소의 말투로 돌아갔다.

"제대로 된 직장을 구해야겠지. 뉴 앨비언으로 돌아가야겠어. 아마 다시 받아줄 거야."

고든은 로즈메리가 아주 차분해지는 걸 느꼈다. 그녀가 이 순간을 기다려왔음을 그는 알고 있었다. 하지만 그녀는 경거망동하지 않았다. 그를 들볶거나 꼬드기려 하지 않았다.

"그걸 바란 건 아니야. 당신이 나와 결혼해줬으면 좋겠어. 그래, 아기 때문이야. 그렇다고 해서 당신이 날 먹여 살려야 하는 건 아니야."

"내가 당신을 먹여 살리지 못하면 결혼하는 의미가 없지. 지금처럼 돈도 없고 제대로 된 직장도 없는 나와 결혼한다고 가정해봐. 그럼 어떻게 할 거야?"

"글쎄. 최대한 오래 회사에서 버텨야지. 그리고 나중에 더 이상 임신을 속일 수 없을 때가 오면, 뭐, 부모님 댁으로 가는 수밖에."

"퍽이나 좋겠군. 하지만 전에는 내가 뉴 앨비언으로 돌아갔으면 했잖아. 생각이 바뀐 건가?"

"곰곰이 생각해봤어. 당신은 고정적인 직업에 얽매이기 싫어하잖아. 당신을 원망하지 않아. 당신에게도 당신 삶이 있으니까."

고든은 조금 더 그 문제를 생각해보았다. "결국엔 둘 중 하나군. 내가 당신과 결혼해서 뉴 앨비언으로 돌아가든가, 아니면 당신이 그 역겨운 의사한테 5파운드를 주고 몸을 망치든가."

로즈메리는 몸을 비틀어 고든의 손을 떼어낸 뒤 그를 마주 보고 섰다. 그의 무신경한 말이 기분 나빴다. 고든의 말은 이 문제를 더 명백하고 더 추잡한 것으로 만들어버렸다.

"왜 그런 말을 하는 거야?"

"그게 우리한테 남은 선택지니까."

"난 그런 식으로 생각한 적 없어. 무슨 꼼수나 쓰려고 여기 온 게 아니라고. 그런데 당신은 꼭 내가 당신을 겁주려고 하는 것처럼, 아기를 없애겠다고 협박해서 당신 감정을 이용하는 것처럼 말하잖아. 내가 끔찍한 공갈 협박이라도 치고 있는 것처럼."

"그런 뜻이 아니었어. 그저 사실을 말했을 뿐이야."

로즈메리는 검은 눈썹을 찡그리며 얼굴을 구겼다. 소란을 피우지 않으리라 다짐하고 여기 왔었다. 이 일이 그녀에게 어떤 의미인지 고든이 짐작할 수 있을 거라 믿었다. 그가 그녀의 가족을 만난 적은 없지만 상상은 할 수 있으리라. 사생아를, 혹은 그보다 나을 것 없는 무능한 남편을 데리고 시골로 돌아가는 게 어떤 의미인지 고든도 조금은 알리라 믿었다. 그래도 로즈메리는 정정당당하게 나갈 생각이었다. 협박은 하지 않으리라! 그녀는 결단을 내리며 숨을 훅 들이마셨다.

"좋아, 그 문제로 내가 당신을 협박할 일은 없을 거야. 그건 너무 치사한 짓이니까. 나랑 결혼하든 말든, 당신 마음대로 해. 하지만 어쨌든 아기는 낳을 거야."

"그래? 진심이야?"

"그래, 진심이야."

고든은 로즈메리를 껴안았다. 그녀의 코트가 열려 있어 따스한 몸이 그에게 닿았다. 그녀를 떠나보낸다면 세상에서 제일 어리석은 인간이리라. 그렇다고 해서 대안을 받아들이는 건 무리였다. 하지만 그녀를 품에 안고 있는 지금은 냉철한 생각을 할 수가 없었다.

"물론 당신은 내가 뉴 앨비언으로 돌아가길 원하겠지."
고든이 말했다.

"아니, 아니야. 당신이 싫으면 그러지 않아도 돼."

"아니, 당신 속마음은 그게 아니잖아. 당연한 일이야.
내가 예전처럼 잘 벌었으면 싶겠지. **좋은** 직장에서 일주
일에 4파운드를 받고, 창가에 엽란을 키우고. 그렇지 않
아? 솔직히 말해봐."

"좋아, 그럼―그래, 당신 말이 맞아. 하지만 그건 내 **희
망**일 뿐이야. 당신한테 **강요할** 생각은 없어. 당신이 원하
지도 않는 일을 억지로 하는 건 싫으니까. 난 당신이 자
유롭게 살았으면 좋겠어."

"정말로 자유롭게?"

"그래."

"무슨 의미인지 알고 하는 소리야? 내가 당신과 아기
를 버리면 어쩌려고?"

"뭐, 당신이 정말 그러고 싶다면 상관없어. 당신은 자
유야, 완전히."

잠시 후 로즈메리는 가게를 떠났다. 저녁 늦게나 내일
고든이 자신의 결정을 알려주기로 했다. 물론 그가 부탁
만 하면 뉴 앨비언이 일자리를 주리라는 보장은 없었다.
하지만 어스킨 씨가 했던 말을 감안하면, 뉴 앨비언으로
다시 돌아갈 수 있을 확률이 높았다. 고든은 생각하려 애

썼지만, 그럴 수가 없었다. 오늘 오후에는 평소보다 손님이 더 많은 것 같았다. 의자에 앉자마자 다시 벌떡 일어나, 범죄소설과 야한 소설과 로맨스를 찾는 멍청이들을 상대해야 하니 미칠 노릇이었다. 6시쯤 그는 갑자기 불을 꺼버리고 가게 문을 잠근 뒤 밖으로 나갔다. 혼자만의 시간이 필요했다. 대여 서점의 폐점까지는 아직 두 시간이 남아 있었다. 나중에 치즈먼 씨가 알게 되면 무슨 소리를 할지 모를 일이었다. 어쩌면 고든을 해고할지도 몰랐다. 고든은 신경 쓰지 않았다.

그는 서쪽으로 몸을 돌려 램버스 컷 거리를 걸었다. 춥지는 않지만 탁한 저녁이었다. 발밑에 쓰레기들이 밟히고, 흰 불빛이 반짝거리고, 행상인들은 목청껏 고함을 지르고 있었다. 그는 어떻게든 해결책을 찾아야 했고, 걸으면서 생각을 정리하는 편이 더 쉬울 것 같았다. 하지만 어려운, 너무 어려운 문제였다! 뉴 앨비언으로 돌아가느냐, 로즈메리를 버리느냐. 그 외에 다른 대안은 전혀 없었다. 체면이 덜 깎일 정도의 '좋은' 일자리를 구할 수 있으리라는 생각은 무의미했다. 서른 살의 좀먹은 인간을 받아줄 '좋은' 직장은 그리 많지 않다. 지금이나 앞으로나 그에게는 뉴 앨비언이 유일한 기회였다.

웨스트민스터 브리지로의 모퉁이에서 고든은 잠깐 걸음을 멈추었다. 맞은편으로 몇몇 포스터가 램프 불빛에 선명하니 비쳤다. 3미터가 넘는 높이의 거대한 포스터가 보벡스를 광고하고 있었다. 보벡스는 롤런드 버타를 버리고 새로운 전략을 취해, 보벡스 발라드라는 사행시를 뿌리기 시작했다. 끝내주는 소화력을 가진 어느 가족이 햄 같은 분홍빛 얼굴로 앉아서 아침 식사를 하고 있는 그림 밑에 요란한 글씨로 이렇게 쓰여 있었다.

왜 비쩍 마르고 혈색이 나쁠까요?
왜 기운이 쭉 빠질까요?
매일 밤 뜨거운 보벡스를 드십시오.
힘이 펄펄 나고 병이 낫는답니다!

고든은 포스터를 물끄러미 바라보았다. 그 무기력한 우스꽝스러움에 넋이 나갈 지경이었다. 저 쓰레기는 뭐람! '힘이 펄펄 나고 병이 낫는답니다!' 저 나약한 무능함이라니! 귀에 쏙쏙 박히는 광고 문구의 톡 쏘는 맛이라곤 눈곱만큼도 없었다. 그저 감상적이고 맥 빠진 헛소리일 뿐. 저 포스터가 온 런던에, 영국의 모든 도시에 도배되어 사람들의 마음을 타락시키고 있다는 생각만 하지 않으면 딱한 마음이 들 정도로 꼴사나웠다. 고든은 우아한 구석이라곤 없는 거리를 이리저리 둘러보았다. 그래, 전쟁이 다가오고 있다. 보벡스 광고만 봐도 확실하다. 우리 거리의 전기드릴은 기관총의 폭음을 예고한다. 머지않아 비행기들이 날아올 것이다. 부웅—쾅! 고성능 폭탄 몇

톤이 우리 문명을 원래 자리인 지옥으로 돌려보내리.

고든은 거리를 건너 남쪽으로 계속 걸었다. 한 가지 신기한 생각이 들었다. 그는 그 전쟁이 일어나기를 더 이상 원치 않았다. 전쟁을 떠올리면서도 그것을 원하는 마음이 들지 않은 것은 몇 달, 아니 몇 년 만에 처음이었다.

뉴 앨비언으로 돌아가면, 한 달 안에 그 자신이 보벡스 발라드를 짓고 있을 것이다. 그런 일로 돌아가다니! '좋은' 직장이라는 것도 싫은데, 그런 일에까지 말려들어야 하다니! 맙소사! 과연 돌아갈 곳이 못 된다. 배짱 좋게 꿋꿋이 버티면 그만이다. 하지만 로즈메리는 어쩌지? 고든은 그녀가 부모 집에서 돈도 없이 아기를 키우며 살아갈 인생을 생각해보았다. 로즈메리가 그녀를 먹여 살리지도 못하는 지독한 놈팡이와 결혼했다는 소식이 그 거대한 가족 사이에 퍼져 나가겠지. 온 가족이 합심하여 그녀를 들볶아 대리라. 그뿐 아니라, 아기도 생각해야 했다. 돈의 신은 참으로 교활하다. 그놈의 덫에 요트나 경주마, 매춘부, 샴페인 같은 미끼만 놓여 있다면 쉽게 피해갈 수 있을 것이다. 우리가 품위를 지키려 애쓰며 무력해질 때 놈은 우리의 약점을 잡아 공격하기 시작한다.

고든의 머릿속에서 보벡스 발라드가 딸랑딸랑 울려댔다. 꿋꿋이 버텨야 한다. 돈과의 전쟁을 시작했으니 끝까지 견뎌야 한다. 어쨌든 지금까지는 그럭저럭 잘 버텨왔다. 고든은 자신의 인생을 되돌아보았다. 스스로를 속일 순 없었다. 형편없는 인생, 뭣 하나 이룬 것 없는 쓸쓸하고 초라한 인생이었다. 30년을 살면서 얻은 거라곤 비참함밖에 없었다. 하지만 그가 선택한 인생이었다. 지금도 그런 인생을 원했다. 그는 돈이 지배하지 않는 밑바닥 인생으로 가라앉고 싶었다. 하지만 아기 문제가 모든 걸 뒤엎어 놓았다. 지극히 흔해빠진 곤경이었다. 개인의 악덕, 공공의 미덕—세상이 생겨난 후로 계속되어 온 딜레마.

고든은 고개를 들었다가 공공 도서관을 지나고 있음을 알았다. 한 가지 생각이 퍼뜩 떠올랐다. 그 아기. 아기를 갖는다는 건 어떤 의미일까? 지금 이 순간 로즈메리에게 어떤 일이 벌어지고 있을까? 그는 임신에 대해 막연히 대략적으로만 알고 있었다. 분명 도서관에는 임신의 의미를 알려줄 책들이 있을 것이다. 그는 도서관으로 들어갔다. 대출관은 왼편에 있었다. 참고 도서를 찾으려면 그곳에 가서 부탁해야 했다.

안내 데스크에 앉은 젊은 여자는 핏기 없는 얼굴에 안경을 낀 대학 졸업자로, 아주 무뚝뚝한 인상이었다. 그 여자는 사람들, 적어도 남자들은 포르노물을 찾을 때만 참고 도서를 문의한다는 고정관념을 갖고 있었다. 누군가 다가오면 그녀는 번뜩이는 코안경 너머로 꿰뚫어 보며, 그의 지저분한 비밀을 다 알고 있다는 표정을 지었다. 아마도 『휘터커 연감』을 제외하면 모든 참고 도서는 포르노물일 것이다. 옥스퍼드 사전조차 어떤 단어를 찾느냐에 따라 추잡한 용도로 쓰일 수 있다.

고든은 그 여자가 어떤 유형의 사람인지 한눈에 알아챘지만 신경 쓸 여유가 없었다.

"부인과 관련 서적이 있습니까?" 그가 물었다.

"무슨 과요?" 젊은 여자는 의기양양한 표정으로 코안경을 번득이며 다그치듯 물었다. 그럼 그렇지! 포르노를 찾으러 온 남자!

"음, 조산술에 관한 책요. 아기가 어떻게 태어난다거나, 뭐 그런 내용이 나오는 책 말입니다."

"그런 책은 일반인들에게 대출해주지 않아요." 젊은 여자는 차갑게 답했다.

"미안합니다. 특별히 찾아보고 싶은 부분이 있어서요."

"의대생인가요?"

"아니요."

"그런데 왜 조산술에 관한 책을 찾는지 이해가 잘 안되네요."

망할 인간! 다른 때였다면 여자를 두려워했겠지만, 지금은 그저 짜증스러울 뿐이었다.

"굳이 알아야겠다면, 내 아내가 아기를 낳을 거라서요. 우리 둘 다 출산에 관해서 아는 게 별로 없습니다. 도움이 될 만한 게 있으면 보고 싶어요."

젊은 여자는 고든을 믿지 않았다. 갓 결혼한 남자라고 하기에는 너무 꾀죄죄하고 초췌해 보였다. 하지만 책을 빌려주는 것이 그녀의 일이었고, 가끔 아이들의 부탁을 거절할 때는 있어도 기본적으로는 모든 문의에 응했다. 항상 이용객들을 음탕한 돼지처럼 취급한 다음에야 책을 내주는 그녀는 쌀쌀맞은 태도로 고든을 도서관 중앙의 작은 테이블로 데려가, 갈색 표지의 두툼한 책 두 권을 건넸다. 그러고는 혼자 내버려 두고 자기 자리로 돌아갔지만, 그에게서 눈을 떼지 않았다. 고든은 뒤통수가 따가운 느낌이었다. 저 멀리서 그녀가 코안경을 낀 채 주시하며, 그가 정말 정보를 찾고 있는지 아니면 음란한 부분만 골라 보고 있는지 캐내려 하고 있었다.

고든은 한 권을 펼쳐 서툴게 뒤져보았다. 활자가 촘촘한 방대한 본문에 라틴어가 가득했다. 이런 글은 아무런 도움도 되지 않았다. 단순한 무언가, 특히 그림이 필요했다. 임신 기간이 얼마나 됐을까? 6주, 아니 9주 정도려나. 아! 그럼 바로 이거다.

고든은 9주 된 태아의 사진을 발견했다. 그의 예상과 전혀 달라 충격적이었다. 반구형 머리가 몸의 절반을 차지하고 있어서, 인간을 그린 어설픈 캐리커처나 기형인 작은 도깨비 같았다. 텅 비고 광활한 머릿속 공간의 한가운데에 작은 단추처럼 생긴 귀가 있었다. 사진은 태아의 옆모습이었다. 뼈 없는 팔은 구부러져 있고, 바다표범의 지느러미발처럼 조잡한 손이 얼굴을 덮고 있었다. 차라리 다행일지도 몰랐다. 그 밑에는 깡마르고 작은 두 다리가 발가락을 안으로 구부린 채 원숭이 다리처럼 꼬여 있었다. 모양새는 기괴했지만, 묘하게도 틀림없는 인간이었다. 이렇게 일찍부터 인간처럼 보인다는 사실이 놀라웠다. 고든은 훨씬 더 미숙한 모습을 상상했었다. 동그란 개구리 알처럼, 세포핵을 품은 자그마한 덩어리이겠거니 했다. 물론 크기는 아주 작을 것이다. 그는 아래에 표시된 치수를 보았다. 길이 30밀리미터. 큼직한 구스베리 한 알 정도의 크기.

하지만 아직 9주까지는 안 되었을지도 몰랐다. 한두 페이지 앞으로 넘기니 6주 된 태아의 사진이 나왔다. 이건 정말이지 무시무시했다. 차마 눈 뜨고 보기 힘들 정도였다. 인간의 처음과 끝이 이토록 추하다는 건 기묘한 일이었다. 죽은 자만큼이나 추한 태아. 이건 이미 죽은 것처럼 보였다. 그 거대한 머리는 너무 무거워서 똑바로 들고 있기도 힘든지, 목이 있어야 할 자리에서 직각으로 구부러져 있었다. 눈—아니, 입인가?—을 표시하는 주름 하나만 달랑 있을 뿐, 얼굴이라 부를 만한 것이 없었다. 인간과 전혀 닮지 않은 그것은 차라리 죽은 강아지 같았다. 짧고 굵은 팔은 정말이지 강아지 다리 같았고, 두 손은 뭉툭한 강아지 발에 불과했다. 길이 15.5밀리미터. 겨우 개암만 한 크기였다.

고든은 두 사진을 한참이나 자세히 들여다보았다. 그 추함이 아기의 존재를 더욱 현실적으로, 그래서 더욱 감동적으로 만들었다. 로즈메리가 낙태를 입에 올린 순간부터 그의 아기가 현실로 다가왔었다. 하지만 시각적인 형태가 없는 현실이었다. 어둠 속에서 벌어졌으며, 벌어지기 전에는 아무런 의미도 없었던 무언가. 하지만 여기 실제적인 과정이 진행 중이었다. 그의 경솔한 행동으로 생긴, 구스베리만 한 크기의 가엾고 추한 존재. 그 존재의 미래가, 그 존재의 생존 여부가 그에게 달려 있었다. 게다가, 그것은 고든의 일부, 바로 **그 자신**이었다. 그런 책임을 감히 피할 수 있을까?

하지만 대안은 어떠한가? 고든은 자리에서 일어나, 불쾌한 인상의 젊은 여자에게 책들을 건네고는 밖으로 나갔다. 그러다가 충동적으로 다시 돌아가, 정기간행물이 보관되어 있는 곳으로 향했다. 그곳에서 살다시피 하는 누추한 행색의 사람들이 신문을 펼쳐놓은 채 꾸벅꾸벅 졸고 있었다. 고든은 여성지들만 따로 모아둔 테이블에서 아무거나 한 권 집어 다른 테이블로 가져갔다.

좀 더 가정적인 내용의 미국 잡지로, 수많은 광고 속에 기사 몇 개가 소심하게 숨어 있었다. **지독한** 광고들 같으니! 고든은 반들반들한 페이지들을 훌훌 넘겼다. 란제리, 보석, 화장품, 모피 코트, 실크 스타킹 등이 아이들이 가지고 노는 요지경 속의 그림처럼 위아래로 휙휙 움직였다. 페이지마다 광고가 이어졌다. 립스틱, 속옷, 통조림, 특허 의약품, 살 빼는 약, 얼굴 크림. 돈이 지배하는 세계의 한 단면과도 같았다. 무지와 탐욕, 천박함, 속물근성, 매춘, 질병의 파노라마.

이런 세상으로 다시 돌아가라니! **이런** 일을 해야 성공할 수 있다니. 고든은 페이지를 좀 더 천천히 넘겼다. 휙, 휙. 귀여운 여자—미소 짓기 전까지만. 총에서 발사되는 음식. 성격까지 더럽게 만드는 발의 피로를 방치할 생각입니까? 뷰티레스트 매트리스로 복숭앗빛 혈색을 되찾으세요. 깊이 **침투하는** 크림만이 표피 속 때까지 닦아줘요. **그녀의** 고민은 양치질할 때 피가 나는 것. 위를 순식간에 알칼리화하는 방법. 튼튼한 아이들을 위한 섬유질 식품. 교양인이 되고 싶으십니까? 세계적으로 유명한 컬처퀵 스크랩북. 일개 드러머가 단테를 인용하게 됩니다.

맙소사, 이런 쓰레기들 같으니!

하지만 이건 미국 잡지였다. 아이스크림소다든 협잡질이든 신지학이든, 온갖 끔찍한 것들에 관해서는 미국인들이 늘 한 수 위다. 고든은 여성지 테이블로 가서 다른 잡지를 집어 들었다. 이번에는 영국 잡지였다. 아마도 영국 잡지의 광고들은 그렇게 나쁘진 않으리라. 야만적일 만큼 역겹지는 않으리라.

고든은 잡지를 펼쳤다. 휙, 휙. 영국인은 결코 노예로 살지 않으리!*

＊ 1740년에 지어진 영국의 애국가 〈지배하라, 브리타니아여!〉의 한 구절.

획, 획. 기네스는 건강에 좋아요! 그녀는 "태워줘서 고마워요"라고 **말했지만**, '불쌍한 남자, 왜 아무도 그에게 말해주지 않는 거야?'라고 **생각했다**. 서른두 살의 여자가 스무 살의 아가씨에게서 젊은 남자를 **빼앗는** 방법. 밤의 허기를 채워드려요. 실키심 —매끄러운 화장지. 구취가 그의 경력을 망치고 있다. 농루? 남의 얘기! 이마가 점점 넓어지고 있다고요? 비듬이 그 원흉입니다. 아이들이 브렉퍼스트 크리스프스를 달라고 아우성쳐요. 이제 내 피부는 소녀 시절로 되돌아갔답니다. 비타몰트 한 조각에 하루 종일 하이킹을!

이런 것들에 휘말려야 하다니! 이런 세상으로 들어가 그 핵심이 되어야 하다니! 맙소사, 맙소사, 맙소사!

곧 고든은 밖으로 나갔다. 끔찍하게도 그는 자신이 뭘 할지 이미 알고 있었다. 그의 마음은 정해졌다. 실은 오래전에 그랬다. 이 문제가 생겼을 때 답도 함께 따라온 셈이었다. 고든이 지금까지 망설인 건 그저 연기에 불과했다. 마치 외부의 어떤 힘이 그를 밀어대고 있는 느낌이었다. 근처에 공중전화가 있었다. 로즈메리의 호스텔에는 전화가 설치되어 있었다. 그녀는 지금쯤 집에 있을 것이다. 고든은 부스 안으로 들어가 주머니 속을 더듬었다. 그래, 딱 2펜스가 있었다. 그는 동전들을 구멍에 집어넣고 다이얼을 돌렸다.

어떤 여자가 차분한 콧소리로 전화를 받았다. "누구세요?"

고든은 A 버튼을 눌렀다. 이렇게 주사위는 던져졌다.

"워털로 씨 있습니까?"

"**누구신데요?**"

"콤스톡이라고 전해주십시오. 그럼 알 겁니다. 워털로 씨는 지금 집에 있습니까?"

"알아볼게요. 잠깐 기다려요."

침묵.

"여보세요! 고든, 당신이야?"

"여보세요! 여보세요! 로즈메리, 당신이야? 당신한테 하고 싶은 말이 있어서. 곰곰이 생각해보고, 결정을 내렸어."

"오!" 또 한 번의 침묵이 흘렀다. 로즈메리는 어렵사리 목소리를 가다듬고는 덧붙여 말했다. "그래서, 어떻게 하기로 했어?"

"좋아. 뉴 앨비언으로 돌아갈게. 그쪽에서 날 받아준다면."

"오, 고든. 정말 기뻐! 나한테 화난 거 아니지? 나 때문에 억지로 이러는 거야?"

"아니, 괜찮아. 내가 할 수 있는 일은 이것뿐이니까. 이 것저것 다 따져보고 내린 결정이야. 내일 회사에 찾아가 보려고."

"**정말 기뻐!**"

"물론 그쪽에서 일자리를 준다는 가정하에 하는 얘기지만. 그래도 어스킨 씨가 한 말을 생각하면, 잘될 것 같기도 하고."

"분명히 잘될 거야. 그런데 고든, 한 가지 신경 쓰이는 게 있어. 회사에 갈 때 잘 차려입어야 하지 않을까? 인상이 중요하니까."

"나도 알아. 전당포에 맡겼던 제일 좋은 정장을 찾아와야겠어. 래블스턴이 돈을 빌려줄 거야."

"래블스턴은 됐어. 내가 빌려줄게. 따로 챙겨둔 4파운드가 있거든. 지금 달려 나가서 우체국이 닫기 전에 당신한테 부쳐줄게. 구두랑 넥타이도 새로 사는 게 좋을 거야. 그리고, 아, 고든!"

"왜?"

"회사에 갈 때 모자를 쓰면 어때? 모자를 쓰는 게 더 멋져 보여."

"모자라니! 맙소사! 2년 동안 써본 적이 없는데. 꼭 써야 해?"

"음, 그래야 좀 더 격식을 차린 것처럼 보이지 않을까?"

"아, 알았어. 꼭 써야 한다면 중산모로 하지 뭐."

"내 생각에는 중절모가 나을 것 같아. 그리고 머리도 자를 거지?"

"그래, 걱정하지 마. 말쑥하고 젊은 회사원이 될 테니까. 옷차림도 단정히 하고."

"정말 고마워, 고든. 난 당장 나가서 돈을 부칠게. 잘 자, 그리고 행운을 빌어."

"잘 자."

고든은 부스에서 나갔다. 이것으로 끝이 났다. 완전히 끝장났다.

고든은 걸음을 재촉했다. 그가 무슨 짓을 한 것인가? 결국 굴복하고 말았다! 모든 맹세를 깨고서! 그의 길고도 외로웠던 전쟁이 수치스러운 패배로 막을 내렸다. 너희는 포경을 베어 할례를 베풀어라, 주께서 말씀하셨다. 고든은 회개하며 원래의 자리로 돌아가고 있었다. 걸음이 평소보다 빠른 것 같았다. 심장에, 팔다리에, 온몸에 기묘한 감각, 어떤 실제적이고 육체적인 감각이 느껴졌다. 이게 뭘까? 수치심, 고통, 절망? 돈의 손아귀 속으로 되돌아가는 데 대한 분노? 송장처럼 지내야 할 미래를 생각하니 찾아오는 권태? 고든은 그 감각을 앞으로 끌고 나와 마주한 채 가만히 살펴보았다. 그것은 안도감이었다.

그래, 그것이 진실이었다. 결단이 난 뒤 그가 느끼는 건 오로지 안도감뿐이었다. 구질구질함, 추위, 허기, 외로움으로부터 마침내 벗어나, 품위 있는 인간적인 삶으로 돌아갈 수 있다는 안도감. 막상 그의 다짐들을 깨고 보니, 무시무시한 짐을 벗어던진 느낌이었다. 그저 그의 운명대로 나아가고 있는 듯했다. 언젠가 이런 일이 벌어지리라는 예감이 마음 한구석에는 늘 자리 잡고 있었다. 뉴앨비언에 퇴사를 통보했던 날이 떠올랐다. '좋은' 일자리를 헛되이 포기하지 말라고 점잖게 조언하던 어스킨 씨의 친절하고 붉고 억센 얼굴. 그때, '좋은' 일자리와는 영원히 안녕이라고 얼마나 매몰차게 맹세했던가! 하지만 그는 결국엔 돌아갈 운명이었고, 그때도 그 사실을 알았다. 고든이 돌아가기로 결심한 건 로즈메리와 아기 때문만은 아니었다. 물론 이 일을 갑작스레 앞당긴 명백한 원인은 그들이었지만, 그들이 아니더라도 결국엔 똑같은 결말을 맞았을 것이다. 아기가 없었더라면 다른 무언가가 그를 굴복시켰을 것이다. 그가 마음속으로 은밀히 바라왔던 일이었으므로.

결국 고든은 살아 움직일 힘이 부족했던 것이 아니라 스스로 가난뱅이가 되어 삶의 흐름으로부터 무자비하게 밀려났을 뿐이었다. 그는 끔찍했던 지난 2년을 돌이켜 보았다. 그는 돈을 모독했고, 돈에 반항했으며, 돈의 세계 밖에서 은둔자처럼 살려 애썼다. 그리고 이로 인해 고통뿐 아니라 무시무시한 공허감, 달아날 수 없는 허무감에 시달렸다. 돈을 포기하는 건 곧 삶을 포기하는 것이다. 너무 착하게 살지 마라, 그러다가 때도 되기 전에 죽을 까닭이 없지 않은가?* 이제 그는 돈의 세계로 돌아왔다, 아니 곧 그럴 예정이었다. 내일 고든은 제일 좋은 정장과 외투(전당포에서 정장과 함께 외투도 찾아와야 한다)를 입고, 도랑 속을 기어 다니는 직장인에게 어울릴 법한 중절모를 쓰고, 깔끔하게 면도를 하고, 머리를 짧게 깎고

---

* 구약 성경 「전도서」 7장 16-17절.

뉴 앨비언에 갈 것이다. 마치 새로 태어난 사람처럼. 내일의 말쑥한 젊은 회사원에게서 오늘의 꾀죄죄한 시인은 보이지 않으리라. 회사는 분명 그를 다시 받아줄 것이다. 그들에게 필요한 재능이 그에게 있으니까. 그는 전력을 다해 일하고, 영혼을 팔고, 일자리를 계속 지킬 것이다.

미래는 어떻게 될까? 지난 2년은 고든에게 그리 큰 흔적을 남기지 못했을 것이다. 그 세월은 그의 경력에 생긴 공백, 작은 차질에 불과했다. 이제 첫발을 내디뎠으니, 회사원에 걸맞은 냉소적이고 편협한 사고방식으로 얼른 옮겨 갈 생각이었다. 날카로운 혐오감을 잊고, 돈의 횡포에 대한 분노를 멈추고―돈의 횡포 자체를 잊고―보벡스와 브렉퍼스트 크리스프스 광고에 몸서리를 치지도 않으리라. 그 자신의 것이었다는 사실도 잊을 만큼 영혼을 철저히 팔아넘기리라. 결혼해서 정착하고, 적당히 잘 살면서, 유모차를 밀고, 교외 주택과 라디오와 엽란을 가지리라. 법을 잘 지키는 소시민 중의 한 명이 되리라. 지하철의 손잡이에 매달린 채 옮겨 다니는 군대 속의 한 병사. 어쩌면 그편이 더 나을지도 몰랐다.

고든은 발걸음을 조금 늦추었다. 그는 이제 서른 살이었고 흰머리도 났지만, 막 어른이 된 듯한 이상한 기분이었다. 모든 인간의 운명이 이렇지 않을까 하는 생각이 문득 들었다. 누구나 돈의 지배에 반항하고, 누구나 언젠가는 굴복하고 만다. 고든은 대부분의 사람들보다 더 오래

버텼을 뿐이다. 그리고 비참하게 실패하고 말았다! 그 안의 음울한 암자에 숨어 있는 모든 은둔자는 내심 속세로 돌아가기를 갈망하고 있을까? 아마 몇몇은 그렇지 않을 것이다. 현대 세계에는 성자들과 악당들만 살 수 있다고 누군가 말했었다. 그, 고든은 성자가 아니었다. 그렇다면 다른 이들처럼 스스럼없는 악당이 되는 편이 나았다. 이 야말로 고든의 은밀한 갈망이었다. 욕망을 인정하고 거기에 굴복한 그는 마음의 평화를 찾았다.

대강 하숙집이 있는 방향으로 걷고 있던 고든은 지나쳐 가는 집들을 올려다보았다. 그는 낯선 거리에 와 있었다. 누추해 보이고 약간 거뭇한 낡은 집들. 대부분은 방 하나에 주방과 욕실이 딸린 아파트거나 단칸방이었다. 울타리로 둘러싸인 구역, 연기에 그을린 벽돌, 하얗게 칠한 계단, 우중충한 레이스 커튼. 절반의 창들에 '아파트' 카드가 붙어 있고, 거의 모든 창 안에 엽란이 있었다. 전형적인 하위 중산층의 거리. 하지만 전반적으로 보자면, 그가 폭탄에 날아가 버렸으면 하고 바라는 그런 거리는 아니었다.

저런 집에는 누가 살고 있을까? 이를테면, 작은 회사의 사무원, 가게 점원, 외판원, 보험 영업 사원, 전차 차장. 그들은 자신들이 돈의 조종에 따라 춤추는 꼭두각시에 불과하다는 사실을 알고 있을까? 틀림없이 모를 것이다. 그리고 설령 안다 해도 신경이나 쓸까? 태어나고, 결혼하고, 아이를 낳고, 일하고, 죽느라 다들 너무 바빴다. 별 볼일 없이 사는 수많은 사람 중 하나라고 느끼는 것도, 감당할 수만 있다면 그리 나쁘지 않을지도 모른다. 우리 문명은 탐욕과 두려움 위에 세워져 있지만, 보통 사람들의 삶에서 탐욕과 두려움은 신비하게도 더 고귀한 무언가로 바뀐다. 레이스 커튼 뒤에서 아이들과 몇몇 가구와 엽란과 함께 살아가는 하위 중산층 사람들. 그들은 돈의 규범에 따라 살면서도 어떻게든 품위를 지키려 했다. 그들이 해석하는 돈의 규범은 냉소적이고 탐욕스럽지만은 않았다. 그들에게는 나름의 기준, 포기할 수 없는 명예가 있었다. 그들은 '품위를 지켰다'—엽란을 계속 날렸다.* 넘치는 **활력**으로 열심히 살았다. 그리고 자식을 낳았다. 영혼을 지키는 사람들과 성자들은 절대 하지 않을 일이었다.

엽란은 생명의 나무구나. 고든은 문득 이런 생각이 들었다.

안주머니에 들어 있는 물건의 묵직한 무게감이 느껴졌다. 「런던의 환락」의 원고였다. 고든은 원고를 꺼내어 가로등 밑에서 바라보았다. 더럽고 너덜너덜한 종이 뭉치. 오랫동안 주머니에 넣고 다닌 탓에, 꼬질꼬질하니 모서리에 때가 묻어 있었다. 다 합쳐서 약 400행. 도피 생활의

---

* 사회주의와 관련된 영국의 민중가요 〈적기가(The Red Flag)〉의 한 소절인 '붉은 기를 계속 날리리라'를 이용한 표현이다.

유일한 결실, 결국 태어나지 못할 2년 된 태아. 고든은 이미 거기에서 손을 뗐다. 시! 시라니! 1935년에.

이 원고를 어떻게 할 것인가? 최선은 변기 물에 내려버리는 것이다. 하지만 하숙집은 아직 멀었고, 돈도 없었다. 고든은 배수구 뚜껑 옆에 멈춰 섰다. 가장 가까운 집 창가의 노란 레이스 커튼 사이로 줄무늬 옆란이 언뜻 보였다.

그는 「런던의 환락」의 한 페이지를 펼쳐보았다. 미궁처럼 얽히고설킨 낱말들 가운데 한 줄이 고든의 눈길을 사로잡았다. 순간 후회가 밀려들면서 속이 쓰렸다. 꽤 괜찮은 부분들도 있었다! 완성할 수만 있다면! 그동안 들인 공을 생각하면 이렇게 버리기는 아까웠다. 그냥 가지고 있으면 어떨까? 곁에 두고 남몰래 틈틈이 완성한다면? 지금이라도 뭔가 나올지 몰랐다.

아니, 안 된다! 약속을 지켜. 굴복하든가, 굴복하지 않든가.

고든은 원고를 반으로 접어 배수구 뚜껑의 쇠창살 사이에 쑤셔 넣었다. 원고 뭉치가 퐁당 하는 소리와 함께 아래의 물로 떨어졌다.

Vicisti(이겼노라), 오 옆란이여!

12

래블스턴은 등기소 밖에서 작별 인사를 하고 싶었지만, 그들은 점심 식사를 함께하자고 고집을 부리며 그를 끌고 갔다. 하지만 모딜리아니가 아니었다. 반 크라운에 네 코스짜리 근사한 점심을 먹을 수 있는 소호의 작고 유쾌한 식당이었다. 그들은 버터 바른 빵을 곁들인 마늘 소시지, 가자미 구이, 감자튀김을 곁들인 등심 스테이크, 그리고 조금 싱거운 캐러멜 푸딩을 먹었다. 3실링 6펜스짜리 메도크 수페리에 한 병도 마셨다.

결혼식 하객은 래블스턴뿐이었다. 또 다른 증인은 등기소 밖에서 반 크라운에 구한 직업적 증인으로, 치아가 하나도 없는 가난하고 온순한 사람이었다. 줄리아는 찻집에서 빠져나오지 못했고, 고든과 로즈메리는 오래전

면밀하게 만들어놓은 핑곗거리로 하루 휴가를 얻어냈다. 두 사람의 결혼 사실을 아는 사람은 래블스턴과 줄리아 뿐이었다. 로즈메리는 한두 달 더 스튜디오에서 일하기로 했다. 그때까지는 결혼을 비밀에 부칠 생각이었다. 가장 큰 이유는, 결혼 선물을 살 형편이 안 되는 그녀의 수많은 형제자매를 위해서였다. 고든은 혼자이기에 좀 더 평범한 방식도 괜찮았다. 심지어 교회에서의 결혼식까지 원했었다. 하지만 로즈메리가 뜻을 굽히지 않았다.

고든이 회사로 돌아간 지도 이제 두 달이 지났다. 일주일에 4파운드 10실링을 받고 있었다. 로즈메리가 일을 그만두면 생활이 빠듯해지겠지만, 내년에 급료가 오를 가능성이 있었다. 아기가 태어날 때가 되면 어쩔 수 없이 로즈메리의 부모에게서 약간의 돈을 얻어야 할 것이다. 클루 씨는 1년 전에 뉴 앨비언을 떠났고, 빈자리에는 뉴욕의 어느 광고 회사에서 5년간 일했다는 캐나다인 워너 씨가 들어왔다. 워너 씨는 정력이 넘치다 못해 가끔 공격적으로 보이기까지 했지만, 미워할 수 없는 사람이었다. 지금 그와 고든은 큰 건을 맡아 작업 중이었다. 퀸 오브 시바 화장품 회사가 체취 제거제 에이프릴 듀에 대한 대대적인 광고를 전국적으로 진행하고 있었다. 암내와 구취를 들먹이는 건 더 이상 먹히지 않는다고 판단한 그들은 대중을 겁줄 새로운 방법을 오래전부터 궁리해왔다. 그러던 중 어떤 영리한 녀석이 제안했다. 발 냄새는 어때요? 미개척 분야인 만큼 가능성이 무한대였다. 퀸 오브 시바는 뉴 앨비언에 그 아이디어를 넘겼다. 그들이 요구한 것은 귀에 쏙 박히는 광고 문구였다. '밤의 허기' 같은 부류―독화살처럼 대중의 의식을 들쑤셔 놓을 문구. 워너 씨는 사흘을 고심한 끝에 'PP'라는 인상적인 문안을 가지고 나타났다. 'PP'의 의미는 'Pedic Perspiration(발의 땀)'이었다. 그야말로 천재성이 번득이는 작품이었다. 아주 단순하면서도 사람들의 시선을 확 사로잡는. 그 의미를 아는 순간, 'PP'라는 글자만 보면 죄책감으로 전율하게 되리라. 고든은 옥스퍼드 사전으로 'pedic'을 찾아보고, 존재하지 않는 단어라는 사실을 알았다. 하지만 워너 씨는 "제기랄! 그러거나 말거나 무슨 상관이야?"라고 말했다. 그래도 사람들은 똑같이 겁먹을 텐데. 퀸 오브 시바는 물론 그 아이디어를 덥석 물었다.

퀸 오브 시바는 이 광고에 아낌없이 돈을 쏟아부었다. 영국 제도의 모든 광고판에 붙은 거대한 포스터들이 대중을 꾸짖으며 그들의 머릿속에 'PP'를 박아 넣었다. 포스터는 전부 다 똑같았다. 말을 낭비하지 않고, 살벌하리만치 단순하게 사람들을 다그쳤다.

'PP'

당신은 어떻습니까?

그뿐이었다. 그림도, 설명도 없었다. 'PP'의 의미를 굳이 밝힐 필요도 없었다. 이제 영국의 모든 이가 알고 있었다. 워너 씨는 고든의 도움을 받아, 신문과 잡지에 실을 더 작은 광고를 작업 중이었다. 대담하고 압도적인 아이디어를 내고, 광고의 전반적인 모양새를 스케치하고, 필요한 사진을 결정하는 사람은 워너 씨였다. 하지만 광고문의 대부분을 작성하는 건 고든이었다. 그는 서른 살의 자포자기한 처녀들, 뚜렷한 이유 없이 여자에게 차인 외로운 총각들, 그리고 어려운 형편으로 일주일에 한 번밖에 스타킹을 갈아 신지 못하고 남편이 '다른 여자'의 손아귀에 넘어가는 꼴을 보며 사는 힘겨운 아내들의 참혹한 사연, 현실감 넘치는 소설을 써냈다. 그는 이 일을 아주 잘했다. 지금껏 살면서 해본 그 어떤 일보다 훨씬 더 잘했다. 워너 씨는 그에게 최고의 평가를 내렸다. 고든의 글솜씨는 의심의 여지가 없었다. 그는 수년의 노력을 통해 얻은 재주를 발휘하여 낱말을 효율적으로 사용했다. '작가'가 되려 애쓴 괴롭고 기나긴 고군분투가 완전히 헛수고는 아니었던 모양이다.

그들은 식당 밖에서 래블스턴에게 작별 인사를 한 뒤 택시를 탔다. 등기소 밖에서 래블스턴이 고집을 부려 택시비를 냈었기 때문에, 한 번 더 택시를 타도 괜찮을 것 같은 기분이 들었다. 와인을 마셔 몸이 따뜻해진 두 사람은 택시 창으로 스며드는 5월의 칙칙한 햇살 속에 나른하게 앉아 있었다. 로즈메리는 고든의 어깨에 머리를 기댄 채 무릎 위로 그와 손을 잡고 있었다. 고든은 로즈메리의 넷째 손가락에 끼워진 아주 가느다란 결혼반지를 만지작거렸다. 5실링 6펜스짜리 도금 반지. 하지만 괜찮아 보였다.

"내일 출근할 때 반지 빼는 거 잊지 말아야지." 로즈메리는 생각에 잠겨 말했다.

"우리가 정말 결혼을 했어! 죽음이 우리를 갈라놓을 때까지. 결국 해버리고 말았군."

"무섭지 않아?"

"그래도 우린 잘살 거야. 우리 집과 유아차와 엽란을 가지고."

고든은 로즈메리의 얼굴을 들어 올려 키스했다. 오늘 그녀는 화장을 살짝 했다. 고든은 처음 보는 모습이었는데, 그리 능숙한 솜씨는 아닌 듯했다. 두 사람의 얼굴은 봄의 햇살을 잘 견디지 못했다. 로즈메리의 얼굴에는 잔주름이, 고든의 얼굴에는 짙은 금들이 새겨졌다. 로즈메리는 스물여덟 살 정도로, 고든은 적어도 서른다섯 살로 보였다. 하지만 로즈메리는 어제 정수리에서 흰머리 세 올을 뽑았다.

"날 사랑해?" 고든이 물었다.

"정말 사랑한다니까, 바보 같긴."

"나도 믿어. 그런데 이상하단 말이야. 난 서른 살에 이렇게 겉늙었는데."

"상관없어."

그들은 키스하기 시작했다가, 그들의 택시와 나란히 달리고 있는 차 안에서 비쩍 마른 상위 중산층 여자 두 명이 심술궂은 표정으로 빤히 쳐다보자 허둥지둥 몸을 뗐다.

에드웨어로 근처의 아파트는 그리 나쁘지 않았다. 우중충한 동네의 약간 지저분한 거리에 있었지만, 런던 중심부에 가까웠다. 막다른 골목이라 조용하기도 했다. 맨 위층에 있는 그들의 아파트 뒤창으로 패딩턴 역의 지붕이 내다보였다. 집세는 일주일에 21실링 6펜스, 가구는 딸려 있지 않았다. 침실 하나, 응접실 하나, 작은 부엌, 욕실(순간 온수 장치가 설치되어 있었다), 화장실. 그들은 대부분 할부로 구입한 가구들을 이미 들여놓았다. 래블스턴은 결혼 선물로 도자기 그릇 세트를 주었다. 아주 사려 깊은 선물이었다. 줄리아는 물결 모양으로 테를 두르고 호두나무 널빤지를 위에 붙인, 볼품없는 '보조' 테이블을 선물했다. 고든은 그녀에게 제발 아무 선물도 하지 말라고 간청했었다. 불쌍한 줄리아! 언제나처럼 크리스마스를 보낸 후 거의 파산 지경이 된 데다, 3월에는 앤절라 고모의 생일까지 있었다. 하지만 결혼 선물을 하지 않는다는 건 줄리아에게는 비인간적인 범죄나 마찬가지였다. 그 '보조' 테이블을 구할 30실링을 긁어모으느라 그녀가 어떤 희생을 치렀을지 누가 알겠는가. 침구와 식기는 아직 부족했다. 여력이 생길 때마다 조금씩 사들여야 할 터였다.

고든과 로즈메리는 그들의 집을 향해 마지막 계단을 신나게 뛰어올랐다. 아파트는 바로 생활할 수 있도록 준비되어 있었다. 지난 몇 주 동안 저녁마다 아파트에 물건을 채워나갔다. 그들만의 집을 갖는 건 굉장한 모험처럼 느껴졌다. 두 사람 모두 전에는 가구를 가져본 적이 없었다. 어린 시절부터 쭉 가구 딸린 셋방에서 살았기 때문이다. 그들은 아파트에 들어가자마자 꼼꼼하게 둘러보며, 이미 훤히 알고 있는 모든 것을 다시 확인하고 살펴보며 감탄했다. 그들은 가구 하나하나에 기뻐 날뛰었다. 분홍색 솜이불 위에 깨끗한 시트가 살짝 덮여 있는 더블베드! 서랍장 안에 정리되어 있는 속옷들과 수건들! 접이식 테이블, 딱딱한 의자 네 개, 안락의자 두 개, 소파, 책장, 붉은 인도산 양탄자, 캘리도니언 시장에서 싸게 구입한 구리 석탄 통! 이것들 전부, 빠짐없이 전부 그들의 것이었다—할부금이 밀리지 않는 이상! 그들은 부엌으로 들어갔다. 세세한 것까지 모두 준비되어 있었다. 가스스토브, 고기 보관용 찬장, 에나멜이 칠해진 테이블, 접시 걸이, 냄비, 주전자, 개수대, 자루걸레, 행주—심지어 연마제 한 통, 조각 비누 한 통, 잼 병에 든 세탁용 소다 500그램까지. 언제든 사용하며 생활할 수 있도록 만반의 준비가 되어 있었다. 지금 당장이라도 요리를 해 먹을 수 있었다. 두 사람은 에나멜이 칠해진 테이블 옆에 손을 잡고 서서, 패딩턴 역이 내다보이는 전망에 감탄했다.

"오, 고든, 정말 신나! 집주인 눈치를 안 봐도 되는 우리 집이 생기다니!"

"가장 좋은 건, 아침을 같이 먹을 수 있다는 거야. 당신이 내 맞은편에 앉아 커피도 따라주고. 참 이상한 일이지! 몇 년이나 만나면서 아침을 같이 먹은 적이 한 번도 없다니."

"지금 당장 요리해볼까? 저 냄비들을 써보고 싶어 죽겠어."

로즈메리는 커피를 끓여, 셀프리지 백화점의 특가 매장에서 사 온 옻칠한 붉은 쟁반에 담아 응접실로 가져왔다. 고든은 창가의 '보조' 테이블로 어슬렁어슬렁 다가갔다. 저 아래의 누추한 거리에는 누르께한 바닷물에 깊이 잠기기라도 한 것처럼, 흐릿한 햇빛이 흘러넘치고 있었다. 고든은 '보조' 테이블에 커피 잔을 내려놓았다.

"여기 엽란을 둬야겠어." 그가 말했다.

"뭘 놓는다고?"

"엽란."

로즈메리는 웃었다. 그녀가 그의 말을 농담으로 여기고 있다는 걸 눈치챈 고든은 덧붙여 말했다. "꽃집들이 문 닫기 전에 나가서 주문해야겠어."

"고든! 진심이야? 설마 **정말로** 엽란을 키울 생각은 아니지?"

"아니, 키울 거야. 먼지도 끼지 않게 깨끗이. 듣기로는, 낡은 칫솔로 닦는 게 제일 좋다던데."

로즈메리가 곁으로 와서 그의 팔을 꼬집었다.

"농담이지?"

"왜 키우면 안 되는데?"

"엽란이라니! 그렇게 우울한 걸 우리 집에 가져오겠다고? 그리고 어디 둘 데도 없잖아. 여긴 안 돼. 침실은 더더욱 안 되고. 침실에 엽란이라니, 절대 안 되지!"

"침실엔 안 둘 거야. 엽란이 있어야 할 자리는 바로 여기야. 맞은편 사람들이 볼 수 있는 앞창."

"고든, 농담이겠지. 농담이 분명해!"

"아니, 농담이 아니야. 우린 꼭 엽란을 키워야 해."

"대체 왜?"

"그게 지당한 일이니까. 결혼하면 제일 먼저 사야 하는 거라고. 사실, 결혼식의 일부나 마찬가지지."

"말도 안 되는 소리 하지 마! 우리 집에 그런 걸 두긴 싫어. 꼭 키워야겠다면 제라늄으로 해. 엽란 말고."

"제라늄은 별로야. 엽란이어야 해."

"엽란은 절대 안 돼."

"키워야 한다니까. 내게 순종하겠다고 방금 전에 약속하지 않았던가?"

"아니, 그런 적 없어. 우린 교회에서 결혼하지도 않았
잖아."

"오, 결혼식에 다 함축되어 있는 거지. '사랑하고, 존경
하고, 순종하라.'"

"아니, 그렇지 않아. 어쨌든 우리 집에 엽란은 안 돼."

"아니, 키울 거야."

"안 된다니까, 고든!"

"된다니까."

"안 돼!"

"돼!"

"안 돼!"

로즈메리는 고든을 이해할 수 없었다. 그는 그저 삐딱
하게 굴고 있는 것 같았다. 두 사람은 점점 격해졌고, 평
소 버릇대로 심하게 다투었다. 첫 부부 싸움이었다. 30분
후 그들은 꽃집에 엽란을 주문하러 집을 나섰다.

하지만 첫 계단을 절반쯤 내려갔을 때 로즈메리가 우
뚝 멈춰 서더니 난간을 붙잡았다. 입술이 벌어지고, 순간
표정이 아주 묘해졌다. 그녀는 한 손으로 허리를 짚었다.

"오, 고든!"

"왜 그래?"

"움직였어!"

"뭐가 움직여?"

"아기 말이야. 내 속에서 움직이는 게 느껴졌어."

410

"그래?"

고든은 배 속에서 낯설다 못해 거의 끔찍한 느낌, 따뜻한 경련 같은 것이 일었다. 순간 그녀와 성적으로 이어진 듯한, 하지만 이제껏 한 번도 상상하지 못했던 미묘한 방식으로 이어진 듯한 기분이 들었다. 그는 로즈메리보다 한두 계단 밑에 멈춰 서 있었다. 그는 무릎을 꿇고 그녀의 배에 귀를 댄 채 소리를 들어보았다.

"아무 소리도 안 들리는데." 마침내 그가 말했다.

"당연히 안 들리지, 바보 같긴! 아직 몇 달 안 됐잖아."

"나중엔 들을 수 있겠지?"

"그럴걸. 당신은 7개월째에 소리를 듣고, 난 4개월째에 느낄 수 있어. 그런 식일 거야."

"정말 움직였어? 확실해? 움직이는 게 정말 느껴졌어?"

"응. 움직였어."

고든은 한참이나 그렇게 무릎을 꿇고 앉아, 부드러운 그녀의 배에 머리를 대고 있었다. 로즈메리는 두 손으로 그의 머리를 잡아 더 가까이 끌어당겼다. 그는 자신의 귓속에서 둥둥거리는 맥박 말고는 아무 소리도 들을 수 없었다. 하지만 그녀가 착각했을 리 없었다. 저 안의 어딘가, 저 안전하고 따뜻하고 푹신한 어둠 속에 아기가 살아 움직이고 있었다.

자, 콤스톡가에 다시 한번 사건이 벌어지고 있었다.

금정연(작가)

블레어의 상자

모든 작가들은 오해받는다. 하지만 어떤 작가들은 더욱 오해받는다. 조지 오웰은 오해받는 작가의 대표다. 대다수의 사람들에게 오웰은 『동물농장』을 쓴 반공 작가나 『1984』를 쓴 예언자로 통한다. 그러나 그는 평생 사회주의에 대한 신념을 버리지 않았으며, 광부들의 열악한 삶의 현장과 스페인 내전의 현실을 기록한 르포 작가였다. 그렇다고 그를 정치에 특화된 작가라고 말할 수도 없다. 오웰은 맛있는 홍차를 마시는 방법, 영국식 살인, 두꺼비, 소년 주간지, 훈제 청어와 원자폭탄을 아우르는 에세이스트, 서평가, 논객, 얼치기 시인이었으며 제2의 제임스 조이스를 꿈꾸던 문학-영국-남자이기도 했다. 문자 그대로의 의미에서…….

위대한 작가들이 으레 그렇듯 오웰 또한 역설로 가득한 삶을 살았다. 이튼 스쿨 장학생에서 식민지 경찰로, 그리고 다시 부랑자로. 마치 성공을 두려워하는 것처럼 자신 앞에 놓인 기회의 사다리를 매번 스스로 걷어차는 사람이었지만, 실패가 두려워 데뷔작에 본명 아닌 필명을 쓰는 사람이었다. 언제나 가난한 사람들의 편에 서고자 했지만, 자신이 그들과 섞일 수 없다는 사실을 누구보다 잘 알았던 사람. 빠듯한 살림 때문에 끊임없이 글을 써야 하는 스스로의 처지를 불평했지만, 『동물농장』이 베스트셀러가 된 후에도 스코틀랜드의 주라섬에 처박혀 얼마 남지 않은 인생의 시간과 바꿔 『1984』를 쓴 사람. 마르크스라는 이름의 푸들을 키우던 사람.

그의 묘비에는 조지 오웰이라는 이름이 없다. 데뷔작이 망할 경우를 대비해서 아껴두었던, 그러나 결국 필명에 밀려 사용할 일이 없었던 에릭 아서 블레어라는 본명이 있을 뿐이다. 작가의 생애에는 작품의 평가와 관계있는 것은 아무것도 없다는 것이 그 사람의 신념이었습니다, 라고 오웰의 두 번째 부인이자 문학적 유산 관리자였던 소니아 오웰은 말한다. 하지만 어쩐지 내게 그건 조금 다른 버전의 판도라의 상자 이야기처럼 들린다. 인생의 어느 시점에서 에릭 아서 블레어가 상자를 열어 조지 오웰을 세상에 내보냈다, 텅 빈 상자로 들어간 블레어는 뚜껑을 닫았다, 시간이 흘러 상자는 블레어의 관이 되었고 우리에게는 오웰이 남았다, 라는 식으로.

진실은 아무 의미도 없고 입맛에 맞춰 얼마든지 바꿀 수 있다는 듯이 구는 권력자들이나 우리의 일상을 바이트 단위까지 수집하는 빅테크 기업들만을 두고 하는 말은 아니다. 대중매체가 재현하는 가난의 모습에서, 인터넷 서점에 달린 독자들의 악평에서, 어김없이 돌아오는 마감과 오르지 않는 원고료에서, 시시한 영화에 호들갑을 떠는 평론에서, 차가운 흑맥주에서, 러시아의 우크라이나 침공과 그 밖의 많은 것들에서 나는 어김없이 오웰의 얼굴을 본다. 깊은 주름이 파인 볼, '지쳐버린 나리' 같은 인상을 주는 콧수염, 무언가를 감내하는 듯 굳게 다문 입, 무엇보다 그 모든 인상을 한순간에 반전시키는 그의 눈을.

얼굴들

내가 햄스테드에 간 건 조지 오웰의 얼굴을 보기 위해서였다. 1934년 10월, 오웰은 폰드 스트리트와 사우스엔드 로드 교차로에 있는 '북러버스 코너(Booklover' Corner)'라는 이름의 서점에서 일하기 시작했다. 평생 그를 물심양면으로 지원해주었던 리처드 리스가 소개해준 자리였다. 서

414

점 주인인 프랭크 웨스트로프는 독립 노동당의 창립 일원이었고, 아내인 머바뉘는 여성 참정권 운동에 투신했던 인물로 자유사상가들의 보금자리인 햄스테드 지식인 사회의 핵심 멤버였다. 그곳의 지적이며 자유로운 분위기 속에서 오웰은 오후 2시부터 6시 30분까지 서점을 지키는 한편, 남는 시간 동안 소설을 쓰고 몇 번의 연애를 하고 첫 번째 부인이 되는 아일린을 만난다. 작가로서의 오웰의 경력이 초기에서 중기로 넘어가는 전환의 시기에 북러버스 코너가 있는 셈이다.

하지만 오웰의 얼굴이 새겨진 현판은 좀처럼 보이지 않았다. 한참을 헤맨 끝에야 공사 중인 건물에서 비계 뒤에 가려져 있던 오웰의 얼굴을 찾을 수 있었다. 르 팽 코티디앙(Le Pain Quotidien)이라는 이름의 빵집 겸 레스토랑 체인. 그전에는 모던한 알루미늄 간판을 단 피자 전문점이었다가 햄버거 유니온이라는 패스트푸드 체인이 되었고, 훗날 게일스(Gail's)라는 이름의 빵집 겸 레스토랑 체인이 들어서게 될 그 자리가 한때 북러버스 코너가 있었던 장소였다. 책에서 빵으로. 그리고 다시 빵, 빵, 빵으로…… 젊은 시절의 오웰이라면 책과 빵의 대비에 분명 흥미를 느꼈으리라.

막상 찾은 얼굴은 내 예상과는 조금 달랐다. 공공미술이

라기보다는 초등학교 미술 시간에 찰흙으로 빚은 과제에
더 가까워 보였던 것이다. 주름진 얼굴은 사색이 아닌 고
뇌에 빠진 것처럼 보였고, 나아가 안식을 빼앗긴 채 그곳
에 매달려 영원히 고통받는 것처럼 보이기도 했다. 나는
한동안 그 자리에 서서 그의 얼굴을 들여다보다가, 어느
순간 문득 깨달았다. 이것은 조지 오웰이 아니었다. "스물
아홉 살이지만 벌써 좀먹은 듯 겉늙은" 고든 콤스톡의 얼
굴이었다.

자학적 회고록

오웰은 신랄하고 공격적인 펜으로 악명 높았다. 어린 시
절의 영웅이었던 H. G. 웰스를 비판하는 서평을 써서 노년
의 웰스로 하여금 "나는 그런 말을 하지 않았어. 내 초기작
을 다시 읽어봐, 멍청아!"라는 편지를 보내게 만드는가 하
면, 아서 쾨슬러의 희곡에 대해 신문에 중상모략에 가까운
혹평을 한 후 항의하는 친구에게 "하지만 그건 졸작이잖
아, 그렇지 않나?"라고 태연하게 되묻기도 했다. 오죽하면
어린 시절 첫사랑이었던 재신사 버디컴(Jacintha Buddicom)
은 오웰의 소설 속에서 자신의 모습을 발견하면 사지가 찢
기는 느낌을 받는다고 말할 정도였다.

그런 그의 솜씨는 북러버스 코너에서 일하던 시기의 자신을 반(半)자전적으로 그린 『엽란을 날려라』에서도 유감없이 펼쳐진다. 당시 그와 가장 가깝게 지냈던 사람들은 소설 속에서 자신의 모습을 어렵지 않게 발견할 수 있었다. 적은 임금으로 고든을 부려먹는 게으르고 멍청한 구두쇠 서점 주인 매케크니 씨, 고든을 서점에 소개시켜주고 거듭해서 도와주지만 정작 싫은 소리는 한 마디 못하는 쪼다 래블스턴, 시인을 꿈꾸며 돈과 외로운 전쟁을 벌이는 고든을 이해하지 못하는 세속적인 여인 로즈메리…….

고든은 정말 화가 나게 하는 남자다, 라고 오웰의 전기를 쓴 피터 루이스는 말한다. 내 생각에 그건 지나치게 순화된 표현이다. 작가를 꿈꾸는 가난한 남자와 그런 남자를 이해하지 못하는 여자의 로맨스라는 같은 주제를 다루는 잭 런던의 『마틴 에덴(*Martin Eden*)』과 비교하면 그의 어떤 점이 우리를 화나게 하는지 분명해진다. 미국 남자 마틴이 작가가 되겠다는 굳은 의지를 굽히지 않으며 생계를 위해 고된 노동에 때론 영혼까지 갈려나가면서도 여러 편의 작품을 쓰는 것과 달리, 우울하고 우유부단하며 수동공격을 의인화한 것 같은 존재인 영국 남자 고든은 무엇 하나 제대로 하는 일 없이 자존심만 앞세우다가 끝내 완성하지 못한 시를 하수구에 던지고 그토록 증오하던 엽란의 세계에 백기 투항하는 것이다.

고든 콤스톡은 오웰의 자화상이지만 암울하고 우스꽝스럽게 뒤틀린 자화상이다. 고든과 오웰은 모두 재능 없는 시인이었고, 수준 이하의 연인이었다. 그들은 서점에서 일했지만 그곳에 드나드는 사람들을 전혀 좋아하지 않았으며 심지어 그곳에 있는 자기 자신조차 좋아하지 않았다. 그나마 키는 컸던 오웰과 달리 고든은 자신의 작은 키를 항상 의식하는 사람이었다. 다시 말해, 다른 직원은 사다리 없이 닿지 않는 높은 선반의 책을 아무렇지 않게 꺼낼 수 있던 오웰에게는 서점원으로서의 재능이 있었지만 고든에게는 그마저도 없었다는 말이다. 그는 그곳에 어울리지 않는 사람이었고, 그때에도 어울리지 않는 사람이었다. 그 자신의 말마따나 시! 시라니! 1935년에!

권위와 부조리와 가난의 냄새를 누구보다 예민하게 맡았던 오웰의 코를 중심으로 그의 삶과 작품을 풀어낸 존 서덜랜드에 따르면 『엽란을 날려라』는 오웰의 피학적 회고록이다. 그는 작품 속에서 다른 사람들을 잔인하게 취급하는 만큼, 그 이상으로 스스로를 잔인하게 취급한다. 도대체 왜?

인 디나이얼

나는 이것이 디나이얼(denial)에 대한 소설이라고 생각한다. 따라서 약간의 가학적인 서술은 피할 수 없다.

책을 펼치자마자 우리가 목격하는 것은 3펜스짜리 동전을 쓸 수 없어 괴로워하는 고든의 모습이다. 거스름돈으로 3펜스 동전을 준 여자 점원과 군말 없이 그것을 받아든 자신을 저주하는 고든에게 3펜스 동전은 돈이 아니다. "한 움큼의 다른 동전 속에 끼어 있으면 모를까, 주머니에서 3펜스 동전만 달랑 꺼내면 정말 한심해" 보일뿐더러 "다시는 그 가게에 가지 못한다. 절대!" 여기에는 어떤 문제가 있는 것처럼 보인다. 잘못된 것은 3펜스짜리 동전일까 고든일까?

소설에서 슬쩍 언급되는 것처럼 3펜스 동전은 크리스마스 푸딩에 들어가는 게 맞다. 하지만 그렇다고 해서 그것을 쓰지 못할 이유는 없다. 앤서니 웨스트는 1956년 『엽란을 날려라』의 미국 출간에 맞춰 《뉴요커》에 쓴 서평에서 오웰이 그렇게 쓰기 전까지 3펜스에 대한 어떤 사회적인 낙인도 없었다고 지적한다. 따라서 고든의 푸념은 가난에 대한 것이 아니다. 단지 자기가 부자가 아니라는 사실에 낙담한 한 남자의 기분에 대한 것이다.

고든은 돈을 부정한다지만 그것은 그의 주장과 달리 배

금주의가 만연한 사회를 부정하는 게 아니다. 돈에 집착하는 스스로를 부정하는 것이다. 돈에 이토록 커다란 의미를 부여하는 사람은 돈을 너무나 사랑하는 사람일 수밖에 없다. 다른 이들이 자신을 가난뱅이로 볼까 두려워 수중에 있는 돈의 절반이 넘는 3펜스 동전을 사용할 수 없는 사람을 정상이라고 보기는 어렵다. 돈에 미친 사람, 그렇지만 그 사실을 인정하지 않기 때문에 더더욱 미쳐가는 사람이다. 다음의 문장들은 책을 빠르게 넘기며 즉석에서 뽑아본 것들이다.

자기보다 더 잘사는 사람과 있을 때 절대 입에 올리지 말아야 할 것이 바로 돈이다. 설령 돈 이야기를 한다 해도, 주머니 속에 든 실제적이고 구체적인 돈이 아니라 추상명사로서의 돈이어야 한다. 하지만 그 가증스러운 주제는 자석처럼 고든을 끌어당겼다.

고든은 "사람들은 그렇게까지 사악하지 않다"라는 말 따윈 듣고 싶지 않았다. 그가 가난하기 때문에 모두가 그를 모욕하고 싶어 한다는 생각에 매달리며 일종의 자학적인 쾌감을 느끼고 있었다. 이는 고든의 인생철학에도 들어맞았다.

가난하면 사람들에게 모욕당한다. 이것이 그의 신조였다. 흔들리지 말자!

주머니에 돈이 없으면 완전한 인간이 아니라는 걸, 인간으로 느껴지지 않는다는 걸 모르겠어?

이것이 디나이얼이 아니라면 나는 뭐가 디나이얼인지 모르겠다. 소설의 마지막에 그는 마침내 인정한다. "현대 세계에는 성자들과 악당들만 살 수 있다고 누군가 말했었다. 그, 고든은 성자가 아니었다. 그렇다면 다른 이들처럼 스스럼없는 악당이 되는 편이 나았다. 이야말로 고든의 은밀한 갈망이었다. 욕망을 인정하고 거기에 굴복한 그는 마음의 평화를 찾았다."

축하해, 고든!

숨겨진 맥락

그런데 그게 과연 축하할 일일까. 이 소설에는 명시적으로 드러나지 않는 또 하나의 디나이얼이 있다. 바로 래블스턴을 향한 고든의 마음이다. 나는 지금 고든이 디나이얼 게이라고, 최소한 그럴 가능성이 없지 않다고 주장하고 있다. 다음과 같은 구절들을 보라.

신기하게도 래블스턴과 얘기를 나누고 나면 항상 기운이 솟았다. 래블스턴과의 만남만으로도 자신감이 생기는 것 같았다. 대화가 만족스럽지 않을 때조차, 어쨌든 그가 완전한 실패자는 아니라는 느낌을 갖게 되는 것이다.

고든은 로즈메리와 은밀한 시간을 보내기 위해 무리해서 떠난 교외의 풍경을 바라보는 순간에도 다른 생각을 한다. "그들 주위로 높이 치솟은 너도밤나무들은 사람 피부 같은 매끄러운 껍질과 밑동의 주름 때문에 묘하게도 음경을 연상시켰다."

고든이 그토록 고대하던(이제 우리는 그의 말을 곧이곧대로 믿을 수 없다. 그가 돈에 대해 했던 수많은 서술들을 떠올려보라) 로즈메리와의 섹스는 처참한 실패로 끝난다. 그리고 소설의 마지막에 마침내 이루어진 그들의 행위는 "이렇게 해서 마침내, 미킨 부인의 더러운 침대에서 그들은 건조하게 일을 치렀다"라고 간단하게 서술된다. 그것을 술에 취한 고든을 래블스턴이 챙겨주는 다음의 구절들과 비교하면 의혹은 더욱 짙어진다.

> 래블스턴은 양치기가 양을 몰듯 고든을 데리고 광장을 가로질렀고, 고든은 그의 팔에 매달렸다. 부축이 필요해서는 아니었다. 고든의 다리는 아직 꽤 안정적이었다.

> 래블스턴은 허리를 강한 팔로 감아 고든을 일으켜 세웠다.

결국 주폭으로 유치장에 들어간 고든이 마주친 경찰관에 대한 다음과 같은 묘사는 어떤가? "순경은 탄탄한 체격에 장밋빛 혈색이 도는 스물다섯 정도 된 청년으로, 상냥한 얼굴에 속눈썹이 희고 가슴이 실팍했다. 짐마차를 끄는 말이 떠오르는 가슴이었다."

결정적인 건 면도 좀 하라는 로즈메리에게 무심한 듯 내뱉는 고든의 말이다.

"뭐, 그게 무슨 상관이야? 동성애자들이나 매일 면도를 하지."

땅땅땅.

서정이여 안녕

오웰은 「나는 왜 쓰는가」라는 에세이에서 "평화로운 시대였다면 나는 아주 수사적인 책이나 묘사밖에 없는 책을 썼을 것"이라고 말했다. 말하자면 『엽란을 날려라』는 여전히 아름다운 자연주의 소설을 쓰기를 꿈꾸던 그 자신의 '서정 시대'에 고하는 작별 인사라고 할 수 있다. 고든은 완성하지 못한 「런던의 환락」 원고를 배수구 뚜껑의 쇠창살 사이에 쑤셔 넣는다. 첨벙! 오웰은 그런 고든의 모습을 소설 속에 담아 자신의 바깥으로 배출한다. 혹시라도 그것을 다시 찾는 일이 없도록, 철저한 조롱과 함께.

빵가게 앞에서 한참 서 있자니 문득 배가 고파왔다. 나는 하루 종일 아무것도 먹지 않았다는 사실을 떠올리고 적당한 식당을 찾아 길을 걸었다. 언덕 쪽으로 조금 올라가자 '로벅(Roebuck)'이라는 이름의 퍼브가 나왔다. 식사 시간이 아니라 사람은 많지 않았다. 나는 구석 테이블에 앉아 '로벅' 버거와 맥주를 주문했다. 맞은편 벽에 연필로 그린 이블린 위와 조지 오웰의 초상이 보였다. 곧이어 주문한 음식이 나왔고, 나는 맞은편의 그림을 가리키며 직원에게 물었다.

-조지 오웰이 이곳에 온 적이 있나요?

직원은 곤란한 듯 웃으며 말했다.

-부모님은 알지도 모르는데, 물어봐 줄까요?

나는 고개를 저었다. 그리고 내 앞에 놓인 음식의 가격과 내가 가진 돈을 계산했다. 앞으로 남은 일정에 대해서 생각했고, 조금 빠듯했지만 어떻게든 될 것이라는 결론을 내렸다. 생각은 이내 내가 쓰기로 한 조지 오웰에 대한 책으로 이어졌다. 잠시 아득해져서, 나는 황급히 맥주를 들이켰다.

1903	6월 25일, 인도 벵골의 모티하리에서 식민행정청 아편국 공무원으로 일하던 영국인 리처드 웜즐리 블레어와 프랑스인 이다 리무쟁 사이에 1남 2녀의 둘째로 태어남. 본명은 에릭 아서 블레어(Eric Arthur Blair).
1904	여름, 온 가족이 영국에서 휴가를 보냄. 리처드 블레어는 가을에 홀로 인도로 돌아가고 이다는 아이들의 교육을 위해 옥스퍼드주에 남음.
1908-11	우르술라회 수녀원에서 운영하는 초등학교에 다님.
1911-16	세인트시프리언스 사립 기숙학교에 다님.
1912	아버지 리처드 블레어가 대영 식민행정청을 그만두고 본국으로 돌아옴.
1914	7월, 제1차 세계대전 발발.

1917-21	장학금을 받아 명문 사립 이튼 스쿨에 다님.
1922	4월, 스탈린이 소련 공산당 중앙위원회 서기장에 취임. 10월, 영국령 인도의 제국경찰이 되어 버마에서 복무하기 시작.
1927	작가의 길을 걷기로 마음먹고, 휴가차 돌아온 런던에서 사직서 제출. 이후 런던의 싸구려 하숙집에 살며 하층민들과 어울림.
1928-29	저임금 일을 하며 파리의 노동자 계층 지역에서 거주. 기사와 평론을 쓰기 시작. 『파리와 런던의 부랑자(*Down and Out in Paris and London*)』와 『버마의 나날(*Burmese Days*)』 집필에 착수.
1932	4월, 미들섹스주의 작은 사립학교 호손스 남자 고등학교에서 교사로 부임하여 이듬해까지 일함.
1933	1월 9일, '조지 오웰'이라는 필명으로 첫 책 『파리와 런던의 부랑자』를 출간.
1934	10월 25일, 『버마의 나날』이 미국에서 먼저 출간됨.

1935	3월 11일, 『신부의 딸(*A Clergyman's Daughter*)』 출간. 6월 24일, 영국판 『버마의 나날』 출간. 런던의 서점에서 일하면서 저술 활동을 이어감.
1936	4월 20일, 『엽란을 날려라(*Keep the Aspidistra Flying*)』 출간. 6월 9일, 하트퍼드셔주 월링턴의 교회에서 아일린 오쇼너시와 결혼. 7월, 스페인 내전 발발. 12월, 스페인 내전을 보도하기 위해 스페인으로 향함.
1937	1월, 영국 독립노동당원 자격으로 스페인 마르크스주의 통합노동당 의용군에 가담해 참전. 3월 8일, 『위건 부두로 가는 길(*The Road to Wigan Pier*)』 출간. 5월, 스페인 북동부의 우에스카에서 저격수의 총에 목을 맞음. 6월, 아일린과 함께 기차를 타고 스페인에서 프랑스로 피신.
1938	3월, 폐결핵 진단을 받고 요양소에서 치료받음. 4월 25일, 스페인 내전의 경험을 바탕으로 쓴

『카탈루냐 찬가(*Homage to Catalonia*)』 출간(1,500부).
9월, 요양을 위해 간 프랑스령 모로코에서 『숨 쉴
곳을 찾아서(*Coming Up for Air*)』 집필 시작.

1939	3월, 스페인 내전이 끝나고 프랑코의 군사 독재 정권이 들어섬. 6월 12일, 『숨 쉴 곳을 찾아서』 출간. 8월, 히틀러와 스탈린이 상호불가침 조약을 맺음. 제2차 세계대전 발발.
1940	3월 11일, 수필집 『고래 배 속에서(*Inside the Whale*)』 출간. 6월, 건강상의 이유로 참전을 거부당했지만 국방 시민군에 자원해 런던에서 복무.
1941	2월 19일, 수필집 『사자와 유니콘(*The Lion and the Unicorn*)』 출간. 12월, BBC에 채용되어 나중에 시사 토크 프로그램의 프로듀서가 됨. 매주 정기적으로 전쟁 상황에 대한 시사를 다룸. 오웰이 원고를 쓰고 대부분의 방송 진행까지 맡음.
1943	가을, BBC를 그만두고 《트리뷴(*Tribune*)》의 문학 편집자로 일함(1945년 2월까지).

1944	2월, 『동물농장(*Animal Farm*)』 탈고.
	6월, 갓난아이를 입양하고 리처드 호레이쇼
	블레어라고 이름을 지어줌.

| 1945 | 3월 29일, 아내 아일린 블레어 사망. |
| | 8월 17일, 『동물농장』 출간(초판 4,500부). |

1946	2월 14일, 『문학평론집(*Critical Essays*)』 출간.
	8월, 스코틀랜드 주라섬에 머물며 『1984』를 ('유럽의
	마지막 인류'라는 제목으로) 쓰기 시작.
	8월 26일, 『동물농장』 미국판이 출간되고 전 세계적
	반향을 일으키며 큰 성공을 거둠.

1947	11월, 『1984』 초고 완성.
	12월, 폐결핵으로 글래스고 근교 헤어마이어스
	병원에 입원해 7개월 동안 치료받음.

1948	5월, 『1984』 두 번째 개고를 시작.
	10월, 출판인 프레드릭 워버그에게 보낸 편지에
	'1984'와 '유럽의 마지막 인류'라는 제목을 놓고 갈등
	중이라고 씀.
	11월, 『1984』를 탈고하고 손수 타자 원고를 작성.
	12월, 『1984』의 정서본을 완성해서 출판사로 발송.

1949	1월, 폐결핵이 악화되어 글로스터셔주의 코츠월드 요양원에 9월까지 입원.
	6월 8일, 『1984』 출간(초판 2만 5,500부).
	10월 13일, 런던 유니버시티 칼리지 병원의 병상에서 소니아 브라우넬과 결혼.
1950	1월 21일, 46세에 폐결핵으로 사망.
	1월 26일, 런던의 크라이스트처치에서 장례식을 치르고 버크셔주의 올 세인츠 공동묘지에 본명 '에릭 아서 블레어'로 묻힘.